ଯେଉଁ ଶିକ୍ଷିତ ଲୋକ ବହି ପଢ଼େ ନାହିଁ, ସେ ଅପାଠୁଆଙ୍କଠାରୁ
କୌଣସି ଗୁଣରେ ଉତ୍କୃଷ୍ଟ ନୁହେଁ ।

- ମାର୍କ ଟ୍ୱାଇନ୍

I0574945

ଜୀବନର ଜଉଘର

ଜୀବନର ଜଉଘର

ଅନୁପମା ସାମନ୍ତରାୟ (ସମ୍ପାଦିକା)

ବ୍ଲାକ୍ ଇଗଲ୍ ବୁକ୍ସ
ଭୁବନେଶ୍ୱର, ଓଡ଼ିଶା

BLACK EAGLE BOOKS
Dublin, USA

ଜୀବନର ଜଉଘର / ଅନୁପମା ସାମନ୍ତରାୟ(ପଟ୍ଟନାୟକ)
ବ୍ଲାକ୍ ଈଗଲ୍ ବୁକ୍ସ : ଭୁବନେଶ୍ୱର, ଓଡ଼ିଶା • ଡବ୍‌ଲିନ୍, ଯୁକ୍ତରାଷ୍ଟ୍ର ଆମେରିକା

BLACK EAGLE BOOKS

USA address:
7464 Wisdom Lane
Dublin, OH 43016

India address:
E/312, Trident Galaxy, Kalinga Nagar,
Bhubaneswar-751003, Odisha, India

E-mail: info@blackeaglebooks.org
Website: www.blackeaglebooks.org

First International Edition Published by
BLACK EAGLE BOOKS, 2023

JEEBANARA JAUGHARA
by **Anupama Samantaray(Pattanaik)**

Copyright © **Anupama Samantaray(Pattanaik)**

All rights reserved. No part of this publication may be reproduced, stored in a retrieval system, or transmitted, in any form or by any means, electronic, mechanical, photocopying, recording or otherwise without the prior permission of the publisher and author.

Cover: **Bijay Pradhan**
Interior Design: Ezy's Publication

ISBN- 978-1-64560-497-6 (Paperback)

Printed in the United States of America

ଉତ୍ସର୍ଗ

ଯାହାଙ୍କର ପ୍ରେରଣା ମୋତେ ଉପନ୍ୟାସ ଲେଖିବା ପାଇଁ ଉତ୍ସାହିତ କରିଛି, ସେ ହେଉଛନ୍ତି 'ସୁଧନ୍ୟା ସାପ୍ତାହିକ'ର ପ୍ରକାଶକ ଏବଂ ସଂପାଦକ ଶ୍ରୀଯୁକ୍ତ ଲଳିତ ମୋହନ ପଟ୍ଟନାୟକ । ତାଙ୍କରି କରକମଳରେ ଅର୍ପଣ କରୁଛି ମୋର ଉପନ୍ୟାସ 'ଜୀବନର ଜାଦୁଘର' ।

- ଲେଖିକା

ପଦେ କଥା

ମହାମାରୀ କରୋନା ଯେତେବେଳେ ତା'ର ବାହୁବିସ୍ତାର କରି ମାଡ଼ି ଆସିଲା, ସାରା ଦୁନିଆ ସ୍ତବ୍ଧ ହୋଇଗଲା। ସବୁଆଡ଼େ ଶୂନଶାନ୍, ଦୋକାନ ବଜାର ବନ୍ଦ। ଘରୁ ବାହାରିବାକୁ ମନା। ଭୟରେ ଥରହର ସମସ୍ତେ। କେତେ କେତେ ଜୀବନ ଚାଲିଗଲା ଅକାଳରେ। ଦୁଃଖର ବିଷୟ ଯେ ଆତ୍ମୀୟଙ୍କୁ ମନା, ମରିଥିବା ଲୋକର ପାଖ ମାଡ଼ିବାକୁ। ସ୍ୱାମୀ ସ୍ତ୍ରୀ, ପୁଅଝିଅ ଆଦି ସମ୍ପର୍କ ସବୁ ଠପ୍ ହୋଇଗଲା ସଂକ୍ରମଣ ଭୟରେ। ଘରେ ବସି ବସି ତାରି ଉପରେ ଗପଟିଏ ଲେଖୁଲେଖୁ ଲେଖି ହୋଇଗଲା ଅନେକ କିଛି। ଗପଟି ରୂପ ନେଇଗଲା ଉପନ୍ୟାସର।

ଉପନ୍ୟାସ 'ଜୀବନର ଜଉଘର'କୁ 'ସୁଧନ୍ୟା'ର ପୂଜା ସଂଖ୍ୟାରେ ସ୍ଥାନ ଦେଲେ ସମ୍ପାଦିକା ଶ୍ରୀମତୀ ବୀଣା ପଟ୍ଟନାୟକ। ଏଇ ଶୁଭ ଅବସରରେ ତାଙ୍କୁ ମୋର ଅନ୍ତରରୁ ଧନ୍ୟବାଦ ଜଣାଉଛି।

- ଲେଖିକା

॥ ୧ ॥

ମଣିଷ କ'ଣ ନିୟତିର ଦାସ । ତା'ର ଜୀବନ କ'ଣ ଏଇ ଗ୍ରହ ନକ୍ଷତ୍ରଙ୍କ ଦ୍ୱାରା ନିୟନ୍ତ୍ରିତ ? ତା' ନ ହେଲେ ସେ ଏମିତି ସବୁ ପଦକ୍ଷେପ କାହିଁକି ନିଏ, ଯାହା ସେ ଆଗରୁ କେବେ ବି ଭାବିନଥାଏ । ଆଉ ସେଇ ପଦକ୍ଷେପ ତା'ର ଭବିଷ୍ୟତ ଜୀବନକୁ ପୁରା ପ୍ରଭାବିତ କରିଥାଏ । ତା' ଜୀବନର ଗତିପଥ ପୁରାପୁରି ବଦଳିଯାଏ । ସେହି ମୁହୂର୍ତ୍ତରେ କେହି ଯେପରି ତା' ଅନ୍ତର ଭିତରୁ ପ୍ରରୋଚିତ କରେ ସେଇ କାମ କରିବାକୁ । ବୈଶାଖ ମାସର ସେ ଏକ ଚିରାଚରିତ ସକାଳ । ସମୟ ପ୍ରାୟ ଦଶଟା ହେବ । ଜଳଖିଆ ଖାଇସାରି ସୁମନ୍ତ ଗଡୁଥିଲେ ତାଙ୍କର ଡାକ୍ତରଖାନାର ବେଡ୍ ଉପରେ । ହଠାତ୍ କାହିଁକି ଇଚ୍ଛା ହେଲା ବାହାରେ ଘେରାଏ ବୁଲି ଆସିବାକୁ । ଖରାରେ ଟିକେ ଠିଆ ହେଇଯିବାକୁ । ସେ ବିଛଣାରୁ ଉଠି ବାହାରକୁ ଚାଲିଲେ । ଡାକ୍ତର ତ କହିଛନ୍ତି, ଖରାରେ ଯେତେ ସମୟ ବିତେଇ ପାରିବ ସେତେ ଭଲ ।

ପାଦ ଅଟକିଗଲା ଦୁଆର ପାଖରେ । ଚତୁର୍ଦ୍ଦିଗର ନୀରବତା ଭଙ୍ଗ କରି ଗୋଟେ ବୋଲେରୋ ଆସି ଲାଗିଲା ଡାକ୍ତରଖାନା ସମୁଖରେ । କେଉଁ ଏକ ସ୍ୱେଚ୍ଛାସେବୀ ସଂସ୍ଥାର ବୋଧେ । ନାଁଟା ବଡ଼ ବଡ଼ ଅକ୍ଷରରେ ଲେଖା ହୋଇଛି ଗାଡ଼ିର କାଚ଼ ଉପରେ । ସେଥିରୁ ଚାରି ପାଞ୍ଚଜଣ ଲୋକ, ଯେଉଁ ମାନଙ୍କର ଗୋଡ଼ଠାରୁ ମୁଣ୍ଡ ଯାଏଁ ପୁରା ଆବୃତ୍ତ ହୋଇଛି ଗୋଟେ ରୋଗୀକୁ ଟେକି ଟେକି ଏଇ ଅସ୍ଥାୟୀ ଡାକ୍ତରଖାନା ଭିତରୁ ନେଇ ଆସିଲେ । ଅସ୍ଥାୟୀ ଡାକ୍ତରଖାନା ମାନେ ଗୋଟେ ବଡ଼ ହଲ୍ (Hall) ସେଥିରେ ପ୍ରାୟ ଚାଳିଶଟା ଖଣ୍ଡେ ଖଟ ପଡ଼ିଛି । କୋଭିଡ୍ ରୋଗୀଙ୍କ ପାଇଁ ଏକ ବିଶେଷ ଡାକ୍ତରଖାନା । କିନ୍ତୁ ଭିତରେ ତ ସବୁ

ବେଡ଼ ଭର୍ତ୍ତୀ । ଖାଲି ଜାଗା ଆଦୌ ନାହିଁ । କୌତୂହଳ ବଶତଃ ସୁମନ୍ତ ଭିତରକୁ ଅନାଇଲେ ଆରେ ସେ ଏ କ'ଣ ଦେଖୁଛନ୍ତି । ସେ ଲୋକ ଗୁଡ଼ାକ ରୋଗୀକୁ ଟେକିନେଇ ତାଙ୍କରି ଖଟ ଉପରେ ଶୁଆଇ ଦେଲେ । ଆଉ ସେମାନେ ଯେମିତି ଆସିଥିଲେ ସେମିତି ବୋଲେରୋ ନେଇ ପଳାଇଲେ । ବୋଧହୁଏ ଖଟଟା ଖାଲି ଥିଲା ବୋଲି ସେଇଥିରେ ତାଙ୍କ ରୋଗୀକୁ ପକାଇ ଚାଲିଗଲେ । ନ ହେଲେ ବାରଣ୍ଡାରେ କି ହଲ୍ ଭିତରେ ପକାଇ ପଳାଇଥା'ନ୍ତେ । ସେତେବେଳେ ତ ଡାକ୍ତର କି ନର୍ସ କେହି ନଥିଲେ । ଏଇ ମାତ୍ର ଦଶ ପନ୍ଦର ମିନିଟ ଆଗରୁ ସବୁ ରୋଗୀକୁ ଦେଖି ଆଉ ସବୁ କାମ ସାରି ଯାଇଛନ୍ତି । ପୁଣି ଘଣ୍ଟାକ ପରେ ଆସିବେ । ଏବେତ ରୋଗୀ ମାନେ ଯେ ଯାହା ବେଡ୍‌ରେ ଶୋଇଛନ୍ତି । ସମସ୍ତଙ୍କ ମୁହଁରେ ତୁଣ୍ଡି (Mask) ବନ୍ଧା ହୋଇଛି । ସମସ୍ତେ ତ ଅନାଗତ ଆଶଙ୍କାରେ ଉଦ୍‌ବେଳିତ ହୋଇ ପଡୁଛନ୍ତି । ଏ କୋଭିଡ୍‌ର ଦ୍ୱିତୀୟ ଲହରରେ ଭୟ ସମସ୍ତଙ୍କୁ ଏମିତି ଗ୍ରାସ କରିଛି ଯେ ଆଖପାଖରେ କ'ଣ ହେଉଛି, କେହି ସେଥିରେ ମୁଣ୍ଡ ଖେଳଉ ନାହାଁନ୍ତି । ସମସ୍ତେ ନିଜ ନିଜ ଚିନ୍ତାରେ ବ୍ୟସ୍ତ, ବିବ୍ରତ ।

ସୁମନ୍ତ କ'ଣ କରିବେ କିଛି ଭାବି ପାରିଲେନି । ଯାହା ହେବ ଦେଖାଯିବ ଟିକେ ବାହାରୁ ବୁଲିକି ଆସିଲେ ଭଲ ଲାଗିବ ଭାବି ସେ ଡାକ୍ତରଖାନା ହତା ଭିତରେ ଥିବା ଛୋଟକାଟର ବଗିଚା ଭିତରକୁ ଚାଲିଗଲେ । ଅଯତ୍ନ ବର୍ଦ୍ଧିତ ବଗିଚା । ବଗିଚା ତ ନୁହେଁ ଗୋଟେ ଛୋଟ ଜଂଗଲ । ସେ ଗୋଟେ ଗଛମୂଳେ ବସି ପଡ଼ିଲେ। ଗଛର ପତ୍ର ଫାଙ୍କରେ ଆସି ପଡୁଥିବା ସୂର୍ଯ୍ୟ କିରଣ, ତା' ସାଂଗରେ ବିଶୁଦ୍ଧ ଅମ୍ଳଜାନ ସେବନ ଯୋଗୁଁ ତାଙ୍କୁ ଟିକେ ଭଲ ଲାଗିଲା । ପ୍ରାୟ ଅଧଘଣ୍ଟା ପରେ ସେ ଫେରି ଆସିଲେ । ଦୁଆର ମୁହଁରେ ଅଟକି ଗଲେ । ତାଙ୍କ ଖଟକୁ ଘେରି ଡାକ୍ତର, ନର୍ସ ସବୁ ଠିଆ ହୋଇଛନ୍ତି । ପେସେଣ୍ଟ ବୋଧେ ବହୁତ ସିରିୟସ । ସେ ସେଇଠି ଥାଇ ରୋଗୀଟାକୁ ଟିକେ ଦେଖିବାକୁ ଚେଷ୍ଟା କଲେ । ତା'ତ ସମ୍ଭବ ହେଲାନି । କିନ୍ତୁ କାନକୁ ଶୁଭିଲା ଡାକ୍ତରବାବୁଙ୍କ କଥା । ଆମେ ଯାହା ଭାବିଥିଲୁ ତା' ଠାରୁ ଅଧିକ ବ୍ୟାପିଯାଇଥିଲା । ଏବେତ କୌଣସି ଡାକ୍ତରଖାନାରେ ଆଉ ଭେଣ୍ଟିଲେଟର (Ventilator) ନାହିଁ । ଚଞ୍ଚଳ ଅକ୍ସିଜେନ୍ ସିଲିଣ୍ଡର ଆଣ । ଅକ୍ସିଜେନ ଦେଇ ଆମେ ଚେଷ୍ଟା କରିବା ।

ଆଟେଣ୍ଡାଣ୍ଟ ମାନେ ସାଂଗେ ସାଂଗେ ଯାଇ ଅକ୍ସିଜେନ ସିଲିଣ୍ଡର ନେଇ

ଆସିଲେ । ରୋଗୀକୁ ଅକ୍ସିଜେନ ଦିଆହେଲା । ପୁଣି ଡାକ୍ତରବାବୁ କିଛି ଇଂଜେକ୍‌ସନ ବି ଦେଲେ । ଏ ପ୍ରକ୍ରିୟା ପ୍ରାୟ ଅଧଘଣ୍ଟା କାଳ ଚାଲିଲା । କିନ୍ତୁ କିଛି ଫଳ ହେଲାନି । ଶେଷରେ ଡାକ୍ତର ଘୋଷଣା କଲେ, ସେ ମୃତ । ବେଡ୍ ନଂ ପନ୍ଦରର ସୁମନ୍ତ ପାଇକରାୟ ମୃତ । ସବୁ ରିପୋର୍ଟ କରିଦିଅ ଏବଂ ମୃତ ଦେହକୁ ଭଲ ଭାବେ ପ୍ୟାକ୍ କରି ଘର ଲୋକଙ୍କୁ ଖବର ଦେଇଦିଅ ।

ଚମକି ପଡ଼ିଲେ ସୁମନ୍ତ । ଏ କ'ଣ ସେ ଶୁଣୁଛନ୍ତି । ସେ ମରିଗଲେ । ହଠାତ୍ ସେ କିଛି ବୁଝି ପାରୁନଥିଲେ । ସେ ମୃତ ନା ଜୀବିତ ? କେଉଁଠି ଗୋଟେ ପଢ଼ିଥିଲେ ଜଣେ ଯେତେବେଳେ ମରିଯାଏ ତା' ଆତ୍ମା ହଠାତ୍ ଚାଲିଯାଏ ନାହିଁ । ଆତ୍ମା ସେ ଶରୀର ତ୍ୟାଗ କରି ସେଇ ଆଖପାଖରେ କିଛି ସମୟ ଥାଏ । ଏପରିକି ପିଲାଛୁଆ, ସଂପର୍କୀୟ ମାନଙ୍କ କାନ୍ଦିବା ଦେଖିପାରେ, ଶୁଣିପାରେ, ବୁଝିପାରେ ମଧ୍ୟ । ଡାକ୍ତରଙ୍କ ମୃତ ଘୋଷଣା ମଧ୍ୟ ସେ ଶୁଣିପାରେ । ସେ ନିଜକୁ ଜୋର୍‌ରେ ଚିମୁଟି ଦେଲେ । ନାଁ.... ନାଁ.... ସେ ମରିନାହାଁନ୍ତି, ବଞ୍ଚିଛନ୍ତି । ସଶରୀରରେ ଅଛନ୍ତି । କାରଣ ଚିମୁଟାଟା ତାଙ୍କୁ ଜୋର୍‌ରେ କାଟିଲା । ତା' ହେଲେ ଡାକ୍ତରବାବୁ ତାଙ୍କୁ ମୃତ ବୋଲି କେମିତି ଘୋଷଣା କଲେ । ପରେ ସେ ବୁଝିପାରିଲେ, ଏବେକାର ଯେଉଁ ପରିସ୍ଥିତି ଏଠି ମରିବାଟା ଯେମିତି ଗୋଟେ ସାଧାରଣ ଘଟଣା ହୋଇଗଲାଣି । ଡାକ୍ତରମାନେ ଆଉ ରୋଗୀମାନଙ୍କ ମୁହଁକୁ ଦେଖୁନାହାଁନ୍ତି । ଦିନକୁ ତ ଶହ ଶହ ରୋଗୀ ଦେଖୁଛନ୍ତି । ରାତି ଦିନ ବିନା ବିଶ୍ରାମରେ । ତଥାପି ମଧ୍ୟ ରୋଗୀ ସଂଖ୍ୟା କମୁନି । ବରଂ ଦିନକୁ ଦିନ ଅଧିକ ହେଉଛି । ତା'ପରେ ଦେଖିଲେ ବା ଚିହ୍ନିବେ କେମିତି । ଦାଢ଼ୀଥିବା ଲୋକ ମୁହଁରେ ମାସ୍କ । ଚିହ୍ନିବା ଏକ ପ୍ରକାର ଅସମ୍ଭବ । ତା'ପରେ ସେ ବେଡ୍‌ରେ ତାଙ୍କ ନାମ ହିଁ ପଂଜିକରଣ ହୋଇଥିଲା । ପୁଣି ପାଖରେ ତାଙ୍କର ଭୋଟର କାର୍ଡ଼, ମୋବାଇଲ ସବୁ ଅଛି । ସେ ଲୋକ ଗୁଡ଼ାକ ବୋଧେ କୋଉ ସ୍ୱେଚ୍ଛାସେବୀ ଅନୁଷ୍ଠାନ ହୋଇଥିବେ । ଆଉ ସେ ରୋଗୀ ଜଣକ ନିଶ୍ଚୟ ଏକ ଭିକାରୀ କି ସେହିପରି କିଏ ଜଣେ ହୋଇଥିବେ, ଯାହାର ସାଂଗସାଥୀ କି ପରିବାର କେହି ନଥିବେ । ତା'କୁ ରାସ୍ତାରେ ଅଚେତ ଅବସ୍ଥାରେ ଦେଖି ବୋଧହୁଏ ସେମାନେ ଗାଡ଼ିରେ ଉଠାଇ ଆଣିଥିବେ ଏବଂ ଏହି ଡାକ୍ତରଖାନାରେ ଯେଉଁ ବେଡ୍ ଖାଲି ଦେଖିଲେ ସେଥିରେ ଶୁଆଇ ଦେଇ ତାଙ୍କ କର୍ତ୍ତବ୍ୟ ଶେଷ କରି ଚାଲିଯାଇଥିବେ । ବାକୀ କାମ ଡାକ୍ତରଖାନାର ଓ

ଡାକ୍ତରଙ୍କର । ଏବେ ଏତେ ରୋଗୀ ଆସୁଛନ୍ତି ଯେ ଡାକ୍ତରଖାନାରେ ଜାଗା ମଧ୍ୟ ମିଳୁନାହିଁ । ତାଙ୍କର ମନେ ପଡ଼ିଗଲା କିଛିଦିନ ତଳେ ଟି.ଭି.ରେ ଦେଖିଥିବା ଏକ ସିନେମା, ଇଂରାଜୀ ସିନେମା । କଣ୍ଟାଜିଅନ (Contagion) ୧୯୧୧ ମସିହାରେ ଆମେରିକାର ହଲିଉଡ୍‌ରେ ତିଆରି ହୋଇଥିଲା । ସେଥିରେ ଦେଖାଯାଇଥିଲା ଯେ ଗୋଟେ ଛୋଟ ଭାଇରସ ଯୋଗୁଁ କେମିତି ଲୋକମାନେ କବଳିତ ହୋଇ ରାସ୍ତାଘାଟରେ ପଡ଼ି ମରୁଛନ୍ତି । ଡାକ୍ତରଖାନାର ବେଡ୍ ମିଳୁନାହିଁ । ଚିକିତ୍ସା କରିବାକୁ ଡାକ୍ତର ନର୍ସଙ୍କର ଘୋର ଅଭାବ । ମୃତ ଦେହ କବର ଦେବା ପାଇଁ ଜାଗା ମିଳୁନି । ସହର ବଜାର ସବୁ ବନ୍ଦ । ଲୋକସବୁ ଘର ଭିତରେ । ସହର ମାନଙ୍କରେ କର୍ଫ୍ୟୁ ଲାଗିଛି । ଇତ୍ୟାଦି ଇତ୍ୟାଦି ।

ଲୋକଟାକୁ ଯେତେବେଳେ ଟେକି ଟେକି ଆଣୁଥିଲେ, ସୁମନ୍ତଙ୍କ ଆଖି ପଡ଼ିଯାଇଥିଲା, ସେ ଲୋକଟା ଉପରେ । ତା'ର ମଧ୍ୟ ଦାଢ଼ୀ ବଢ଼ିଯାଇଥିଲା । ମୁହଁରେ ତ ମାସ୍କ ଥିଲା । ତାଙ୍କର ତ ଏ ଭିତରେ ଦାଢ଼ୀ ବହୁତ ବଢ଼ିଯାଇଛି । ଏବେ ଯେମିତି ପରିସ୍ଥିତି ଡାକ୍ତରମାନେ ରୋଗୀକୁ ବେଶୀ ସମୟ ଦେଇପାରୁନାହାଁନ୍ତି । ଯେ ଗଲା ସେ ତ ଗଲା । ବାକୀ ରୋଗୀକୁ ଦେଖିବାକୁ ପଡ଼ିବ । ଏ ରୋଗ ଏତେ ସଂକ୍ରାମକ ଯେ ମଲା ରୋଗୀକୁ ସାନିଟାଇଜ୍ (Sanitize) କରି ସାଂଗେ ସାଂଗେ କନାରେ ଗୁଡ଼ିଆ ହୋଇ ପ୍ୟାକିଂ ହୋଇଯାଏ । ମୁହଁ, ହାତ, ଗୋଡ଼ ସବୁ । କେହି ବି ଜାଣି ପାରିବେନି ସେ ପ୍ୟାକିଂ ଭିତରେ କାହାର ଶବ ଅଛି ।

ସୁମନ୍ତଙ୍କର ପ୍ରବଳ ଇଚ୍ଛା ହେଲା, ସେ ଯାଇ ଜୋର୍‌ରେ ପାଟି କରି କହିବେ- 'ମୁଁ ବଞ୍ଚିଛି' । ଏଇଟା ତ ମଣିଷର ସହଜାତ ପ୍ରକୃତି । ସେ କିନ୍ତୁ ଚୁପ୍ ରହିଗଲେ । ତା' ତ ସେ ଯେତେବେଳେ ହେଲେ କରି ପାରିବେ । ଏବେ ଦେଖାଯାଉ କ'ଣ ସବୁ ଘଟୁଛି । କେହି ଜଣେ ଡାକ୍ତରଖାନା କର୍ମଚାରୀ ମୋବାଇଲ୍‌ରେ କଥା ହେଇ ହେଇ ଦୁଆର ମୁହଁ ଆଡ଼କୁ ଆସୁଥିବାର ଦେଖି ସେ ଶୀଘ୍ର ସେଠାରୁ ଘୁଞ୍ଚିଯାଇ ବାରଣ୍ଡାର ଗୋଟେ ଜାଗାରେ ବସି ପଡ଼ିଲେ । ସେ କର୍ମଚାରୀଙ୍କର କୁଆଡ଼କୁ ନଜର ନାହିଁ । ବୋଧହୁଏ ହଲ୍ ଭିତରେ ମୋବାଇଲ୍ ସିଗନାଲ ଠିକ୍ ଭାବରେ ଆସୁ ନଥିବାରୁ ସେ ବାହାରକୁ ଚାଲି ଆସିଲେ । କର୍ମଚାରୀଙ୍କର କିଛି କଥା ତାଙ୍କ କାନରେ ପଡ଼ିବା ମାତ୍ରେ ସେ ଟିକେ କାନ

ଡେରିଲେ । ସେ ପରିଷ୍କାର ଶୁଣି ପାରିଲେ - ସେ ଫୋନଟା ତାଙ୍କରି ଘରକୁ ହେଉଛି । ସେ ପଟେ ବୋଧହୁଏ ତାଙ୍କ ସ୍ତ୍ରୀ ସୁପ୍ରଭା ଫୋନ ଧରିଛନ୍ତି । ଏ ବ୍ୟକ୍ତି ଜଣକ କହୁଛନ୍ତି-ମ୍ୟାଡ଼ାମ୍, ଦୁଃଖର ସହିତ ଜଣାଉଛୁ ଯେ ଆପଣଙ୍କ ସ୍ୱାମୀ ସୁମନ୍ତ ପାଇକରାଏଙ୍କର ଦେହାନ୍ତ ହୋଇଯାଇଛି । ଆମର ଶତଚେ଼ଷ୍ଟା ସତ୍ତ୍ୱେ ଆମେ ତାଙ୍କୁ ବଞ୍ଚାଇ ପାରିଲୁନି । ଏବେର କୋଭିଡ଼ ନିୟମ ଅନୁସାରେ ଆମେ ତ ଆପଣଙ୍କୁ ଶବ ହସ୍ତାନ୍ତର କରି ପାରିବୁନି । ଆମେ ମୃତ ଦେହକୁ ପୁରା ପ୍ୟାକ୍ କରି ସାନିଟାଇଜ୍ କରି ଦେଇଛୁ । ମୁନିସିପାଲ୍‌ଟି ଅଫିସକୁ ଖବର ଦିଆଯାଇଛି । ସେମାନେ ମଧ୍ୟ ଆପଣଙ୍କୁ ଜଣେଇବେ । ଏବଂ କେଉଁ ଶ୍ମଶାନକୁ ନେବେ ମୃତଦେହ, ସେହିଠାକୁ ଆପଣଙ୍କର କେହି ଆସିପାରନ୍ତି । ଆମେ ତାଙ୍କ ମୁହଁ ସେହିଠାରେ ଦେଖାଇପାରିବୁ । ଯଦି ଆପଣମାନେ ଇଚ୍ଛା କରନ୍ତି ।

ବୁଝିଗଲେ ସୁମନ୍ତ-ଏବେ ଏତେ ସଂଖ୍ୟାରେ ଲୋକ ମରୁଛନ୍ତି ଯେ ମଶାଣୀରେ ମଧ୍ୟ ଜାଗା ହେଉନାହିଁ । ଏବେ କେତେକ ଆନ୍ତର୍ଜାତିକ ଖବର କାଗଜ, ଟି.ଭି.ରେ ଖବର ପ୍ରଚାରିତ ହେଉଥିଲା, କେମିତି ଭାରତରେ ଶ୍ମଶାନମାନଙ୍କରେ ଶହ ଶହ ଚିତା ଜଳୁଛି, ଦିନରାତି ଚବିଶ ଘଣ୍ଟା । ଆମର ଏଠି ବି ଗୋଟେ ଗୋଟେ ମଶାଣିରେ ତିରିଶ, ଚାଳିଶ ଏପରିକି ପଚାଶ ସରିକି ଚିତା ଜଳୁଛି । ତେଣୁ ଯେଉଁ ଶ୍ମଶାନରେ ଟିକେ ଫାଙ୍କା ଥିବ ସେହିଠାକୁ ହିଁ ନେବେ । କିନ୍ତୁ ସେ କେମିତି ଜାଣିବେ କେଉଁଠାକୁ ନେଉଛନ୍ତି । ସେ ଭାବି ନେଲେ-ଯେମିତି ହେଲେ ତ ମୁନିସପାଲଟି ବାଲା ଶବ ନେବାକୁ ଏଠିକୁ ଆସିବେ । ତାଙ୍କରି ଠାରୁ ସେ ବୁଝିନେବେ ।

ସୁମନ୍ତ ସେମିତି ବସି ରହିଥିଲେ ଡାକ୍ତରଖାନାର ସେ ବାରଣ୍ଡାରେ । ମଣିଷ ବଡ଼ ସମସ୍ୟାରେ ପଡ଼ିଲେ ତା'ର ଭାବନା ଗୋଟେ ଦାର୍ଶନିକ ପରି ହୋଇଯାଇଥାଏ । ତାଙ୍କ ମନରେ ଖେଳୁଥିଲା ଅନେକ ଭାବନା । ଏଇ ଜୀବନ ଆଉ ମୃତ୍ୟୁ କ'ଣ । ଏଇ ଯେମିତି କହନ୍ତି ଏଇନେ ଅଛି ଏଇନେ ନାହିଁ । ଜୀବନ, ମୃତ୍ୟୁ ଭିତରେ କ୍ଷଣକର ତଫାତ୍ । ତା'ପରେ ମଣିଷର ଆତ୍ମା (ଯଦି ଥାଏ) କୁଆଡ଼େ ପାଏ । ସତରେ କ'ଣ ସ୍ୱର୍ଗ, ନର୍କ ସବୁ ଅଛି । ସେଇଆ ତ ପ୍ରାୟ ସବୁ ଶାସ୍ତ୍ରରେ, ସବୁ ଧର୍ମରେ ଲେଖା ହେଇଛି । ଯେମିତି ମୁସଲମାନଙ୍କ ଧର୍ମରେ ଜନତ୍ ଆଉ ଜହନୁମ୍ । ପୁଣି ଖ୍ରିଷ୍ଟାୟାନ୍ ମାନଙ୍କର ହେଭେନ ଆଉ ହେଲ୍ । କିନ୍ତୁ ସବୁ

ଧର୍ମରେ ଅଛି, ଏଇ ଜୀବନ କାଳରେ ଭଲ କାମ କରି ପୂଣ୍ୟ କଲେ ସ୍ୱର୍ଗରେ ଆନନ୍ଦ ଉପଭୋଗ କରିପାରିବ । ଶାନ୍ତିରେ ରହି ପାରିବ । ଖରାପ କାମ କରି ପାପ ଅର୍ଜନ କଲେ ନର୍କରେ ଦଣ୍ଡ ପାଇବ; ଯନ୍ତ୍ରଣା ପାଇବ । ଏ କ'ଣ ସମାଜକୁ, ମଣିଷ ଜାତିକୁ ଗୋଟେ ସନ୍ଦେଶ ଯେ ସମସ୍ତେ ସମାଜର ନିୟମ ମାନି ଚଳନ୍ତୁ । ଭଲ କାମ କରନ୍ତୁ । ପୂଣ୍ୟ ଅର୍ଜନ କରନ୍ତୁ । ଆମର ଟଙ୍କା ହେଉଛି ସବୁ ଜିନିଷପତ୍ର କିଣାବିକା କରିବାର ମାଧ୍ୟମ । କିନ୍ତୁ ଟଙ୍କା ଅନ୍ୟ ଦେଶମାନଙ୍କରେ ଚଳିବନି । ସେଠାରେ ଏହା ଅର୍ଥହୀନ । ସେମିତି ଆମେରିକାର ଡଲାର, ଇଂଲଣ୍ଡରେ ପାଉଣ୍ଡ, ଜାପାନରେ ୟେନ, ଜର୍ମାନୀରେ ମାର୍କ ପ୍ରଭୃତି ହେଉଛି ସେଠାକାର ଟଙ୍କା । ସେହିପରି ମୃତ୍ୟୁ ପରେ ଏ ପୃଥିବୀ ପୃଷ୍ଠରେ ଥିବା ସବୁଦେଶର ଟଙ୍କା ଅଚଳ ହୋଇଯାଏ । ଏ ଆତ୍ମା ଯାହା ନେଇକି ଯାଏ ତାହା ହେଉଛି ପୂଣ୍ୟ । ପରଲୋକରେ ପୂଣ୍ୟ ହିଁ ହେଉଛି ସେଠାକାର ମୁଦ୍ରା । ତେଣୁ ଯେତିକି ପୂଣ୍ୟ ଅର୍ଜନ କରିବ, ସେତିକି ଫଳ ପାଇବ । ସେଇଥିପାଇଁ ଧର୍ମରାଜ ଯୁଦ୍ଧିଷ୍ଠିରଙ୍କ ପରି ପୂଣ୍ୟବାନ ଲୋକ ଥରେ ମିଛ କହିଥିଲେ ବୋଲି ସେ ପୁଣି ଅଧା ମିଛ, ସେଥିପାଇଁ ତାଙ୍କୁ କିଛି ସମୟ ନର୍କ ଭୋଗ କରିବାକୁ ପଡ଼ିଲା । ମହାଭାରତ ଯୁଦ୍ଧର ପଞ୍ଚଦଶ ଦିବସରେ କୌରବ ମାନଙ୍କର ସେନାପତି ଦ୍ରୋଣାଚାର୍ଯ୍ୟ ହୋଇପଡ଼ିଥଲେ ଦୁର୍ବାର, ଦୁର୍ଦ୍ଦଶ, ଦୁର୍ଜୟ । ଶ୍ରୀକୃଷ୍ଣ ବୁଝିପାରିଲେ ଦ୍ରୋଣଙ୍କୁ ନ ଅଟକାଇଲେ ପାଣ୍ଡବମାନଙ୍କ ପରାସ୍ତ ନିଶ୍ଚିନ୍ତ । କିନ୍ତୁ ଦୌଣଙ୍କୁ ଅଟକେଇବା ଏତେ ସହଜ କଥା ନୁହେଁ । ଅସ୍ତ୍ରଶସ୍ତ୍ରରେ ତାଙ୍କୁ ପରାଜିତ କରିବା ଅସମ୍ଭବ । ଯଦି ତାଙ୍କ ଆଗରେ ତାଙ୍କ ପୁତ୍ର ଅଶ୍ୱତଥାମା ମୃତ ବୋଲି ଘୋଷଣା କରି ଦିଆଯାଏ, ତେବେ ସେ ଅସ୍ତ୍ର ତ୍ୟାଗ କରିଦେବେ ଏବଂ ସେହି ସୁଯୋଗରେ ତାଙ୍କୁ ହତ୍ୟା କରାଯାଇପାରେ । ମାଳବ ଦେଶର ରାଜା ଇନ୍ଦ୍ରବର୍ମନ ପାଣ୍ଡବ ମାନଙ୍କ ପକ୍ଷରୁ ଯୁଦ୍ଧ କରୁଥିଲେ । ତାଙ୍କ ସୈନ୍ୟ ବାହିନୀରେ ଏକ ବିଶାଳକାୟ ହାତୀର ନାମ ଥିଲା ଅଶ୍ୱଥାମା । କୃଷ୍ଣଙ୍କ ନିର୍ଦ୍ଦେଶରେ ଭୀମ ସେ ହାତୀକୁ ଗଦା ପ୍ରହାର କରି ହତ୍ୟା କଲେ ଏବଂ ଜୋର୍ ଜୋର୍‌ରେ ଅଶ୍ୱଥାମା ମୃତ ଅଶ୍ୱଥାମା ମୃତ ବୋଲି ଘୋଷଣା କଲେ । ଭୀମଙ୍କ କଥାରେ ବିଶ୍ୱାସ ନ କରି ଦ୍ରୋଣ ଧର୍ମରାଜ ଯୁଦ୍ଧିଷ୍ଠିରଙ୍କ ରଥ ଆଗରେ ନିଜ ରଥ ରଖି ଅଶ୍ୱତଥାମାଙ୍କ କଥା ପଚାରିଥିଲେ । ଯୁଦ୍ଧିଷ୍ଠିର କହିଥିଲେ, ଅଶ୍ୱତଥାମା ହତ, ନରେ ବା ଗୁଞ୍ଜରେ ଅର୍ଥାତ୍ ଅଶ୍ୱତଥାମ ମରିଛି, ମଣିଷ ହେଉ ବା ହାତୀ । କିନ୍ତୁ ନରେ ବା ଗୁଞ୍ଜରେ ବହୁତ

ଆସ୍ତେ କରି କହିଥିଲେ ଯେମିତି ଦ୍ରୋଣଙ୍କୁ ଶୁଭିବନି । ଆଉ ଏଇ ଟିକିଏ ମିଛ ପାଇଁ କିଛି ସମୟ ତାଙ୍କୁ ନର୍କ ଭୋଗ କରିବାକୁ ପଡ଼ିଥିଲା ।

ସୁମନ୍ତଙ୍କ ଭାବନାରେ ପୂର୍ଣ୍ଣଚ୍ଛେଦ ପଡ଼ିଲା ଯେତେବେଳେ ମୁନିସିପାଲଟି ଗାଡ଼ି ଆସି ଲାଗିଲା ଶବ ନେବା ପାଇଁ । ଗାଡ଼ିରୁ ଖପାଖପ୍ ଡେଇଁ ପଡ଼ି ଲୋକମାନେ ଚାଲିଲେ ଶବ ଆଣିବା ପାଇଁ । ଗାଡ଼ିରେ ଡ୍ରାଇଭର ଏକୁଟିଆ ବସିଥିବା ଦେଖି ସୁମନ୍ତ ପଚାରିଦେଲେ- ଭାଇ କେଉଁ ମଶାଣୀକୁ ଯିବ ଏ ଶବ ।

ଏଇ ପାଖରେ ଯୋଉ ମଶାଣି ଅଛି ସେଇଠିକୁ । ଡ୍ରାଇଭର କହିଲେ ।

ବାଟ ବିଷୟରେ ଟିକେ ବୁଝି ନେଇ ସୁମନ୍ତ ଚାଲିଲେ ମଶାଣି ଆଡ଼େ । ପ୍ରାୟ କୋଡ଼ିଏ ପଚିଶ ମିନିଟ୍ ଲାଗିବ ଚାଲିକି ଗଲେ । ଶୁନଶାନ ରାସ୍ତା । ଲୋକ ନାହାଁନ୍ତି କି ଗାଡ଼ି ମଟର ନାହିଁ । ଦୋକାନ ବଜାର ସବୁ ବନ୍ଦ । ବର୍ଷକ ଆଗରୁ କେହି କ'ଣ କେବେ ଭାବିଥିବ ଚଳଚଞ୍ଚଳ ସହରଟା ଦିନେ ଏମିତି ସ୍ଥିର, ନିର୍ବାକ୍ ହୋଇଯିବ ବୋଲି । କେତେବେଳେ କ'ଣ ହେଇଯାଏ ସତରେ କିଛି କହି ହୁଏନା । ତେବେ ପ୍ରତି ଜିନିଷର ଦୁଇଟା ଦିଗ ଥାଏ । ଭଲ ଆଉ ଖରାପ । ଏତେ ଖରାପ ପରିସ୍ଥିତି ହେଲେ ମଧ୍ଯ ଗୋଟାଏ ଜିନିଷ ଭଲ ହୋଇଛି । ଏ ପୃଥିବୀ କେତେ ନିର୍ମଳ, ପରିଷ୍କାର ବିଶୋଧିତ ହୋଇଯାଇଛି । ଗାଡ଼ି ମଟର କଳ କାରଖାନା ନ ଚାଲିବା ଦ୍ୱାରା ପ୍ରଦୂଷଣ ମାତ୍ରା ବହୁତ କମିଯାଇଛି । ଗଛପତ୍ର ସବୁଜ ସତେଜ ଦେଖାଯାଉଛନ୍ତି । ଆକାଶ ପୁରା ନିର୍ମଳ ଦେଖାଯାଉଛି । ଆଗରୁ କେମିତି ଗୋଟାଏ ଧୂଆଁଳିଆ ଦେଖାଯାଉଥିଲା । ପଶୁପକ୍ଷୀଙ୍କ ସଂଖ୍ୟା ଯେମିତି ବଢ଼ିଯାଇଛି । ଗଛମାନଙ୍କରେ ପକ୍ଷୀଙ୍କର କଳରବ ତାଙ୍କ କାନରେ ବାଜୁଥିଲା । ଅନ୍ୟ ସମୟ ହୋଇଥିଲେ ତାହା ତାଙ୍କୁ ସଂଗୀତର ମୂର୍ଚ୍ଛନା ପରି ଲାଗିଥା'ନ୍ତା । କିନ୍ତୁ ଏବେତ ତାଙ୍କ ସମୟ ଅଲଗା । ସେ ଶୀଘ୍ର ଶୀଘ୍ର ପାଦ ପକାଇଲେ । ଚଞ୍ଚଳ ମଶାଣି ଘାଟରେ ପହଞ୍ଚିବାକୁ ପଡ଼ିବ । ନିଜର ଶବ ସତ୍କାର ଦେଖିବା ସାଂଗେ ସାଂଗେ ତାଙ୍କର କିଛି ଲୋକଙ୍କୁ ବି ଦେଖି ପାରିବେ ।

ମଶାଣିରେ ପହଞ୍ଚି ସେ ଗୋଟେ କଡ଼କୁ ଠିଆ ହୋଇ ପଡ଼ିଲେ । ମଶାଣିର ଅଦ୍ଭୁତ କରୁଣ ଦୃଶ୍ୟ ତାଙ୍କ ମନ ଭିତରେ ଆଲୋଡ଼ନ ସୃଷ୍ଟି କରୁଥିଲା । ପ୍ରାୟ ତିରିଶ ସରିକି ଚିତା ଜଳୁଥିଲା । ଆଉ କିଛି ଶବ ବୁହା ହେଇ ଆସୁଥିବାର ଦେଖିଲେ । ସବୁ ମୃତ ବ୍ୟକ୍ତିଙ୍କର ପରିବାର ଲୋକ ବି କିଛି କିଛି ଆସିଛନ୍ତି । କିନ୍ତୁ ନିରାପଦ

ଦୂରତାରେ ଠିଆ ହୋଇଛନ୍ତି । ମୃତ ଦେହ ସବୁ ପୁରା ଲୁଗା ଦ୍ୱାରା ଆବୃତ ହୋଇଛି । ଶରୀରର କୌଣସି ଅଂଶ ବି ବାହାରକୁ ଦେଖାଯାଉନି ।

ମଶାଣିର ଦୃଶ୍ୟ ଦେଖିଲେ ଯେ କୌଣସି ଲୋକ ମନରେ ଭାବାନ୍ତର ସୃଷ୍ଟି ହୋଇଯାଏ । ଏଇଟା ଯେ ତା'ର ଅନ୍ତିମ ଗନ୍ତବ୍ୟସ୍ଥଳ, ତାହା ହୃଦୟଙ୍ଗମ ହୋଇଯାଏ । ସୁମନ୍ତଙ୍କ ମନରେ ସେମିତି କେତେ କ'ଣ ଭାବନା ଖେଳିଯାଉଥିଲା । ଟିକେ ଦୂରରେ ଥିବା ସେଇ ଗଛ ଛାଇରେ ବସି ସେ ଭାବୁଥିଲେ ଆମ ସମାଜର ରୀତିନୀତି କଥା । ଆମମାନଙ୍କ ଧର୍ମରେ ଘରେ ଜଣେ ମରିଗଲେ, ସେ ମୃତ ଶରୀରକୁ ସ୍ନାନ କରାଇ, ନୂଆ ଲୁଗା ପିନ୍ଧାଇ ମଶାଣିକୁ ନିଆ ଯାଏ । ଘରେ ସମସ୍ତେ ଉପାସ ଥା'ନ୍ତି । ମଶାଣିର ନିଆଁ ନ ଲିଭିବା ଯାଏ ରୋଷେଇ ଘରେ ଚୁଲି ଜଳିନଥାଏ । ମୃତ ବ୍ୟକ୍ତିର କ୍ରିୟା କର୍ମ ସବୁ ବାରଦିନ ଯାଏ ଚାଲେ । ସାରା ପରିବାର ଶୋକ ପାଳିଥା'ନ୍ତି । ତେଲ ମସଲା ବିହୀନ ଏକ ବକ୍ତ ଖାଦ୍ୟ ଖାଇ ନିରାଡ଼ମ୍ବର ଜୀବନ ବିତେଇଥା'ନ୍ତି । ମୃତ ବ୍ୟକ୍ତିକୁ ସମ୍ମାନ ଜଣେଇବା ପାଇଁ ଏବଂ ତା'ର ଆତ୍ମାର ସଦ୍‌ଗତି ପାଇଁ ପରିବାର ଲୋକଙ୍କର ଏ ପ୍ରକାର ପ୍ରଚେଷ୍ଟା ହୋଇଥାଏ । ହେଲେ ଏ କି ରୋଗ ଆସିଲା, ପରିବାର ଲୋକ ଏ ମୃତ ବ୍ୟକ୍ତିକୁ ଛୁଇଁବା ତ ଦୂର କଥା ଦେଖି ମଧ୍ୟ ପାରିବେନି । ଦେଖିବାକୁ ଚାହିଁଲେ ଦୂରରୁ ହିଁ ଦେଖିବ । ମନ ଭିତରେ ଯେତେ ସ୍ନେହ ପ୍ରେମ ଥିଲେ ବି ଦୂରେଇ ରହିବାକୁ ପଡ଼ିବ । ଦାହ ସଂସ୍କାର କାମ ସବୁ ମୁନିସିପାଲ୍‌ଟି ବାଲା କରିବେ । କି ଦାରୁଣ ପରିସ୍ଥିତି ସତରେ । କ୍ରିୟାକର୍ମ ବି ସେମିତି କାମଚଳା ଭିତରେ ହେଉଛି । କରୋନା କଟକଣା ଯୋଗୁଁ ବେଶୀ ଲୋକ ଏକତ୍ରିତ ହୋଇ ପାରିବେନି । ଦଶ ତୁଠରେ କୋଡ଼ିଏରୁ ଅଧିକ ଲୋକ ହେବେନି ।

ସୁପ୍ରଭା ଏବେ କ'ଣ କରୁଥିବ । କେମିତି ଥିବ ତାଙ୍କ ମାନସିକ ସ୍ଥିତି । ପାଖରେ ଦି'ଟା ଛୋଟ ପିଲା କେମିତି ସେ ଏ କାମ ସବୁ ଉଠାଇବେ । ଅବଶ୍ୟ ତାଙ୍କ ଭାଇମାନେ ଆସିଯିବେ । କିନ୍ତୁ କିଛି ସମୟ ତ ଲାଗିବ । ଏ ଭିତରେ ମୁନିସିପାଲ୍‌ଟିବାଲା ତ ଆଉ ଅପେକ୍ଷା କରିବେନି । ସେମାନେ ଶବ ଆଣି ଦାହ କରି ଅସ୍ଥି ମଧ୍ୟ ପଠାଇ ଦେଉଛନ୍ତି । ସୁମନ୍ତର ମନ ଭିତରୁ କେମିତି ଗୋଟାଏ ଲହଡ଼ି ଉଠୁଥିଲା ଏବଂ ତାଙ୍କୁ ପ୍ରବର୍ତ୍ତାଉଥିଲା - ଘରକୁ ଦଉଡ଼ି ଯା', ସୁପ୍ରଭା ଆଗରେ ଠିଆ ହୋଇ କହ - ମୁଁ ବଞ୍ଚିଛି ।

ସତରେ ସୁପ୍ରଭା କେତେ ଖୁସି ହୁଅନ୍ତେ। ଉତ୍ତପ୍ତ ମରୁଭୂମିରେ ଯେମିତି ଶୀତଳ ବର୍ଷାର ସ୍ପର୍ଶ ଅନୁଭବ ହୁଅନ୍ତା। ଆଖିର ଲୁହଧାର ବନ୍ଦ ହେଇଯାଇ ମୁହଁରେ ହସ ଫୁଟି ଉଠନ୍ତା।

କିନ୍ତୁ ନାଁ....ସେ ବର୍ତ୍ତମାନ ଏମିତି କିଛି କରିବେନି। ତାଙ୍କୁ ଆଉ ଟିକେ ଚିନ୍ତା କରିବାକୁ ପଡ଼ିବ। ତାଙ୍କ ପରିବାରର ମଂଗଳ ହିଁ ତାଙ୍କର କାମ୍ୟ। କେଉଁଥିରେ ତାଙ୍କର ଏବଂ ତାଙ୍କ ପରିବାରର ଭଲ ହେବ ? ସେ ବଞ୍ଚିଲେ ନା ମରିଗଲେ।

ଭାବନାର ସୁଅରେ ଭଙ୍ଗା ପଡ଼ିଗଲା। କାର୍ ଗୋଟେ ଆସି ସେଠି ଅଟକିଲା। ସୁମନ୍ତ ଯଥାସମ୍ଭବ ନିଜକୁ ଲୁଚେଇ ରଖି ନିରେଖି ଦେଖିଲେ - କାରୁରୁ ଓହ୍ଲାଇ ଆସୁଛି ତାଙ୍କ ଆଠବର୍ଷର ପୁଅ ଆଉ ତା' ସାଂଗରେ ଓହ୍ଲାଇ ଆସୁଛନ୍ତି ଜଣେ ବ୍ରାହ୍ମଣ ଏବଂ ଦୁଇଜଣ ପଡ଼ୋଶୀ। ଡାକ୍ତରଖାନା କି ମୁନିସିପାଲ୍‌ଟିରୁ ଖବର ପାଇ ସେମାନେ ଆସିଛନ୍ତି ନିଶ୍ଚୟ। ସୁପ୍ରଭା କିନ୍ତୁ ଆସି ନାହାଁନ୍ତି। ଆମ ପ୍ରଥା ଅନୁସାରେ ସ୍ତ୍ରୀଲୋକମାନେ ମଶାଣୀକୁ ଆସନ୍ତିନି। ତା' ଛଡ଼ା ସେ ଆସି କ'ଣ କରିବେ, କ'ଣ ଦେଖିବେ। ଖାଲି ଦେଖିବେ ଗୋଟେ କନାର ଗଣ୍ଠିଲି। ପୁଅର ମୁହଁକୁ ଚାହିଁ ଦେବା ମାତ୍ରେ ତାଙ୍କ ହୃଦୟଟା ଯେମିତି ଫାଟିଗଲା ପରି ଲାଗିଲା। କାନ୍ଦି କାନ୍ଦି ପିଲାଟାର ଆଖି ଫୁଲିଯାଇଛି। ଆହା... ଏଇ କଅଁଳ ବୟସରେ ଏ ଦାରୁଣ ଦୁଃଖ। ଏଇ ବୟସରେ ହିଁ ପିଲାମାଙ୍କର ବାପାମା'ଙ୍କ ପ୍ରତି ଅହେତୁକ ସମ୍ମାନ, ଆକର୍ଷଣ ଥାଏ। ଏତେ ଅଳ୍ପ ବୟସରୁ ତା' ମନରେ ମଧ୍ୟ ଏତେ ଆବିଳତା, ଜଟିଳତା କି କୁଟିଳତା ଆସିନଥିବ। ଏ ସଂସାରକୁ ସେ ବୁଝି ପାରିନଥିବ। ତଥାପି ବାପା ମରିବାର ଦୁଃଖ ଏବଂ କ୍ଷତି ସେ ଭଲ ଭାବରେ ବୁଝି ପାରୁଥିବ। ସୁମନ୍ତଙ୍କର ଭାରି ଇଚ୍ଛା ହେଉଥିଲା ଦୌଡ଼ିଯାଇ ପୁଅକୁ କୁଣ୍ଢାଇ ପକାନ୍ତେ, କହନ୍ତେ-ଦେଖରେ ଧନ ମୁଁ ବଞ୍ଚିଛି। ତୋ ଆଗରେ ଠିଆ ହେଇଛି। ହେଲେ ନାଁ...ବହୁତ କଷ୍ଟରେ ସେ ଏଥିରୁ ନିଜକୁ ନିବୃତ୍ତ କଲେ।

ଟିକିଏ ପରେ ମୁନିସିପାଲ୍‌ଟି ଗାଡ଼ି ଆସି ପହଞ୍ଚିଲା। ସେଥିରୁ ଗୁଡ଼ା ହୋଇଥିବା ଶବକୁ କାଢ଼ି ଷ୍ଟ୍ରେଚରରେ କର୍ମଚାରୀମାନେ ବୋହିନେଲେ ଶ୍ମଶାନ ଭିତରକୁ। ସବୁ ମୁନିସିପାଲ୍‌ଟି କର୍ମଚାରୀମାନେ ପିପିଇ କିଟ (PPE Kit) ପିନ୍ଧିଥାନ୍ତି। ସେମାନଙ୍କର ମଧ୍ୟ ପାଦଠାରୁ ମୁହଁ ପର୍ଯ୍ୟନ୍ତ ପୁରା ଆବୃତ୍ତ।

ଜଣାପଡୁଥାଏ ସତେ ଯେମିତି ଯମଦୂତମାନେ ମୃତବ୍ୟକ୍ତିଙ୍କୁ ଯମପୁରକୁ ବୋହିନେଇଯାଉଛନ୍ତି । ଶବଗୁଡା ହୋଇଥିବା ଲୁଗା ଉପରେ ତାଙ୍କର ନାମ ସୁମନ୍ତ ପାଇକରାୟ ଲେଖା ହୋଇଥାଏ । ତା' ନହେଲେ ତ କାହାର କୋଉଟା ଜାଣି ହେବନି । ସେଠି ସେମାନେ କହିଥିଲେ-ମୁହଁ ଦେଖିବାକୁ ଚାହିଁଲେ ପ୍ୟାକିଂ ଖୋଲି ଖାଲି ମୁହଁଟି ଦେଖେଇ ପାରିବେ । କିନ୍ତୁ ପଡ଼ୋଶୀମାନେ ପ୍ୟାକିଂ ଖୋଲିବାକୁ ମନା କଲେ । ବୋଧହୁଏ ସୁପ୍ରଭା ମନା କରିଥିବେ ପୁଅକୁ ଶବ ପାଖକୁ ନେବା ପାଇଁ । ସେମାନେ କିଛି କାଠ ସଜାଇ ତା' ଉପରେ ଶବକୁ ରଖି ପୁଣି ଉପରେ କିଛି କାଠ ରଖିଲେ । ତା'ପରେ ବ୍ରାହ୍ମଣକୁ ଡକା ହେଲା । ଭାଇନା ଯଥେଷ୍ଟ ଦୂରତା ବଜାୟ ରଖି ବିଧି ଅନୁସାରେ କ୍ରିୟା କର୍ମ କଲେ । ଗୋଟେ ଆଠ ଦଶଫୁଟ ହେବ ଲମ୍ବା ବାଡ଼ିର ଆଗରେ କନା ଗୁଡ଼ାଇ ତା' ଉପରେ ଘିଅ ଢାଳି ସେଥିରେ ଅଗ୍ନି ସଂଯୋଗ କରି ପୁଅ ହାତରେ ଛୁଆଁଇ ଦେଇ ଶବର ମୁହଁ ପାଖରେ ଲଗେଇ ଦେଲେ । ବାସ, ମୁଖାଗ୍ନି ଦିଆହେଇଗଲା । କିଛି ଘିଅ ପଡ଼ିବାରୁ ଶୁଖିଲା କାଠ ଜୋର୍‌ରେ ଜଳିବାକୁ ଲାଗିଲା । ତା'ପରେ ସେମାନେ ସେ କାର୍‌ରେ ଫେରିଗଲେ । ଫେରିଲା ବେଳକୁ ମୁନିସିପାଲ୍‌ଟି କର୍ମଚାରୀ ମାନେ ଆଶ୍ୱାସନା ଦେଇଥିଲେ ଯେ ସେମାନେ ଅସ୍ଥି ସଂଗ୍ରହ କରି ଘରକୁ ପଠାଇଦେବେ ।

ସୁମନ୍ତ ଭାବୁଥିଲେ - ବ୍ରାହ୍ମଣଙ୍କ ପୂଜାପାଠ ହେଉ ବା ମୁଖାଗ୍ନି ହେଉ । ସେଥିରେ ଏତେ ଦୂରତା କାହିଁକି । ତାଙ୍କ ଜାଣିବାରେ, କୋଭିଡ଼-୧୯ ଯାହାକୁ କରୋନା ବୋଲି କୁହାଯାଉଛି, ତାହାଏକ ଭାଇରସ (Virus) ଯୋଗୁଁ ବ୍ୟାପୁଛି । ଭାଇରସ ବ୍ୟାକ୍ଟେରିଆ ପରି ଗୋଟେ ଜୀବନ୍ତ ସେଲ ନୁହଁ । ତେଣୁ ଏହା ନିଜେ ନିଜ ଜାଗାରୁ ଅନ୍ୟ ଜାଗାକୁ ଯାଇ ପାରିବ ନାହିଁ । ତେଣୁ ସେମାନେ ନିଜର ଗମନାଗମନ ପାଇଁ ହେଉବା ଅଭିବୃଦ୍ଧି ପାଇଁ ଅନ୍ୟ କାହାର ସାହାଯ୍ୟ ନିଅନ୍ତି, ଏ ପରି କି ମଣିଷର ଜୀବକୋଷର ମଧ୍ୟ । ସେମାନେ ପୁରାପୁରି ପରଜୀବୀ (Parasite) ଥରେ ସେମାନେ ଜୀବକୋଷକୁ ଆସିଗଲେ ସେମାନେ କୋଷ ଭିତରକୁ ପଶିଯାନ୍ତି । କୋଷ ଭିତରେ ନିଜକୁ ବିଭାଜନ କରି ବହୁ ସଂଖ୍ୟାର ବଂଶ ବିସ୍ତାର କରିଥା'ନ୍ତି । ସେମାନଙ୍କ ସଂଖ୍ୟା ବେଶୀ ହୋଇଗଲେ ମଣିଷର ସେ ଜୀବକୋଷକୁ ଫଟେଇ ଦିଅନ୍ତି । ତେଣୁ ଦଶଫୁଟ ଦୂରରୁ ମୁଖାଗ୍ନି ଦେବା ଯାହା

ଦୁଇ ଇଞ୍ଚ ଆଗରୁ ଦେବା ମଧ୍ୟ ସେୟା । ଛାଡ଼, ଏଥିରେ ତାଙ୍କର ମୁଣ୍ଡ ଖେଳେଇବା କ'ଣ ଦରକାର ।

ସେମାନେ ସବୁ ଚାଲିଗଲେଣି । ଏମିତି ପ୍ରତି ମୃତବ୍ୟକ୍ତିଙ୍କର ସମ୍ପର୍କୀୟ ମାନେ ଚାଲିଯାଉଥାନ୍ତି । ପୁଣି ନୂଆ ନୂଆ ଶବ ଆସି ପହଞ୍ଚୁ ଥାନ୍ତି । ଏ ପ୍ରକ୍ରିୟା ତ ଏମିତି ନିରବଚ୍ଛିନ୍ନ ଭାବେ ଚାଲିଥିବ । କିନ୍ତୁ ସୁମନ୍ତ ସେମିତି ସ୍ଥାଣୁ ହୋଇ ବସିଥିଲେ ସେଇ ଗଛମୂଳେ । କେହି ମଧ୍ୟ ତାଙ୍କ ପ୍ରତି ଦୃଷ୍ଟିପାତ କରୁନଥିଲେ । ଯିଏ ଯାହା ସମସ୍ୟା ନେଇ ବ୍ୟସ୍ତ । ଏମିତି ଏ ସହରରେ ଭଲ ସମୟରେ ବି କେହି କାହା କଥା ବୁଝନ୍ତିନି । ବିନା କାରଣରେ ପଦଟିଏ ଭଲରେ କଥାବାର୍ତ୍ତା କରନ୍ତିନି । ଆଉ ଇଏତ ଏକ ଜଟିଳ ସମୟ । ସୁମନ୍ତ ଦେଖୁଥିଲେ, ତାଙ୍କ ଶରୀରକୁ ଅଗ୍ନି ତାଙ୍କ ଲେଲିହାନ ଶିଖାରେ ପୁରା କବଳିତ କରିସାରିଲେଣି । ଆଉ ଅଳ୍ପସମୟ ପରେ ତାଙ୍କର ପୁରା ଶରୀର ଭସ୍ମୀଭୂତ ହେଇଯିବ । ଆଉ ସୁମନ୍ତ ପାଇକରାୟ ହୋଇଯିବେ ସ୍ୱର୍ଗତ ସୁମନ୍ତ ପାଇକରାୟ ।

ତାଙ୍କର କାହିଁକି ମନେ ପଡ଼ିଯାଉଥିଲା ମହାଭାରତର ଜତୁଗୃହ ଦାହ କଥା । ଦୁର୍ଯ୍ୟୋଧନ ଆଦେଶ ଦେଇଥିଲେ ପୁରୋଚ଼ନକୁ ଗୋଟେ ଲାଖ (ଜଉ) ଘର ନିର୍ମାଣ କରିବାକୁ ବରୁଣାବନ୍ତରେ ଯାହାର ଗୋଟିଏ ମାତ୍ର ପ୍ରବେଶ ପଥ ଥିବ । କାହିଁକିନା ପାଣ୍ଡବମାନେ ନିକଟ ଭବିଷ୍ୟତରେ ବରୁଣାବନ୍ତ ଯିବେ ଏବଂ ସେମାନଙ୍କୁ ସେହି ଲାଖ ଗୃହରେ ରଖାଯିବ । କୃଷ୍ଣପକ୍ଷର ଚତୁର୍ଦ୍ଦଶୀ ଦିନ ପୁରୋଚ଼ନ ସେ ଗୃହରେ ନିଆଁ ଲଗାଇଦେବ । ଫଳରେ ପାଣ୍ଡବମାନେ ସେ ଲାଖଗୃହରୁ ବାହାରି ନ ପାରି ଜୀବନ୍ତ ଦଗ୍ଧ ହୋଇ ପ୍ରାଣତ୍ୟାଗ କରିବେ । କିନ୍ତୁ ଦୁର୍ଯ୍ୟୋଧନଙ୍କର ଏଇ କୁଟିଳ ଯୋଜନାକୁ ମହାଜ୍ଞାନୀ ବିଦୁର ବୁଝିପାରିଥିଲେ । ସେ ଖନକ ନାମକ ଏକ ଦୂତକୁ ପଠାଇ ସେ ଲାଖ ଗୃହରୁ ବାହାରିବା ପାଇଁ ଗୋଟେ ସୁଡ଼ଙ୍ଗ ଖୋଳାଇ ଥିଲେ । ଏବଂ ଯୁଧିଷ୍ଠିରଙ୍କୁ ଦୁର୍ଯ୍ୟୋଧନର ଏ କୁଚ଼କ୍ରୀ ଯୋଜନା ବିଷୟରେ ଜଣାଇ ଦେଇଥିଲେ । ଏହି ଭିତରେ ଏସବୁ ଯୋଜନା ବିଷୟରେ ଅନଭିଜ୍ଞ କୁନ୍ତୀ ଗୋଟେ ଭୋଜି ଦେଇଥିଲେ ବ୍ରାହ୍ମଣମାନଙ୍କୁ । ସେଦିନ ଜଣେ ନିଷାଦ ସ୍ତ୍ରୀଲୋକ ତା'ର ପାଞ୍ଚ ପୁଅଙ୍କୁ ଧରି ଆସିଥିଲା । ସେମାନେ ସମସ୍ତେ ଅତ୍ୟଧିକ ସୁରାପାନ କରିଥିବାରୁ ଭୋଜି ଖାଇଲା ପରେ ସେହିଠାରେ ସବୁ ଶୋଇପଡ଼ିଲେ । ସେଇ ରାତିରେ ଭୀମ ସେଇ ଘରେ ଅଗ୍ନି ସଂଯୋଗ କରି

ଦେଲେ । ପାଣ୍ଡବ ମାନେ ତ ମା' କୁନ୍ତୀଙ୍କ ସହ ସୁଡ଼ଙ୍ଗ ପଥ ଦେଇ ରକ୍ଷା ପାଇଗଲେ । କିନ୍ତୁ ସେ ନିଷାଦ ସ୍ତ୍ରୀଲୋକ ତାଙ୍କ ପାଞ୍ଚ ପୁଅଙ୍କ ସହ ଅଗ୍ନିରେ ଦଗ୍ଧ ହୋଇ ପ୍ରାଣତ୍ୟାଗ କରିଥିଲେ । ତା' ପରଦିନ ସାରା ହସ୍ତିନାପୁର ଜାଣିଲା ଯେ କୁନ୍ତୀ ଓ ପାଣ୍ଡବ ପାଞ୍ଚଭାଇ ସେଇ ଅଗ୍ନିକାଣ୍ଡରେ ମୃତ୍ୟୁବରଣ କରିଛନ୍ତି ।

ବରୁଣାବନ୍ତର ଜତୁଗୃହ ଅଗ୍ନିରେ ଭସ୍ମୀଭୂତ ହୋଇଗଲା ପରି ତାଙ୍କର ଶରୀର ରୂପକ ଜତୁଗୃହ ମଧ୍ୟ ଅଗ୍ନିରେ ଭସ୍ମିଭୂତ ହୋଇଯାଇଛି । ସମସ୍ତେ ଜାଣିଲେ ଯେ ସୁମନ୍ତ ପାଇକରାୟ ମୃତ । କିନ୍ତୁ ସେ ନିୟତିର ସୁଡ଼ଙ୍ଗରେ ରକ୍ଷା ପାଇଯାଇଛନ୍ତି । ଏବେ ତ ତାଙ୍କର ପାଣ୍ଡବମାନଙ୍କ ପରି ଅଜ୍ଞାତବାସ ଆରମ୍ଭ ହେବ ।

|| ୨ ||

କ୍ଷୁଧା ଏକ ସହଜାତି ପ୍ରବୃତି । ଏହା ମଣିଷ, ଜୀବ, ଜନ୍ତୁ ସମସ୍ତଙ୍କୁ ଅନୁଭବ ହୁଏ । କିନ୍ତୁ କ୍ଷୁଧା କ'ଣ ? କ୍ଷୁଧା ହେଉଛି ଖାଦ୍ୟ ବିନା ନିଜକୁ ଅସହଜ, ଦୁର୍ବଳ ଅନୁଭବ କରିବା ସହିତ ଖାଇବା ପାଇଁ ପ୍ରବଳ ଇଛା ଏବଂ ଉତ୍କଣ୍ଠା ଉଦ୍ରେଗ ହେବା । ଭୋକ ସମୟରେ ମଣିଷ ସବୁକିଛି ଭୁଲିଯାଏ । କେମିତି ଖାଦ୍ୟ ଗଣ୍ଡେ ଉଦରସ୍ଥ ହେବ ସେଇ ଚିନ୍ତାରେ ଘାରି ହେଉଥାଏ । ଥିଲାବାଲା ଲୋକଙ୍କର ତ କିଛି ଅସୁବିଧା ନ ଥାଏ । ଯେତେବେଳେ ଭୋକ ହେଲା ଖାଇଲେ । ଭୋକ ନ ହେଲେ ବି ଖାଇଲେ । କିନ୍ତୁ ଅତି ଗରୀବ ଶ୍ରେଣୀର ଲୋକଙ୍କ ପାଇଁ କ୍ଷୁଧା ଏକ ଅଭିଶାପ । ଓଳିଏ ଖାଇଲେ ଓଳିଏ ଉପାସ । ଏବେ ବି ପୃଥିବୀର କୋଟି କୋଟି ଲୋକ ବିନା ଖାଦ୍ୟରେ ଭୋକିଲା ପେଟରେ ରାତିରେ ଶୋଇ ଯାଉଛନ୍ତି । ଏଇ ପେଟ ଗଖଣ୍ଡକ ପାଇଁ ସବୁ ନାଟ । କ୍ଷୁଧା ନ ଥିଲେ ମଣିଷର ଏତେ ଚିନ୍ତା ନ ଥାନ୍ତା । କ୍ଷୁଧା ନ ଥିଲେ ଏତେ ଚୋରୀ, ଡକାୟତି, ହାଣକାଟ କି ଦେଶ ଦେଶ ଭିତରେ ଯୁଦ୍ଧ ଦେଖା ଯାଇନଥାନ୍ତା ।

ନାସ୍ତି କ୍ଷୁଧାସମଂ ଦୁଃଖ ନାସ୍ତି ରୋଗ କ୍ଷୁଧା ସମ,
ନାସ୍ତ୍ୟାହାର ସମଂ ସୌଖଂ ନାସ୍ତି କ୍ରୋଧ ସମୋ ରିପୁ ।

ଅର୍ଥାତ୍ କ୍ଷୁଧା ଭଳି ଦୁଃଖ ନାହିଁ କି କ୍ଷୁଧା ଭଳି ରୋଗ ନାହିଁ । ଆହାର ସଦୃଶ ସୁଖ ନାହିଁ କିମ୍ବା କ୍ରୋଧ ଭଳି ଶତ୍ରୁ ନାହିଁ ।

ଏଇ କ୍ଷୁଧା ପାଇଁ ଏବେ ଶ୍ରୀଲଙ୍କାରେ କିଛି ସ୍ତ୍ରୀଲୋକ ମାନେ ବେଶ୍ୟାବୃତ୍ତିକୁ ଆବୋରି ନେଇଛନ୍ତି । ଗଣ୍ଡେ ଖାଇବା ପାଇଁ ନିଜ ଶରୀରକୁ ମଧ୍ୟ ବିକ୍ରୀ କରିବାକୁ ପଛାଉ ନାହାନ୍ତି । ଇତିହାସର ପୃଷ୍ଠା ଓଲଟାଇଲେ ଜଣାଯାଏ ଯେ, ଯେତେବେଳେ

ହିଟଲରଙ୍କ ନାଜୀ ବାହିନୀ ଋଷିଆର ଲେନିନଗ୍ରାଡ଼ ସହରକୁ ବହୁତ ଦିନ କାଳ ଅବରୋଧ କରି ରଖିଥିଲେ, ସେତେବେଳେ ଲେନିନଗ୍ରାଡ଼ ସହରରେ ଘୋର ଖାଦ୍ୟାଭାବ ଦେଖା ଯାଇଥିଲା । ସେ ବିକଟ ସମୟରେ ଲୋକମାନେ ମଣିଷ ମାଂସ ଖାଇବାର ମଧ୍ୟ ନଜିର ଅଛି । କ୍ଷୁଧିତ କ'ଣ ନ କରି ପାରେ । କଥାରେ ଅଛି କ୍ଷୁଧିତ ବ୍ୟାଘ୍ର ବହୁତ ହିଂସ୍ର ହୋଇଥାଏ । କ୍ଷୁଧିତ ମଣିଷ ବି ଗଣ୍ଡେ ଖାଇବା ପାଇଁ ଯେକୌଣସି କାମ କରିବାକୁ ଦ୍ୱିଧାବୋଧ କରିନଥାଏ ।

ସୁମନ୍ତ ସେମିତି ବସିଥିଲେ ମଶାଣୀରେ । ସଂଧ୍ୟା ଆଗତ ପ୍ରାୟ । ସୂର୍ଯ୍ୟ ବୋଧହୁଏ ଅସ୍ତ ହୋଇ ଗଲେଣି । ସହରରେ ତ ଦିଗ୍‌ବଳୟ ଦେଖାଯାଏ ନାହିଁ । କିନ୍ତୁ ପଶ୍ଚିମ ଆକାଶରେ ଲାଲିମା କମି ଗଲାଣି । ଅନ୍ଧକାର ତା'ର ପସରା ମେଲାଇ ସାରିଲାଣି । ବିଜୁଳି ଖୁଣ୍ଟି ମାନଙ୍କରେ ବିଦ୍ୟୁତ ଆଲୋକ ଜଳିଲାଣି । ସେ ସେଇ ସକାଳେ ଯାହା ଜଳଖିଆ ଖାଇଥିଲେ । କିଛି ଉପମା ଆଉ ଅଣ୍ଡା ସିଝା ଗୋଟେ । ଏବେ ତ ତାଙ୍କୁ ଭୋକ ଲାଗିଲାଣି । ହେଲେ ଖାଇବେ କ'ଣ ? ପାଖରେ ଖାଇବା ନ ଥିଲେ ଭୋକଟା ବହୁ ଗୁଣରେ ବଢ଼ିଯାଏ । ଭୋକ ତ ଆଉ ପରିସ୍ଥିତି ଉପରେ ନିର୍ଭର କରେନାହିଁ । ଜଠରାଗ୍ନି ସବୁବେଳେ ଜଳୁଥାଏ । ସେ ଅଗ୍ନି ନିର୍ବାପିତ ହୋଇଗଲେ ଶରୀର ମଧ୍ୟ ନିର୍ବାଣ ପ୍ରାପ୍ତି ହୁଏ । ତେଣୁ ମଣିଷ ବଞ୍ଚିବା ପାଇଁ ଖାଦ୍ୟ ନିହାତି ଦରକାର । କିନ୍ତୁ ସେ ଏବେ ଖାଦ୍ୟ କେଉଁଠୁ ପାଇବେ ? ପକେଟରେ କିଛି ପଇସା ଅଛି । କିନ୍ତୁ ଏ କରୋନା କାଳରେ ସବୁ ଦୋକାନ ବଜାର ବନ୍ଦ । ଏ ଉତ୍କଟ ମହାମାରୀ ପୁରା ଜନଜୀବନକୁ ଛିନ୍ନ ଭିନ୍ନ କରି ଦେଇଛି । ସୁମନ୍ତଙ୍କର ମନେପଡ଼ି ଯାଇଥିଲା ପଛ ଦିନର ଗୋଟେ ଘଟଣା - ସେଦିନ ସେମାନେ ଯାଇଥିଲେ ପୁରୀ ସ୍ୱର୍ଗଦ୍ୱାର ତାଙ୍କର ଜଣେ ବନ୍ଧୁଙ୍କର ବାପାଙ୍କର ଶବ ସତ୍କାର କରିବା ପାଇଁ । ସେତେବେଳେ ସେ ଗୋଟେ ବିଚିତ୍ର ଦୃଶ୍ୟ ଦେଖିଲେ । ସ୍ୱର୍ଗଦ୍ୱାରରେ ତ ସବୁବେଳେ ଅହର୍ନିଶି ଚିତା ଜଳୁଥାଏ । କେତେ ଆଡୁ କେତେ ଲୋକ ନିଜ ଲୋକ ମାନଙ୍କର ମର ଶରୀରକୁ ନେଇ ଆସିଥା'ନ୍ତି ଏଠାକୁ । ସେ ଦେଖିଲେ ଜଣେ ଅଘୋରୀ ସାଧୁ ବାବା ଗୋଟେ ପାତ୍ରରେ କିଛି ଛତୁ ଏବଂ ପନିପରିବା ନେଇ ଗୋଟେ ଚିତା ଉପରେ ରାନ୍ଧୁଛନ୍ତି । ଚିତାର ଅଗ୍ନି ହିଁ ତାଙ୍କର ଇନ୍ଧନ୍ । ସେହିଥିରେ ରୋଷେଇ ହେଉଛି । ତା'କୁ ତ ସେ ପୁଣି ଖାଇବେ । ନିର୍ବିକାର ହୋଇଗଲେ ସବୁ ଜିନିଷ ଖାଇହେବ । ସୁମନ୍ତ ଗହିଆଡ଼େ ଆଖି

ବୁଲାଇଲେ । ଭୋକରେ ପେଟଟା କଁ କଁ ହେଲାଣି । କିଛି ଦୂର ରେ ଦେଖିଲେ ଗୋଟେ ବାଉଁଶ ଡାଲାରେ କିଛି ଖଇ, ଉଖୁଡ଼ା ଓ ରାଶି କୋରା ଥୁଆ ହୋଇଛି । ବୋଧହୁଏ କେଉଁ ଏକ ସଂପ୍ରଦାୟର ଲୋକମାନେ ଆଣିଥିବେ ତାଙ୍କ ନିଜ ଲୋକର ଶବ ସତ୍କାର ପାଇଁ । ସେଇମାନେ ଏଠାରେ ଛାଡ଼ି ଯାଇଛନ୍ତି । ସୁମନ୍ତ ଆଉ ଅପେକ୍ଷା କଲେ ନାହିଁ । କାଳେ କେଉଁ କୁକୁର ମୁହଁ ମାରିଦେବ । ତେଣୁ ସେ ତରତର ହୋଇ ସେ ଡାଲା ଉଠାଇ ଆଣିଲେ । ଟିକେ ଅପେକ୍ଷାକୃତ ଅନ୍ଧାରୁଆ ଯାଗାକୁ ଯାଇ ପରମ ତୃପ୍ତିରେ ଖାଇ ଲାଗିଲେ । କଥାରେ ଅଛି ଭୋକ ବେଳେ ସବୁ ଖାଦ୍ୟ ଅମୃତ ଭଳି ଲାଗେ । ଖାଇସାରି ପାଖ ପାଣି ଟ୍ୟାପରୁ ପେଟେ ପାଣି ପି' ଦେଇ ଚିନ୍ତା କରେ, ଏବେ ସେ କ'ଣ କରିବେ, କେଉଁଠିକି ଯିବେ ।

ତାଙ୍କର ମନେ ପଡ଼ିଗଲା ଏଇ ସହରରେ ଦୁଇଟା ରାତ୍ରି ଆଶ୍ରୟ ସ୍ଥଳ ଅଛି । ଗୋଟେ ତ ଏଇ ପାଖାପାଖି, ବେଶୀ ଦୂର ନୁହେଁ । ସେ ମନସ୍ଥ କଲେ ସେଠାକୁ ଯାଇ ରାତିରେ ଆଶ୍ରୟ ନେବେ । ଆଜି ରାତିଟା ବିତିଗଲେ ତା'ପରେ କ'ଣ କରିବାକୁ ହେବ ଚିନ୍ତା କରିବେ । ଆଉ ରହିଲା ଖାଇବା କଥା । ଏବେ ତ କେତେକ ସ୍ୱେଚ୍ଛାସେବୀ ସଂସ୍ଥା ଶ୍ରମିକ ମାନଙ୍କୁ ନ ହେଲେ ବସ୍ତିରେ ମାଗଣାରେ ଖାଦ୍ୟ ବାଣ୍ଟୁଛନ୍ତି । ଏ କରୋନା ସମୟରେ ତ ବହୁତ ଲୋକଙ୍କର କାମଧନ୍ଦା ବନ୍ଦ ହୋଇ ଯାଇଛି । ସବୁଆଡୁ ରୋଜଗାର ବନ୍ଦ । ସେମାନେ ଏଇଥିରୁ ନିଜ ନିଜର ତଥା ପିଲା ମାନଙ୍କର ଜୀବନ ବଞ୍ଚାଇ ପାରିଛନ୍ତି । ପୁଣି ଫିଡ଼ିଙ୍ଗ୍ ଇଣ୍ଡିଆ (Feeding India) ସଂସ୍ଥା ଅଛି । ଯେଉଁମାନେ କି ହୋଟେଲ, ରେଷ୍ଟୁରାଣ୍ଟ ବା ବିଭିନ୍ନ ଭୋଜୀରୁ ବଳକା ଖାଦ୍ୟ ଆଣି ଗରିବ, ଅସହାୟ ମାନଙ୍କ ମଧ୍ୟରେ ବାଣ୍ଟୁଛନ୍ତି । ସେ ଆସ୍ତେ ଆସ୍ତେ ସେଇ ରାତ୍ରି ଆଶ୍ରୟସ୍ଥଳ ଆଡ଼େ ଚାଲିଲେ । ମନଟା ତାଙ୍କର କେମିତି ଗୋଟାଏ ଅବ୍ୟକ୍ତ ବେଦନାରେ ଗୋଳେଇ ଘାଣ୍ଟି ହେଇଯାଉଥିଲା । କ'ଣ ଥିଲେ ସେ, କ'ଣ ହେଲେ, ଭବିଷ୍ୟତରେ କ'ଣ ହେବେ ଜଣାନାହିଁ । ମଣିଷର ଭାଗ୍ୟର ପରିବର୍ତ୍ତନ କ'ଣ ଏମିତି ହଠାତ୍ ହୋଇଯାଇପାରେ । ହଁ, ସେମିତି ତ ରାଜା ହରିଶ୍ଚନ୍ଦ୍ରଙ୍କ ଜୀବନରେ ଘଟିଥିଲା । ରାଜଗାଦି ଛାଡ଼ି ଶ୍ମଶାନରେ ଜଗୁଆଳୀ ହୋଇଥିଲେ । ରାଜା ନଳ ରାଜଭୋଗ ଛାଡ଼ି, ରାଣୀ ଦମୟନ୍ତୀଙ୍କୁ ଛାଡ଼ି ଜଙ୍ଗଲରେ ବାସ କରୁଥିଲେ । ମଣିଷ ଜୀବନର ମୋଡ଼ କେତେବେଳେ କେଉଁଆଡ଼େ ନେବ ତାହା କେହି ଜାଣି ପାରି ନଥା'ନ୍ତି ।

କିଛି ସମୟ ମଧ୍ୟରେ ସେ ପହଞ୍ଚି ଗଲେ ନିଜ ଗନ୍ତବ୍ୟସ୍ଥଳରେ । ସେ ଆଶ୍ରୟସ୍ଥଳରେ ବେଶୀ ଲୋକ ନଥିଲେ । ମାତ୍ର ଚାରି ପାଞ୍ଚଜଣ । ଆଶ୍ରୟସ୍ଥଳ ତ ନୁହେଁ ଗୋରୁ ଗୁହାଳ । ଅପରିଷ୍କାର ବାତାବରଣ । ସବୁ ଆଶ୍ରୟସ୍ଥଳ ମୁନିସିପାଲ୍‌ଟି ଦ୍ୱାରା ପରିଚାଳିତ । ସେ ଠିକ୍ ପଶିଲା ବେଳକୁ କୁଆଡ଼େ ଥିଲା, ଗୋଟେ ଲୋକ ଚାଲି ଆସିଲା । ତାଙ୍କୁ ବିଭିନ୍ନ ପ୍ରକାର ପ୍ରଶ୍ନ ପଚାରିଲା । ଯେମିତିକି କେଉଁଠାରୁ ଆସିଛ, କେଉଁ କାମରେ ଆସିଛ, ନାଁ କ'ଣ, କୌଣସି ପରିଚ୍ୟ ପତ୍ର ଅଛି ନା ନାହିଁ ଇତ୍ୟାଦି, ଇତ୍ୟାଦି । ସୁମନ୍ତଙ୍କର ଧୈର୍ଯ୍ୟ ନଥିଲା ଏତେ ପ୍ରଶ୍ନର ଉତ୍ତର ଦେବାକୁ । ସେ କହିଲେ - ରାତିଟା ଟିକେ ରହିବା ପାଇଁ କ'ଣ ଏତେ ଖୋଳତାଡ଼ କରିବା ଦରକାର ।

ସେ ଲୋକ ସାଙ୍ଗେ ସାଙ୍ଗେ କହିଲା- ଯଦି କିଛି କହି ନ ପାରିବ ତେବେ ପଚାଶେ ଶହେ ଦେଇଦିଅ । ଆଉ ଭିତରକୁ ଯାଅ ।

ସୁମନ୍ତଙ୍କ ମନଟା ବିରକ୍ତିରେ ଭରିଗଲା । ଏଠାରେ ମଧ୍ୟ ସେହି ଏକା କଥା ।

ସେ ଲୋକଟା କହି ଚାଲିଥିଲା - ଚୋର, ଡକାୟତ, ପକେଟ ମାରୁ ସବୁ ଅସାମାଜିକ ଲୋକ ରାତିରେ ଏଠାକୁ ଆସୁଛନ୍ତି । ଏମିତି କେତେ କ'ଣ ସେ ଲୋକଟା କହିଚାଲିଥାଏ ।

ସୁମନ୍ତ ଆଉ କିଛି ନ କହି ଫେରି ଆସିଲେ । ଭାବିଲେ ରେଳ ଷ୍ଟେସନରେ ଯାଇ ରହିଯିବେ । ଏମିତି ତ କେତେ ଲୋକ ଷ୍ଟେସନରେ ରହୁଛନ୍ତି । ରେଳରେ ଯିବା ଆସିବା ଲୋକ, ଗରୀବ ଗୁରୁବା, ଭିକାରି ପ୍ରଭୃତି । ସେ ମଧ୍ୟ ସେମାନଙ୍କ ସାଙ୍ଗରେ ରହିଯିବେ । ଏବେ ତ ରେଳ ବନ୍ଦ ଯୋଗୁଁ ଭିଡ଼ ମଧ୍ୟ କମ ଥିବ । ସେ ଚାଲିଲେ ଷ୍ଟେସନ ଆଡ଼କୁ । କିଛି ବାଟ ଯିବା ପରେ ଦେଖି ପାରିଲେ ବାଁ ପଟେ ଗୋଟେ ପାଞ୍ଚ କି ଛଅ ମହଲା କୋଠା ଘର । ଖାଲି ଛାତ ପଡ଼ିଅଛି । ସିଏ ତ କେତେଥର ଏଇ ବାଟେ ଯିବା ଆସିବା କରିଛନ୍ତି । କୋଉକାଳୁ ଏ ଘର ସେମିତି ଅଧା ପନ୍ତରିଆ ହୋଇ ପଡ଼ିଛି । ଲୋକ ମାନଙ୍କ ଠାରୁ ଶୁଣିଥିଲେ କୁଆଡ଼େ ଜାଗା ଉପରେ ଗଣ୍ଡଗୋଳ ଯୋଗୁଁ କେଶ୍ ସୁପ୍ରିମ କୋର୍ଟରେ ଅଛି । ସରକାରୀ ଯାଗାରେ ଘର କରି କୋଉ ବିଲଡ୍‌ର ଘର ବିକିବାକୁ ଚେଷ୍ଟା କରୁଥିଲା । ତେଣୁ କାମ ବନ୍ଦ ଅଛି । ପ୍ରାୟ ଦଶ ବର୍ଷ ହେବ । କିନ୍ତୁ ସେ ଭିତରେ ଆଲୁଅ ଜଳିଲା ପରି ମନେ

ହେଉଛି । ବିଜୁଳି ଆଲୁଅ ନୁହେଁ । ଏଇ କିରୋସିନି ଡିବି କି ମହମବତୀ ହେଇପାରେ । କ'ଣ ଭାବି ସେ ସେହି ଘର ଭିତରକୁ ପଶିଗଲେ । ବାହାର ବିଜୁଳି ଖୁଣ୍ଟରୁ ଆଲୁଅ ପଡ଼ି ଘର ଭିତରଟା ଝାପ୍‌ସା ଝାପ୍‌ସା ଦେଖା ଯାଉଥିଲା । ଜଳୁଥିବା ଆଲୋକକୁ ଅନୁସରଣ କରି ସେ ଦ୍ୱିତୀୟ ମହଲାକୁ ଉଠିଗଲେ । ଆଶ୍ଚର୍ଯ୍ୟ ! କିଛି ରୁମରେ ଲୋକମାନେ ଅଛନ୍ତି । ପରିବାର ସହ ମଧ୍ୟ କେତେକ ଅଛନ୍ତି । ଅବଶ୍ୟ ଏଇ ଗରୀବ, ମଜଦୁର, ଭିକାରି ଶ୍ରେଣୀର । ଝରକା କବାଟ ତ ନାହିଁ । କିନ୍ତୁ ଉପରେ ଛାତ ତ ଅଛି । ସେ ଭାବିଲେ- ଏଇଠି ଦିନେ ଦୁଇଦିନ ରହିଗଲେ ଭଲ ହୁଅନ୍ତା । ସରକାରଙ୍କର ସେ ରାତ୍ରି ଆଶ୍ରୟସ୍ଥଳୀ ଠାରୁ ଏହା ବହୁ ଗୁଣରେ ଭଲ ।

ଓ ବାବୁ, ଏଠି କ'ଣ କରୁଛ, କୁଆଡ଼େ ଆସିଛ ?

ଚମକି ପଡ଼ି ବୁଲି ଚାହିଁଲେ ସୁମନ୍ତ । ଲୋକ ଜଣେ ତାଙ୍କୁ ପ୍ରଶ୍ନ କରୁଛି । ହଠାତ ତାଙ୍କ ପାଟିରୁ ବାହାରି ପଡ଼ିଲା - ଭାଇ ମଫସଲରେ ମୋର ଘର । ଗୋଟାଏ କାମରେ ଏଠିକି ଆସିଥିଲି । କାମ ତ ହେଲାନି । ଟଙ୍କା ପଇସା ସବୁ ପକେଟମାରୁ ହୋଇଯାଇଛି । ଆଶ୍ରା ଟିକିଏ ପାଇଁ ଏ ଭିତରକୁ ପଶି ଆସିଥିଲି ।

ଲୋକଟା ତାଙ୍କୁ ଟିକେ ନିରେଖି ଚାହିଁଲା । ସେତେବେଳକୁ ଆଉ ଦୁଇଜଣ ଆସି ପହଞ୍ଚିଗଲେ । ସେମାନେ କହିଲେ - ଠିକ୍ ଅଛି । ଯାହା ହେବାର ହୋଇଯାଇଛି । ବ୍ୟସ୍ତ ହୁଅନାହିଁ । ଏଇ ପାଖ ବଖରାରେ ରହୁଥିବା ଲୋକଟି ତା' ଗାଁକୁ ଯାଇଛି । କାମ ଦାମ ସାରି ପନ୍ଦରଦିନ ପରେ ଫେରିବ । ତୁମେ ସେହିଠାରେ ରହିଯାଅ । ତା'ର ଖଣ୍ଡେ ମଶିଣା ଅଛି । ତା'କୁ ପାରି ଶୋଇ ପାରିବ । ଆଉ ଖାଇବା ପିଇବା କଥା ଚିନ୍ତାକରନି । ଆମେ ଯାହା ରାନ୍ଧିଛୁ ତୁମକୁ ସେହିଥିରୁ ଟିକିଏ ଦେଇଦେବୁ ।

ସୁମନ୍ତ ଆଶ୍ଚର୍ଯ୍ୟ ଆଖିରେ ସେମାନଙ୍କୁ ଚାହିଁ ରହିଲେ । ସତରେ ଗରିବ ଗୁରୁବାଙ୍କ ମନରେ ଏତେ ଛନ୍ଦ କପଟ କି ଜଟିଳତା ନଥାଏ । ସେମାନେ ସରଳ ବିଶ୍ୱାସୀ । ସବୁ କଥାରେ ବିଶ୍ୱାସ କରିଯା'ନ୍ତି ଏବଂ ବିପଦରେ ପଡ଼ିଥିବା ଲୋକକୁ ଯଥାସମ୍ଭବ ସାହାଯ୍ୟ ମଧ୍ୟ କରିଥା'ନ୍ତି । ଏବେ ତ ଏମାନଙ୍କର ରୋଜଗାର କିଛି ନ ଥିବ । ଏଇ ଯାହା ସରକାରୀ ଚାଉଳ ନ ହେଲେ ସ୍ୱେଚ୍ଛାସେବୀ (N.G.O.) ଅନୁଷ୍ଠାନ ମାନଙ୍କର ଦାନରେ ଯାହା ନିଜର ଗୁଜୁରାଣ ମେଣ୍ଟାଉଥିବେ । ସେଥିରେ ଦୁଇ ଓଳି ଦୁଇ ମୁଠା ଖାଇ ପାରୁଥିବେ କି ନାହିଁ ସନ୍ଦେହ । ତଥାପି ମଧ୍ୟ ସେଇଥିରୁ

ତାଙ୍କୁ ଖାଇବାକୁ ଦେବାକୁ କହୁଛନ୍ତି କେତେ ଆଗ୍ରହରେ । ନିଜ ପେଟରୁ କାଟିକି ଦେବାରେ ସେମାନଙ୍କର କୌଣସି ସଂକୋଚ୍ କି ଦ୍ୱିଧା ନାହିଁ ।

ସୁମନ୍ତ ମନେ ମନେ ଭଗବାନଙ୍କୁ ମୁଣ୍ଡିଆ ମାରିଲେ । ସତରେ ଭଗବାନ ସମସ୍ତଙ୍କ ପାଇଁ କିଛି ନା କିଛି ବ୍ୟବସ୍ଥା କରିଥା'ନ୍ତି । ସେ ଯାହା କରନ୍ତି ମଙ୍ଗଳ ପାଇଁ ହିଁ କରନ୍ତି । ତା' ନ ହେଲେସେ କାହିଁକି ରାତ୍ରି ଆଶ୍ରୟସ୍ଥଳ ଛାଡ଼ି ଏଠାକୁ ଆସିଥା'ନ୍ତେ । ଏ ଲୋକମାନେ କେଡ଼େ ସରଳ, ପରୋପକାରୀ । ଆଶ୍ରୟସ୍ଥଳର କର୍ମଚାରୀ ପରି ତ ଆଉ ଚୋର ଡକାୟତ ବୋଲି ଭାବୁ ନାହାନ୍ତି କି ପଇସା ମାଗୁନାହାନ୍ତି । ସେ ମଶିଣା ପକାଇ ବସିଗଲେ, ନିଜର ଆଣ୍ଠୁ ଉପରେ ମୁଣ୍ଡ ରଖି ।

କିଛି ସମୟ ପରେ ଛୋଟ ଝିଅଟିଏ ଗୋଟେ ହାତରେ ଡିବି ଆଉ ଗୋଟେ ହାତରେ ରସ ଥାଳୀରେ କିଛି ରନ୍ଧା ଖାଦ୍ୟ ଆଣି ଦେଲା । କହିଲା - ଆମର ଆଜି ଏଇଆ ରନ୍ଧା ହୋଇଛି । ଖାଇଦିଅ ।

ସୁମନ୍ତ ଦେଖିଲେ - କିଛି ଭାତ ଏବଂ ଡାଲି । ଡାଲିରେ ବୋଧେ ଅଳ୍ପ କିଛି ଆଳୁ ପଡ଼ିଛି । ଯାହା ହେଉ ଭଗବାନଙ୍କ ଦାନ ଭାବି ସେ ତାକୁ ଖାଇନେଲେ । ଭୋକରେ ଆଉଟୁ ପାଉଟୁ ହେଇଯାଉଥିବା ବେଳେ ଏ ଖାଦ୍ୟ ବି ତାଙ୍କୁ ସୁସ୍ୱାଦକର ଲାଗିଲା । ଖାଇଲା ପରେ ବାହାରକୁ ଯାଇ କୁଣ୍ଡରେ ଥିବା ପାଣିରେ ଥାଳି ଧୋଇ ଦେଲେ । ସେମାନଙ୍କୁ କୃତଜ୍ଞତା ଜଣାଇ ଶୋଇବାକୁ ଗଲେ । ଦିନ ଯାକର କ୍ଳାନ୍ତି ସତ୍ତ୍ୱେ ଆଖିକୁ ନିଦ ଆସୁ ନଥିଲା । ମନ ଯେତେବେଳେ ଭାରାକ୍ରାନ୍ତ ହୋଇଯାଏ, ଅଶାନ୍ତିର ଜୁଆର ଉଠି ମନକୁ ଉଦ୍‌ବେଳିତ କରିଦିଏ, ସେତେବେଳେ ନିଦ୍ରା କ'ଣ ସମ୍ଭବ । ଖାଲି ଚଟାଣ ଉପରେ ପରା ହୋଇଥିବା ମଣିଣା ଉପରେ ସେ ଖାଲି କଡ଼ ଲେଉଟାଉ ଥିଲେ । ଭାବି ଚାଲିଥିଲେ ତାଙ୍କ ଅତୀତର ଘଟଣାବଳିକୁ ।

ଜନ୍ମ ତାଙ୍କର ଗୋଟେ ନିମ୍ନ ମଧ୍ୟବିତ୍ତ ପରିବାରରେ । ସବୁ ମଧ୍ୟବିତ୍ତ ପରିବାର ପରି ତାଙ୍କର ମଧ୍ୟ ବହୁତ ସ୍ୱପ୍ନ ଥିଲା । କିନ୍ତୁ ସେ ସ୍ୱପ୍ନ ଦେଖିବାକୁ ରାତି ନଥିଲା କି ନିଦ ବି ନ ଥିଲା । ବାପା ଚାକିରୀ କରୁଥିଲେ କଲିକତାର ଚଟ କଳରେ । ସେତେବେଳେ ତାଙ୍କ ଗାଁର ତଥା ଆଖ ପାଖ ଗାଁର ବହୁତ ଲୋକ କଲିକତାରେ ଚାକିରୀ କରୁଥିଲେ । ଗାଁରେ ସେ, ବୋଉ ଓ ଅପା ରହୁଥିଲେ । ପାଠପଢ଼ା ସେଇ ଗାଁ ସ୍କୁଲରେ । ବାବା, ନରେନ୍ଦ୍ର ବାବୁ, ଦୁଇ ଚାରି ମାସରେ ଥରେ ଗାଁକୁ ଆସନ୍ତି । ଆସିଲା ବେଳେ ଗୁଡ଼ାଏ ଜିନିଷ ଆଣିଥାନ୍ତି । ଡ୍ରେସ, ଚକୋଲେଟ,

ବିସ୍କୁଟ ଇତ୍ୟାଦି । ସେତେବେଳେ ଗାଁରେ ବିସ୍କୁଟ ଚକୋଲେଟ ଗୋଟେ ଅପୂର୍ବ ଜିନିଷ । କେତେ ଖୁସିରେ ଥିଲା ମଣିଷ । ସେ ସବୁଦିନ କଥା ମନେ ପଡ଼ିଲେ ଇଛା ହୁଏ ଆଉଥରେ ସେ ଦିନ ଗୁଡ଼ାକ ଫେରି ଆସନ୍ତାକି । ବାବା ସବୁବେଳେ କହୁଥିଲେ- ବିଳାସ, ବ୍ୟସନ, ପ୍ରାଚୁର୍ଯ୍ୟର ମାପକାଠି କେବେହେଲେ ବଡ଼ ବଡ଼ କୋଠାବାଡ଼ି, କାର ମଟର, କି ବହୁତ ଟଙ୍କା ପଇସା ନୁହେଁ । ଏଥିରେ ସୁଖ ଶାନ୍ତି ସବୁବେଳେ ମିଳେନାହିଁ । ଛୋଟ ଛୋଟ ଜିନିଷରୁ ମଧ୍ୟ ଆନନ୍ଦ ଉପଭୋଗ କରିହୁଏ, ଶାନ୍ତି ମିଳେ । ନିଜ ପରିବାର, ବନ୍ଧୁ ବାନ୍ଧବଙ୍କ ସାଙ୍ଗରେ ସମୟ ବିତେଇବା, ନିଜର ଭଲ ସ୍ୱାସ୍ଥ୍ୟ ବଜାୟ ରଖିବା, ଡାକ୍ତରଖାନାର ଦ୍ୱାର ନ ମାଡ଼ିବା, ଏ ସବୁ ତ ଗୋଟେ ଗୋଟେ ପ୍ରାଚୁର୍ଯ୍ୟ, ଗୋଟେ ଗୋଟେ ସମ୍ପତ୍ତି ।

ବାବାଙ୍କର ଏଇ କଥାରୁ ଏବେ ମନେ ପଡ଼ିଯାଉଛି ଆପଲ୍ କମ୍ପାନୀର ପ୍ରତିଷ୍ଠାତା ଷ୍ଟିଭ ଜବ୍‌ସଙ୍କ କଥା । ମାତ୍ର ୫୬ ବର୍ଷ ବୟସରେ ଶହ ଶହ କୋଟି ଟଙ୍କାର ମାଲିକ ଷ୍ଟିଭ ଜବ୍‌ସ କ୍ୟାନସରରେ ପ୍ରାଣ ହରାଇଥିଲେ । ମୃତ୍ୟୁ ଶଯ୍ୟାରେ ପଡ଼ିଥିଲା ବେଳେ ସେ କହିଥିଲେ- "ମୁଁ ବ୍ୟବସାୟରେ ସଫଳତାର ଚରମ ସୀମାରେ ପହଞ୍ଚି ପାରିଛି । କିନ୍ତୁ ସାରା ଜୀବନ କାମ ବ୍ୟତୀତ ମୁଁ ଆଉ କିଛି ଉପଭୋଗ କରି ପାରିନାହିଁ । କେବଳ ଧନ ରୋଜଗାର କରିଛି । ଆଜି ରୋଗ ଶଯ୍ୟାରେ ପଡ଼ି ମୁଁ ଅନୁଭବ କରୁଛି ଯେ; ଏଇ ସବୁ ଧନ, ସଫଳତା, ସାମାଜିକ ସମ୍ମାନ ଯାହାକୁ ନେଇ ମୁଁ ଦିନେ ଗର୍ବ କରୁଥିଲି, ତା'ର ଏଇ ଭବିଷ୍ୟତର ନିଶ୍ଚିତ ମୃତ୍ୟୁ ଆଗରେ କିଛି ମୂଲ୍ୟ ନାହିଁ ।"

ଏମିତି ତାଙ୍କ ପରିବାର ଗାଡ଼ିଟି ଧୀରେ ସୁସ୍ଥେ ଗଡ଼ି ଚାଲିଥିଲା । ସେତେବେଳେ ତାଙ୍କର ବୋଧେ ସପ୍ତମ ଶ୍ରେଣୀ ଏବଂ ଅପାର ନବମ ହୋଇଥିଲା । ହଠାତ୍ ବାବାଙ୍କର ଚଟକଳ ବନ୍ଦ ହୋଇଗଲା । ଚଟକଳ ମାନେ ଝୋଟ କାରଖାନା । ମାଲିକ କୁଆଡ଼େ କହିଲେ ଯେ ଆଉ କଞ୍ଚା ମାଲ ମାନେ ଝୋଟ ଆବଶ୍ୟକ ଅନୁଯାୟୀ ମିଳୁନାହିଁ । ଯାହା ମିଳିକି ଝୋଟଜାତ ଦ୍ରବ୍ୟ ତିଆରି ହେଉଛି ତାହାର ମୂଲ୍ୟ ବହୁତ ହୋଇଯାଉଛି । କମ୍ପାନୀର କ୍ଷତି ହେଉଛି । ମାଲିକ ମାନେ ତ କୋଟି କୋଟି ଟଙ୍କା ରୋଜଗାର କରିଛନ୍ତି । ତାକୁ ନେଇ ସେମାନେ ସେମାନଙ୍କ ଭବିଷ୍ୟତ ଜୀବନ ସୁଖ ସ୍ୱାଛନ୍ଦରେ ବିତାଇ ପାରିବେ । କିନ୍ତୁ ସାଧାରଣ ଶ୍ରମିକ । ସେମାନଙ୍କର କ'ଣ ହେବ । ସେମାନଙ୍କ କଥା ତ କେହି ହେଲେ

ଭାବିଲେନି । ନାଁ ମାଲିକ, ନାଁ ସରକାର । ବାବା ପ୍ରାୟ ଦୁଇ ମାସ ସେହି କଲିକତାରେ ରହିଲେ । କାଲେ କେଉଁଠି ଚାକିରୀ ଖଣ୍ଡେ ହୋଇଯିବ । କିନ୍ତୁ କେଉଁଠି ବି କିଛି ହେଲାନି । ଶେଷକୁ ବାଧ୍ୟ ହୋଇ ଗାଁକୁ ଚାଲି ଆସିଲେ । ହାତରେ କିଛି ବି ପଇସା ପତ୍ର ନାହିଁ । କମ୍ପାନୀ କାମରୁ ବାହାର କଲାବେଳେ ଯାହା ତିନି ମାସର ଦରମା ଦେଇଥିଲା । ତା' ପ୍ରାୟ ଖର୍ଚ୍ଚ ହୋଇଯାଇଛି । ଏବେ ସେ କ'ଣ କରିବେ । ପୋଷ୍ଟ ଅଫିସରେ କିଛି ଟଙ୍କା ଜମା ଥିଲା । ତାଙ୍କ ଚାକିରୀ କାଳ ଭିତରେ ବୋଉ କିଛି କିଛି ଜମା କରିଥିଲା। ସେ ବା କେତେଦିନ ଯିବ। ଏମିତିରେ ମାସେ ଖଣ୍ଡେ ଚାଲିଗଲା । ତାଙ୍କର ଯାହା ଅଳ୍ପ କିଛି ଚାଷ ଜମି ଥିଲା ତା' ତ ଭାଗ ଚାଷରେ ଦିଆ ଯାଇଥିଲା । ବାବାଙ୍କୁ ମଧ୍ୟ ଚାଷବାସ କଥା କିଛି ଜଣା ନଥିଲା । ଏ ବୟସରେ ସେ ଆଉ ବିଲକୁ ଯାଇ ପଙ୍କ କାଦୁଅରେ ପଶି କାମ କରି ପାରିବେନି । ଅନ୍ୟ କିଛି କାମ ତ ତାଙ୍କୁ ଜଣା ନଥିଲା । ଛୋଟ ମୋଟର ବ୍ୟବସାୟ କରିବା ପାଇଁ ପାଖରେ ପୁଞ୍ଜି ମଧ୍ୟ ନ ଥିଲା । ଏତେବେଳକୁ ବୋଧହୁଏ ବାବାଙ୍କର ବୋଧ ହୋଇଥିଲା- ବିଳାସ ବ୍ୟସନ ପାଇଁ ସିନା ଅତ୍ୟଧିକ ଟଙ୍କା ଦରକାର ନାହିଁ କିନ୍ତୁ ବଞ୍ଚିବା ପାଇଁ ନ୍ୟୂନତମ ଅର୍ଥ ତ ନିଶ୍ଚୟ ଦରକାର । କିନ୍ତୁ ଅର୍ଥ ଆସିବ କୋଉଠୁ । ବାବା ଖାଲି ବସି ରହୁଥିଲେ । ଘରେ ଚାଉଳ ଗଣ୍ଡେ ଥିଲା । ବାଡ଼ିରେ ଶାଗ ମୁଗ ଯାହା ହେଉଥିଲା । ସେଥିରେ କୌଣସି ପ୍ରକାରେ ଖାଇବାଟା ହୋଇଯାଉଥିଲା । ଖାଇବା ଆଉ କ'ଣ, ଯାହିତାହି ପେଟ ଚାଖଣ୍ଡକ ଭର୍ତ୍ତୀ କରିବା କଥା । ସେମାନେ ତ ସରକାରୀ ସ୍କୁଲରେ ପଢୁଥିଲେ । ତେଣୁ ବେଶୀ କିଛି ଖର୍ଚ୍ଚ ହେଉ ନଥିଲା । ତଥାପି ଘର ଚଳେଇବା ପାଇଁ କିଛି ତ ଟଙ୍କା ପଇସାର ଆବଶ୍ୟକତା ରହିଛି । ବୋଧହୁଏ ସେହି ସବୁ କଥା ଚିନ୍ତା କରି କରି ବାବା ଚିଡ଼ ଚିଡ଼ା, ବଦ୍‌ରାଗୀ ହେବାକୁ ଲାଗିଲେ । କ୍ରମେ ତାଙ୍କର ରାଗ ବଢ଼ିବାକୁ ଲାଗିଲା । ଟିକେ ଟିକେ କଥାରେ ଚିଡ଼ି ଉଠନ୍ତି । ଭଲ କଥା କହିଲେ ମଧ୍ୟ ରାଗିଯା'ନ୍ତି । କଥାବାର୍ତ୍ତା ପ୍ରାୟ ବନ୍ଦ କରିଦେଇଥିଲେ । ଏତେ ହସ ଖୁସିର ମଣିଷଟା ହଠାତ୍ କେମିତି ବଦଳି ଗଲା । ଏହି ସ୍ୱଭାବ ଯୋଗୁଁ ବାହାରେ ବି ଲୋକ ମାନଙ୍କ ସାଙ୍ଗରେ ଝଗଡ଼ା କଲେ । ଏମିତି କି କିଏ ଯଦି ପଚାରିଦେଲା "କାରଖାନା କେବେ ଖୋଲିବ" ସେ ରାଗିଯାଇ ତା'ର ପ୍ରତିକ୍ରିୟା ପ୍ରକାଶ କରୁଥିଲେ । ସେ ଭାବୁଥିଲେ ତାଙ୍କୁ ତାଚ୍ଛଲ୍ୟ କରି ଏପରି ପଚ଼ରା ଯାଉଛି । ପଚାରିବା ଲୋକର

ଚଉଦ ପୁରୁଷ ଉଝାଳି ପକଉଥିଲେ । ଫଳରେ ଅପ୍ରୀତୀକର ପରିସ୍ଥିତି ସୃଷ୍ଟି ହେଉଥିଲା । କୁହାଯାଏ "ଖାଲି ମସ୍ତିଷ୍କ ଶଇତାନର କାରଖାନା" । କିଛି କାମ ନ କରି ଘରେ ବସି ବସି ବୋଧହୁଏ ଅବସାଦ (Depression) ଆଡ଼କୁ ମୁହାଁଇଥିଲେ । ଥରେ ତ ତାଙ୍କ ସାହିର ଜଣେ ବଡ଼ବାବା ହେବେ ପଚାରିଦେଲେ "ଆରେ ନରେନ୍ଦ୍ର ତୋର ଆଗର କାର୍ଯ୍ୟକ୍ରମ କ'ଣ ? ତୁ କ'ଣ ଏମିତି ଘରେ ବସି ରହିଥିବୁ !" ତା'ପରେ ବାବା ଯାହା କଲେ ସମସ୍ତେ ଆତଙ୍କିତ ହୋଇ ପଡ଼ିଲେ । ଯାହା ମନକୁ ଆସିଲା ତା'ତ କହିଲେ, ସେ ବୟସରେ ବଡ଼ ହେଲେ ମଧ୍ୟ ଟିକେ ସମ୍ମାନରେ କଥାବାର୍ତ୍ତା କଲେନି । ଯେତେବେଳେ ବଡ଼ବାବା କହିଲେ- ଆରେ ଏମିତି କ'ଣ ବ୍ୟବହାର କରୁଛୁ । ବାବା ଘର ଭିତରକୁ ଯାଇ ଗୋଟେ ଠେଙ୍ଗା ଧରି ଆସି ତାଙ୍କୁ ବାଡ଼େଇବାକୁ ଉଦ୍ୟତ ହେଲେ । ବାଧ ହୋଇ ବୋଉ ଆସି ଦାଣ୍ଡରେ ବାବାଙ୍କୁ ଅଟକେଇଲା । ଭିତରକୁ ଟାଣି ଟାଣି ନେଇ ଆସିଲା । ବହୁତ ସମୟ ପରେ ତାଙ୍କ ରାଗ ଶାନ୍ତ ହେଲା ।

କିନ୍ତୁ ଏ କଥାକୁ ନେଇ ଗାଁରେ ବହୁତ ସରଗରମ ଆଲୋଚ଼ନା ହେଇଥିଲା । ବଡ଼ବାବା ଗାଁ ସଭା ଡକାଇଥିଲେ । ଏ ଗୋଟାଏ ଜଟିଳ ପରିସ୍ଥିତି । ବୋଉ ଭାରି ବ୍ୟସ୍ତ ହୋଇପଡ଼ିଲା । ବାବା ଯଦି ସେ ସଭାରେ ସେମିତି କିଛି ବ୍ୟବହାର ଦେଖାଇବେ ତେବେ ତ ଗାଁ ବାଲା ସେମାନଙ୍କୁ ଏକଘରକିଆ କରିଦେବେ ନ ହେଲେ ଜୋରିମାନା ଲଗାଇବେ । କେହି ଆମ ସାଙ୍ଗେ ସଂପର୍କ ରଖିବେନି । ବାବା ତ କିଛି ବୁଝିବା ଅବସ୍ଥାରେ ନ ଥିଲେ । ବୋଉ ତେଣୁ ତାଙ୍କୁ ନେଇ ବଡ଼ବବାଙ୍କ ଘରକୁ ଯାଇଥିଲା । ଆଉ ନେହୁରା ହୋଇଥିଲା, ଭୁଲ ମାଗିଥିଲା । ଅନୁରୋଧ କରିଥିଲା ସଭାକୁ ଦେଇଥିବା ଅଭିଯୋଗ ପତ୍ର ଫେରେଇ ଆଣିବାକୁ ଓ ସଭା ନ ଡାକିବାକୁ । ବଡ଼ବାବା ବହୁତ ଭଲ ଲୋକ ଥିଲେ । ବୋଉର ଅନୁରୋଧ ରକ୍ଷା କରିଥିଲେ । ତା' ପରଠାରୁ ସେମାନେ ସମସ୍ତେ ତାଙ୍କୁ ଗୋଡ଼େ ଗୋଡ଼େ ଜଗି ରହିଲେ, ଯେମିତି ଏ ଘଟଣାର ପୁନରାବୃତ୍ତି ନ ହୁଏ ।

ଏ ତ ଗଲା ବାହାର କଥା । ଘର ଭିତରେ ମଧ୍ୟ ଅବସ୍ଥା ଭଲ ନ ଥିଲା । ଅପା ତ ନବମ ଶ୍ରେଣୀରେ ପଢୁଥିଲା । ବଡ଼ ପିଲା ହୋଇଗଲାଣି । ବାବା ତାକୁ ସବୁବେଳେ ସନ୍ଦେହ ଦୃଷ୍ଟିରେ ଦେଖିବାକୁ ଲାଗିଲେ । କୁଆଡ଼େ ଗଲେ, କ'ଣ ପିନ୍ଧିଲେ, କାହା ସାଙ୍ଗରେ କଥାବାର୍ତ୍ତା ହେଲେ, ସେ ସମ୍ଭାଳି ପାରୁ ନ ଥିଲେ ।

ଅପାକୁ ଯାହା ପାଟିକୁ ଆସୁଥିଲା ବକି ଚାଲୁଥିଲେ । ଥରେ ତ ଅପାର ଗୋଟେ ପୁଅ ପିଲା ସାଙ୍ଗ ଆସିଥିଲା ଘରକୁ କ'ଣ ଗୋଟାଏ ବହି କି ଖାତା ଫେରାଇବାକୁ । ତା'ର ଭାଗ୍ୟ ଖରାପ । ବାବାଙ୍କ ହାବୁଡ଼ରେ ପଡ଼ିଗଲା । ପ୍ରଥମେ ତ ବାବା ତାକୁ ତା'ର ନାଁ, ଗାଁ, ଘର କେଉଁଠି ଆଦି ପଚାରିଲେ । ପୁଣି କେଉଁ ସ୍କୁଲରେ ପାଠ ପଢୁଛ, ପରୀକ୍ଷାରେ କେତେ ନମ୍ବର ଥିଲା । ତା'ପରେ ରାଗିକରି କହିଲେ ତୁମର ଯାହା ପଢ଼ାପଢ଼ି କଥା ସବୁ ସ୍କୁଲରେ କରିବ । ଏଠାକୁ ଆସିବ ନାହିଁ । ସତରେ ବହି ଫେରାଇବାକୁ ଆସିଛୁ ନାଁ ଅନ୍ୟ କୌଣସି କାରଣ ଅଛି । ଶୀଘ୍ର ଏଠୁ ବାହାର । ବାବାଙ୍କ କଥା ଉପରେ କଥା କହିବାର ସାହାସ ଅପାର ନ ଥିଲା । ବାବାଙ୍କ ପାଟି ଶୁଣି ସେ ପିଲା ପଳେଇଲା । ବୋଉ ବାବାଙ୍କୁ କେତେ ବୁଝାଇଲା । କହିଲା- ପଢ଼ିଲା ବେଳେ ଏମିତି ବହି ଖାତା ଦିଆନିଆ ହୁଅନ୍ତି । ବାବା କିଛି ବୁଝି ନ ଥିଲେ । ସେ ପିଲା ଚାଲିଯିବା ପରେ ଗାଳି ବର୍ଷଣ ହେଲା ଅପା ଉପରେ ।

ବାବାଙ୍କର ମାନସିକତା ସେଇ ମଧ୍ୟ ଯୁଗର ଥିଲ । ତାଙ୍କ ଅନୁସାରେ ଗୋଟେ ପୁଅ ଓ ଝିଅର ସମ୍ପର୍କ କେବଳ ଆଦାମ ଆଉ ଇଭଙ୍କ ସଂପର୍କ ପରି । ଅନ୍ୟ କୌଣସି ସଂପର୍କ କଥା ସେ କଳ୍ପନା ବି କରି ପାରନ୍ତି ନାହିଁ ।

କିନ୍ତୁ ଏ ସବୁ ଘଟଣା ଦ୍ୱାରା ଘରର ବାତାବରଣ ନଷ୍ଟ ହୋଇଗଲା । ଅର୍ଥାଭାବ ତ ଲାଗି ରହିଥିଲା । କିନ୍ତୁ ମଣିଷର ଯେଉଁ ସୂକ୍ଷ୍ମ ଚେତନା ଯେପରିକି ସ୍ନେହ, ପ୍ରେମ, ଆନନ୍ଦ, ପରସ୍ପର ପ୍ରତି ସହାନୁଭୂତି ପ୍ରଭୃତି ଆସ୍ତେ ଆସ୍ତେ କମି ଆସିଲା । ବୋଉର ଶତଚେ଼ଷ୍ଟା ସତ୍ତ୍ୱେ ବାବା ବାଟକୁ ଫେରି ନ ଥିଲେ । ବରଂ ଆଉ ଗୋଟେ ଘଟଣା ଘଟେଇ ଦେଲେ । କ'ଣ ପାଇଁ କେଜାଣି ବାବା ସେଦିନ ସନ୍ଧ୍ୟାବେଳେ ବାହାରକୁ ଟିକେ ଯାଇଥିଲେ । ସ୍କୁଲ ବେଳର ଜଣେ ସାଙ୍ଗ ଡାକିବାରୁ ଯାଇଥିଲେ । ଫେରିଲେ ରାତି ଦଶଟାରେ । ଗାଁରେ ତ ସନ୍ଧ୍ୟା ବେଳକୁ ଲୋକମାନେ ଘରେ ରହିଯା'ନ୍ତି । ବାହାରେ ଚଳ ପ୍ରଚ଼ଳ ପ୍ରାୟ ବନ୍ଦ ହୋଇଯାଏ । ବୋଉ ଖାଲି ଘରକୁ ବାହାରକୁ ହେଉ ଥାଏ । ଯାହାହେଉ ବାବା ଫେରିଲେ । ବୋଉ ଟିକେ ଆଶ୍ୱସ୍ତ ହେଲା । କିନ୍ତୁ ଏ କ'ଣ ! ସେ ତ ପୁରା ନିଶାରେ ଟଳ ମଳ । ବୋଉ ଆମକୁ ଗୋଟେ ରୁମରେ ବନ୍ଦ କରିଦେଇ ବାବାଙ୍କୁ ନେଇ ବସାଇଲା । ତାଙ୍କ ପାଇଁ ଖାଇବା ବାଢ଼ିଦେଲା । ହେଲେ ବାବା ଟିକିଏ ପାଟିକୁ ନେଇ ଥୁ ଥୁ କରି କାଢ଼ି ପକାଇଲେ । ଭଲ ହୋଇନାହିଁ କହି ପାଟି କଲେ । ବୋଉ

ତରତର ହୋଇ ଯାଇ ସବୁ ଘରର କବାଟ ଝରାକା ବନ୍ଦ କରିଦେଲା । କାଳେ ପଡ଼ିଶା ଘର କେହି ଶୁଣିନେବେ । ଆଗରୁ ତ କେତେ ବେଜିତ ହୋଇଛୁ । ଆଉ ଅଧିକ ଲଜ୍ଜିତ ହେବାକୁ କ'ଣ ଭଲ ଲାଗିବ । ବାବାଙ୍କର ପାଟି ସାଙ୍ଗକୁ ବାସନ ଫୋପାଡ଼ିବା ଶବ୍ଦ । ବୋଉ ଅଟକେଇଲା ବେଳକୁ ଗାଲରେ ବସିଲା ଚାପୁଡ଼ା । ବୋଉ ଯେମିତି ସ୍ତବ୍ଧ ହୋଇଗଲା । ଏମିତି କେବେ ହୋଇ ନ ଥିଲା କି କେବେ ହେବ ବୋଲି କେହି ଭାବି ନ ଥିଲେ । ସେଦିନ ରାତିରେ ସମସ୍ତେ ଓପାସରେ ଶୋଇଲେ । ମନ ପୋଡ଼ିଗଲେ ଆଉ କ'ଣ ଖାଇବାକୁ ଇଚ୍ଛା ହେବ । ବୋଉର ସୁଁ ସୁଁ କାନ୍ଦରେ ତକିଆ ଓଦା ହେଉଥିଲା । ରାଗ ଶାନ୍ତ ହେଲା ପରେ ବାବା ବି ଶୋଇ ପଡ଼ିଲେ ।

କେହି ରାଗିକରି କୌଣସି ଜିନିଷ ଜିତି ପାରେନି କି ହାସଲ କରି ପାରେ ନାହିଁ । ରାଗିବା ବ୍ୟକ୍ତି ନିଜର ହିଁ କ୍ଷତି କରିଥାଏ । ମାନସିକ ଏବଂ ଶାରୀରିକ ସ୍ତରରେ । ରାଗ ଶାନ୍ତ ହେଲା ପରେ ସେ ହିଁ ଅନୁତାପ କରେ । ରାଗିଥିବା ମଣିଷ ନିଜ ପାଖରେ ହିଁ ନିଜେ ହାରିଯାଇଥାଏ ।

ତା' ପରଦିନ ସକାଳୁ ଘରର ବାତାବରଣ ଅପେକ୍ଷାକୃତ ଶାନ୍ତ ଥିଲା । ରାତିର ନିଦ୍ରା ପରେ ସମସ୍ତଙ୍କ ମନ ଥଣ୍ଡା ହୋଇଯାଇଥିଲା । ଗତକାଲିର ଘଟଣା ପାଇଁ ବାବା ଅନୁତାପ କରୁଥିଲେ ବି ମୁହଁ ଖୋଲି କାହାକୁ କିଛି କହୁ ନଥିଲେ । ସକାଳର କାମ ଦାମ ସରିଲା ପରେ ବୋଉ ବାବାଙ୍କ ପାଖକୁ ଗଲା । ବୁଝାଇବା ଭଙ୍ଗୀରେ କହିଲା- ଯାହା ହୋଇଯାଇଛି, ହୋଇଯାଇଛି । ଘର କରିଥିଲେ ପଥର ପଡ଼ିଲେ ସହି । ତମର ଚାକିରୀ ନାହିଁ, ରୋଜଗାର ନାହିଁ । ସେଥିପାଇଁ ତମେ ବ୍ୟସ୍ତ ହୋଇ ପଡୁଛ । ଟିକେ ଟିକେ କଥାରେ ତାତି ଯାଉଛ । ଦେଖ, ଆମେ ସ୍ୱାମୀ ସ୍ତ୍ରୀ । ଗୋଟିଏ ମୁଦ୍ରାର ଦୁଇ ପାର୍ଶ୍ୱ ପରି । ପରସ୍ପରର ସୁବିଧା ଅସୁବିଧା ବୁଝି ସେହି ଅନୁସାରେ ପଦକ୍ଷେପ ନେବା ଦରକାର ଏବଂ ବାସ୍ତବିକତା ଯେତେ ନିଷ୍ଠୁର ହେଲେ ବି ଆମକୁ ତାକୁ ଗ୍ରହଣ କରିବାକୁ ପଡ଼ିବ । ତମର ଚାକିରୀ ନାହିଁ ବୋଲି ମନଊଣା କରନି । ଘରେ ବସ । ମୁଁ ଘର ଚଳେଇ ନେବି ।

ତମେ ! କେମିତି - ଆଶ୍ଚର୍ଯ୍ୟ ଆଖିରେ ଚାହିଁ ପଚାରିଲେ ବାବା ।

ବୋଉ ଧୀର ସ୍ୱରରେ କହିଲା - ଏଇ ଗାଁରେ ଗୋଟେ ସିଲେଇ କେନ୍ଦ୍ର ଅଛି । ସେଠି କେତେକ ସ୍ତ୍ରୀଲୋକ କାମ କରୁଛନ୍ତି । ସହରର ଗୋଟେ କମ୍ପାନୀ

ଲୁଗାପଟା ସିଲେଇ କରିବା ପାଇଁ ବହୁତ କାମ ଦେଉଛି । ମୁଁ ସେଇଠି ଯାଇ ସିଲେଇ କରିବି ।

ତମେ କ'ଣ ସିଲେଇ ଜାଣ ? ବାବାଙ୍କ ପ୍ରଶ୍ନ ।

ହଁ । ମୁଁ ଜାଣେ । ତମେ କଲିକତାରେ ଥିଲାବେଳେ ଏଠି ଗୋଟେ ଟ୍ରେନିଂ କୋର୍ଷ ହୋଇଥିଲା । ମୁଁ ଯାଇ ଦୁଇ ମାସ ଟ୍ରେନିଂ ନେଇଛି ।

ବାବା ବୋଧହୁଏ ଟିକେ ଅସନ୍ତୁଷ୍ଟ ହେଲେ । ତାଙ୍କୁ ନ ଜଣାଇ ବୋଉ ଯାଇ ସିଲେଇ ଟ୍ରେନିଂ ନେଇ ଯାଇଛି । ପୁଣି ସେଇ ମଧ୍ୟ ଯୁଗୀୟ ଚିନ୍ତାଧାରା । ବୋଉ ରୋଜଗାର ଗରିବ ଆଉ ସେ ବସି ରହିବେ ଘରେ । ବୋଉ ପଇସାରେ ଖାଇବେ । ତାଙ୍କ ପୁରୁଷ ପଣିଆକୁ ଧୀକ୍କାର ଆସୁଥିଲା । ସେ ଗ୍ରହଣ କରି ପାରୁ ନ ଥିଲେ ଏ କଥାକୁ । ସେ କହିଲେ - ତମେ ଅପେକ୍ଷା କର । ମୋର ଯୋଉ ସ୍କୁଲ ସାଙ୍ଗ ସେଦିନ ସନ୍ଧ୍ୟାରେ ମୋତେ ଡାକି କରି ନେଇଥିଲା, ସେ କଲିକତାର ଗୋଟେ ବଡ଼ ହୋଟେଲରେ କାମ କରେ । ସେ ବୋଧହୁଏ ଆଜି ଫେରିଯିବ । ଗଲାପରେ ସେ କହିଛି ମୋ ପାଇଁ କିଛି ଗୋଟେ ବନ୍ଦୋବସ୍ତ କରିବ । ମୋ ପାଇଁ ଯଦି ଋକିରୀ ଟିଏ ବୁଝିଦିଏ, ତା' ହେଲେ ତମର ଆଉ ବାହାରକୁ ଯିବା ଦରକାର ନାହିଁ ।

ବୋଉ ବି କହିଲା - ଯଦି ଆମେ ଦୁହେଁ ରୋଜାଗର କରିବା କେତେ ଭଲ ହେବ କୁହତ । ଆମ ପିଲାଙ୍କ ଭବିଷ୍ୟତ, ଝିଅର ବାହାଘର । ଟଙ୍କା ତ ଦରକାର ନା ।

ବାପାଙ୍କ ଉପରେ କିନ୍ତୁ କିଛି ପ୍ରଭାବ ପଡ଼ିଲାନି ଏ ସବୁ କଥାର । ବୋଉ ତେଣୁ ଚୁପ୍ ହୋଇଗଲା ।

ପ୍ରାୟ ଦଶଦିନ ପରେ ବାବାଙ୍କ ପାଖକୁ ଗୋଟେ ଚିଠି ଆସିଲା କଲିକତାରୁ । ସେ ସାଙ୍ଗର କହିବା ଅନୁଯାୟୀ ତାଙ୍କୁ ଶୀଘ୍ର ଯିବାକୁ ପଡ଼ିବ । ହୋଟେଲ ବାରରେ ଆଟେଣ୍ଡାଣ୍ଟ (attendant) ଭାବରେ ଯୋଗ ଦେବା ପାଇଁ । ଦରମା ମଧ୍ୟ ଭଲ ସେଥିରେ ।

ବାବାଙ୍କର ଆଉ କିଛି ବିକଳ୍ପ ନଥିଲା । ଗୋଟେ ଭଲ ଦିନ ଦେଖି, ଅଳ୍ପ କିଛି ପଇସା ଧରି ସେ ଟ୍ରେନ ଧରିଲେ କଲିକତା ପାଇଁ ।

॥ ୩ ॥

ମଣିଷ କାହିଁକି ଦୁଃଖୀ ହୁଏ । ସେ କେତେବେଳେ ବି ତା'କୁ ପ୍ରାପ୍ତ ହୋଇଥିବା ଜିନିଷ ଉପରେ ସନ୍ତୁଷ୍ଟ ହୋଇପାରେନା । ଯାହା ନ ପାଇଥାଏ ତା' ପ୍ରତି ତା'ର ଏକ ଦୁର୍ବାର ଆକର୍ଷଣ ଥାଏ । ଯାହା ପାଖରେ ନାହିଁ ତା' ପ୍ରତି ମନ ଆକର୍ଷିତ ହୁଏ । ନିଜ ପାଇବା ଭିତରେ ସେ ସୁଖ ଖୋଜେନି ବରଂ ଅନ୍ୟର ସୁଖ ଦେଖି ଈର୍ଷାନ୍ୱିତ ହୁଏ । ମନରେ କଷ୍ଟ ପାଏ । ଭଗବନ ବୁଦ୍ଧ କହିଥିଲେ - କାମନାର ବିନାଶରେ ଦୁଃଖର ବିନାଶ । କିନ୍ତୁ କାମନାର ବିନାଶ କେମିତି ହେବ । ମଣିଷ ମାତ୍ରକେ କାମନା ଅଛି । ଏ କାମନା ଏକ ଦାବାନଳ ପରି । ଗୋଟେ କାମନା ପୁରଣ ହେଲେ ପୁଣି ଆଉ ଗୋଟେ କାମନାର ବାସନା ବଢ଼ିଯାଏ । ଏ ତ ଅସରନ୍ତି । ଏ ତ ସୀମାହୀନ । ଯେପରି ଚାଲି ଚାଲି ଯାଉଥିବା ଲୋକଟି ଭାବୁଥାଏ ସାଇକେଲଟେ ହେଲେ ଭଲ ହୁଅନ୍ତା । ସାଇକେଲଟେ ମିଳିଗଲା ପରେ ପୁଣି ତା'ର ଇଛା ହୁଏ ସ୍କୁଟର ପାଇଁ । ତା'ପରେ ଭଲ ମଟରସାଇକେଲ ପାଇଁ, କାର ପାଇଁ । କାର ଚଢ଼ିଲା ପରେ ଦାମୀ ଲମ୍ବା କାର ପାଇଁ ମନ ବଳେ । ଏମିତି ମଣିଷର ଆଶା ଆକାଂକ୍ଷା ବଢ଼ି ଚାଲିଥାଏ । କିନ୍ତୁ ମଣିଷ ଯଦି ନିଜ ମନକୁ ସଂଯତ କରି, ତା'ର ଯେତିକି ଅଛି ସେତିକିରେ ଚଳିବାକୁ ଚେଷ୍ଟା କରନ୍ତା ଏବଂ ସେତିକିରେ ସନ୍ତୁଷ୍ଟ ରୁହନ୍ତା, ତେବେ ସେ ସାରା ଜୀବନ ସୁଖୀ ହୋଇ ପାରନ୍ତା ।

ସୁମନ୍ତ ଭାବୁଥିଲେ, ବାବାଙ୍କର କଲିକତା ଯିବାର ନିଷ୍ପତ୍ତି ବୋଧ ହୁଏ ଭୁଲ ନିଷ୍ପତ୍ତି ଥିଲା । ବୋଉ ତ କେତେ ବୁଝାଇଥିଲା - "ଆମର କିଛି ଜମିବାଡ଼ି ଅଛି, ଭାତ ଗଣ୍ଡାକ ହୋଇଯାଉଛି । ଏତେ ବଡ଼ ବାଡ଼ି ପଡ଼ିଛି । କୂଅଟେ ଅଛି ଯୋଉଥିଲେ ବାରମାସ ପାଣି ରହୁଛି । କିଛି ପରିବା ପତ୍ର ଚାଷ କରି ବଜାରକୁ

ନିଅ । ଆଜିକାଲି ପରିବା ଦର ଯାହା ହେଲାଣି ଭଲ ଦାମ୍‌ରେ ବିକ୍ରି ହେବ । ମୋତେ ମଧ୍ୟ ସିଲେଇ କରିବା ପାଇଁ ଅନୁମତି ଦିଅ । ଆମେ ଘରେ ବସି ରୋଜଗାର କରି ପାରିବା । ତା' ଯଦି ନ କରି ପାରିବ, ମୋର କିଛି ସୁନା ଗହଣା ଅଛି । ବିକ୍ରି କରି ତେଲ ଲୁଣର ଦୋକାନଟେ କର । ତେଜରାତି ଦୋକାନ ସବୁଠାରେ, ସବୁବେଳେ ଚାଲିବ । ଆମେ ଖୁସିରେ ଆମ ସଂସାର ଚଳାଇ ପାରିବା । ତମର ଆଉ ବାହାରକୁ ଯିବା ଦରକାର ନାହିଁ ।"

କିନ୍ତୁ ନାଁ..... ବାବା କୌଣସି କଥାରେ ରାଜି ହୋଇ ନ ଥିଲେ । ପୁରୁଷର ଅହଂ ଭାବ ତାଙ୍କୁ ସେଥିରୁ ନିବୃତ୍ତ କରିଥିଲା । ସେ କହିଥିଲେ- ମୁଁ ଏ ପରିବା ଚାଷ କି ତେଜରାତି ଦୋକାନ କରିପାରିବିନି । ମୋର ସେଥିରେ କିଛି ଅଭିଜ୍ଞତା ନାହିଁ । ନୂଆକରି ଆରମ୍ଭ କରିବାର ବଳ, ବୟସ କି ଆଗ୍ରହ ମୋର ଆଉ ନାହିଁ । ବାବାଙ୍କର ବୋଧହୁଏ ଡର ଥିଲା । ଏଥିରେ ପଶି ଯଦି କ୍ଷତି ହୋଇଯିବ ତେବେ ସେ ଏ କୁଳକୁ ହେବେନି କି ସେ କୁଳକୁ । ଏପଟେ ଚାଷ ବ୍ୟବସାୟ ଯିବ, ସେପଟେ ମିଳିଥିବା ଚାକିରୀ ଖଣ୍ଡକ ବି ହାତଛଡ଼ା ହୋଇଯିବ । ସେ ଠିକ୍ କଲେ ଯେ ସେ କଲିକତା ଯିବେ ଏବଂ ନିଜର ଭାଗ୍ୟ ପରୀକ୍ଷା କରିବେ । ମଣିଷର ମାନସିକତା ଏପରି ଯେ, ଚାକିରୀ କରି କାହାର ଚାକର ହେବ ପଛେ, ଟିକିଏ ଦାୟିତ୍ୱ ନେଇ ନିଜେ କିଛି କରି ନିଜେ ନିଜର ମାଲିକ ହେବନି ।

ଠିକ୍ ସମୟରେ ବାବା କଲିକତାରେ ପହଞ୍ଚିଗଲେ । ତାଙ୍କର ସାଙ୍ଗ ଷ୍ଟେସନକୁ ଆସିଥିଲେ ତାଙ୍କୁ ନେବା ପାଇଁ । ଦୁଇଜଣ ମିଶି ଗୋଟେ ଅଟୋରେ ଖିଦିରିପୁରରେ ଥିବା ତାଙ୍କର ମେସକୁ ଗଲେ । ଦୁଇଦିନ ପରେ ସେ କାମରେ ଯୋଗ ଦେବେ । ପାଞ୍ଚ ଛଅ ଦିନ ଟିକେ କାମ ଶିଖି ନେବେ । ତା'ପରେ ପୁରା ସ୍ୱାଧୀନ ଭାବରେ କାମ କରିବେ । ଆଖିରେ ଆଖିଏ ଆଶା ନେଇ ବାବା ସେ ହୋଟେଲ କାମରେ ଯୋଗ ଦେଇଥିଲେ । ଷ୍ଟାର ହୋଟେଲ ନ ହେଲେ ବି ଯଥେଷ୍ଟ ବଡ଼ ରେଷ୍ଟୁରାଣ୍ଟ ଆଉ ବାର (Restaurant cum Bar) । ପ୍ରଥମେ ତାଙ୍କୁ କିଛି ଭଲ ପୋଷାକ (uniform) ଯୋଗାଇ ଦିଆଗଲା । କୁହାଗଲା ପ୍ରତିଦିନ ପରିଷ୍କାର ଇସ୍ତ୍ରିଦିଆ ପୋଷାକ ପିନ୍ଧି ଆସିବାକୁ । ତା'ପରେ ଗୋଟେ ସପ୍ତାହ ତାଙ୍କୁ ଖାଦ୍ୟ, ପାନୀୟ ଉପରେ ବୁଝାଇ ଦିଆଗଲା । ଏତେ ପ୍ରକାର ଖାଦ୍ୟ ନାଁ, ପୁଣି ଚଇନିଜ୍, ଇଟାଲିଆନ, ଭାରତୀୟ, ସବୁ ପ୍ରକାର ଖାଦ୍ୟର ଭିନ୍ନ ଭିନ୍ନ

ନାମ ତାଙ୍କୁ ପୁଣି ମନେ ରଖିବାକୁ ପଡ଼ିବ । ପୁଣି ବିଭିନ୍ନ ପ୍ରକାରର ମଦ୍ୟ (Drinks) ଆଉ ତା'ର ପରିମାଣ । ଏଇ ସବୁକୁ ମନେ ରଖି ଗ୍ରାହକ ମାନଙ୍କର ପସନ୍ଦ ଅନୁଯାୟୀ ଯୋଗାଇ ଦେବାକୁ ପଡ଼ିବ । ତାଙ୍କର କାମର ସମୟ (Duty hour) ସନ୍ଧ୍ୟା ଛ'ଟାରୁ ରାତି ଗୋଟାଏ । ବାବାଙ୍କର ଏହା ଗୋଟାଏ ନୂଆ ଅନୁଭୂତି । ସ୍ୱଚ୍ଛ ଆଲୋକିତ ବାରର ହଲକୁ ମୃଦୁ ମଧୁର ସଂଗୀତ କେମିତି ଗୋଟାଏ ସ୍ୱପ୍ନିଳ ପରିବେଶ ସୃଷ୍ଟି କରୁଥାଏ । ବାବା ତ ଜୀବନରେ କେବେ ଏମିତି ହୋଟେଲ କି ବାରକୁ ଯାଇ ନ ଥିଲେ । ଏ ସବୁ ତାଙ୍କୁ ନୂଆ ନୂଆ ଲାଗୁଥାଏ । ପ୍ରଥମେ ପ୍ରଥମେ ଟିକେ ଅଡୁଆ ଲାଗୁଥିଲା । ତାଙ୍କୁ ମଧ୍ୟ କୁହାଯାଇଥିଲା ଗ୍ରାହକ ମାନଙ୍କ ସହ କେମିତି ବ୍ୟବହାର କରିବାକୁ ପଡ଼ିବ । ଗ୍ରାହକ ଈଶ୍ୱର । ସେ ଯାହା କହିଲେ ବି ତାଙ୍କୁ କେବେ ରୁକ୍ଷ ବ୍ୟବହାର କରାଯାଇ ପାରିବ ନାହିଁ । ବାବା ଆସ୍ତେ ଆସ୍ତେ ସବୁ ଶିଖିଗଲେ . ଏପରିକି ଚାରି ପାଞ୍ଚ ମାସରେ ସେ ପୁରା ପୋଖତ ହୋଇଗଲେ । ମାଲିକ ଭଲ ଦରମା ଦେଉଥିଲେ। ତା' ବାଦେ ଗରାଖ ମାନେ ଭଲ ଟିପ୍‌ସ (Tips) ଦେଉଥିଲେ । ମଦ ପି' ମାତାଲ ହେବା ପରେ କିଏ କେତେ ଟିପ୍‌ସ ଦେଉଛନ୍ତି ତା'ର ହିସାବ ନ ଥାଏ । ଏ ଟିପ୍‌ସରୁ ତ ଭଲ ଆୟ ହୁଏ । ମାସ ମାସ କରେ ଦରମା ଠାରୁ ମଧ୍ୟ ଯଥେଷ୍ଟ ଅଧିକ ହୋଇଥାଏ । ସେ ବାରକୁ ଝିଅପିଲାମାନେ, ସ୍ତ୍ରୀ ଲୋକମାନେ ସେମାନଙ୍କର ପୁରୁଷ ବନ୍ଧୁ ମାନଙ୍କ ସାଙ୍ଗରେ ଆସନ୍ତି । ସେମନେ ମଧ୍ୟ ପିଆ ପିଇ କରନ୍ତି । ସେମାନଙ୍କ କଥାବାର୍ତ୍ତା, ହାବଭାବ ସବୁ ଆଟେଣ୍ଡାଣ୍ଟ ମାନେ ଦେଖି ପାରନ୍ତି, ଜାଣିପାରନ୍ତି । ସମୟେ, ସମୟେ ତ ସେମାନଙ୍କୁ ସାହାଯ୍ୟ କରିବାକୁ ପଡ଼େ । ଦୁଇଜଣଙ୍କୁ ଧରି ଗାଡ଼ି ପାଖକୁ ନେଇଯିବାକୁ ହୁଏ । ଏତେ ବଡ଼ ବଡ଼ ଲୋକ, ଏତେ ବଡ଼ ବଡ଼ ଗାଡ଼ିର ମାଲିକ, ଏତେ ଧନ, ପଇସା କିନ୍ତୁ ବ୍ୟବହାର ଏତେ ନୀଚ୍ ସ୍ତରର । ଏ ସବୁ ଦେଖିଲା ପରେ ତାଙ୍କ ମନକୁ ଗୋଟାଏ କଥା ଆସେ; ସାମାନ୍ୟ ଗୋଟେ ବହି ଦେବାକୁ ତା'ର ପୁଅ ସାଙ୍ଗଟା ଆସିଥିଲା ବୋଲି ସେ ତାଙ୍କ ଝିଅକୁ କେତେ ଗାଳି ଦେଲେ, ମାରିବାକୁ ଗୋଡ଼ାଇଲେ । କିନ୍ତୁ ଏଠି କ'ଣ ହେଉଛି । ଯୋଉ ଝିଅ ପିଲାମାନେ ଆସୁଛନ୍ତି ସେମାନେ ତ କାହାର ଝିଅ ହୋଇଥିବେ । ଯେଉଁ ବିବାହିତା ସ୍ତ୍ରୀ ମାନେ ତାଙ୍କର ପୁରୁଷ ବନ୍ଧୁଙ୍କୁ ଧରି ଆସୁଛନ୍ତି ତାଙ୍କର ତ ସ୍ୱାମୀମାନେ ଥିବେ । ସେ ଆଉ

ଭାବି ପାରୁ ନ ଥା'ନ୍ତି । ଯୁଗ ଯାଇ କୁଆଡ଼େ ପହଞ୍ଚିଲାଣି । ଆଉ ସେ ସେଇ ମଧ୍ୟଯୁଗୀୟ ଚିନ୍ତାଧାରାକୁ ଯାବୋଡ଼ି ଧରି ବସିଛନ୍ତି ।

ଏମିତି ପ୍ରାୟ ଛ' ସାତ ମାସ ଚାଲିଗଲା । ବାବା ମନିଅର୍ଡ଼ର କରି ଭଲ ପଇସା ପଠାଉଥିଲେ ଘରକୁ । ବୋଉ ପାଖକୁ ଚିଠି ଦେଉଥିଲେ । ସେଠାର ଖବର ସବୁଜଣାଉଥିଲେ । ବେଶ ଖୁସିରେ ଦିନ ସବୁ ବିତୁଥିଲା । ବୋଉ ଭାରି ଖୁସି ହେଉଥିଲା । କହୁଥିଲା- ଆମର ପୂର୍ବ ଦିନ ଗୁଡ଼ା ଫେରି ଆସିଲା । କିନ୍ତୁ.... ହସ ଖୁସି ଚାଲୁଥିବା ଆମ ସଂସାର ଉପରେ କାହାର ଯେପରି ନଜର ଲାଗିଗଲା । ଗୋଟିଏ ଦିନର ଘଟଣା ସବୁ କିଛି ଓଲଟ ପାଲଟ କରିଦେଲା । ସେ ବିଷୟରେ ପରେ ଆମେ ବାବାଙ୍କ ସାଙ୍ଗଙ୍କ ପାଖରୁ ଜାଣିପାରିଥିଲୁ ।

ସେଦିନ ଥିଲା ରବିବାର । ବାରରେ ଲୋକ ଖଚ଼ାଖଚ଼ ଭର୍ତ୍ତୀ । କୌଣସି ଟେବୁଲ ଖାଲି ନ ଥିଲା । ବାବା ଆଉ ତାଙ୍କ ସାଙ୍ଗ ଆଟେଣ୍ଡାଣ୍ଟ ମାନେ ପୁରା ଦମରେ ଲାଗିପଡ଼ିଥିଲେ ଗରାଖ ମାନଙ୍କୁ ଭଲ ସେବା ଦେଇ ଖୁସି କରିବାକୁ । ତା'ହେଲେ ତ ଭଲ ଟିପ୍‌ସ ମିଳିବ । ବାବା ଯେଉଁ ଟେବୁଲ ଗୁଡ଼ିକରେ ଖାଦ୍ୟ ପାନୀୟ ଯୋଗାଉଥିଲେ ସେଥିରୁ ଗୋଟେ ଟେବୁଲରେ ଦୁଇଜଣ ବସିଥିଲେ । ଜଣେ ପୁରୁଷ ଜଣେ ସ୍ତ୍ରୀ । ପୁରୁଷ ଜଣଙ୍କ ବୟସ ପ୍ରାୟ ଚାଳିଶ ବର୍ଷ ଆଉ ମହିଳାଙ୍କର ପ୍ରାୟ ପଞ୍ଚତିରିଶ ବର୍ଷ ହେବ । ଏ ସବୁ ବାବା ଲକ୍ଷ କରିଥିଲେ କାହିଁକିନା ସେହି ଅନୁସାରେ ସେ ତାଙ୍କ ସାଙ୍ଗରେ ବ୍ୟବହାର କରିବେ । ବାବା ଜାଣି ପାରୁଥିଲେ ସେମାନେ ଟିକିଏ ଅଧିକ ପି' ଦେଇଥିଲେ । ବିଶେଷତଃ ମହିଳା ଜଣକ । ବାବାଙ୍କୁ ଲାଗୁଥିଲା ପୁରୁଷ ଜଣକ ଜାଣି ଜାଣି ଅଧିକା ପିଆଇ ଦେଉଥିଲେ ମହିଳା ଜଣଙ୍କୁ । ସେଥିରେ ବାବାଙ୍କର କିଛି କରିବାର ନ ଥିଲା । ସେମାନେ ତ ସନ୍ଧ୍ୟା ସାତଟାରେ ଆସିଥିଲେ । ପ୍ରାୟ ନ'ଟା ବେଳକୁ ଉଠିଲେ ଯିବା ପାଇଁ । ଅବଶ୍ୟ ବିଲ ପୈଠ କରି ସାରିଲା ପରେ । ବାବା ବି ଅନ୍ୟ ଅର୍ଡ଼ର ନେବାକୁ ଚାଲିଯାଇଥିଲେ । ମହିଳା ଜଣକ ବୋଧେ ଆଉ ଟିକିଏ ବସି ପଡ଼ିଥିଲେ । କାରଣ ବାବା ଅନ୍ୟ ଟେବୁଲ ପାଇଁ ଖାଦ୍ୟ ପାନୀୟ ନେଇ ଆସିଲା ବେଳକୁ ସେମାନେ ଯିବାକୁ ବାହାରୁଥିଲେ । ବାବାଙ୍କ ହାତରେ ଖାଇବା ଟ୍ରେ ଟା ପୁରା ଭର୍ତ୍ତି । ମହିଳା ଜଣଙ୍କ ବୋଧହୁଏ ନିଶାରେ ଟଳୁଥିଲେ । ତାଙ୍କର ଚିପା ପୋଷାକକୁ ହାଇହିଲ ଯୋତାରେ ସେ ନିଜର ସମନ୍ୱୟ ରଖି ଚାଲି ପାରୁ ନ ଥିଲେ । ତଥାପି

ସେ ଆଗଉଥିଲେ । ତାଙ୍କ ହାଇହିଲ ଚପଲର ପଛ ହିଲ ପ୍ରାୟ ଦୁଇ ଇଞ୍ଚ ଉଚ୍ଚା ହେବ । ବାବାଙ୍କ ପାଖା ପାଖି ହେଲାବେଳକୁ ତାଙ୍କର ଚପଲ ଚଟାଣରେ ଖସିଗଲା । ଫଳରେ ସେ ନିଜର ସନ୍ତୁଳନ ରକ୍ଷା କରି ପାରି ନ ଥିଲେ । ତାଙ୍କ ଶରୀରର ପୁରା ଓଜନ ସହ ସେ ଆସି ବାବାଙ୍କ ସାଙ୍ଗରେ ଧକ୍କା ହେଲେ । ବାବା ତ ଏଥିପାଇଁ ପ୍ରସ୍ତୁତ ନ ଥିଲେ । ଏ ତ ମାତ୍ର କେଇ ସେକେଣ୍ଡର କଥା । ତାଙ୍କ ହାତରୁ ଟ୍ରେ ଟା ଛିଟିକି ତଳେ ପଡ଼ିଗଲା । ସେଥିରେ ଥିବା ସବୁ ଖାଦ୍ୟ ପାନୀୟ ଚଟାଣରେ ପଡ଼ି ଛିନ୍ନଛତ୍ର ହୋଇଗଲା । ବାବା ପାଖରେ ଥିବା ଆଉ ଗୋଟେ ଟେବୁଲରେ ଜୋରରେ ବାଡ଼େଇ ହୋଇଗଲେ । ସେ ଟେବୁଲର ଖାଦ୍ୟ ଗୁଡ଼ା ବିଛାଡ଼ି ହୋଇଯାଇ ଆଖ ପାଖ ଲୋକଙ୍କ ଉପରେ ପଡ଼ିଲା । ଇଏ ଗୋଟେ ଶୃଙ୍ଖଳ ପ୍ରତିକ୍ରିୟା (Chain Reaction) ହୋଇଥିଲା । ହଲ ଭିତରେ ହୋ ହଲା ଆରମ୍ଭ ହୋଇଗଲା । ସମସ୍ତେ ବାବାଙ୍କୁ ଦୋଷୀ ବୋଲି କହିଲେ । ଅଧିକାଂଶ ତ ନିଶାରେ ମସଗୁଲ ଥିଲେ । ଯିଏ ଯାହା କହିଲା, ତା'ରି କଥାରେ ପାଳି ଧରିବା କଥା । କେତେଜଣ ତ ବାବାଙ୍କୁ ଆକ୍ରମଣ କରିବାକୁ ପଛେଇ ନ ଥିଲେ । ଯାହାହେଉ ଅନ୍ୟ ଆଟେଣ୍ଡାଣ୍ଟ ମାନଙ୍କ ପ୍ରତିରୋଧ ଯୋଗୁଁ ବାବା ରକ୍ଷା ପାଇଯାଇଥିଲେ । କିନ୍ତୁ ବାର ମ୍ୟାନେଜର କି ହୋଟେଲ ମାଲିକ କିଛି ବୁଝିଲେନି । ମାର ମାର ଭଣ୍ଡାରିଆକୁ ମାର ନୀତିରେ ସେମାନେ ସବୁ ଦୋଷ ବାବାଙ୍କ ଉପରେ ଲଦି ଦେଲେ । ସେତେବେଳେ ତ ସିସିଟିଭି (CCTV) କ୍ୟାମେରା ଆଦି ନ ଥିଲା । ତା' ହେଲେ ତ ଜଣା ପଡ଼ିଥା'ନ୍ତା ଦୋଷ କାହାର । ପାଞ୍ଚ ଜଣଙ୍କ କଥାରେ ହୋଟେଲ ମାଲିକ ପ୍ରଭାବିତ ହୋଇଥିଲେ । ବାରର ଏତେ କ୍ଷତି ପୁଣି ଗରାଖ ମାନଙ୍କର ଅସନ୍ତୁଷ୍ଟି । ସେଥିପାଇଁ ସେ ବାବାଙ୍କୁ ଚାକିରୀରୁ ବାହାର କରିଦେଇଥିଲେ । ଗରୀବ ଲୋକଙ୍କ କଥା କିଏ ଶୁଣୁଛି । ଗରୀବ ଲୋକଙ୍କ କଥାର କ'ଣ କିଛି ମୂଲ୍ୟ ଅଛି । ଧନୀ ଲୋକଙ୍କର ଧନର ଆସ୍ପର୍ଦ୍ଧା ତଳେ ଗରୀବର ସଚ୍ଚୋଟତା ଚାପି ହୋଇଯାଏ । ବାବା ଯେତେ ସଫେଇ ଦେଲେ ଯେ, ତାଙ୍କର କୌଣସି ଭୁଲ ନାହିଁ, ମାଲିକ କିଛି ଶୁଣି ନ ଥିଲେ ବରଂ ସେ ଧନୀ ଗରାଖ ମାନଙ୍କ ମତାମତକୁ ସମ୍ମାନ ଦେଇଥିଲେ । ବାବା କେତେ କାକୁତି ମିନତି ହୋଇ କହିଲେ- ମୋତେ ବାହାର କରନ୍ତୁନି । ମୋ ପିଲାଛୁଆ ମରିଯିବେ । ମାଲିକଙ୍କ ହୃଦୟ କିନ୍ତୁ ତରଳି ନ ଥିଲା । ସେ ସେମିତି ରୁକ୍ଷ ସ୍ୱରରେ କହିଲେ - ମୋତେ ମୋ ବ୍ୟବସାୟ

ଦେଖିବାକୁ ପଡ଼ିବ, ହୋଟେଲ ଚଳେଇବା କଥା ଭାବିବାକୁ ପଡ଼ିବ, ତୁମ ପିଲା ଛୁଆଙ୍କ କଥା ବୁଝିବା ମୋର କାମ ନୁହେଁ। ଏହାପରେ ବାବାଙ୍କର ଆଉ କିଛି କହିବାର ନ ଥିଲା । ଏଇ ନିର୍ଦ୍ଦୟ, ନିଷ୍ଠୁର ଲୋକଟା ପାଖରେ ମୁଣ୍ଡ ପିଟି ଦେଲେ ବି ସେ ତରଳିବନି । ତେଣୁ ସେ ଚୁପଚାପ ଫେରି ଆସିଲେ ସେ ରହୁଥିବା ମେସକୁ ।

ପ୍ରାୟ ଆଠ ଦଶ ଦିନ କାଳ ବାବା ସେମିତି ବସି ରହିଲେ । ଯେମିତି ଗୋଟେ ଦୁରାରୋଗ୍ୟ ରୋଗର କବଳରେ ସେ ପଡ଼ି ଯାଇଛନ୍ତି । ସେ ଦିନର ଘଟଣା ଗୁଡ଼ାକ ତାଙ୍କ ଆଖି ଆଗରେ ଚଳଚ୍ଚିତ୍ର ପରି ଭାସି ଉଠୁଥିଲା । ସେ ଏତେ ଅଧୈର୍ଯ୍ୟ ହୋଇପଡ଼ିଥିଲେ ଯେ, ଯେପରି ତାଙ୍କର ହାତ ଗୋଡ଼ ଚାଲୁ ନ ଥିଲା । କିଛି ଦିନ ପରେ ସେ ନିଜକୁ ଆସ୍ତେ ଆସ୍ତେ ସମ୍ଭାଳି ନେଲେ । ତାଙ୍କର କିଛି ସାଙ୍ଗ ମାନଙ୍କ ମାଧ୍ୟମରେ ଏବଂ ନିଜେ ମଧ୍ୟ ବିଭିନ୍ନ ହୋଟେଲକୁ ଯାଇ କାମ ପାଇବା ପାଇଁ ଚେଷ୍ଟା କଲେ । କିନ୍ତୁ ସେ ଦିନର ଘଟଣା ବା ଦୁର୍ଘଟଣାଟା କଲିକତାର ସାରା ହୋଟେଲ ବ୍ୟବସାୟୀ ମାନଙ୍କ ମଧ୍ୟରେ ଗୋଟେ ଚର୍ଚ୍ଚାର ବିଷୟବସ୍ତୁ ପାଲଟି ଯାଇଥିଲା । ଯେଉଁଠାକୁ ଚାକିରୀ ପାଇଁ ଗଲେ ସେଇ ଘଟଣାକୁ ମନେ ପକାଇ ତାଙ୍କୁ କେହି ଆଉ ହୋଟେଲରେ ଚାକିରୀ ଦେଲେନି । ପ୍ରାୟ ମାସେ ଖଣ୍ଡେ କ୍ରମାଗତ ଭାବେ ଚେଷ୍ଟା କଲା ପରେ ମଧ୍ୟ ତାଙ୍କୁ କୌଣସି ଠାରେ ସଫଳତା ମିଳିଲା ନାହିଁ । ବାବା ବୋଧହୁଏ ପୁଣି ବିଶାଦ ଗ୍ରସ୍ତ (Depression) ହୋଇ ପଡ଼ିଥିଲେ । ଏବେ ସେ କ'ଣ କରିବେ । ଅବଶ୍ୟ ଏବେ ତିନି ଚାରିମାସ ଚଳିବା ପାଇଁ ତାଙ୍କ ପାଖରେ ପଇସା ଥିଲା । କାମରୁ ବାହାର କଲାବେଳେ ମାଲିକ ଦୟାପୂର୍ବକ ଦୁଇ ମାସର ଦରମା ଦେଇଥିଲେ । କିନ୍ତୁ ତା'ପରେ ସେ କ'ଣ କରିବେ । ପୁଣି ରିକ୍ତ ହସ୍ତରେ ଗାଁକୁ ଫେରିଯିବେ । ଯେଉଁ ଅହଂଭାବ ନେଇ ସେ ଘର ଛାଡ଼ି କଲିକତା ଆସିଥିଲେ, ତା'ର କ'ଣ ହେବ । ଗାଁରେ ତ ଲୋକମାନେ ବିଭିନ୍ନ ଅବାନ୍ତର ପ୍ରଶ୍ନ ପଚାରିବେ । ସବୁଠାରୁ ବଡ଼ କଥା ହେଉଛି ଘରେ ବଢ଼ିଲା ଝିଅ । ତା'ର ବାହାଘର କେମିତି ହେବ, କୁଆଡୁ ପଇସା ଆସିବ ।

ବାବାଙ୍କର ସେ ସାଙ୍ଗ କହୁଥିଲେ - ନରେନ୍ଦ୍ର କେମିତି ଘର ପାଇଁ ସବୁବେଳେ ଚିନ୍ତା କରୁଥିଲେ । ପିଲା ମାନଙ୍କ ପାଇଁ ତାଙ୍କ ମନରେ ଅନେକ ଆଶା ଆକାଂକ୍ଷା ଥିଲା । ସାଧାରଣ ପରିବାର ପରି ସେ ମଧ୍ୟ ଚାହୁଁଥିଲେ ତାଙ୍କ ଝିଅ ଭଲ

ଘରେ ବାହାହେଉ । ତାଙ୍କ ପୁଅ ଭଲ ପାଠ ପଢ଼ି ବଡ଼ ଚାକିରୀ କରୁ । ଏ ସବୁ ତ କିଛି ଅସାଧାରଣ ସ୍ୱପ୍ନ କି ଉଚ୍ଚାକାଂକ୍ଷା ନୁହେଁ । ଏତ ଜଣେ ସାଧାରଣ ଲୋକର ଅତି ସାଧାରଣ ସ୍ୱପ୍ନ । କିନ୍ତୁ ଏଇ ସାଧାରଣ ସ୍ୱପ୍ନର ମୀନାର ଯେତେବେଳେ ଭାଙ୍ଗି ଚୁରମାର ହୋଇଯାଏ ସେତେବେଳେ ମଣିଷ ନିଃସହାୟ ହୋଇଯାଏ । ନିଜ ଉପରୁ ତା'ର ବିଶ୍ୱାସ ତୁଟିଯାଏ । ନିଜ ଜୀବନ ତୁଚ୍ଛ ଲାଗେ । ସେ ନିଜକୁ ଅପଦାର୍ଥ ବୋଲି ଭାବେ । ନିଜ ପରିବାରକୁ ସମ୍ଭାଳିବାକୁ ସକ୍ଷମ ନୁହେଁ ଭାବି ଦୁଃଖରେ ଭାଙ୍ଗି ପଡ଼େ ।

ସେଦିନ ବୋଧେ ଏମିତି ସବୁ କଥା ଭାବି ଭାବି ନରେନ୍ଦ୍ରଙ୍କ ମୁଣ୍ଡ ଗୋଳମାଳ ହୋଇ ଯାଇଥିଲା । ଦିନ ପ୍ରାୟ ତିନିଟା । ମେସରେ କେହି ନାହାନ୍ତି । ଯିଏ ଯାହା କାମରେ ଯାଇଛନ୍ତି । ତାଙ୍କ ପରି ତ ଆଉ କେହି ବେକାର ହୋଇ ବସିନି । ନରେନ୍ଦ୍ର ମେସରୁ ବାହାରି ଆସିଲେ । ଚାଲୁ ଚାଲୁ ଖିଦିରପୁର ବସ ଷ୍ଟାଣ୍ଡକୁ ଚାଲିଗଲେ । ସେଠି ଦେଖିଲେ ଗୋଟେ ବସ ହାଓଡ଼ା ପୋଲ ଆଡ଼େ ଯାଉଛି । ସେ ସେହି ବସରେ ଉଠିଗଲେ ଆଉ ହାଓଡ଼ା ପୋଲ ପାଖରେ ଓଲ୍‌ହାଇ ପଡ଼ିଲେ । ଖିଦିରପୁରରୁ ହାଓଡ଼ା ପୋଲ ପ୍ରାୟ ସାତ କିଲୋମିଟର ହେବ । ସେ ବସରୁ ଓଲ୍‌ହାଇ ତର ତର ହୋଇ ପୋଲର ମଝିଆମଝିକୁ ଆସିଗଲେ । ତା'ପରେ ପୋଲର ବାଡ଼ ଧରି ଉପରେ ଚଢ଼ି ହୁଗୁଳି ନଦୀକୁ ଡେଇଁ ପଡ଼ିଲେ । ଆତ୍ମହତ୍ୟା କରିବା ତାଙ୍କର ଉଦ୍ଦେଶ୍ୟ ଥିଲା । ଜୀବନ ଉପରୁ ତାଙ୍କର ମାୟା ମମତା ତୁଟି ଯାଇଥିଲା । ଜୀବନର ବାରମ୍ବାର ଘାତ ପ୍ରତିଘାତକୁ ସେ ଆଉ ସହ୍ୟ କରି ପାରି ନ ଥିଲେ । କିନ୍ତୁ ବିଧିର ବିଧାନ ବଡ଼ ବିଚିତ୍ର । ଯେମିତି କି "ରଖେ ହରି ମାରେ କିଏ, ମାରେ ହରି ରଖେ କିଏ" । ମରିବାକୁ ଚାହିଁଲେ ତ ଜଣେ ମରି ପାରିବନି । ତା'ର ଯେଉଁଦିନ ଚିତ୍ରଗୁପ୍ତ ପାଞ୍ଜିରେ ମୃତ୍ୟୁ ଯୋଗ ଅଛି ସେହିଦିନ ହିଁ ତା'ର ମୃତ୍ୟୁ ହେବ । ସେ ଦିନ ଯୋଗକୁ ହୁଗୁଳି ନଈ କୂଳରେ କେତେକ ପିଲା କ୍ରିକେଟ ଖେଳୁଥିଲେ । ସେମାନଙ୍କ ନଜରରେ ପଡ଼ିଗଲା, କେହିଜଣେ ନଈକୁ ବ୍ରିଜ ଉପରୁ ଡେଇଁ ପଡ଼ିବାର । ସେତିକିବେଳେ ଯୋଗକୁ ମଝି ନଈରେ ଗୋଟେ ଦୁଇଟା ଡଙ୍ଗା ଯାଉଥିଲା । ସେ ପିଲାମାନେ ପାଟି କରି ସେ ଡଙ୍ଗାରେ ଥିବା ନାଉରୀଆ ମାନଙ୍କର ଦୃଷ୍ଟି ଆକର୍ଷଣ କଲେ । ସାଙ୍ଗେ ସାଙ୍ଗେ ଦୁଇଟି ଡଙ୍ଗାରୁ କିଛି ଲୋକ ନଦୀ ଗର୍ଭକୁ ଲମ୍ଫ ପ୍ରଦାନ କଲେ ଏବଂ ବହୁତ ଖୋଜା ଖୋଜି କରି ନରେନ୍ଦ୍ରଙ୍କୁ ଉଦ୍ଧାର କଲେ ।

ସେତେବେଳେ ତାଙ୍କର ଚେତା ନ ଥିଲା । ସେମାନେ ତାଙ୍କୁ ନେଇ ନିକଟସ୍ଥ ଡାକ୍ତରଖାନାରେ ଭର୍ତ୍ତୀ କରିଦେଲେ । ଚେତା ଫେରିଲା ପରେ ସେ ତାଙ୍କର ରହିବା ଜାଗାର ଠିକଣା ଓ ସାଙ୍ଗମାନଙ୍କ ନାଁ କହିଥିଲେ । ଯାହାହେଉ ଜଣେ ସହୃଦୟ ବ୍ୟକ୍ତି ତାଙ୍କୁ ଆଣି ମେସରେ ଛାଡ଼ିଦେଲେ ଏବଂ ମେସରେ ଥିବା ଅନ୍ୟ ମାନଙ୍କୁ ଘଟଣା ସଂପର୍କରେ ଅବଗତ କରାଇଥିଲେ ।

ସବୁ ମଣିଷ ନିଜ ନିଜ ଜୀବନକୁ ପ୍ରଚଣ୍ଡ ଭାବରେ ଭଲ ପାଇଥା'ନ୍ତି । ମୃତ୍ୟୁକୁ ସମସ୍ତେ ଡରନ୍ତି । ମଣିଷ ମରିବାକୁ କେବେ ବି ଚାହେଁନା । ତଥାପି କିଛି ଲୋକ କାହିଁକି ଆତ୍ମହତ୍ୟା କରନ୍ତି । ଏବେ ତ ଭାରତରେ ବର୍ଷକୁ ପ୍ରାୟ ଏକଲକ୍ଷରୁ ଅଧିକ ଲୋକ ଆତ୍ମହତ୍ୟା କରୁଛନ୍ତି । ଏହାର କାରଣ କ'ଣ ? ଆତ୍ମହତ୍ୟା ହେଉଛି ଗୋଟେ ହତୋତ୍ସାହିତ ବ୍ୟକ୍ତିର ଅସହ୍ୟନୀୟ ଯନ୍ତ୍ରଣାରୁ ମୁକ୍ତି ପାଇବା ପାଇଁ ଏକ ଚେଷ୍ଟା । ଅସହାୟ, ଆଶା ଶୂନ୍ୟ ଏବଂ ଏକାକୀତ୍ୱର ବୋଝତଳେ ଦବି ଯାଇଥିବା ମଣିଷର ଶେଷ ରାସ୍ତା । ସେ ମୃତ୍ୟୁ ବ୍ୟତୀତ ଅନ୍ୟ କୌଣସି ରାସ୍ତା ପାଇ ପାରେନି । କିନ୍ତୁ ଆତ୍ମହତ୍ୟା କରିବା ପାଇଁ ନିଷ୍ପତ୍ତି ନେଇ ସାରିଥିବା ମଣିଷ ସବୁବେଳେ ନିଜ ଜୀବନକୁ ଶେଷ କରିଦେବାର ଦ୍ୱନ୍ଦରେ ଥାଏ । ସେ ଆଶା କରିଥାଏ କୌଣସି ଏକ ବିକଳ୍ପ ରାସ୍ତା ଖୋଜିପାଇବା ପାଇଁ । କିନ୍ତୁ ଶେଷରେ ସେ ସେଥିରେ ସଫଳ ହୋଇ ନ ଥାଏ । ଆତ୍ମହତ୍ୟା କରୁଥିବା ବ୍ୟକ୍ତି ଆତ୍ମହତ୍ୟା ପୂର୍ବରୁ ନିଶ୍ଚୟ ଅବସାଦ ଗ୍ରସ୍ତ ହୋଇଥା'ନ୍ତି । ସେତେବେଳେ ତାଙ୍କୁ କୌଣସି ଏକ ମନସ୍ତତ୍ତ୍ୱବିତ୍ (Psychiatrist) ଙ୍କ ପାଖକୁ ନେବା ଉଚିତ । କିନ୍ତୁ ବିଡ଼ମ୍ବନାର ବିଷୟ ଯେ, ଆମ ଦେଶରେ ପ୍ରତି ଲକ୍ଷେ ଲୋକରେ ମାତ୍ର ୦.୭୫ ଜଣ ମନସ୍ତତ୍ତ୍ୱବିତ୍ ଅଛନ୍ତି । ତେଣୁ ଏ ସୁଯୋଗ ସମସ୍ତଙ୍କ କ୍ଷେତ୍ରରେ ଉପଲବ୍ଧ ହୋଇପାରେନାହିଁ ।

ଯାହାହେଉ ବାବାଙ୍କ ମେସର ସାଙ୍ଗ ମାନେ ବହୁତ ଭଲ ଥିଲେ । ସେମାନେ ତାଙ୍କୁ ବହୁତ ବୁଝାଇଲେ । ଚେଷ୍ଟା କଲେ ଚାକିରୀ ତ ଏ ସହର ହେଉ ନ ହେଲେ ଆଉ କେଉଁଠି ହୋଇଯାଇ ପାରିବ । କିନ୍ତୁ ମରିଗଲେ ପିଲା ମାନଙ୍କର ଅବସ୍ଥା କ'ଣ ହେବ । ତାଙ୍କୁ ମଧ୍ୟ ପାଳିକରି ସମସ୍ତେ ଜଗି ରହିଲେ ଯେମିତି ଆଉ କେବେ ସେ ଏମିତି ଆତ୍ମହତ୍ୟା କରିବା ପାଇଁ ଚେଷ୍ଟା ନ କରନ୍ତି । କିଛି ଦିନ ପରେ ବାବା ଟିକେ ସହଜ ହେଲେ । ତାଙ୍କ ମନ ଟିକେ ପରିବର୍ତ୍ତନ ହେଲା । ସେ ଅନ୍ୟ ଯେ କୌଣସି କାମ ପାଇଁ ଚେଷ୍ଟାରେ ଲାଗି ପଡ଼ିଲେ । ସାଙ୍ଗ ମାନେ ସବୁ

ଆଶ୍ୱସ୍ତ ହେଲେ । ସମସ୍ତେ ଭାବିନେଲେ, ସେ ବିପଦପୂର୍ଣ୍ଣ ସମୟଟା କଟିଗଲା । ସମସ୍ତେ ନିଜ ନିଜ କାମରେ ଧ୍ୟାନ ଦେଲେ । ବାବା ସେ ମେସରେଏକା ରହିଯା'ନ୍ତି । ରୋଷେଇଆ ମଧ୍ୟ ତା' କାମ ସାରି ଚାଲିଯାଏ । ଖାଲିଟାରେ ବସି ବସି ତାଙ୍କ ମୁଣ୍ଡ ଭାରି ଭାରି ଲାଗିଲା । ସେ ଠିକ୍ କଲେ ଏଥର ସେ ବାହାରକୁ ବାହାରିବେ । ଚାକିରୀ ଖୋଜିବା ନିହାତି ଦରକାର । ହେଲେ କି କାମ ସେ କରି ପାରିବେ । ତାଙ୍କୁ ତ ଅନ୍ୟ କିଛି କାମ ଜଣା ନାହିଁ । ଦିନ ମଜୁରୀଆ କାମ ତ କରି ପାରିବେନି । କିଛି ଲୋକଙ୍କୁ ସେ ଦେଖା କରିଥିଲେ, କାମ ଦେବା ପାଇଁ କହିଥିଲେ । ବଗିଚାର ମାଳୀ କାମ ହେଉ ପଛେ । କିନ୍ତୁ କେଉଁଠି କିଛି ମିଳି ନ ଥିଲା । ଶେଷରେ ଭାବିଲେ ରୋଷେଇଆକୁ ବିଦା କରି ନିଜେ ରୋଷେଇ କରିବେ । ଖାଇବା ଗଣ୍ଡାକ ଅନ୍ତତ ମିଳିଯିବ । ଦରମା ବି କିଛି ମିଳିବ । କିନ୍ତୁ ଜଣଙ୍କର ଭାତରେ ଲାତ ମାରିବାକୁ ଇଚ୍ଛା ହେଲାନାହିଁ । ତା' ଛଡ଼ା ସାଙ୍ଗ ମାନଙ୍କ ପାଖରେ ଏମିତି ରହିବାକୁ ତାଙ୍କୁ ଲାଜ ଲାଗିବନି ? ଏମିତି ସନ୍ଧିକ୍ଷଣରେ ବାବା ଦିନେ ଅପରାହ୍ଣ ଚାରିଟା ବେଳେ ପାଖ ଛକକୁ ବୁଲିବାକୁ ଯାଇଥିଲେ । ସେଇଠି ଗୋଟେ ପାନ ଦୋକାନରେ ଦେଖା ହେଲା ଦୁଲାଲ ସରକାରଙ୍କ ସାଙ୍ଗରେ । ଭଦ୍ରଲୋକ ତାଙ୍କ ମେସର ତିନିଟା ଘର ଛାଡ଼ି ରହନ୍ତି । ନିଜଘର, ଏଠାକାର ସ୍ଥାୟୀ ବାସିନ୍ଦା । ଏଠି ତାଙ୍କର ବହୁତ ଚିହ୍ନା ପରିଚୟ ଅଛନ୍ତି । ସେ ହିଁ ପ୍ରଥମେ ବାବାଙ୍କ ସାଂଗରେ କଥାବାର୍ତ୍ତା ଆରମ୍ଭ କଲେ । ସେ ବୋଧହୁଏ ବାବାଙ୍କ ବିଷୟରେ ସବୁକିଛି ଜାଣିଥିଲେ । ପ୍ରଥମେ ଅଳ୍ପ ଅଳ୍ପ କଥାବାର୍ତ୍ତା, ପାନ ସିଗାରେଟ ଦିଆନିଆ । ତା'ପରେ ଦୁହିଁଙ୍କ ଭିତରେ ଭଲ ବନ୍ଧୁତ୍ୱ ଗଢ଼ି ଉଠିଲା । ବିପଦରେ ପଡ଼ିଥିବା ଲୋକ, କଷ୍ଟ ଭୋଗୁଥିବା ଲୋକ ଚାହେଁ କେହି ଜଣେ ତା'କୁ ସହାନୁଭୂତି ଦେଖାଉ । ତା' ସାଂଗରେ ଭଲରେ କଥାବାର୍ତ୍ତା କରୁ । ତା'ର ଦୁଃଖ ବୁଝୁ । ଦରକାର ପଡ଼ିଲେ ସହାୟତାର ହାତ ତା' ଆଡ଼କୁ ଲମ୍ବି ଆସୁ । ଏଇ ସବୁ ଗୁଡା ଦୁଲାଲ ବାବୁଙ୍କ ଠାରେ ପରିଲକ୍ଷିତ ହେଉଥିଲା । ଦୁଲାଲ ସରକାର କିଛି କାମଦାମ କରୁଥିଲା ପରି ଜଣା ପଡୁନଥିଲେ । ତାଙ୍କର କିଛି ପୈତୃକ ଘର ଥିଲା । ତାହାକୁ ଭଡ଼ା ଦେଇ ସେହିଥିରେ ସେମାନେ ଚଳି ଯାଉଥିଲେ । ପାନ ଦୋକାନରୁ ଆସ୍ତେ ଆସ୍ତେ ସେ ମେସକୁ ଆସିବାକୁ ଲାଗିଲେ । ଦୁଇଜଣ ବସି ଘଣ୍ଟା ଘଣ୍ଟା ଗପନ୍ତି । ବେଳେ ବେଳେ ସେ ବାବାଙ୍କୁ ତାଙ୍କ ଘରକୁ ଡାକି ନେଉଥିଲେ । ମଧ୍ୟାହ୍ନ ଭୋଜନ

ପାଇଁ ହେଉ ବା ରାତ୍ରି ଭୋଜନ ପାଇଁ ନିହାତି ଆପଣାର ପରି ବାବାଙ୍କର ସବୁ ସୁଖ ଦୁଃଖର କାହାଣୀ ଶୁଣୁଥିଲେ । ତାଙ୍କୁ ଅଧୈର୍ଯ୍ୟ ନ ହେବା ପାଇଁ ସବୁବେଳେ ଉପଦେଶ ଦେଉଥିଲେ । ସେ ତ ଦୃଢ଼ ପ୍ରତିଶ୍ରୁତି ଦେଇଥିଲେ ଯେ, ବାବାଙ୍କ ପାଇଁ କିଛି ଗୋଟେ କାମ ଯୋଗାଡ଼ କରିଦେବେ ।

ସେ ତାଙ୍କର ପ୍ରତିଶ୍ରୁତି ରକ୍ଷା କରିଥିଲେ । କିଛିଦିନ ପରେ ସେ ବାବାଙ୍କୁ କହିଲେ- ଆଉ ଦୁଇ ଦିନ ପରେ ମାନେ ଆସନ୍ତା ରବିବାର ଦିନ ଆମେ ଗୋଟେ ଯାଗାକୁ ଯିବା । ସେଠି ଗୋଟେ କାମ ମିଳିବାର ଆଶା ଅଛି । ତୁମର ଭଲ ପୋଷାକ ସଫାକରି ଇସ୍ତ୍ରୀ (Press) କରିଦିଅ । ତାକୁ ପିନ୍ଧିକି ଯିବ । ବାବା ବହୁତ ଉତ୍ସାହିତ ହୋଇପଡ଼ିଥିଲେ ।

ଅବଶ୍ୟ ଏ ସବୁ କଥା ବାବାଙ୍କ ସାଂଗଙ୍କ ପାଖରୁ ବହୁତ ଦିନ ପରେ ଜଣା ପଡ଼ିଥିଲା । ଦୁଇଦିନ ପରେ ଦୁଲାଲ ବାବୁ ବାବାଙ୍କୁ ଯାହାଙ୍କ ପାଖକୁ ନେଇକରି ଯାଇଥିଲେ, ସେ ହେଉଛନ୍ତି ଜ୍ୟୋତିର୍ମୟ ଘୋଷ । ବହୁତ ବଡ଼ ବ୍ୟବସାୟୀ । କଲିକତାରେ ଗୋଟେ ଘରୋଇ ଡାକ୍ତରଖାନା ଓ କଲେଜର ମାଲିକ । ତା' ଛଡ଼ା ଅନ୍ୟାନ୍ୟ ବ୍ୟବସାୟ ସବୁ ଅଛି । ଶହ ଶହ କୋଟି ଟଙ୍କାର ମାଲିକ । ସେମାନେ ତାଙ୍କର ସୁରମ୍ୟ, ଭବ୍ୟ ପ୍ରାସାଦରେ ପହଞ୍ଚିଗଲେ । ଗେଟରେ ସିକ୍ୟୁରିଟି ଗାର୍ଡ଼ ଠିଆ ହୋଇଛି । ସେ ସେଠାରୁ ଫୋନ କରି ମାଲିକଙ୍କ ଅନୁମତି ପାଇ ଗେଟ୍ ଖୋଲିଦେଲା । ବାହାର ବଗିଚାରେ ବସିଥିଲେ ଜ୍ୟୋତିର୍ମୟ ଘୋଷ । ଜଣା ପଡୁଥିଲା ସତେ ଯେମିତି ସେ ଏମାନଙ୍କୁ ଅପେକ୍ଷା କରି ବସିଛନ୍ତି । ବଗିଚାର ମାଳି ଆସି ସେମାନଙ୍କୁ ତାଙ୍କ ପାଖକୁ ନେଇଗଲା । ପାଖରେ ପଡ଼ିଥିବା ଚୌକୀରେ ବସିବାକୁ ଇସାରା କଲେ ଘୋଷ ବାବୁ । ଦୁଲାଲ ବାବୁ ସିନା ବସିଗଲେ; ବାବା କିନ୍ତୁ ବସିବାକୁ ସଂକୋଚ କରୁଥିଲେ । ଏତେ ବଡ଼ ଘର, ଏତେ ବଡ଼ ଲୋକ, ସେ ତ ଆଗରୁ ଏମିତି ଘର ଦେଖି ନ ଥିଲେ । ସେ ସେମିତି ଠିଆ ହୋଇ ରହିଲେ ।

ଦୁଲାଲ ବାବୁ ଘୋଷ ବାବୁଙ୍କୁ କହିଲେ - ଏ ହେଉଛନ୍ତି ନରେନ୍ଦ୍ର । ଯାହାଙ୍କ କଥା ମୁଁ ଆପଣଙ୍କୁ କହୁଥିଲି । ଘୋଷ ବାବୁ ବାବାଙ୍କୁ ଟିକେ ଭଲ କରି ଚାହିଁଲେ । ତା'ପରେ ପାଖରେ ଥିବା ଇଣ୍ଟରକମ (Intercom) ରେ କାହାକୁ ଡାକିଲେ ।

ସାଂଗେ ସାଂଗେ ଯେ ତରତର ହୋଇ ଆସିଲେ ସେ ବୋଧେ କେଉଁ ମ୍ୟାନେଜର ଶ୍ରେଣୀର କର୍ମଚାରୀ ହୋଇଥିବେ ।

ଘୋଷ ବାବୁ କହିଲେ - ଏହାଙ୍କୁ ନେଇଯାଅ ଏବଂ ତାଙ୍କ କାମ ବତାଇଦିଅ । ବାବା ତାଙ୍କ ସାଂଗରେ ଚାଲିଗଲେ । ଦୁଲାଲ ବାବୁ ରହିଗଲେ ଆଉ କିଛି କଥାବାର୍ତ୍ତା ପାଇଁ ।

ଘର ଭିତରେ ଗୋଟେ ଛୋଟ ଅଫିସ ଘର । ମ୍ୟାନେଜର ସେଇଠି ବସି ବାବାଙ୍କୁ ବସିବାକୁ କହିଲେ । ବାବା ଆଶ୍ଚର୍ଯ୍ୟ ହୋଇ ଯାଇଥିଲେ । କିଛି ପଚ଼ରା ପଚ଼ରି ନାହିଁ । ତାଙ୍କୁ ଚାକିରୀ କେମିତି ଦେଇଦେଲେ । ତାଙ୍କ ମନକଥା ଯେମିତି ପଢ଼ି ପାରିଲେ ମ୍ୟାନେଜର ବାବୁ । ତାଙ୍କ ସନ୍ଦେହ ଦୂର କରିବା ପାଇଁ କହିଲେ - ଦୁଲାଲ ବାବୁ ତୁମ ବିଷୟରେ ସବୁକଥା ଆଗରୁ ଜଣାଇଛନ୍ତି । ଆମର ମାଲିକ ତୁମକୁ ସାହାଯ୍ୟ କରିବାକୁ ଚାହୁଁଛନ୍ତି । ଏଇ ଘର ଚାରିପାଖେ ଯେଉଁ ବଡ଼ ବଗିଚା ଅଛି ସେଥିରେ ଚାରି ଜଣ ମାଳି କାମ କରୁଛନ୍ତି । ତମକୁ ସେମାନଙ୍କ କାମ ତଦାରଖ କରିବାକୁ ପଡ଼ିବ । ହତା ଭିତରେ ରହିବା ପାଇଁ ଘର ଦିଆଯିବ । ଅନ୍ୟ ମାଳୀ ମାନେ ମଧ୍ୟ ସେଇ ପାଖରେ ରହୁଛନ୍ତି । ସେମାନଙ୍କ ସାଂଗରେ ମିଶି ଖିଆ ପିଆ କରି ପାରିବ । ଖାଇବା ପିଇବା ସବୁ ମାଲିକ ଦେବେ । ତା'ବାଦେ ସାତ ହଜାର ଟଙ୍କା ଦିଆଯିବ । ତମେ କାଲିହିଁ ତମର ଜିନିଷ ପତ୍ର ଧରି ଚାଲିଆସ । ହଁ, ଆସିବା ପରେ ଏଠି ତମର ଗୋଟେ ଡାକ୍ତରୀ ପରୀକ୍ଷା ହେବ । କାହିଁକି ନା ଏଇ ହତା ଭିତରେ ରହୁଥିବା ସବୁ ଲୋକ, ଘର ଲୋକ ତଥା ଚାକର ବାକର ସମସ୍ତେ କୌଣସି ସଂକ୍ରାମକ ରୋଗରେ ପୀଡ଼ିତ ହୋଇ ନ ଥିବା ନିହାତି ଜରୁରୀ । ବାବାଙ୍କର କହିବାର କିଛି ନ ଥିଲା । ସେ ସେଠାରୁ ଚାଲି ଆସିଲେ । ଦୁଲାଲ ବାବୁ ଅପେକ୍ଷା କହିଥିଲେ । ଘୋଷ ବାବୁ ତ ଚାଲି ଯାଇଥିଲେ । ସେମାନେ ଫେରି ଆସିଲେ ।

ବାବାଙ୍କୁ କଥାଟା ଟିକେ ଅଡୁଆ ଅଡୁଆ ଲାଗୁଥିଲା । ମହରଗରୁ ଯାଇ କାନ୍ତାରରେ ପଡ଼ି ଯିବେନିତ । ତାଙ୍କ ଅସହାୟତାର ଏମାନେ କିଛି ଫାଇଦା ଉଠାଇବାକୁ ଚେଷ୍ଟା କରୁ ନାହାନ୍ତି ତ । ତା' ପର ଦିନ ଦୁଲାଲ ବାବୁ ମେସକୁ ଆସିଥିଲା ବେଳେ ସେ ସେହି କଥା ପଚାରିଥିଲେ ।

ବାବା କହିଲେ - ମୁଁ ତ ମାଳି କାମ କିଛି ଜାଣିନି । ଗଛ ପତ୍ର ବିଷୟରେ ମଧ୍ୟ ମୋର ସେମିତି କିଛି ବିଶେଷ ଜ୍ଞାନ ନାହିଁ । ତଥାପି ଘୋଷ ବାବୁ ମୋତେ କେମିତି କାମରେ ରଖିଦେଲେ ପୁଣି ଏତେ ପଇସା ଦେଇ ।

ଦୁଲାଲ ବାବୁ କହିଲେ - ଘୋଷ ବାବୁ ଭାରି ଦୟାଳୁ ଲୋକ । କେତେ ଲୋକ ତାଙ୍କ ଦ୍ୱାରା ଉପକୃତ ହୋଇଛନ୍ତି । କେତେ ଅନାଥାଶ୍ରମ, ବୃଦ୍ଧାଶ୍ରମକୁ ସେ ଦାନ କରନ୍ତି ତା'ର ହିସାବ ନାହିଁ । ମୋ ଠାରୁ ତୁମ ବିଷୟରେ ସବୁକଥା ଜାଣିଲା ପରେ ତାଙ୍କ ମନରେ ତୁମ ପ୍ରତି ଭାରି ଦୟା ହୋଇଥିଲା । ଆଉ ରହିଲା କାମ କଥା । ଦିନ ପନ୍ଦର ଟାରେ ତମେ ସବୁ ଶିଖିଯିବ । ସେଇ ମାଳିମାନେ ତୁମକୁ ସବୁ ଶିଖାଇ ଦେବେ । ତା' ଛଡ଼ା ତୁମେତ ମାଳୀ କାମ କରୁନ । ସେମାନେ ଯେଉଁ କାମ କରୁଛନ୍ତି, ତୁମେ ତାହା ତଦାରଖ (Supervise) କରିବ ।

ମେସରେ ସମସ୍ତେ ବାବାଙ୍କୁ ବଧାଇ ଜଣାଇଲେ । କେତେଜଣ ତ ଜ୍ୟୋତିର୍ମୟ ଘୋଷଙ୍କ କଥା ଶୁଣିଥିଲେ । କଲିକତାର ସେ ଜଣେ ପ୍ରଖ୍ୟାତ ଲୋକ ଥିଲେ । ବାବାଙ୍କର ଆଉ କିଛି ଦ୍ୱିଧା ନ ଥିଲା । ନିର୍ଦ୍ଦିଷ୍ଟ ଦିନ ସେ ଦୁଲାଲ ବାବୁଙ୍କ ସାଂଗରେ ଯାଇ ପହଞ୍ଚିଲେ ଘୋଷ ମ୍ୟାନସନ (Mansion) ରେ ଆଉ କାମରେ ଯୋଗଦେଲେ । ଦିନ କେତଟାରେ ସେ ପୁରା କାମ ଗୁଡ଼ା ବୁଝିନେଲେ । ଗଛପତ୍ର ଉପରେ ତାଙ୍କର କେମିତି ଗୋଟେ ମମତା ଆସିଯାଇଥିଲା । ସେ ତାଙ୍କ କାମକୁ ଉପଭୋଗ କରିବାକୁ ଲାଗିଲେ । ମାଳି ମାନେ ମଧ୍ୟ ବହୁତ ଭଲ ଲୋକ ଥିଲେ । ମନ ପ୍ରାଣ ଲଗାଇ ସେମାନେ କାମ କରୁଥିଲେ । ବାବାଙ୍କୁ ବେଶୀ କିଛି କରିବାକୁ ପଡୁ ନ ଥିଲା ।

ଘୋଷ ବାବୁଙ୍କ ପରିବାରରେ ସେମାନେ ସ୍ୱାମୀ, ସ୍ତ୍ରୀଙ୍କ ବ୍ୟତୀତ ଦୁଇ ପୁଅ, ଝିଅ ଏବଂ ବାପା ଥା'ନ୍ତି । ମା' ତ ବହୁତ ଆଗରୁ ସ୍ୱର୍ଗ ପ୍ରାପ୍ତି ହୋଇଯାଇଛନ୍ତି । ଝିଅ ମଧ୍ୟ ବାହା ହୋଇ ବାହାରେ ତା'ର ଘର ସଂସାର କରୁଛି । ଦୁଇ ପୁଅ ବାପାଙ୍କୁ ବ୍ୟବସାୟରେ ସାହାଯ୍ୟ କରନ୍ତି । ଆସ୍ତେ ଆସ୍ତେ ବାବା ଅନୁଭବ କଲେ ଘୋଷ ବାବୁ ତାଙ୍କୁ ଟିକେ ଅଧିକା ଭଲ ପାଉଛନ୍ତି । ତାଙ୍କର ତ ବହୁତ କର୍ମଚାରୀ ଥିଲେ । ଘରେ, ବାହାରେ ସବୁଆଡ଼େ । ତଥାପି ସେ ତାଙ୍କ ଉପରେ ଟିକେ ଅଧିକ ରୁଚି ଦେଖାଉଥିଲେ । ସମୟେ ସମୟେ ଘରେ ଥିଲା ବେଳେ ତାଙ୍କୁ ଡାକି ଦିଅନ୍ତି । ଭଲ ଭଲ ଜିନିଷ ଖାଇବାକୁ ଦିଅନ୍ତି । ଭଲ ମନ୍ଦ ପଚାରନ୍ତି । କିଛି ଦରକାର ଥିଲେ ତାଙ୍କୁ ବିନା ସଂକୋଚରେ ମାଗିବାକୁ କହନ୍ତି । ବାବା ତ କୃତ୍ୟ କୃତ୍ୟ ହୋଇ ଯାଆନ୍ତି । ଭାବନ୍ତି ଯାହାହେଉ ଭଗବାନ ତାଙ୍କୁ ଠିକ୍ ଜାଗାକୁ ଏବଂ ଠିକ୍ ଲୋକ ପାଖକୁ ପଠାଇ ଦେଇଛନ୍ତି ।

॥ ୪ ॥

ମଣିଷର ଭବିଷ୍ୟତ ସବୁବେଳେ ଅନିଶ୍ଚିତ । କେହି କହି ପାରିବେ ନାହିଁ ତା'ର ଆଗାମୀ ଦିନରେ କ'ଣ ସବୁ ଘଟିବ । ଅବଶ୍ୟ କେତେକ ଜ୍ୟୋତିର୍ବିଦ ଏବଂ ହସ୍ତରେଖା ବିଶାରଦ ଲୋକ ମାନଙ୍କୁ ସେମାନଙ୍କର ଆଗତ ଭବିଷ୍ୟତ କଥା କହିଥା'ନ୍ତି । କିନ୍ତୁ ଏଥିରେ କେତେ ସତ୍ୟତା ଥାଏ ତାହା ସମସ୍ତେ ଜାଣନ୍ତି । ତାହା କେବଳ ଅନାଗତ ଭବିଷ୍ୟତକୁ ସାମ୍ନା କରିବାକୁ ସାହାସ ଏବଂ ଧୈର୍ଯ୍ୟ ଯୋଗାଇ ଥାଏ। ପ୍ରକୃତରେ ଭବିଷ୍ୟତର ଏହି ଅନିଶ୍ଚିତତା ହିଁ ଜଣେ ବ୍ୟକ୍ତିକୁ ତା'ର ଭବିଷ୍ୟତର ସୁରକ୍ଷା ପାଇଁ ଯୋଜନା କରିବାକୁ ପ୍ରବର୍ତ୍ତାଇ ଥାଏ । ଯୋଜନା ଯଦି ସଫଳ ହେଲା ତ ଭଲ କଥା। କିନ୍ତୁ ଯଦି ଯୋଜନା ବିଫଳ ହୋଇଯାଏ, ତେବେ ସେଇ ବିଫଳତାକୁ ସାମନା କରି ଯିଏ ସାହାସର ସହ ସଂଘର୍ଷ କରି ଜୀବନ ଯୁଦ୍ଧରେ ବିଜୟୀ ହୋଇଥାଏ, ସିଏ ହିଁ ସୁଖରେ ଜୀବନ ନିର୍ବାହ କରିଥାଏ । ତେଣୁ କୌଣସି କାର୍ଯ୍ୟରେ ବିଫଳ ହେଲେ ବି ତା'କୁ ମୁହାଁ ମୁହିଁ ମୁକାବିଲା କରିବା ଆବଶ୍ୟକ ।

ବାବା କେତେ ଯୋଜନା କରିଥିଲେ ଭବିଷ୍ୟତ ପାଇଁ । ଭଲ ଚାକିରୀ ଖଣ୍ଡେ ମିଳିଗଲା । ମାଲିକ ପୁଣି ଏତେ ଭଲ ଲୋକ । ରହିବା, ଖାଇବା ପାଇଁ ପଇସା ଖର୍ଚ୍ଚ କରିବାକୁ ପଡୁନାହିଁ । ପଇସା କିଛି ସଞ୍ଚୟ କରି ପାରିବେ । ଝିଅ ବାହାଘରଟା ଆଗକୁ ଅଛି । ଝିଅକୁ ଆସି ଷୋଳ ବର୍ଷ ଉପରେ ହେଲାଣି । ଆଉ ବର୍ଷେ ଦି ବର୍ଷ ପରେ ତା' ବାହାଘର କରିଦେବେ । ଦରକାର ପଡ଼ିଲେ ମାଲିକଙ୍କ ଠାରୁ ଅଗ୍ରୀମ ମାଗିନେବେ । ମାଲିକ ଯେ କେବେ ମନା କରିବେନି, ତାଙ୍କ ଅନୁରୋଧ ରକ୍ଷା କରିବେ, ଏ ବିଶ୍ୱାସ ତାଙ୍କର ଥିଲା । ଏମିତି ଭଲରେ ଭଲରେ

ତିନି ଚାରିମାସ ଚାଲିଗଲା । ପଛ କଥା ଗୁଡ଼ାକୁ ଏକ ଦୁସ୍ୱପ୍ନ ପରି ସେ ଭୁଲିଯାଇଥିଲେ । ଏବେ ସେ ବହୁତ ଖୁସି ଥିଲେ ।

ଏମିତି ଦିନେ ବାବାଙ୍କୁ ଘୋଷ ବାବୁଙ୍କ ଘରୁ ଡାକରା ଆସିଲା । ତାଙ୍କ ପାଇଁ ତ ଏଇଟା ନୂଆ ନୁହେଁ । ସେ ସାଙ୍ଗେ ସାଙ୍ଗେ ଯାଇ ପହଞ୍ଚିଗଲେ । ଗୋଟେ ଘରେ ଘୋଷ ବାବୁ ବସିଥିଲେ । ଦୁଲାଲ ବାବୁ ମଧ୍ୟ ଥିଲେ । ଆଜି କାହିଁକି ଘୋଷ ବାବୁ ବହୁତ ନିସ୍ତେଜ ଦେଖା ଯାଉଥିଲେ । ସବୁଦିନ ପରି ଚେହେରାରେ ଚମକ ନ ଥିଲା । ବାବାଙ୍କୁ ଦେଖି ଭିତରକୁ ଡାକିଲେ । ଗୋଟେ ଚୌକିରେ ବସିବାକୁ କହିଲେ । ବାବା କିନ୍ତୁ ଆଦୌ ବସୁ ନ ଥିଲେ । ଘୋଷ ବାବୁ ଜବରଦସ୍ତ କରି ତାଙ୍କୁ ବସାଇଲେ । ବାବାଙ୍କୁ ଏ ସବୁ ଆଶ୍ୱସ୍ତିକର ଲାଗୁଥାଏ । ସମାଜରେ ତ ଗୋଟେ ସ୍ତର ଅଛି । ସେ ତଳ ସ୍ତରରେ ଥିଲା ବେଳେ ଘୋଷ ବାବୁଙ୍କ ସ୍ତର ତ ଆଖି ପାଉନି । ଏ ସବୁ ଭାବିଲା ଭିତରେ ଦୁଲାଲ ବାବୁ କଥାଟା ଆରମ୍ଭ କଲେ । କହିଲେ – ବୁଝିଲ ନରେନ୍ଦ୍ର, ଆମର ଏ ଜ୍ୟୋତିର୍ମୟ ବାବୁ ବହୁତ ଭଲ ଲୋକ । ଆମେ କେବେ ହାଇସ୍କୁଲରେ ଦୁଇବର୍ଷ ଏକାଠି ପାଠ ପଢ଼ିଥିଲୁ ବୋଲି ସେ ମୋତେ ଭୁଲି ପାରି ନାହାନ୍ତି । କୃଷ୍ଣ ଯେପରି ସୁଦାମାଙ୍କୁ ବନ୍ଧୁ ହିସାବରେ ଗ୍ରହଣ କରିଥିଲେ, ସେମିତି ମୋତେ ବନ୍ଧୁ ହିସାବରେ ଗ୍ରହଣ କରିଛନ୍ତି ଏବଂ ମୋର ଆଦର, ସମ୍ମାନ କରୁଛନ୍ତି । ନ ହେଲେ ସେ କୋଉଠି ଆଉ ମୁଁ ବା କିଏ । କିନ୍ତୁ ସେ ଏବେ ଗୋଟେ ବିପଦରେ ପଡ଼ି ଯାଇଛନ୍ତି । ଆମ ମାନଙ୍କ କର୍ତ୍ତବ୍ୟ ତାଙ୍କୁ ରକ୍ଷା କରିବା । ଯେ କୌଣସି ମୂଲ୍ୟ ଦେଇ ହେଉପଛେ । ନାଁ କ'ଣ କହୁଛ । ସେ ଅନାଇଲେ ବାବାଙ୍କ ଆଡ଼େ ଏକ ପ୍ରଶ୍ନବାଚୀ ନେଇ ।

ବାବା କହିଲେ – ମୁଁ ତ ମରିଯାଇଥିଲି । ମାଲିକ ମୋତେ ନୂଆ ଜୀବନ ଦେଇଛନ୍ତି । ମୁଁ ମୋର ଜୀବନ ଦେଇ ତାଙ୍କର ଉପକାର ଶୁଝିବାକୁ ପ୍ରସ୍ତୁତ ଅଛି ।

ଦୁଲାଲ ବାବୁ କହିଲେ – ଆରେ ଜୀବନ ଦେବା କିଛି ଦରକାର ନାହିଁ । କାଲି ଦିନ ଦଶଟା ବେଳେ ଜଣେ ଡାକ୍ତର ଆସିବେ । ତାଙ୍କ ଠାରୁ ବୁଝିନେବା କ'ଣ କରିବାକୁ ହେବ । ବାବା ଫେରି ଆସିଲେ ଭାରାକ୍ରାନ୍ତ ମନ ନେଇ । ସେ ଭାବି ପାରୁ ନ ଥିଲେ ପ୍ରକୃତରେ ସେମାନେ ତାଙ୍କ ଠାରୁ କ'ଣ ଚାହୁଁଛନ୍ତି । ଦୁଲାଲ ବାବୁ ତ କିଛି ଖୋଲିକରି କହିଲେନି । ଖାଲି କହିଲେ କାଲିକୁ ଅପେକ୍ଷା କର, ସବୁ

ଜାଣିଯିବ । କିନ୍ତୁ ତାଙ୍କ ଠାରୁ ଯେ ସେମାନେ କିଛି ଆଶା କରୁଛନ୍ତି ଏ ବିଷୟରେ ବାବା ନିଶ୍ଚିତ ହୋଇଗଲେ ।

ତା' ପରଦିନ ଠିକ ଦଶଟା ବେଳେ ଡାକରା ଆସିଲା । ବାବା ତୁରନ୍ତ ଯାଇ ପହଞ୍ଚିଗଲେ । କାଲିର ସେହି ଘରେ ସମସ୍ତେ ବସିଥିଲେ । ଡାକ୍ତର ବାବୁ ବି ଆସିଥିଲେ । ଗୋଟେ ବଡ଼ ଟି.ଭି. (TV) ଲାଗିଥିଲା । ଡାକ୍ତର ବାବୁ ଟିଭିରେ ଆଗରୁ ରେକର୍ଡ଼ିଙ୍ଗ କରି ଆଣିଥିବା ବିଷୟବସ୍ତୁ ଦେଖାଇ ବୁଝାଇବାକୁ ଚେଷ୍ଟା କଲେ । ତାଙ୍କର ବକ୍ତବ୍ୟ ଥିଲା- ମଣିଷର ଦେହ ଭିତରେ ଦୁଇଟା ବୃକକ୍ (Kidney) ଥାଏ । ଯାହାକି ଆମ ଦେହରେ ଥିବା ରକ୍ତକୁ ସବୁବେଳେ ବିଶୋଧନ କରୁଥାଏ । ଦୁଷିତରକ୍ତ କିଡ୍‌ନୀରେ ପଶି ପରିଷ୍କାର ହୋଇ ପୁଣି ଶରୀରେ ସଞ୍ଚାଳିତ ହୋଇଥାଏ ଏବଂ ଦୂଷିତ ଅଂଶ ଆମର ପରିଶ୍ରା ଆକାରରେ ବାହାରିଯାଏ । ଭଗବାନ ସିନା ଆମକୁ ଦୁଇଟି କିଡ୍‌ନୀ ଦେଇଛନ୍ତି କିନ୍ତୁ ଗୋଟେ କିଡ୍‌ନୀରେ ବି ମଣିଷ ତା'ର ସାଧାରଣ ଜୀବନ ଯାପନ କରିପାରିବ । ତେଣୁ ଜଣେ ସୁସ୍ଥ ଲୋକ ଅନାୟାସରେ ତା'ର ଗୋଟେ କିଡ୍‌ନୀ ଅନ୍ୟକୁ ଦାନ କରି ପାରିବ । ସେଥିରେ ତା'ର ସ୍ୱାସ୍ଥ୍ୟଗତ ସମସ୍ୟା କିମ୍ବା ଲମ୍ବା ଜୀବନ ବଞ୍ଚିବାରେ କୌଣସି ବ୍ୟାଘାତ ସୃଷ୍ଟି କରି ପାରିବ ନାହିଁ । ଡାକ୍ତର ତାଙ୍କର ବକ୍ତବ୍ୟ ଶେଷ କରି ଚାଲିଗଲେ । ବାବା କିଛି ବୁଝି ପାରୁ ନ ଥିଲେ । ଡାକ୍ତର କାହିଁକି ଏ ସବୁ କହିଲେ । କ'ଣ ତାଙ୍କର ଉଦ୍ଦେଶ୍ୟ । ତାଙ୍କୁ ସବୁ ଅଡୁଆ ଅଡୁଆ ଲାଗୁଥିଲା । ସେ ଟିକେ ଦୁଲାଲ ବାବୁଙ୍କୁ ଚାହିଁବା ମାତ୍ରେ ଦୁଲାଲ ବାବୁ କହିଲେ – ବୁଝିଲ ନରେନ୍ଦ୍ର, ଆମ ଜ୍ୟୋତିର୍ମୟ ବାବୁ କିଛିଦିନ ତଳେ ଗୋଟେ ବଡ଼ ରୋଗରେ ପଡ଼ିଥିଲେ । ପ୍ରାୟ ମାସେ ଖଣ୍ଡେ ଡାକ୍ତରଖାନାରେ ଥିଲେ । ଭଲ ତ ହୋଇଗଲେ । କିନ୍ତୁ ତାଙ୍କର କିଡ୍‌ନୀ ଦୁଇଟାଯାକ ଖରାପ ହୋଇଗଲା । ଅଳ୍ପଦିନ ପରେ ତାଙ୍କର ଦୁଇଟାଯାକ କିଡ୍‌ନୀ ଆଦୌ କାମ କଲାନାହିଁ । ତେଣୁ ବାଧ ହୋଇ ତାଙ୍କୁ ଡାଏଲିସିସ୍ (dialysis) କରିବାକୁ ପଡୁଛି ସପ୍ତାହକେ ଥରେ । ଏଥିରୁ ବର୍ତ୍ତିବା ପାଇଁ କିଡ୍‌ନୀ ପ୍ରତିରୋପଣ (transplantation) ନିହାତି ଆବଶ୍ୟକ । କିନ୍ତୁ... ବିଡମ୍ବନାର ବିଷୟ ହେଉଛି ଯେ, ମ୍ୟାଚ୍ କଲାପରି କିଡ୍‌ନୀ ମିଳୁନାହିଁ । ଯଦି ସେ କିଡ୍‌ନୀ ପ୍ରତିରୋପଣ ଏଜେନ୍‌ସି (Agency) ମାଧ୍ୟମରେ କିଡ୍‌ନୀ ପ୍ରତିରୋପଣ କରିବାକୁ ଚେଷ୍ଟା କରିବେ ତେବେ ତାଙ୍କୁ ଅପେକ୍ଷା ତାଲିକା (wait list)ରେ ରହିବାକୁ ପଡ଼ିବ ।

ଏବେ ତ ଭାରତରେ ବର୍ଷକୁ ପ୍ରାୟ ଏକ ଲକ୍ଷ ଅଶୀ ହଜାର କିଡ଼୍‌ନୀ ରୋଗୀ ବାହାରୁଛନ୍ତି । ସେମାନଙ୍କ ଭିତରୁ କେବଳ ମାତ୍ର ଛ' ହଜାର ରୋଗୀଙ୍କର ପ୍ରତିରୋପଣ ହୋଇ ପାରୁଛି । ତେଣୁ ସେ ଲିଷ୍ଟରେ ରହିଲେ ଘୋଷ ବାବୁଙ୍କ ପାଳି ଆସିଲା ବେଳକୁ ପାଞ୍ଚ ବର୍ଷ କି ଦଶ ବର୍ଷ ଚାଲିଯିବ । ସେତେବେଳ ଯାଏଁ ତାଙ୍କ ପାଖରେ ସମୟ ନାହିଁ । ତେଣୁ ଯଦି ଆମ ଭିତରୁ କେହି ଜଣେ ଗୋଟେ କିଡ଼୍‌ନୀ ଦାନ କରେ ତା' ହେଲେ ତାଙ୍କ ଜୀବନ ରକ୍ଷା ପାଇଯିବ । ଭାଗ୍ୟକୁ ତମ କିଡ଼୍‌ନୀ ମ୍ୟାଚ୍ କରୁଛି । ଆମର ଅନୁରୋଧ, ତମେ ଗୋଟେ କିଡ଼୍‌ନୀ ଦାନ କର । ସେଥିପାଇଁ ତୁମକୁ ତିନି ଲକ୍ଷ ଟଙ୍କା ଦିଆଯିବ । ପୁଣି ତୁମର ଔଷଧ ଖର୍ଚ୍ଚ ପାଇଁ ମଧ ଟଙ୍କା ଦିଆଯିବ ମାସକୁ ମାସ ।

ଏ ପର୍ଯ୍ୟନ୍ତ ଚୁପ୍ ହୋଇ ବସିଥିବା ଘୋଷ ବାବୁ କହିଲେ - ତିନି ଲକ୍ଷ ନୁହେଁ, ମୁଁ ପାଞ୍ଚ ଲକ୍ଷ ଦେବି । ପ୍ରତି ମାସେ ପାଞ୍ଚ ହଜାର ଦେବି ତୁମର ଔଷଧ ଖର୍ଚ୍ଚ ପାଇଁ । ତେବେ ତୁମକୁ ମୁଁ ବାଧ୍ୟ କରୁନି । ତୁମେ ଦୁଇଦିନ ସମୟ ନିଅ । ଚିନ୍ତା କରି ଜଣାଇବ । ତା'ପରେ ସ୍ୱରକୁ ଟିକେ ନରମ କରି କହିଲେ - ମନେ ରଖିଥିବ, ତୁମର ନିଷ୍ପତ୍ତି ଉପରେ ମୋର ଜୀବନ ନିର୍ଭର କରୁଛି ।

ନିଜ ରୁମ୍‌କୁ ଆସି ବାବା ଚୁପ୍‌ଚାପ ବସି ପଡ଼ିଲେ । ହଠାତ୍ ଏ ସବୁ କଥା ଶୁଣି ତାଙ୍କ ମୁଣ୍ଡ ଠିକ୍ ଭାବରେ କାମ କରୁ ନ ଥିଲା । ସେ ତ ଆଜି ହିଁ ଜାଣିଲେ ଯେ ମଣିଷର ଦୁଇଟା କିଡ଼୍‌ନୀ ଥାଏ ଏବଂ ସେଥିରୁ ଗୋଟାଏ ଦେଇଦେଲେ ବି ଅନ୍ୟଟିରେ ସେ ବଞ୍ଚି ପାରିବ । ତା' ହେଲେ କ'ଣ ସେମାନେ ଡାକ୍ତରଙ୍କୁ ଡକାଇ ତାଙ୍କୁ ପ୍ରସ୍ତୁତ କରାଉଥିଲେ କିଡ଼୍‌ନୀ ଦାନ କରିବା ପାଇଁ । ସେ ବଡ଼ ଦ୍ୱନ୍ଦରେ ପଡ଼ିଥିଲେ । ଭୟ ମଧ ଲାଗୁଥିଲା । ପେଟ କଟା ହୋଇ ଭିତରର ଗୋଟେ ଅଂଶ ବାହାର କରାଯିବ । ଭୟ ଲାଗିବା ତ ସ୍ୱାଭାବିକ । ଏବେ ସେ ଜାଣିପାରିଲେ ଯେ ଏଠାକୁ ଆସିବା ପରେ କାହିଁକି ତାଙ୍କର ଡାକ୍ତରୀ ପରୀକ୍ଷା ହୋଇଥିଲା । ତା' ମାନେ ସେମାନେ ନିଶ୍ଚିତ ହେବାକୁ ଚାହୁଁଥିଲେ ଯେ ତାଙ୍କର କିଡ଼୍‌ନୀ ଘୋଷ ବାବୁଙ୍କୁ ମ୍ୟାଚ୍ କରିବ ନା ନାହିଁ । ଯେତେବେଳେ ମ୍ୟାଚ୍ କରିଗଲା, ତାଙ୍କୁ ଆଦର ସମ୍ମାନ ସହକାରେ ଏଠାରେ ରଖା ଯାଇଛି । ଯେମିତି କି ଠାକୁରାଣୀଙ୍କ ପାଖରେ ବଳି ଦେବାକୁ ଥିବା ବୋଦାକୁ ଭଲ ଭଲ ଜିନିଷ ଖୁଆଇ ପିଆଇ ତାଗଡ଼ା କରି ରଖାଯାଏ । ଆଉ ଦୁଲାଲ ବାବୁ....ସେ ପ୍ରକୃତରେ ଦଲାଲ ବାବୁ ।

ଘୋଷ ବାବୁ ନିଶ୍ଚୟ ତାଙ୍କୁ କହିଥିବେ ଗୋଟେ ଡୋନର ଯୋଗାଡ଼ କରିବା ପାଇଁ ଯିଏ କି ତା'ର କିଡ୍‌ନୀ ଦାନ କରି ପାରିବ । ଦୁଲାଲ ବାବୁ ତାଙ୍କ ଜାଲଟା ବାବାଙ୍କ ଉପରେ ହିଁ ପକାଇଥିଲେ । ବାବାଙ୍କର ସେତେବେଳର ପରିସ୍ଥିତି ଏବଂ ମାନସିକ ସ୍ଥିତିର ବେଶ ଫାଇଦା ଉଠାଇଥିଲେ ସେ । ସେ ଜାଲରେ ବାବା ଏମିତି ଛନ୍ଦି ହୋଇ ପଡ଼ିଲେ ଯେ, ସେଥିରୁ ବର୍ତ୍ତମାନ ମୁକୁଳିବା ବଡ଼ କଷ୍ଟକର ।

ଘୋଷ ବାବୁଙ୍କ ଘରୁ ଆସିବା ପରେ ବାବା ସେମିତି ବସି ରହିଥିଲେ ଭାରାକ୍ରାନ୍ତ ମନ ନେଇ । ମଝିରେ ମାଳି ଆଣି ଖାଇବା ଥୋଇ ଦେଇଗଲା । ସେ କିନ୍ତୁ କିଛି ଖାଇ ନ ଥିଲେ । ସେମିତି ସ୍ଥାଣୁ ହୋଇ ବସିଥିଲେ । କ୍ରମେ ସନ୍ଧ୍ୟା ହୋଇ ଆସିଲା । ଜଣେ ମାଳି ଆସି ଡାକିବାରୁ ତାଙ୍କ ଧ୍ୟାନ ଭଗ୍ନ ହେଲା । ସେ ଉଠି ଘରର ଆଲୋକ ଜଳେଇଲେ । ଗାଧୁଆ ଘରକୁ ଯାଇ ଧୁଆ ଧୋଇ ହୋଇ ଆସି ପୁଣି ଚୌକି ଉପରେ ବସି ରହିଲେ । ସେ କ'ଣ କରିବେ, କ'ଣ କରିବା ଉଚିତ୍ ଜାଣି ପାରୁ ନ ଥିଲେ । ଜୀବନର ଏମିତି ଗୋଟାଏ ଦୋଛକିରେ ସେ ଠିଆ ହୋଇଛନ୍ତି, କେଉ ରାସ୍ତା ଧରିବେ ବୁଝିପାରୁ ନାହାନ୍ତି । ସେ ଗଭୀର ଭାବେ ଭାବି ଚାଲିଥିଲେ । ତାଙ୍କ ଆଗରେ ଦୁଇଟା ବିକଳ୍ପ ଅଛି । ପ୍ରଥମତଃ ସେ କିଡ୍‌ନୀ ଦେବାକୁ ମନା କରିଦେବେ । କିନ୍ତୁ ତା'ପରେ କ'ଣ ହେବ ? ଘୋଷ ବାବୁ ତ ତାଙ୍କୁ ଆଉ ଚାକିରୀରେ ରଖିବେନି । ଏବେ ସେ ଜାଣି ଗଲେଣି, ତାଙ୍କୁ ଚାକିରୀ ଦିଆ ହୋଇଥିଲା କେବଳ ଏହି ଉଦ୍ଦେଶ୍ୟ ନେଇ, ତାଙ୍କର ଯୋଗ୍ୟତା ପାଇଁ ନୁହେଁ । ଉଦ୍ଦେଶ୍ୟ ଯଦି ସଫଳ ନ ହେବ ସେ କାହିଁକି ଚାକିରୀରେ ରଖିବେ ତାଙ୍କୁ । ତା'ପରେ ସେ ପୁଣି ବେକାର ହୋଇଯିବେ । ତାଙ୍କୁ ଗାଁକୁ ଫେରିଯିବାକୁ ପଡ଼ିବ । ପୁଣି ସେହି ଟାହି ଟାପରା ଶୁଣିବାକୁ ପଡ଼ିବ । ଅଭାବ ଅନାଟନର ପାହାଡ଼ ମାଡ଼ି ବସିବ । ସେଇ ପୂର୍ବ ଘଟଣା ମାନଙ୍କର ପୂନରାବୃତ୍ତି ହେବ । ଯୋଉଟା କି ସେ ଆଦୌ ଚାହୁଁ ନାହାନ୍ତି ।

ଦ୍ୱିତୀୟ ବିକଳ୍ପ ହେଉଛି ତାଙ୍କୁ କିଡ୍‌ନୀ ଦାନ କରିବାକୁ ପଡ଼ିବ । ତା' ହେଲେ ଘୋଷ ବାବୁଙ୍କ ଆଗରେ ତାଙ୍କର ଇଜ୍ଜତ ବଢ଼ିଯିବ । ତାଙ୍କୁ ପାଞ୍ଚ ଲକ୍ଷ ଟଙ୍କା ମିଳିଯିବ । ତା'ପରେ ମାସକୁ ମାସ ପାଞ୍ଚ ହଜାର ଲେଖାଏଁ ବି ମିଳିବ । ଏଇଟା କିଛି ଛୋଟ ରକମ ନୁହେଁ । ଏଥିରେ ତାଙ୍କର ଝିଅ ବାହାଘର ଭଲରେ ହୋଇଯିବ । ପୁଅର ପାଠ ପଢ଼ା ଦିଗରେ ମଧ୍ୟ ସୁବିଧା ହେବ । ଅବଶ୍ୟ ତାଙ୍କୁ କିଛି

କଷ୍ଟ ହେବ । କିଛି ପାଇବାକୁ ହେଲେ କିଛି ତ ତ୍ୟାଗ କରିବାକୁ ପଡ଼ିବ । ଡାକ୍ତର ବାବୁ ତ କହିଛନ୍ତି ଝରି ଛ' ସପ୍ତାହ ଭିତରେ ସେ ସାଧାରଣ ଜୀବନ ଯାପନ କରି ପାରିବେ । ଗୋଟାଏ କିଡ୍‌ନୀରେ ବି ତାଙ୍କର କୌଣସି ପ୍ରକାର ଅସୁବିଧା ହେବନି । ଖାଲି ଯାହା ଟିକେ ସାବଧାନତା ଅବଲମ୍ବନ କରିବାକୁ ପଡ଼ିବ । ଯେମିତି କି ବେଶୀ କଷ୍ଟକର କାମ, ବେଶୀ ଓଜନ ଉଠାଇବା ଇତ୍ୟାଦିରୁ ନିବୃତ୍ତ ରହିବାକୁ ପଡ଼ିବ । ଆଉ କିଛି ଔଷଧ ସବୁବେଳେ ଖାଇବାକୁ ପଡ଼ିବ ।

ସେ ଦିନ ସାରା ରାତି ବାବା ଶୋଇ ପାରି ନ ଥିଲେ । ସେହି କଥା ହିଁ ତାଙ୍କ ମନ ଭିତରେ ଖେଳୁଥିଲା । କେତେବେଳେ ଇଛା ହେଉଥିଲା ସବୁ ଛାଡ଼ି ଗାଁକୁ ପଳେଇ ଆସିବେ । ତା'ପରେ ଯାହା ହେବ ଦେଖାଯିବ । କେତେବେଳେ ପୁଣି ପିଲାଙ୍କ ଭବିଷ୍ୟତ କଥା ଆଖି ଆଗରେ ନାଚି ଉଠୁଥିଲା । ବାପା ହିସାବରେ ତାଙ୍କର କର୍ତ୍ତବ୍ୟ ହେଉଛି ନିଜ ପିଲାଙ୍କ ଭବିଷ୍ୟତ ସୁରକ୍ଷିତ ରଖିବା । ଗାଁକୁ ପଳେଇ ଆସିଲେ ଝିଅ ବାହାଘର କେମିତି କରିବେ, ପୁଅର ପାଠ ପଢ଼ା କଥା କ'ଣ ହେବ । ସେ ଘରର ମୂଖ୍ୟ । ଜଣେ ବାପା । ଜଣେ ସ୍ୱାମୀ । ଘରର ଭଲ ମନ୍ଦ ଚିନ୍ତା କରିବା ତାଙ୍କର ପ୍ରଥମ କର୍ତ୍ତବ୍ୟ। ସେ ତ ମରିବାକୁ ଯାଉଥିଲେ ସେଦିନ । ଆଉ ଏଥିରେ ତ ଶରୀରର ଖାଲି ଗୋଟାଏ ଛୋଟ ଅଂଶ ଯିବ । ଶେଷରେ ସେ ନିଷ୍ପତ୍ତି ନେଇଗଲେ । ସେ କିଡ୍‌ନୀ ଦେବେ । ପାହାନ୍ତା ପହରକୁ ତାଙ୍କର ଆଖିପତା ଟିକେ ଲାଗିଗଲା ।

ପରଦିନ ସକାଳ ଦଶଟାରେ ସେ ନିଜେ ହିଁ ଝଲିଗଲେ ଘୋଷ ବାବୁଙ୍କ ଘରକୁ । କଲିଂ ବେଲ ଶବ୍ଦ ଶୁଣି ଝକର ପିଲାଟି ଆସି ଦୁଆର ଖୋଲିଲା । ତାଙ୍କୁ ଦେଖି ଘର ଭିତରକୁ ଗଲା ଖବର ଦେବା ପାଇଁ ।

ଅଳ୍ପ ସମୟ ପରେ ନିଜେ ଘୋଷ ବାବୁ ଝଲି ଆସିଲେ । ପଛେ ପଛେ ଦୁଲାଲ ବାବୁ ମଧ୍ୟ । ବାବାଙ୍କୁ ଭିତରକୁ ଡାକି ନେଇ ସେଇ ଘରେ ବସାଇଲେ । ଘୋଷ ବାବୁ ବଡ଼ ଉଦ୍‌ବିଗ୍ନ ହୋଇ ଝହିଁଆନ୍ତି ବାବାଙ୍କୁ, ଯେମିତି କି ବାବାଙ୍କ ପଦେ କଥାରେ ତାଙ୍କର ଜୀବନ ମରଣ ନିର୍ଭର କରୁଛି । ବାବା ଠିକ୍ ଜାଣି ପାରୁଥିଲେ । ଘୋଷ ବାବୁ କ'ଣ ଝହୁଁଛନ୍ତି ଆଉ କ'ଣ ଉତ୍ତର ଆଶା କରୁଛନ୍ତି ତାଙ୍କ ପାଖରୁ ।

ବାବା ବେଶୀ ଡେରି ନ କରି, କୌଣସି ଉପକ୍ରମଣିକା ନ ଦେଇ ସିଧା

ସିଧା କହିଲେ- ଆପଣ ବ୍ୟସ୍ତ ହୁଅନ୍ତୁନି । ଆପଣଙ୍କ ଲୁଣ ଖାଇଛି ଯେତେବେଳେ, ନମକ ହାରାମ ହେବି ନାହିଁ । ମୁଁ କିଡ୍‌ନୀ ଦେବାକୁ ପ୍ରସ୍ତୁତ ଅଛି ।

ଘୋଷ ବାବୁ ଯେପରି ଆନନ୍ଦରେ ଉଚ୍ଛୁଳି ପଡ଼ିଲେ । ଖୁସୀରେ ତାଙ୍କର ଆଖି ଓଦା ହୋଇଗଲା । ସେ ବାବାଙ୍କ ହାତକୁ ଧରି ପକାଇ କହିଲେ- ତମର ଏ ଋଣ ମୁଁ ଜୀବନ ସାରା ମନେ ରଖିବି ।

ଜଣେ ଲୋକର ମଉଳି ଯାଇଥିବା କ୍ଷୀଣ ଆଶା ଯାହା କି ବହୁତ ଦିନ ହେଲା ପୂରଣ ହୋଇ ପାରୁ ନ ଥିଲା, ତା' ଯଦି ହଠାତ ପୂରଣ ହୋଇଯିବାର ସ୍ପଷ୍ଟ ସମ୍ଭାବନା ଦେଖାଯାଏ, ସେତେବେଳେ ସେ ତ ଖୁସିରେ ପାଗଳ ହୋଇଯାଏ । ଘୋଷ ବାବୁଙ୍କ ଅବସ୍ଥା ସେଇଆ ହୋଇଥିଲା, ଦୁଲାଲ ବାବୁ ମଧ୍ୟ ଖୁସି ଥିଲେ । ବୋଧହୁଏ ମନେ ମନେ ଭାବୁଥିଲେ, ଯାହାହେଉ ତାଙ୍କ ଯୋଜନା ସଫଳ ହୋଇଗଲା ।

ଘୋଷ ବାବୁ ସାଂଗେ ସାଂଗେ ଡାକ୍ତରଙ୍କୁ ଏ ଖବରଟା ଦେଇଦେଲେ ଏବଂ ଆବଶ୍ୟକୀୟ କାମ ଆରମ୍ଭ କରିବାକୁ ମଧ୍ୟ କହିଲେ । ସେମାନେ ବାବାଙ୍କୁ କୌଣସି କଥା ଲୁଚେଇବାକୁ ଚାହୁଁ ନ ଥିଲେ । ଡାକ୍ତର ବାବୁ ଆସିଲା ପରେ ବାବାଙ୍କୁ ଏଇ କିଡ୍‌ନୀ ପ୍ରତିରୋପଣ ବିଷୟରେ ପୁଙ୍ଖାନୁପୁଙ୍ଖ ଭାବରେ ବୁଝାଇ ଥିଲେ । ସେ କହିଲେ - ଆମ ଦେଶରେ ମଣିଷର ଅଙ୍ଗ ପ୍ରତ୍ୟେଙ୍ଗ ପ୍ରତି ରୋପଣ ପାଇଁ ଟ୍ରାନ୍‌ସପ୍ଲାଣ୍ଟ ଅଫ ହ୍ୟୁମନ ଅର୍ଗାନ ଆକ୍ଟ (Transplant or Human Organ Act) ସଂକ୍ଷେପରେ (THOA) ପ୍ରଣୀତ ହୋଇଛି । ସେହି ନିୟମ ଅନୁସାରେ କିଡ୍‌ନୀ ପ୍ରତ୍ୟାରୋପଣ ହୋଇ ପାରିବ। ଏହି ନିୟମ କେବଳ ଅଙ୍ଗ ପ୍ରତ୍ୟାରୋପଣରେ ଦୁର୍ନିତୀ କିମ୍ବା ଗରୀବ ଲୋକ ମାନଙ୍କୁ ଟଙ୍କାର ଲୋଭ ଦେଖାଇ ଶୋଷଣ ନ କରିବା ପାଇଁ ହିଁ ହୋଇଛି । ଜଣେ ଲୋକ ତା' କିଡ୍‌ନୀ କେବଳ ନିଜର ରକ୍ତ ସମ୍ପର୍କୀୟ ମାନଙ୍କୁ ଯେମିତିକି ମା', ବାପା, ସ୍ତ୍ରୀ, ପିଲାମାନଙ୍କୁ ହିଁ ଦେଇ ପାରିବ। ଯଦି ସେ କୌଣସି ଅଜଣା ଲୋକକୁ କିଡ୍‌ନୀ ଦେବାକୁ ଚାହେଁ, ତେବେ ତାକୁ ଅଥରାଇଜେସନ କମିଟି (Authoirsation Committee)(AC)ରୁ ଅନୁମତି ଆଣିବାକୁ ପଡ଼ିବ। କମିଟିକୁ କାରଣ ଦର୍ଶାଇବାକୁ ପଡ଼ିବ ଯେ କାହିଁକି ସେ ଗୋଟେ ଅଜଣା ଲୋକକୁ କିଡ୍‌ନୀ ଦେଉଛନ୍ତି ।ଯେହେତୁ ଆପଣ ଘୋଷ ବାବୁଙ୍କର ନିଜ ସମ୍ପର୍କୀୟ ନୁହନ୍ତି, ତେଣୁ

ଆମକୁ ଅଥରାଇଜେସନ କମିଟିରୁ ଅନୁମତି ଆଣିବା କଥା । ଏହା ସମୟ ସାପେକ୍ଷ । ତେଣୁ ଆମେ କୌଣସି ଅନୁମତି ନ ଆଣି ଆମ କାମ କରିଯିବା । ତୁମେ ଏ ବିଷୟରେ କାହାକୁ କିଛି କହିବ ନାହିଁ ।

ବାବା ସାଂଗେ ସାଂଗେ ପଚାରିଲେ - କିନ୍ତୁ ଏତେ ବଡ଼ ଅପରେଶନ । ଡାକ୍ତରଖାନାରେ ତ ସମସ୍ତେ ଜାଣିଯିବେ ।

ଡାକ୍ତର ବାବୁ କହିଲେ - ନାଁ, କେହି କିଛି ଜାଣି ପାରିବେନି । ଆମର ନିଜର ଡାକ୍ତରଖାନା ଅଛି । ସେଠାର ଡାକ୍ତର ମାନେ ଘୋଷ ବାବୁଙ୍କ ଠାରୁ ଦରମା ନିଅନ୍ତି । ଯେଉଁ ଡାକ୍ତର ମାନେ ଅପରେଶନ କରିବେ, ସେମାନେ କଥାଟା ଗୁପ୍ତ ରଖିବେ । ଆମେ ଆମ ହସ୍ପିଟାଲରେ ଅପରେଶନ କରିଦେବା ଏବଂ ମାତ୍ର ତିନି ଚାରି ଦିନ ପରେ ଆପଣ ଦୁଇ ଜଣଙ୍କୁ ଏଠାକୁ ନେଇ ଆସିବା । ବାକୀ ସମୟତକ ଏହିଠାରେ ହିଁ ଆପଣମାନଙ୍କର ଚିକିତ୍ସା ହେବ ।

ବାବାଙ୍କୁ ବହୁତ ଭୟ ଲାଗୁଥିଲା । ସେ ପଚାରିଲେ - ଅପରେଶନ କେତେ ସମୟ ଲାଗିବ । କେମିତି ହେବ ।

ଡାକ୍ତର ବାବୁ ବାବାଙ୍କ ମନ କଥା ବୁଝି ପାରିଲେ । କହିଲେ - ଭୟ କରିବାର କିଛି ନାହିଁ । ଏଇଟା ପୁରା ନିରାପଦ ଅପରେଶନ । ଜେନେରାଲ ଆନେସ୍ଥେସିଆ (General anesthesia) ଦେଇଦେଲା ପରେ ତୁମେ ଆଉ କିଛି ଜାଣି ପାରିବ ନାହିଁ । ତା'ରି ଭିତରେ ଅପରେଶନ ହୋଇଯିବ । ପ୍ରାୟ ଦୁଇରୁ ତିନି ଘଣ୍ଟା ଲାଗିବ । ତଳି ପେଟରେ ପ୍ରାୟ ସାତ ଆଠ ଇଞ୍ଚ କାଟି କିଡ୍‌ନୀ ଗୋଟେ ବାହାର କରାଯିବ ତୁମକୁ କିଛି କଷ୍ଟ ହେବନାହିଁ ।

ଦିନଟା ତ କୌଣସି ମତେ କଟିଗଲା । ରାତିଟା କିନ୍ତୁ ଯେମିତି ମାଡ଼ି ମାଡ଼ି ପଡୁଥିଲା । ଶୋଇବା ପାଇଁ ଯେତେ ଚେଷ୍ଟା କଲେ ମଧ୍ୟ ନିଦ ଆସୁ ନ ଥିଲା । କେମିତି ଗୋଟେ ଭୟ ଭାବ ତାଙ୍କ ମନକୁ ଅସ୍ଥିର କରି ପକାଉଥିଲା । ପେଟକଟା ହେବ । ଦେହର ଗୋଟେ ଅଂଶ ବାହାର କରାହେବ । ତା'ପରେ ସେ ଭଲ ହେବେ ତ ? ପୁଣି ମନେ ପଡ଼ିଲା ଡାକ୍ତର ବାବୁଙ୍କ କଥା । ଏହା ସବୁଠାରୁ ନିରାପଦ ଅପରେଶନ । ବାବା ପୁଣି ଭାବିଲେ ଆଜିକାଲି ତ ଝିଅ ମାନଙ୍କର ପ୍ରସବ (delivery) ସାଧାରଣ ଭାବେ ହେଉନି । ଅଧିକାଂଶ ଚାହୁଁଛନ୍ତି ସିଜେରିନ (cesarean) କରି ଛୁଆ ଜନ୍ମ କରିବେ । ସେଥିରେ ତ

ସେମାନଙ୍କର ପେଟ କଟା ହେଉଛି । ଗୋଟେ ଝିଅ ପିଲା ଯଦି ଏମିତି ଅପରେଶନ ସମ୍ଭାଳି ପାରୁଛି, ସେ କାହିଁକି ପାରିବେନି । ତା'ପରେ ଯେଉଁ ଲୋକ ମରିବାକୁ ଯାଉଥିଲା ତା' ପାଇଁ ଏ ସାମାନ୍ୟ ଅପରେଶନ କ'ଣ । ବାବା ନିଜ ମନକୁ ଦୃଢ଼ କଲେ । ତାଙ୍କର ମନେ ପଡ଼ିଲା ଡାକ୍ତର ବାବୁ କହିଥିବା କଥା - କାହାକୁ ନ ଜଣେଇବାକୁ । ତା' ମାନେ ଏଇଟା ବେନିୟମ କାମ ହେଉଛି । ବେନିୟମ କାମ କରି ବଡ଼ ବଡ଼ ଲୋକ ସିନା ଖସିଯିବେ, ତାଙ୍କ ପରି ଗରୀବ ଲୋକମାନେ ଧରା ପଡ଼ିଲେ କିଏ ସାହା ଭରସା ହେବ । ପୁଣି ମନରେ ସାହାସ ଆସିଲା ଯାହା ପାଇଁ ଲୁଚି ଚୋରା ଭାବେ ଏ କାମ କରୁଛନ୍ତି ସେ ନିଶ୍ଚୟ ଠିଆ ହେବେ ତାଙ୍କ ପାଖେ । ଅର୍ଥାତ୍ ଘୋଷ ବାବୁ ନିଶ୍ଚୟ ତାଙ୍କୁ ରକ୍ଷା କରିବେ । ତା' ଛଡ଼ା ଏମିତି ତ କେତେ ବେନିୟମ କାମ ଯୁଗେ ଯୁଗେ ହୋଇ ଆସୁଛି । ତ୍ରେତୟା ଯୁଗରେ ପ୍ରଭୁ ରାମଚନ୍ଦ୍ର ତ ପୁଣି ଲୁଚିକରି ବାଳିକୁ ବଧ କରିଥିଲେ । କ୍ଷତ୍ରୀୟ ଧର୍ମର ନିୟମ ଅନୁସାରେ କ୍ଷତ୍ରିୟ ସମ୍ମୁଖ ଯୁଦ୍ଧରେ ପ୍ରତିଦ୍ୱନ୍ଦୀ ସାଙ୍ଗରେ ଲଢ଼ିବା କଥା । ଲୁଚିକରି ବାଣ ଭେଦ କରିବା କଥା ନୁହେଁ । ଦ୍ୱାପର ଯୁଗରେ ମହାଭାରତ ଯୁଦ୍ଧରେ ତ ଏମିତି କେତେ କେତେ ଉପାଖ୍ୟାନ ଅଛି । କୌରବ ମାନଙ୍କର ସେନାପତି ପିତାମହ ଭୀଷ୍ମ, ଗୁରୁ ଦ୍ରୋଣାଚାର୍ଯ୍ୟ, ଅଙ୍ଗରାଜ କର୍ଣ୍ଣ, ଏମାନଙ୍କୁ ତ ପାଣ୍ଡବ ମାନେ ଅନ୍ୟାୟରେ ମାରିଥିଲେ । ଭୀଷ୍ମ, ଦ୍ରୋଣଙ୍କୁ ନିରସ୍ତ୍ର ଅବସ୍ଥାରେ ପରାଜିତ କରାଯାଇଥିବା ବେଳେ କର୍ଣ୍ଣ ରଥରୁ ଓହ୍ଲାଇ, ଅସ୍ତ୍ରତ୍ୟାଗ କରି ଭୂମିରେ ଦବି ଯାଇଥିବା ରଥ ଚକ ଉଠାଉଥିବା ବେଳେ ଅର୍ଜୁନ ତାଙ୍କୁ ବଧ କରିଥିଲେ । ଏଇଟା ତ କ୍ଷତ୍ରୀୟ ଧର୍ମ ନ ଥିଲା । ନିରସ୍ତ୍ର ଯୋଦ୍ଧାକୁ ଅସ୍ତ୍ରାଘାତ କରିବା ଅନ୍ୟାୟ ଏବଂ ବେନିୟମ । ଅବଶ୍ୟ ଏ ସବୁ ପଛରେ ଦୃଢ଼ ଯୁକ୍ତି ଥିଲା ଯେ, ସେମାନେ ଅଧର୍ମ ସପକ୍ଷରେ ଯୁଦ୍ଧ କରୁଥିଲେ । ଧର୍ମର ରକ୍ଷା ପାଇଁ ସେମାନଙ୍କୁ ହତ୍ୟା କରିବା ନିହାତି ଆବଶ୍ୟକ ଥିଲା । ତେଣୁ ଧର୍ମର ରକ୍ଷା ପାଇଁ କିଛି ଅନ୍ୟାୟ ସ୍ୱାଗତ ଯୋଗ୍ୟ ।

ଏ କ୍ଷେତ୍ରରେ ସେ ତ ଦୁଇ ଦୁଇଟା ପରିବାରର ଖୁସି ଫେରାଇ ଆଣିବାପାଇଁ ଏ କାମ କରୁଛନ୍ତି । ଏହାଦ୍ୱାରା ଘୋଷ ବାବୁ ପୁନର୍ଜୀବନ ଲାଭ କରିବେ । ସେମାନଙ୍କ ପରିବାର ଉପରେ ଝୁଲୁଥିବା ଆଶଙ୍କାର କଳା ବାଦଲ ଅପସରି ଯିବ । ସେମାନଙ୍କର ପରିବାରରେ ପୁଣି ହସ ଖୁସି ଫେରି ଆସିବ ।

ଏପଟେ ତାଙ୍କ ପରିବାରର ଅଭାବ ଦୂର ହୋଇଯିବ । ତାଙ୍କ ପୁଅ, ଝିଅଙ୍କର ଭବିଷ୍ୟତ ଉଜ୍ୱଳ ହେବ । ତାଙ୍କ ଘରର ମଧ୍ୟ ଖୁସି ପୁଣି ଫେରି ଆସିବ ।

ଏଇ ସବୁ କଥା ଭାବି ଭାବି ବାବା ଶୋଇ ପଡ଼ିଲେ ।

ତା' ପର ଦିନଠାରୁ ଡାକ୍ତର ବାବୁ ତାଙ୍କ କାମ ଆରମ୍ଭ କରିଦେଲେ । ବାବାଙ୍କର କିଛି ପରୀକ୍ଷା ହେବ । ଯିଏ କିଡ୍‌ନୀ ଦେବ ଓ ଯିଏ ନେବେ, ଦୁଇଜଣଙ୍କର ସ୍ୱାସ୍ଥ୍ୟ ପରୀକ୍ଷା କରି ସେମାନଙ୍କୁ ଅପରେଶନ ପାଇଁ ପ୍ରସ୍ତୁତ କରିବାକୁ ପଡ଼ିବ । ଡାକ୍ତର ବାବୁ କହି ଦେଲେ ଆଗାମୀ ପନ୍ଦର ଦିନରୁ ମାସକ ଭିତରେ ଅପରେସନ ହେବ । ସେଥିପାଇଁ ମାନସିକ ସ୍ତରରେ ପ୍ରସ୍ତୁତ ରହିବାକୁ ପଡ଼ିବ । ଏ ସବୁ ଭିତରେ ବାବାଙ୍କ ମନରେ ସନ୍ଦେହଟିଏ ଉଙ୍କି ମାରୁଥାଏ । ସେ ଭାବୁଥାନ୍ତି - ଘୋଷ ବାବୁ କେବେ ସେ ପାଞ୍ଚ ଲକ୍ଷ ଟଙ୍କା ଦେବେ । ଯେଉଁ ଆଶାରେ ସେ କିଡ୍‌ନୀ ଦେବାକୁ ରାଜି ହୋଇଗଲେ, ତା' କେବେ ପୂରଣ ହେବ । ଅପରେଶନ ପରେ ଯଦି ସେ ଟଙ୍କାଟା ନ ଦେବେ, ସେ କ'ଣ କରିପାରିବେ । କିନ୍ତୁ ଏ ବିଷୟରେ ସେ ଘୋଷ ବାବୁଙ୍କୁ ତ ପଚାରି ପାରିବେନି ।

କିନ୍ତୁ ଘୋଷ ବାବୁ ପୁରା ଭଦ୍ରଲୋକ ଥିଲେ । ତା' ପରଦିନ ସେ ବାବାଙ୍କୁ ଦୁଲାଲ ବାବୁଙ୍କ ସାଂଗରେ ପାଖରେ ଥିବା ଷ୍ଟେଟ ବ୍ୟାଙ୍କର ଶାଖାକୁ ପଠାଇ ଗୋଟେ ଜମା ଖାତା ଖୋଲାଇ ଦେଲେ । ଗୋଟେ ଦିନ ପରେ ସେ ଜମା ଖାତାରେ ପାଞ୍ଚ ଲକ୍ଷ ଟଙ୍କା ଜମା କରିଦେଇ ପାସ ବୁକ୍‌ଟି ବାବାଙ୍କୁ ଧରେଇ ଦେଲେ ।

ପାସ ବୁକ୍‌ଟି ପାଇଲା ପରେ ବାବା ଘୋଷ ବାବୁଙ୍କୁ ଗୋଟେ ଅନୁରୋଧ କରିଥିଲେ । ସେ କହିଥିଲେ ଯେ, ତାଙ୍କୁ ଅନୁମତି ଦିଆଯାଉ ଯେ ସେ ଏଇ ପାସ ବହିଟିକୁ ତାଙ୍କର ଜଣେ ସାଙ୍ଗଙ୍କୁ ଦେବେ । ତାଙ୍କର ଯଦି କେତେବେଳେ କିଛି ଅଘଟଣ ହୋଇଯାଏ ତେବେ ସେ ପାସ ବହିଟିକୁ ତାଙ୍କ ଘରେ ଦେଇ ଦେବେ । ଫଳରେ ସେମାନେ ସେ ଟଙ୍କାଟା ପାଇଯିବେ ଯେହେତୁ ତାଙ୍କର ସ୍ତ୍ରୀ ସେଥିରେ ନୋମିନି ଅଛନ୍ତି ।

ଘୋଷ ବାବୁ ବାବାଙ୍କ ମନର କଥାକୁ ବୁଝି ପାରିଥିଲେ ଏବଂ ତାଙ୍କୁ ସେଥିପାଇଁ ଅନୁମତି ଦେଇଥିଲେ । କେବଳ ତାଗିଦ କରିଥିଲେ ତାଙ୍କ ସାଙ୍ଗ ଯେମିତି ଏ କଥା କୌଣସି ସ୍ଥାନରେ ପ୍ରଘଟ ନ କରନ୍ତି । ବାବା ମଧ୍ୟ ରାଜି

ହୋଇଥିଲେ । ତା'ପରେ ବାବା ଦିନେ ତାଙ୍କ ପୁରୁଣା ମେସକୁ ଆସି ଆମ ଗାଁର ତାଙ୍କର ବନ୍ଧୁଙ୍କୁ ସବୁ କହି ପାସ ବହିଟି ଦେଇଥିଲେ । ସେ ସାଙ୍ଗ ତ ପ୍ରଥମେ ବାବାଙ୍କୁ ଏପରି କରିବାକୁ ମନା କରିଥିଲେ । କିନ୍ତୁ ବାବାଙ୍କର ଦୃଢ଼ତା ଦେଖି ନୀରବ ରହିଥିଲେ । ସେ ମଧ୍ୟ ବାସ୍ତବିକତାକୁ ଅନୁଭବ କରି ପାରିଥିଲେ । ଜଣେ ଯେତେବେଳେ କୌଣସି ବିଷୟରେ ଦୃଢ଼ ନିଷ୍ପତ୍ତି ନେଇ ସାରିଥାଏ ତାକୁ ବଦଳାଇବା କଷ୍ଟକର ହୋଇପଡ଼େ । ପଛରେ ତାଙ୍କରି ଠାରୁ ହିଁ ସବୁକଥା ଜାଣିପାରିଥିଲୁ । ଏ ସବୁ କାମ ସାରି ବାବା ପ୍ରସ୍ତୁତ ହୋଇ ରହିଲେ ସେଇ ଅପରେଶନ ଦିନକୁ ।

|| ୫ ||

କଥାରେ ଅଛି ବାଘ କାମୁଡ଼ା ଠାରୁ ବାଘ ଘୋଷଡ଼ା ବେଶୀ ବାଧେ । ବାଘ ତା'ର ଶୀକାରକୁ ଆକ୍ରମଣ କରି ତା'ର ବେକକୁ ହିଁ କାମୁଡ଼ି ଧରିଥାଏ । ତା'ର ଶକ୍ତ ଦାନ୍ତ ଶୀକାରର ବେକର ହାଡ଼କୁ ଭାଂଗି ଦେଇଥାଏ ନଚେତ୍ ଶ୍ୱାସନଳୀକୁ ଛିଣ୍ଡାଇ ଦେଇଥାଏ । ମଣିଷକୁ ଆକ୍ରମଣ କରେ ତ ମାତ୍ର ପନ୍ଦର କି କୋଡ଼ିଏ ସେକେଣ୍ଡରେ ସେ ମଣିଷର ମୃତ୍ୟୁ ହୋଇଯାଏ । କିନ୍ତୁ ଯଦି ମଣିଷ ବଞ୍ଚି ରହିବ, ତେବେ ବାଘ ଯେଉଁ ଘୋଷାଡ଼ି ଘୋଷାଡ଼ି ନେଇଥାଏ, ସେଥିରେ ତା'ଙ୍କୁ ଅଧିକ ଯନ୍ତ୍ରଣା ହୋଇଥାଏ । ନରେନ୍ଦ୍ରଙ୍କୁ ଏଇ ଅପରେଶନ ପାଇଁ ଅପେକ୍ଷା କରିବା ଠିକ୍ ବାଘ ଘୋଷଡ଼ା ପରି ଲାଗୁଥିଲା । ସେ ତ ରାଜି ହେଇଗଲେ କିଡ଼୍‌ନି ଦେବେ ବୋଲି । କିନ୍ତୁ ଅପରେଶନ ହେବାକୁ ତାଙ୍କୁ ଡର ଲାଗୁଥିଲା । ଯେଉଁ ଲୋକରକ୍ତ ଦେଖିଲେ ଡରୁଥିଲେ, ମାଂସ କିଣିବାକୁ ଗଲାବେଳେ ଛେଳି କଟା ଦେଖି ପାରୁ ନଥିଲେ, ତାଙ୍କ ଦେହରେ ଛୁରୀ ଚଳିବ, ପେଟ କଟା ହେବ, ଭାବିଲାବେଳକୁ ଦେହ ଶୀତେଇ ଉଠୁଥିଲା । ଦି'ଟା କଥା ଭାବି ଭାବି ସେ ଅଧର୍ଯ୍ୟ ହୋଇପଡୁଥିଲେ । ପ୍ରଥମତଃ ଯଦି ଅପରେଶନ ସଫଳ ନ ହେଲା ତେବେ ତାଙ୍କ ଅବସ୍ଥା କ'ଣ ହେବ । ଯେତେ ବଡ଼ ଡାକ୍ତର ହେଲେ ମଧ୍ୟ ଭୁଲ ତ ସମସ୍ତଙ୍କର ଅଛି । କିଛିଦିନ ଆଗରୁ ତ ଖବରକାଗଜରେ ବାହାରିଥିଲା ଯେ ଡାକ୍ତର ଜଣଙ୍କର ପେଟ ଅପରେସନ କଲାପରେ ପେଟ ଭିତରେ ଗଜକନା ଛାଡ଼ି ଦେଇ ପେଟ ସିଲେଇ କରି ଦେଇ ଥିଲେ । କିଛି ଦିନ ପରେ ପେଟ ଜୋର୍‌ରେ କାଟିବାରୁ ପୁଣି ପରୀକ୍ଷା କଲାବେଳକୁ ତାହା ଜଣାପଡ଼ିଲା । ଦ୍ୱିତୀୟ ହେଉଛି ତା'ଙ୍କୁ ଯେଉଁ ନିଶା (Anesthesia) ଦିଆଯିବ ତାହା ଯଦି ଅପରେଶନ ଅଧାରୁ କମିଯିବ ତେବେ

କ'ଣ ହେବ । ସେ କଷ୍ଟ ସେ କ'ଣ ସମ୍ଭାଳି ପାରିବେ । ଏଇ ସବୁ କଥା ଭାବି ଭାବି ତାଙ୍କୁ ରାତିରେ ଭଲରେ ନିଦ ହେଲା ନାହିଁ । ଛାତି ଧଡ୍ ଧଡ୍ ହେଲା । ଖାଇବାକୁ ଇଚ୍ଛା ହେଲା ନାହିଁ । ଏମିତିକି ସମୟେ ସମୟେ ଗମ୍‌ଗମ୍ ହେଇ ଝାଳ ବୋହିଗଲା । ଦିନେ ଦିନେ ତ ଝାଡ଼ା ଫିଟି ଯାଉଥିଲା । ଯାହା ଔଷଧ ଖାଇଲେ ବି ଭଲ ହେଉନଥିଲା । ଏ ସବୁ ତାଙ୍କର ଘାବରାଇବା (Nervousness) ଯୋଗୁଁ ହିଁ ହେଉଥିଲା ।

ପ୍ରାୟ ସାତ ଆଠ ଦିନ ପରେ ଯେତେବେଳେ ଡାକ୍ତରବାବୁ ତାଙ୍କ ସ୍ୱାସ୍ଥ୍ୟ ପରୀକ୍ଷା କରିବାକୁ ଆସିଲେ, ସେ ଆଶ୍ଚର୍ଯ୍ୟ ହେଇଗଲେ । ଏ କ'ଣ ? ସ୍ୱାସ୍ଥ୍ୟରେ ଏତେ ଅବନତି କ'ଣ ପାଇଁ । ସାଂଗେ ସାଂଗେ ତାଙ୍କର ସବୁ ପରୀକ୍ଷା କରାଗଲା । ଯାହା ଡରୁଥିଲେ ଡାକ୍ତରବାବୁ ସେଇଆ ହେଲା । ରକ୍ତଚାପ (Blood pressure), ମଧୁମେହ (Diabetes) ବାହାରି ପଡ଼ିଥିଲା । ଡାକ୍ତରବାବୁ ଜାଣିଲେ ଏସବୁ କେବଳ ଅତ୍ୟଧିକ ଚିନ୍ତା ଯୋଗୁଁ । ଏପରି ଅବସ୍ଥାରେ ତ ଅପରେସନ ହୋଇପାରିବନି । ଆଗ ସବୁ ପରୀକ୍ଷା କରିବାକୁ ପଡ଼ିବ । ଲୋକ ସୁସ୍ଥ ସବଳ ହେବା ଦରକାର ଅପରେସନ ପାଇଁ । ସେ କିଛି ମେଡ଼ିସିନ ଲେଖି ଦେଲେ । ବୁଝାଇଲେ ମଧ । କହିଲେ – ଆଗରୁ କହିଛି ଏବେ ବି କହୁଛି ଏଥିରେ ଡରିବାର କିଛି ନାହିଁ । ଆନେସ୍ଥେସିଆ ଦେଲେ କେହି ମରିଯା'ନ୍ତି ନାହିଁ । ତାହା ବହୁତ କ୍ୱଚିତ, ଲକ୍ଷେରେ ଗୋଟେ ବି ନୁହେଁ ।

ଘୋଷ ବାବୁ କିନ୍ତୁ କୌଣସି ରିସ୍କ (RISK) ନେବାକୁ ଚାହୁଁ ନ ଥିଲେ । ସେ ଡାକ୍ତରଙ୍କ ସାଂଗେ ପରାମର୍ଶ କରି ଜଣେ ଯୋଗଗୁରୁ ଏବଂ ମନସ୍ତତ୍ତ୍ୱବିଦ୍ (Psychiatrist)ଙ୍କୁ ନିଯୁକ୍ତି କରିଦେଲେ ମାସକ ପାଇଁ । ପ୍ରତିଦିନ ସକାଳୁ ଯୋଗଗୁରୁ ଆସି ନରେନ୍ଦ୍ରଙ୍କୁ ଯୋଗ ପ୍ରାଣାୟାମ ଆଦି କରାନ୍ତି । ମନସ୍ତତ୍ତ୍ୱବିଦ୍ ମଧ ପ୍ରତିଦିନ ଦୁଇତିନି ଘଣ୍ଟା ଆସି ତାଙ୍କ ଶୈଳୀ (Method)ରେ ନରେନ୍ଦ୍ରଙ୍କ ମନରୁ ସେ ଡର ଦୂର କରିବାପାଇଁ ଚେଷ୍ଟା କରୁଥିଲେ । ଯାହାହେଉ ଏ ସବୁ ଭଲ କାମ ଦେଇଥିଲା । ନରେନ୍ଦ୍ରଙ୍କ ମନରୁ ଭୟଭାବ ପୁରା ଦୂର ହୋଇଗଲା । ସେ ଅନ୍ଧକାରର ବଳୟ ଭିତରୁ ମୁକୁଳି ଗଲେ । ତାଙ୍କ ସ୍ୱାସ୍ଥ୍ୟରେ ମଧ ଉନ୍ନତି ହେଉଥିଲା । ଅପରେଶନ ପାଇଁ ସେ ଶାରୀରିକ ତଥା ମାନସିକ ସ୍ତରରେ ସୁଦୃଢ଼ ହେଲେ । ଅପରେଶନ ପୂର୍ବରୁ ଗାଁକୁ ଯାଇ ପିଲାମାନଙ୍କୁ ଦେଖିବାକୁ ଇଚ୍ଛା ଥିଲା ।

କିନ୍ତୁ ଘୋଷ ବାବୁ ରାଜି ହେଉନଥିଲେ । କାରଣ ହାତରେ ବେଶୀ ସମୟ ନ ଥିଲା । ତା' ଛଡ଼ା ଘର ଲୋକଙ୍କୁ ଦେଖିଲେ କଥା କୁଆଡ଼େ ଯିବ କିଛି ଠିକ୍ ନ ଥିଲା । ଯଦି ପୁଣି ମାନସିକ ସ୍ତରରେ ଦୁର୍ବଳ ହୋଇଯିବେ ତା' ହେଲେ ତ କଥା ସରିଲା । ଘୋଷ ବାବୁ କିନ୍ତୁ କହିଥିଲେ- ଅପରେଶନ ପରେ ଦେହ ଭଲ ହୋଇଗଲା ପରେ ସେ ଗୋଟେ କାର୍ କରି ତାଙ୍କୁ ଗାଁକୁ ପଠାଇଦେବେ ।

ଅପରେଶନ ଦିନ ପାଖେଇ ଆସିଲା । ନରେନ୍ଦ୍ର ସ୍ଥିର, ଅବିଚ଼ଳିତ ଥିଲେ । ଘୋଷ ବାବୁଙ୍କର ସେ ଡାକ୍ତରଖାନାରେ ପାଖାପାଖି ଦୁଇଟା ରୁମରେ ଦୁଇଜଣଙ୍କୁ ରଖାଯାଇଥିଲା । ଅପରେଶନ ଦିନ ସକାଳୁ ଦୁଇଜଣଙ୍କର ପରୀକ୍ଷା ନିରୀକ୍ଷା ହୋଇଥିଲା । ସବୁ ଠିକ୍‌ଠାକ୍ ଥିଲା । ତେଣୁ ସେଇଦିନ ହିଁ ଅପରେଶନ ହୋଇଗଲା । ପ୍ରାୟ ତିନିଘଣ୍ଟା ଲାଗିଲା ଅପରେଶନ । ସେତେବେଳେ ତ କିଛି କଷ୍ଟ ହେଇ ନ ଥିଲା । କିନ୍ତୁ ଯେତେବେଳେ ଆନେସ୍ଥେସିଆର ଶକ୍ତି କମି ଆସିଲା ସେତେବେଳେ କଷ୍ଟ ଆରମ୍ଭ ହୋଇଗଲା । ଅବଶ୍ୟ ଡାକ୍ତର ସାଂଗେ ସାଂଗେ ପେନ୍ କିଲର (pain killer) ଦେଇଦେଲେ । ଫଳରେ କଷ୍ଟ ମଧ୍ୟ କମିବାକୁ ଲାଗିଲା । ଘୋଷ ବାବୁ ବହୁତ ଖୁସି ଥିଲେ । ତାଙ୍କ ପ୍ରତିରୋପଣ ସଫଳ ହୋଇଥିଲା । ଡାକ୍ତରଖାନାର କ୍ୟାବିନରେ ପ୍ରାୟ ଗୋଟେ ସପ୍ତାହ ରହିବା ପରେ ଦୁହିଁଙ୍କୁ ଘୋଷ ବାବୁଙ୍କ ଘରକୁ ଅଣାଯାଇଥିଲା । ଏଥର କିନ୍ତୁ ନରେନ୍ଦ୍ରଙ୍କୁ ସେ ବଗିଚ଼ା ଭିତର ଘରେ ରହିବାକୁ ଦିଆଯାଇ ନଥିଲା । ଘୋଷ ବାବୁଙ୍କ ପ୍ରାସାଦପୋମ ଘରେ ଗୋଟେ ବଖରାରେ ତାଙ୍କର ରହିବାର ବ୍ୟବସ୍ଥା ହୋଇଥିଲା । ସେ ଘରେ ପୁଣି ସବୁ ପ୍ରକାର ସୁବିଧା ଥିଲା ଯେପରିକି ଏ.ସି. (A.C.) ଗିଜର (Geyser) ପ୍ରଭୃତି । ଖାଇବା ପିଇବା ସବୁ ଘୋଷ ବାବୁଙ୍କ ଘରୁ ମିଳୁଥିଲା । ଭଲ ଭଲ ସ୍ୱାସ୍ଥ୍ୟବର୍ଧକ ଖାଦ୍ୟ, ପୁରା ଜ୍ୱାଇଁ ପୁଅ ପରି ଚର୍ଚ୍ଚା । ନରେନ୍ଦ୍ର କ୍ରମେ ସୁସ୍ଥ ହେଉଥିଲେ । କୋଡ଼ିଏ ବାଇଶ ଦିନ ପରେ ଚଲାବୁଲା ସବୁ କାମ କରିବାକୁ ସକ୍ଷମ ହେଲେ । କଷ୍ଟ ଆଉ ନ ଥିଲା । ଅପରେଶନ ହେଇଛି ବୋଲି ମଧ୍ୟ ଜଣା ପଡୁ ନଥିଲା । ସେ ଥରେ ଡାକ୍ତରଙ୍କ ଠାରୁ ଶୁଣିଥିଲେ ଗୋଟେ କିଡ଼ନୀ ବାହାର କରିଦେଲେ କାଳକ୍ରମେ ଆର କିଡ଼ନୀଟି ଆକାରରେ ପ୍ରାୟ କୋଡ଼ିଏରୁ ତିରିଶ୍ ପ୍ରତିଶତ ବଢ଼ିଯାଏ । ତେଣୁ କିଡ଼ନୀ ପ୍ରଦାନକାରୀ ବ୍ୟକ୍ତିଙ୍କର କୌଣସି ଅସୁବିଧା ହୁଏ ନାହିଁ । ଅପରେଶନର ପ୍ରାୟ ମାସକ ପରେ ନରେନ୍ଦ୍ର ଗାଁକୁ ଯିବାକଥା

ଉଠାଇଲେ । ବହୁତ ଦିନ ହେଲା ସ୍ତ୍ରୀ, ପିଲାଙ୍କୁ ଦେଖି ନାହାଁନ୍ତି । ମନ ତ ନିଶ୍ଚୟ ହେବ । କିନ୍ତୁ ଘୋଷ ବାବୁ ମନା କଲେ । ବୁଝାଇ କହିଲେ - ଗୋଟେ ବଡ଼ ଅପରେଶନ ହେଲେ ପୁରା ସୁସ୍ଥ ହେବା ପାଇଁ ପ୍ରାୟ ଛ' ମାସ ଲାଗିଯାଏ । ତୁମ ନିଜକୁ ସୁସ୍ଥ ଲାଗି ପାରୁଥାଏ । କିନ୍ତୁ ଆମେ କୌଣସି ପ୍ରକାରର ବିପଦକୁ ଡାକି ଆଣିବା ଉଚିତ ହେବ ନାହିଁ । ତେଣୁ ଅତି କମ୍‌ରେ ଛ' ମାସ ଏଠି ରହିବାକୁ ପଡ଼ିବ । ତା'ପରେ ଗାଁକୁ ଗଲେ କିଛି ଅସୁବିଧା ନାହିଁ । ଯଦି ଚାହୁଁଛ ଗାଁକୁ ଚିଠି ଦେଇପାରିବ । କାହା ଘରେ ଯଦି ଫୋନ ଥିବ ତାଙ୍କ ମାଧ୍ୟମରେ କଥାବାର୍ତ୍ତା କରିପାର । ଆଉ ଗାଁକୁ କିଛି ଟଙ୍କା ପଠାଇଦିଅ । ଠିକଣା ଦେଲେ ମୁଁ ପଠେଇଦେବି । ସେମାନଙ୍କର ଯେମିତି କିଛି ଅସୁବିଧା ନ ହୁଏ । ସେଇଆ ହିଁ ହେଲା । ଘୋଷ ବାବୁଙ୍କ କଥା ନରେନ୍ଦ୍ର କାଟି ପାରିଲେନି । ସେ ସେଇଠି ସେମିତି ରହିଲେ । ସେ ଘରେ ତ ଟି.ଭି. ଲାଗିଥିଲା । ତେଣୁ ଟି.ଭି. ଦେଖାରେ ସମୟ ବିତିଯାଉଥିଲା । ଭଲ ଖାଇବା ମିଳୁଥିଲା । ଦୁଇ ଚାରିଦିନରେ ନର୍ସ ହେଉ ବା ଡାକ୍ତର ଆସି ଦେଖିଯାଉଥିଲେ । ନିୟମିତ ଔଷଧ ଖାଇବାକୁ କହୁଥିଲେ । ତାଙ୍କର କିଛି ଅସୁବିଧା ହେଉ ନଥିଲା । ପୁରା ଯତ୍ନରେ ତାଙ୍କୁ ରଖା ହେଇଥିଲା ।

ଛ' ମାସ ପରେ ସବୁ ପ୍ରକାର ପରୀକ୍ଷା କରି ଡାକ୍ତର କହିଲେ - ସେ ପୁରା ସୁସ୍ଥ, ବିପଦମୁକ୍ତ । ଯୁଆଡ଼େ ଇଚ୍ଛା ଯାଇପାରିବେ । କିନ୍ତୁ ନିୟମିତ ଔଷଧ ଖାଇବାକୁ ପଡ଼ିବ । ଘୋଷ ବାବୁ ତାଙ୍କ କଥା ରଖି ଗୋଟେ କାର ଠିକ୍ କରିଦେଲେ । ନରେନ୍ଦ୍ର ସେଇ କାର୍‌ରେ ଗାଁକୁ ଆସିଲେ । ଆସିଲା ବେଳେ ଘୋଷ ବାବୁ ତାଙ୍କ ହାତରେ ତାଙ୍କର ସବୁ ଦରମା ଟଙ୍କା ସାଙ୍ଗରେ ଆଉ କିଛି ଅଧିକା ଟଙ୍କା ଦେଇ କହିଲେ - ଆଉ ଏଠିକୁ ଆସିବା ଦରକାର ନାହିଁ କି ଚାକିରୀ କରିବା ବି ଦରକାର ନାହିଁ । ପ୍ରତିମାସରେ ପାଞ୍ଚ ହଜାର ଟଙ୍କା ତମ ପାଖକୁ ପଠା ହେଇଯିବ । ଗୋଟେ ପରିବାର ଚଳିବା ପାଇଁ ଯେ' ଯଥେଷ୍ଟ । ଘୋଷ ବାବୁଙ୍କ ଉଦ୍ଦେଶ୍ୟ ଥିଲା ନରେନ୍ଦ୍ର ବେଶୀ ପରିଶ୍ରମ ନ କରନ୍ତୁ । ଘରେ ଆରାମରେ ରହନ୍ତୁ । ସେ ତାଙ୍କ ପୁଅକୁ ଡାକି କହିଥିଲେ - ଯେ ପର୍ଯ୍ୟନ୍ତ ସେ ବଞ୍ଚିଛନ୍ତି, ସେ ତ ଟଙ୍କା ପଠଉଥିବେ, କନ୍ତୁ ତାଙ୍କର ଯଦି କିଛି ହେଇଯାଏ, ତେବେ ସେ ଯେମିତି ଏ ଟଂକା ପଠେଇବାରେ ଅବହେଳା ନ କରେ । କୃତଜ୍ଞତାରେ ନରେନ୍ଦ୍ରଙ୍କ ଆଖି ଛଳ ଛଳ ହେଇଯାଉଥିଲା । ସେ ସିନା ଗୋଟେ କିଡ଼ନୀ ଦେଲେ, ଘୋଷ ବାବୁ ତ ତା'

ବଦଳରେ ତାଙ୍କ ସାରା ଜୀବନ ପାଇଁ ବନ୍ଦୋବସ୍ତ କରିଦେଲେ । କିନ୍ତୁ ଘୋଷ ବାବୁ କ'ଣ ସତରେ ଖାଲି ତାଙ୍କରି ଭଲ ଚାହୁଁଛନ୍ତି । ମଣିଷ ଯାହା କରେ ସେଥିରେ ନିଜର କିଛି ନା କିଛି ସ୍ୱାର୍ଥ ଥାଏ । ହୁଏତ ଘୋଷ ବାବୁ ଭାବୁଥିବେ ସେ ଗାଁକୁ ଚାଲିଗଲେ ଭଲ କେହି ଆଉ ତାଙ୍କ କିଡ଼ନୀ ଦେବା କଥା ଜାଣିପାରିବେନି । ଆଇନର ଡର ବି ଆଉ ରହିବନି । ତେବେ ସେ ଯାହାହେଉ ଘୋଷ ବାବୁଙ୍କ ଦ୍ୱାରା ସେ ଯେ ଉପକୃତ ହେଇଛନ୍ତି ଏ କଥା ସେ କେବେହେଲେ ଅସ୍ୱୀକାର କରି ପାରିବେନି । ନରେନ୍ଦ୍ର ଅନୁରୋଧ କରିଥିଲେ ଘୋଷ ବାବୁଙ୍କୁ, ଗାଁର ସେ ସାଙ୍ଗଟା ତାଙ୍କ ସାଙ୍ଗେ କାର୍‌ରେ ଯିବା ପାଇଁ ଅନୁମତି ହେବାକୁ ।

ଘୋଷ ବାବୁ ରାଜି ହେଇଥିଲେ । କିନ୍ତୁ ସତର୍କ କରେଇଥିଲେ - ଏସବୁ କଥା ଯେମିତି ସେ ସାଂଗ ପ୍ରଘଟ ନ କରେ । ନରେନ୍ଦ୍ର ମଧ୍ୟ କାର୍‌ରେ ଆସିଲାବେଳେ ତାଙ୍କ ସାଙ୍ଗକୁ ଏ ବିଷୟରେ ସାବଧାନ କରି ଦେଇଥିଲେ ।

ସୁମନ୍ତଙ୍କର ମନେପଡୁଛି - ବାବା । ଗାଁକୁ ଆସିଲା ପରେ କେମିତି ଆନନ୍ଦର ଲହରୀ ଖେଳିଯାଇଥିଲା । ବାବା ଖୁବ୍ ସୁସ୍ଥ, ସତେଜ ଦେଖାଯାଉଥିଲେ । ଗାଁକୁ ଆସୁ ଆସୁ ବାବା ତାଙ୍କ ବ୍ୟାଙ୍କ କାମରେ ଲାଗିଗଲେ । କଲିକତାରୁ ବ୍ୟାଙ୍କ ପାଶବୁକ୍ ଆମର ପାଖ ଷ୍ଟେଟ ବ୍ୟାଙ୍କକୁ ଟ୍ରାନ୍‌ସଫର କରି ଆଣିବାକୁ । ବ୍ୟାଙ୍କରେ ଦରଖାସ୍ତ ଦେବାର ପନ୍ଦରଦିନ ପରେ ଖାତା ଏଠା ବ୍ୟାଙ୍କକୁ ଆସିଯାଇଥିଲା । ବାବା ହାତରେ ପ୍ରାୟ ଷାଠିଏ ହଜାର ଟଙ୍କା ଆଣିଥିଲେ । ଆସିଲାବେଳେ ଘୋଷ ବାବୁ ଦେଇଥିଲେ । ପ୍ରଥମେ ସେ ଘର ମରାମତି କଲେ । ଘରେ ତ ବହୁତ ଦିନ ହେଲା ଚୁନ ଟିକେ ଲାଗି ନଥିଲା । ଘରଟାକୁ ଟିକେ ବାଗେଇସାରିବା ପରେ, ବାବା ଅପାର ବାହାଘର ପାଇଁ ଲାଗିପଡ଼ିଲେ । ବାବାଙ୍କ ପାଖରେ ଏତେ ଟଙ୍କା ଦେଖି ବୋଉ କିନ୍ତୁ ଟିକେ ଆଶ୍ଚର୍ଯ୍ୟ ହେଇଯାଇଥିଲା । ତା'ର ଡର ଥିଲା କିଛି ଅସାଧୁ ଉପାୟରେ ବାବା ଟଂକା ରୋଜଗାର କରିନାହାଁନ୍ତି ତ । କାରଣ ବାବାଙ୍କୁ କିଛି ପଚାରିଲେ ତା'ର ସନ୍ତୋଷଜନକ ଉତ୍ତର ସେ ଦେଇ ପାରୁନଥିଲେ । ଥରେ ତ ବୋଉ ସିଧା ସିଧା ପଚାରିଦେଲା - ଏ ସବୁ ଚୋରୀ, ଡକାୟତି ବା ଠକି କି ଆଣିବା ଟଙ୍କା ନୁହେଁ ତ ।

ବାବା କହିଲେ - ମୁଁ ଦସ୍ୟୁ ରତ୍‌ନାକର ନୁହେଁ ଯେ ଡକାୟତି କରି ଟଙ୍କା ଆଣି ତମକୁ ପୋଷିବି । ମୁଁ ଏମିତି କିଛି କାମ କରିନି ଯେଉଁଥିରେ ଆମର ସମ୍ମାନ

ହାନୀ ହେବ। ସତ କଥା ହେଲା ଜଣେ ଧନୀ ଲୋକର ଜୀବନ ବଞ୍ଚେଇ ଦେଇଥିଲି ତ ସେ ତେଣୁ ପୁରସ୍କାର ସ୍ୱରୂପ ଏ ଟଙ୍କା ଦେଇଛନ୍ତି । ଘର ମରାମତି କଲାବେଳେ ସେ ଗୋଟେ ଗାଧୁଆଘର ତିଆରି କରିଦେଲେ। ପୋଖରୀକୁ ଗାଧୋଇ ନ ଯାଇ ଗାଧୁଆ ଘରେ ଗାଧେଇଲେ । ଗାଧୋଇବା ପାଇଁ ଉଷୁମ ପାଣି ଦରକାର କଲେ। ନିୟମିତ ମେଡ଼ିସିନ ଖାଉଥିଲେ। ଏ ସବୁ ବୋଉ ମନରେ ସନ୍ଦେହ ଜାତ କରୁଥିଲା । ବାବା ତ ସବୁବେଳେ ଥଣ୍ଡା ପାଣିରେ ଗାଧାନ୍ତି । ସେଇ କଥା ଥରେ ପଚାରିଦେବାରୁ ବାବା କହିଲେ - ସେମିତି କିଛି ନାହିଁ । ଦେହ ଟିକେ ଖରାପଥିଲା ତ ସେଥିପାଇଁ ଡାକ୍ତର ମେଡ଼ିସିନ ଦେଇଛନ୍ତି। ଉଷୁମ ପାଣିରେ ଗାଧୋଇବାକୁ ବି କହିଛନ୍ତି। ନରେନ୍ଦ୍ର କିନ୍ତୁ ଜାଣନ୍ତି ଡାକ୍ତର ତାଙ୍କୁ ଜଗିରହି ଚଳିବାକୁ କହିଛନ୍ତି । ପୋଖରୀ ପାଣିରେ ସଂକ୍ରମଣର ଭୟ ଅଛି ।

ପ୍ରତିମାସରେ ଘୋଷ ବାବୁ କଥା ରକ୍ଷା କରି ପାଞ୍ଚହଜାର ଟଙ୍କା ପଠେଇ ଦେଉଥିଲେ । ସେତେବେଳେ ପାଞ୍ଚହଜାର ବହୁତ ଅଧିକା । ସୁମନ୍ତ ସାଇକେଲରେ ଯାଇ ପାଖ ସହରରୁ ଔଷଧ କିଣି ଆଣୁଥିଲେ। ଔଷଧରେ କେତେ ବା ଖର୍ଚ୍ଚ ହେଉଥିଲା । ଏଇ ଟଂକାରେ ଘର ଭଲରେ ଚଳିଯାଉଥିଲା । ସୁମନ୍ତ ପାଖ ସହରକୁ ଯାଉଥିଲେ ପଢ଼ିବା ପାଇଁ। ତାଙ୍କ ଗାଁରେ କଲେଜ ନଥିଲା । ଅପାର ବାହାଘର ପାଇଁ ବାବା ଟିକେ ବେଶୀ ବ୍ୟସ୍ତ ହେଇପଡୁଥିଲେ । ଆମ ସମାଜରେ ସଂସ୍କୃତିରେ ବାପାମା'ଙ୍କର ପିଲାମାନଙ୍କ ପାଇଁ ଅବଦାନର ପଟାନ୍ତର ନାହିଁ । ପିଲାଙ୍କ ଭବିଷ୍ୟତ କେମିତି ସୁଦୃଢ଼ ହେବ ସୁରକ୍ଷିତ ହେବ ସେଇ ଚିନ୍ତାରେ ହିଁ ଘାରି ହେଉଥା'ନ୍ତି ।

ବୋଉ ବ୍ୟସ୍ତ ହେଉଥିଲା ଅପାର ବାହାଘର କଥା ନେଇ। ଅଠର ପୁରିଗଲାଣି । କେମିତି ଚଞ୍ଚଳ ବାହାଘର ହେବ। ବାବା ବି ଅପା ପାଇଁ ଚିନ୍ତା କରୁଥିଲେ । କିନ୍ତୁ ତରତର ହେଉନଥିଲେ । ସେ କହୁଥିଲେ - ଆମେ ବଜାରରୁ ସାମାନ୍ୟ ପଚାଶ ଶହେ ଟଙ୍କର ପରିବା ଆଣିଲେ ଗୋଟି ଗୋଟି କରି ବାଛି ଆଣୁଛେ । ଏତ ଆମ ଝିଅର କଥା, ତା'ର ସାରା ଜୀବନର କଥା । ଭଲଘର, ଭଲବର ଖୋଜିବାକୁ ପଡ଼ିବ। ଏବେ ଯେମିତି ସବୁ ଘଟୁଛି ବଧୂହତ୍ୟା, ବୋହୂ ନିର୍ଯ୍ୟାତନା। ଲୋକମାନଙ୍କ ମତିଗତି ଯେ କେତେ ନୀଚ୍‌ସ୍ତରର ହୋଇଗଲାଣି ଭାବିଲାବେଳକୁ କଷ୍ଟ ଲାଗୁଛି। ଝିଅଟିଏ କେତେ ସ୍ୱପ୍ନ ନେଇ ଶାଶୁଘରକୁ ଯାଇଥାଏ । ନିଜର ଜନ୍ମମାଟି ଛାଡ଼ି, ବାପାମା'ଙ୍କୁ ଛାଡ଼ି, ଶୈଶବ, କୈଶୋରକୁ

ଭୁଲି ଆଖିରେ ଆଖିଏ ସ୍ୱପ୍ନ ନେଇ ନୂଆ ଘର ସଂସାର କରିବାକୁ ଯାଇଥାଏ, ଗୋଟେ ନୂଆ ପରିବେଶ, ନୂଆ ଲୋକଙ୍କ ଗହଣକୁ ! ଯେଉଁମାନେ କି ତା'ର ନିଜର ହୋଇଗଲେ ହାତଗଣ୍ଠି ପଡ଼ିଲା କ୍ଷଣ ଠାରୁ। ଆଉ ନିଜ ଲୋକମାନେ ପର ହୋଇଗଲେ। କିନ୍ତୁ ସେଠି ଯଦି ତା'କୁ ଅତ୍ୟାଚାର କରାଯାଏ, ନିର୍ଯ୍ୟାତନା ଦିଆଯାଏ, ତେବେ କିଏ ତାକୁ ରକ୍ଷା କରିବ । କିଏ ସାହା ଭରସା ହେବ । ଅବଶ୍ୟ ସରକାର କିଛି ଆଇନ୍ କାନୁନ କରିଛନ୍ତି । ଯେମିତି କି କେହି ଯୌତୁକ ଡିମାଣ୍ଡ କରି ପାରିବେନି କି କେହି ଯୌତୁକ ଦେଇ ପାରିବେନି । ପୁଣି ପାରିବାରିକ ହିଂସା ଆଇନ୍ (Domestic violence Act.) ତେଣୁ ଗୋଟେ ବୋହୂକୁ ନିର୍ଯ୍ୟାତନା ଦେବା ଆଇନତ ଦଣ୍ଡନୀୟ । କିନ୍ତୁ ନୀୟମ କିଏ ମାନୁଛି । କେତେ କେତେ ବଧୂଙ୍କ ଉପରେ ଯୌତୁକ ଜନିତ ଅତ୍ୟାଚାର ହେଉଛି । ଏବେ ବି ବଧୂହତ୍ୟା ବଧୂ ନିର୍ଯ୍ୟାତନା ନଜରକୁ ଆସୁଛି । ଖାଲି ଆଇନ କଲେ ହେବନି, ଲୋକମାନଙ୍କ ସଚେତନା ଦରକାର ।

ଏଇତ ଆର ସାହିର ପ୍ରଧାନ ଘର ଝିଅ । ଗଲାବର୍ଷ ବାହାଘର ହେଇଥିଲା । ଭଲ ଘର । ସ୍ୱାମୀ ସରକାରୀ ଚାକିରୀ କରୁଛି । ଦାବୀ ମୁତାବକ ଲକ୍ଷେ ଟଂକା ଦିଆହୋଇଥିଲା । ପୁଣି ମଟର ସାଇକେଲ ଓ ଅନ୍ୟାନ୍ୟ ଜିନିଷ ସବୁ । ଗୋଟିଏ ବୋଲି ଝିଅ । କୌଣସିଥିରେ କମ୍ କରି ନଥିଲେ । ହେଲେ କ'ଣ ହେଲା । ଲୋଭୀ ଲୋକଗୁଡ଼ାକ । ଥରଥର କରି ଦୁଇଥରରେ ପୁଣି ପଚାଶ ହଜାର ଟଂକା ନେଇଥିଲେ । ଲୋଭର କୌଣସି ସୀମା ନ ଥାଏ । ଥରେ ଏ ଲୋଭ ରୋଗ ଆରମ୍ଭ ହେଲେ ତାହା କ୍ରମେ ପୁରା ମନପ୍ରାଣକୁ ଗ୍ରାସ କରିଯାଏ । କୁକୁର ଆଗରେ ରୁଟି ଖଣ୍ଡେ ଛିଣ୍ଡାଇ ପକାଇଦେଲେ ଯେମିତି ସେ ବାରମ୍ବାର ଖାଇବାକୁ ଆସେ ସେମିତି ଏମାନଙ୍କ ଦାବୀକୁ ଥରେ ପୁରଣ କରିଦେଲେ ସେମାନେ ବାରମ୍ବାର ସେମାନଙ୍କ ଦାବୀ ବଢ଼ାଇ ଚାଲିଥା'ନ୍ତି । ଇଏ ତ ଏକପ୍ରକାର ବ୍ଲାକ ମେଲ (Black mail) କଲା ପରି ହୋଇଥାଏ । ଯେତେବେଳେ ବାପଘରର ଦେବାର ସାମର୍ଥ୍ୟ ନ ଥାଏ ସେତେବେଳେ ବୋହୂ ଉପରେ ଆରମ୍ଭ ହେଇଯାଏ ଅତ୍ୟାଚାର । କେଉଁଠି ତା'କୁ କିରୋସିନି ପକାଇ ନିଆଁ ଲଗାଇ ଦିଅନ୍ତି ତ କେଉଁଠି ବିଚରା ବୋହୂଟି ବାଧ୍ୟ ହୋଇ ଆତ୍ମହତ୍ୟା କରିଦିଏ । ସେମାନେ ସେମିତି ପ୍ରଧାନ ଘର ଝିଅକୁ ମାରିଦେଲେ । ଅବଶ୍ୟ ଏବେ ଶାଶୁ, ଶ୍ୱଶୁର, ଜୋଇଁ ସବୁ ଜେଲରେ ଅଛନ୍ତି । କିନ୍ତୁ

ତାଙ୍କ ଝିଅ ତ ଆଉ ଫେରି ଆସିବନି । ଜେଲରେ ଥିବା ଲୋକମାନେ କିଛି ଦିନ ପରେ ବେଲ୍‌ରେ ମୁକୁଳି ଆସିବେ । ସ୍ୱାଧୀନ ଭାବରେ ଚାଲବୁଲ କରିବେ । କେଶ କେତେଦିନ ଚାଲିବ ଜଣାନାହିଁ । ଶେଷରେ ପ୍ରମାଣ ଅଭାବରୁ ଖଲାସ ହେଇଯିବେ । ନୂଆ କରି ସଂସାର କରିବେ ।

ପୁଣି ତାଙ୍କରି ସାହିର ମହାନ୍ତି ଘର ଝିଅ । ବାହା ହେବା ପର ଠାରୁ ତା' ଉପରେ ନିର୍ଯ୍ୟାତନା ଆରମ୍ଭ ହେଇଗଲା । କାରଣ ତା' ବାପା ଯଥେଷ୍ଟ ଯୌତୁକ ଦେଇ ନଥିଲେ । ଯାହା ଦେଇଥିଲେ ସେମାନଙ୍କ ମନକୁ ସନ୍ତୁଷ୍ଟ କରି ପାରି ନଥିଲା । ଝିଅ ତ କିଛି ଦିନ ସମ୍ଭାଳିଲା । କିନ୍ତୁ ଯେତେବେଳେ ଅତ୍ୟାଚାର ସୀମା ଟପିଗଲା ସେ ଆଉ ସହିପାରିଲାନି । ପାଠଶାଠ ପଢ଼ିଛି, ଦୁନିଆ ବିଷୟରେ ଜାଣିଛି । ସର୍ବୋପରି ସାହାସ ବି ଥିଲା । ସେ ମନକୁ ଦୃଢ଼ କଲା । ଆତ୍ମହତ୍ୟା କରିବା ବଦଳରେ ସେ ଚାଲିଲା ଥାନାକୁ । ଶ୍ୱଶୁର ଘର ବିରୁଦ୍ଧରେ ଅଭିଯୋଗ କଲା । କେଶ ତ ଏବେ ବି ଚାଲିଛି । ଝିଅ ଆସି ବାପଘରେ ବସିଛି । କେଶ କେବେ ସମାଧାନ ହେବ କି ନ ହେବ । ସେତେବେଳକୁ ଝିଅର ବୟସ ଗଡ଼ିଯାଇଥିବ ।

ଏଇ ସବୁ କଥା ଦେଖି ବାବାଙ୍କ ମନରେ ଚିନ୍ତା ହେଇଯାଇଥିଲା । ସେ ଭଲରେ ଦେଖାଶୁଣା କରି ବାହାଘର କରିବେ ବୋଲି ସ୍ଥିର କରିଥିଲେ । ସେତେବେଳେ, ପୁଣି ଗାଁ ଗହଳରେ ବାହାଘର ଯୋଗାଡ଼ ପାଇଁ ଏତେ ସଂସ୍ଥା କି ଇଣ୍ଟରନେଟ୍ ନ ଥିଲା । ମଧ୍ୟସ୍ଥି ମାନଙ୍କ ଦ୍ୱାରା ହିଁ ଏ ସବୁ କାମ ହେଉଥିଲା । ମଧ୍ୟସ୍ଥି ମାନେ ପୁଅ ଓ ଝିଅର ସବୁ ତଥ୍ୟ ନେଇ ସେମାନଙ୍କ ପାଇଁ ପାତ୍ର ଖୋଜୁଥିଲେ । ଗାଁରେ ସେମିତି ଦି'ଜଣ ମଧ୍ୟସ୍ଥି ଥିଲେ । ତାଙ୍କରି ଭିତରୁ ଜଣକୁ ବାବା ଯୋଗାଯୋଗ କଲେ । ଏଇଟା ତ ସେମାନଙ୍କର ଗୋଟେ ବ୍ୟବସାୟ, ରୋଜଗାର କରିବାର ଗୋଟେ ପନ୍ଥା । ତାଙ୍କ ମାଧ୍ୟମରେ ପୁଅ ଝିଅଙ୍କର ଦେଖାଚାହାଁ ହୁଏ । ପୁଅଘର ଝିଅ ଘରକୁ ଆସନ୍ତି ଝିଅ ମନୋନୀତ ହେଲେ ଝିଅ ଘରଲୋକ ପୁଅ ଘରକୁ ଯା'ନ୍ତି । ଘର ବର ସବୁ ଦେଖି କରି ତ ବାହାଘର କରାଯାଏ । ଦୁଇ ପକ୍ଷର ମନ ପାଇଲା ପରେ ଶେଷ କଥାବାର୍ତ୍ତା ହୁଏ । ସେତିକିବେଳେ ଯାହାର ଯାହା ଦାବୀ ଥାଏ ବା ବରପକ୍ଷ କି କନ୍ୟାପକ୍ଷ ଯହା ଚାହୁଁଥା'ନ୍ତି ତା' ଉପରେ କଥାବାର୍ତ୍ତା ଚାଲେ । ସେଇଠି ହିଁ ବାବା ଅଟକି ଯାଉ ଥା'ନ୍ତି । ଯେଉଁଠି ଡିମାଣ୍ଡର ପ୍ରଶ୍ନ ଉଠୁଥିଲା, ସେଠି ବାବା ଓହରି ଯାଉଥିଲେ । ବୋଧହୁଏ ତାଙ୍କ ଅବଚେତନ

ମନରେ ଏ ଯୌତୁକ ବିଷୟରେ ଗୋଟେ ଭୟ ରହିଯାଇ ଥିଲା । ସେ ବୋଧେ ମନସ୍ଥ କରିଥିଲେ ଯେଉଁମାନେ ଆଦୌ ଡିମାଣ୍ଡ ନ କରିବେ ସେଇଠାରେ ହିଁ ସେ ଝିଅ ବାହାଘର କରିବେ । କିନ୍ତୁ ସେମିତି ପ୍ରସ୍ତାବ କୁଆଡୁ ଆସିବ । ତେଣୁ ବାହାଘର ସବୁ ଭାଂଗିଯାଉଥିଲା । କଲିକତାରୁ ଫେରିଲା ପରେ ବାବା ଯେମିତି ପୁରା ଘର ଭାଙ୍ଗି ଟିଣ ଛପର କରି ରଂଗଦେଇ ଘରକୁ ଟିକ୍ ଟିକ୍ କରିଦେଲେ, ଲୋକମାନଙ୍କ ଧାରଣା ହେଲା ଯେ ବାବାଙ୍କ ପାଖେ ବହୁତ ପଇସା ଅଛି । ଝିଅ ବାହାଘରରେ ଭଲ ଯୌତୁକ ଦେବେ । କିନ୍ତୁ ବାବା ତ ଯୌତୁକ ବିରୋଧୀ ଥିଲେ। ତେଣୁ ବାହାଘର ଠିକ୍ ହେଇପାରୁ ନଥିଲା । ବୋଉ ବ୍ୟସ୍ତ ହେଇ ପଡୁଥିଲା । ହଠାତ୍ ଦିନେ ପାଖ ଗାଁରୁ ଗୋଟେ ପ୍ରସ୍ତାବ ଆସିଲା । ପୁଅ ଘର ବଡ଼ଲକ୍ଷୀ ଘର । ପୁଅଟି ବି.ଏ. ବି.ଏଡ୍. କରି ସରକାରୀ ସ୍କୁଲରେ ଶିକ୍ଷକତା କରୁଛି ।

ବାପାମା' ପୁଅ ଆସିଥିଲେ ଝିଅ ଦେଖିବାକୁ। ଝିଅ ସେମାନଙ୍କର ପସନ୍ଦ ହେଇଥିଲା । କଥାଛଳରେ ପୁଅର ବାପା କହିଥିଲେ - ସେମାନେ ଗୋଟେ ସଂସ୍କାରୀ ଝିଅ ଚାହାଁନ୍ତି, ଯିଏ ତାଙ୍କ ଘରକୁ ସମ୍ଭାଳି ପାରିବ, ସେମାନଙ୍କ ବୃଦ୍ଧ ବୟସରେ ଯତ୍ନ ନେଇ ପାରିବ । ଘରର ବୋହୂ ହିଁ ଚାହିଁଲେ ଘରକୁ ସ୍ୱର୍ଗ କରିପାରିବ । ଏ ଝିଅଟି ଗୁଣର ବୋଲି ଶୁଣିଲା ପରେ ସେମାନେ ଏଠିକି ଧାଇଁ ଆସିଛନ୍ତି ।

ବାବା ଦାବୀ କଥା ଉଠାଇବା ମାତ୍ରେ ସେ ଭଦ୍ରବ୍ୟକ୍ତି କହିଲେ - ଆମର କିଛି ଦରକାର ନାହିଁ । ତେବେ ଝିଅକୁ ଯାହା ଖୁସିରେ ଦେବେ ଆମେ ମନା କରିବୁନି ।

ବାବା ଖୁସି ହେଇଗଲେ । ବାହାଘର ସେଇଠି ସ୍ଥିର ହେଲା । ଶୁଭଦିନ ଦେଖି ନିର୍ବନ୍ଧ ହେଲା । ଆଉ ମାସକ ପରେ ବାହାଘର । ବଡ଼ ଧୁମଧାମରେ ବାହାଘର ହେଇଥିଲା । ନିଜର ସାଧ୍ୟମତେ ସବୁ ଜିନିଷ ଦେଇଥିଲେ ।

ଅପା ବାହାଘର ପରେ ବାବା ବହୁତ ଖୁସିରେ ଥିଲେ । ପୂଜାପର୍ବ, ପୂର୍ଣ୍ଣମୀ ଭାର ବି ସବୁ ଭଲରେ ଦେଇଥିଲେ । ସବୁ ଠିକ୍ଠାକ୍ ଚାଲିଥିଲା । ହଠାତ୍ କାହିଁକି ବାବାଙ୍କ ଦେହଟା ଖରାପ ଲାଗିଲା । ଜ୍ୱର ହେଲା । ଔଷଧ ଖାଇଲେ ବି ଛାଡ଼ିଲାନି । ଡାକ୍ତର ଦେଖେଇଲେ ଡାକ୍ତର ବି ଜାଣି ପାରିଲେନି, କି ଜ୍ୱର, କାହିଁକି ହେଉଛି । କଟକ ବଡ଼ ଡାକ୍ତରଖାନାକୁ ନେବାକୁ କହିଲେ । ବାବା କିନ୍ତୁ ଆଦୌ

ରାଜି ହେଲେନି କୁଆଡ଼େ ଯିବାକୁ । ସେଇ ପାଖ ଡାକ୍ତରଖାନାରେ ଚିକିତ୍ସା ହେବାକୁ ଚାହିଁଲେ । ଦିନେ ରାତିରେ ତାତି ବହୁତ ବଢ଼ିଗଲା । ଡାକ୍ତରଖାନା ନେବା ପୂର୍ବରୁ ହିଁ ତାଙ୍କର ମୃତ୍ୟୁ ହେଇଗଲା । ଅପା ବାହାଘରର ଠିକ୍ ବର୍ଷକ ପରେ ବାବା ଚାଲିଗଲେ । ସତେ ଯେମିତି ଅପାର ସୁଖ ସଂସାର ଦେଖିବା ପାଇଁ ଅପେକ୍ଷା କରି ରହିଥିଲେ ।

ବାବାଙ୍କ ମର ଶରୀରକୁ ଶ୍ମଶାନକୁ ନେବା ଆଗରୁ ତାଙ୍କ ଦେହରୁ ପୁରୁଣା ଲୁଗା ବାହାର କରି ନୂଆଲୁଗା ପିନ୍ଧାଇ ଦିଆଗଲା । ସେତିକିବେଳେ ବାବାଙ୍କ ପେଟର କଟା ଦାଗ ଉପରେ ବୋଉର ନଜର ପଡ଼ିଗଲା । ସେ ସାତ ଆଠ ଇଞ୍ଚର ଦାଗ କ'ଣ ସେ ଜାଣିପାରିଲାନି । ଯୋଗକୁ ବାବାଙ୍କ ସାଂଗ ସେତେବେଳେ ଗାଁକୁ ଆସିଥିଲେ । ଶବଦାହ ପରେ ବୋଉ ଏ ବିଷୟରେ ପଚାରିଥିଲା । ସେତିକିବେଳେ ହିଁ ସବୁକଥା ଜଣା ପଡ଼ିଥିଲା । ବାବାଙ୍କ ଆତ୍ମହତ୍ୟା ଉଦ୍ୟମ, କିଡ଼ନୀ ଦାନ କଥା ସବୁ ବଖାଣି ପକାଇଥିଲେ । ବୋଉକୁ ଆଉ ସମ୍ଭାଳେ କିଏ । ବାବାଙ୍କ ଦେହାନ୍ତ ସାଂଗକୁ ତାଙ୍କର ଏ କଷ୍ଟର କାହାଣୀ ତା'କୁ ବ୍ୟଥିତ କରି ପକାଇଥିଲା । ସେ ଭୋ ଭୋ ହୋଇ କାନ୍ଦି ଉଠିଲା । ସମସ୍ତେ ବି କାନ୍ଦି ପକେଇଲେ । ଏବେ ଜଣା ପଡ଼ିଲା ବାବା କାହିଁକି ପୋଖରୀକୁ ଗାଧୋଇବାକୁ ନ ଯାଇ ଘରେ ଗାଧୋଉଥିଲେ । ପେଟର କଟାଦାଗ ଲୁଚେଇବା ସାଙ୍ଗେ ସାଙ୍ଗେ ପୋଖରୀ ପାଣିର ସଂକ୍ରମଣର ଭୟ ହିଁ ତାଙ୍କୁ ଏ କାମ କରିବାକୁ ବାଧ କରୁଥିଲା ।

ବାବାଙ୍କ କ୍ରିୟାକର୍ମ ସବୁ ଭଲରେ ଭଲରେ ହେଇଗଲା । ବୋଉ ପୁରା ଭାଂଗି ପଡ଼ିଥିଲା । ଆଉ ସିଲେଇ ଦିଗରେ ମନ ଦେଇପାରୁନଥିଲା । ବାବାଙ୍କ ପାଶବୁକ୍‌ରେ ବି ବେଶୀ ଟଂକା ନଥିଲା । ଘର ତିଆରି କାମ, ଅପା ବାହାଘର, ବାବାଙ୍କ ଶୁଦ୍ଧିକ୍ରିୟା ଆଦିରେ ପ୍ରାୟ ଖର୍ଚ୍ଚ ହେଇଯାଇଥିଲା । କଲିକତାରୁ ପ୍ରତିମାସରେ ଆସୁଥିବା ପାଞ୍ଚହଜାର ଟଂକା ବି ବନ୍ଦ ହେଇଯାଇଥିଲା । ସୁମନ୍ତ ନିଜକୁ ଦୃଢ଼ କଲେ । ଭାଂଗି ପଡ଼ିଲେ ଚଳିବନି । ସ୍ନାତକଟିଏ ହେବା ପାଇଁ ତାଙ୍କୁ ଆହୁରି ଅଢ଼େଇବର୍ଷ ଲାଗିବ । ତେଣୁ ସେ ସହରରେ କିଛି ପିଲାଙ୍କୁ ଟିଉସନ କଲେ । ଗାଁର ଜମିବାଡ଼ିରୁ ଚାଉଳ ଡାଲି ଆସୁଥିଲା । ଯାହାହେଉ କଷ୍ଟେମଷ୍ଟେ ସଂସାର ଚଳିଯାଉଥିଲା ।

ଭଗବାନଙ୍କ ଅଶେଷ କୃପାରୁ ସେ ସ୍ନାତକ ହାସଲ କରିଦେଲେ । ଆଉ

ଆଗକୁ ପଢ଼ିବାକୁ ସାହାସ ହେଲାନି । ପଇସାର ଅଭାବ । ବରଂ ଚାକିରୀ ଖଣ୍ଡେ କେମିତି ଯୋଗାଡ଼ କରିବାକୁ ପଡ଼ିବ । ଯୋଉ ଚାକିରୀ ହେଉ ପଛେ ଘର ଚଳିବା ପାଇଁ କିଛି ରୋଜଗାର ନିହାତି ଦରକାର । କେତେ ଗୁଡ଼ାଏ ଇଣ୍ଟରଭ୍ୟୁ ଦେଲା ପରେ ଶେଷରେ ସରକାରୀ ଚାକିରୀ ଗଣ୍ଡେ ମିଳିଗଲା, ସେ ବୋଉର ପୂଜାପାଠ ଯୋଗୁଁ ହେଉ ବା ତାଙ୍କର ପରିଶ୍ରମ ଯୋଗୁଁ ହେଉ । ଭୁବନେଶ୍ୱରର ଗୋଟେ ସରକାରୀ ଅଫିସରେ ଯୋଗ ଦେବାର କିଛିମାସ ପରେ ଗୋଟେ ଘରଭଡ଼ା ନେଇ ବୋଉକୁ ପାଖକୁ ନେଇ ଆସିଲେ । ତାଙ୍କର ବାହାର ଖାଇବା ବନ୍ଦ ହେବା ସଂଗେ ସଂଗେ ବୋଉର ଏକାକୀତ୍ୱ କିଛି ପରିମାଣରେ ଦୂର ହେଇଯାଇଥିଲା । ପୁଣି ଜୀବନର ଛନ୍ଦ ଠିକ୍ ତାଳରେ ଚାଲିବାକୁ ଲାଗିଲା ।

ମଣିଷର ଯେତେବେଳେ ଆର୍ଥିକ ଚିନ୍ତା ଦୂର ହୋଇଯାଏ ସେତେବେଳେ ତା'ର ସୂକ୍ଷ୍ମ ଭାବନା ଗୁଡ଼ାକ ଉଜାଗର ହୁଏ । ସବୁଆଡୁ ସବୁ ସମସ୍ୟାର ସମାଧାନ ହେଇଗଲା ପରେ ବୋଉର ଚିନ୍ତା ହେଲା ଘରକୁ ବୋହୂ ଆଣିବା କଥା ଅର୍ଥାତ୍ ତାଙ୍କ ବାହାଘର । ତାଙ୍କର ଏତେ ଶୀଘ୍ର ବାହାହେବା ପାଇଁ ଇଚ୍ଛା ନ ଥିଲେ ବି ବୋଉର ଖୁସି ପାଇଁ ରାଜି ହୋଇଗଲେ । କେତେ ଜାଗାରେ ଦେଖାଦେଖି ହେଲାପରେ ଶେଷରେ ସୁପ୍ରଭା ସାଂଗରେ ହିଁ ବାହାଘର ହେଇଥିଲା । ସଂସାର ଠିକ୍‌ରେ ଚାଲିଥିଲା । ସମସ୍ତେ ଖୁସି ଥିଲେ । ହେଲେ ସମୟ ସବୁବେଳେ ଭଲରେ ଯାଏନି କି ଖରାପରେ । ସମୟ ସବୁବେଳେ ଗତିଶୀଳ ଓ ପରିବର୍ତ୍ତନଶୀଳ ।

|| ୬ ||

କଥାରେ ଅଛି "ମଣିଷ ପ୍ରକୃତି ମରିଲେ ତୁଟେ, ଘୁସୁରୀ ପ୍ରକୃତି ପଙ୍କରେ ଲୋଟେ।" ତା' ମାନେ ମଣିଷର ପ୍ରକୃତି ତା'ର ଜୀବନ କାଳ ଭିତରେ କେବେ ହେଲେ ବଦଳେ ନାହିଁ। କିନ୍ତୁ ପ୍ରକୃତରେ ତାହା ବାସ୍ତବ କି ? ସମୟେ ସମୟେ ମଣିଷର ଚରିତ୍ର ସ୍ଖଳନ ହୋଇଥାଏ। ଏହି ଅଧୋପତନ ଆହୁରି ବେଶୀ ତ୍ୱରାନିତ ହୋଇଥାଏ ଯେତେବେଳେ ସେ ଖରାପ ସ୍ୱଭାବର ସାଙ୍ଗ ମାନଙ୍କର ସଂସ୍ପର୍ଶରେ ଆସିଥାଏ। କୁସଙ୍ଗରେ ପଡ଼ି ବିପଥଗାମୀ ହୋଇଥାଏ। "ବୁଡ଼ିଗଲା ଗୋଡ଼ ତଳକୁ ତଳକୁ" ପରି ସେ କୁପଥ ଅନ୍ଧକାରର ଅତଳ ଗହ୍ୱର ଭିତରେ ଲୀନ ହୋଇଯାଏ।

ସୁମନ୍ତ ଭାବୁଥିଲେ। ତାଙ୍କର ସଂସାର ତ ଭଲରେ ଚାଲିଥିଲା। ଏ ଭିତରେ ତାଙ୍କର ଗୋଟେ ପୁଅ ଏବଂ ଝିଅ ହୋଇଯାଇଥିଲେ। ଝିଅ ଜନ୍ମ ହେଲା ପରେ ଟିକେ ଅସୁବିଧା ହୋଇଥିଲା। ଝିଅର ଜନ୍ମରୁ କ'ଣ ଗୋଟେ ହାର୍ଟ ବେମାରୀ (Heart problem) ଥିଲା। ପ୍ରଥମେ ଡାକ୍ତର କହିଥିଲେ ଏହା ସମୟ କ୍ରମେ ଭଲ ହୋଇଯିବ। କିନ୍ତୁ କିଛି ମାସ ପରେ ଭଲ ନ ହେବାରୁ ବାଧ୍ୟ ହୋଇ ଅପରେଶନ କରିବାକୁ ପଡ଼ିଥିଲା। ସେଥିପାଇଁ ତାଙ୍କର ଗୁଡ଼େ ପଇସାପତ୍ର ଖର୍ଚ୍ଚ ହୋଇ ଯାଇଥିଲା। ପାଖରେ ତ ବେଶୀ ପଇସା ନ ଥିଲା। ସେ ଅଫିସରେ ବଡ଼ ବାବୁଙ୍କୁ ଅନୁରୋଧ କରିଥିଲେ କିଛି ସାହାଯ୍ୟ ପାଇଁ। ବଡ଼ ବାବୁ ବଡ଼ ଦରଦୀ ମଣିଷ ଥିଲେ। ସୁମନ୍ତଙ୍କ ବ୍ୟବହାରରେ ଏବଂ କାମରେ ମଧ୍ୟ ସମସ୍ତେ ସନ୍ତୁଷ୍ଟ ଥିଲେ। ବଡ଼ବାବୁ ଅଫିସ ଟଙ୍କାରୁ ପ୍ରାୟ ଦେଢ଼ ଲକ୍ଷ ଟଙ୍କା ଦେଇଥିଲେ। କଥା ଥିଲା ପ୍ରତି ମାସରେ ସେ କିଛି କିଛି ଟଙ୍କା ଜମା କରି ଦେଉଥିବେ। କିନ୍ତୁ ଏ ଭିତରେ ଯଦି ଅଡ଼ିଟ ଆସିଯାଏ ତେବେ ସବୁ ଟଙ୍କା ଏକକାଳୀନ ଜମା କରିବାକୁ

ପଡ଼ିବ । ଯାହାହେଉ ଝିଅର ଅପରେଶନ ସଫଳ ହୋଇଥିଲା । ସେ ମଧ୍ୟ ପ୍ରତି ମାସରେ ଏକ ନିର୍ଦ୍ଦିଷ୍ଟ ପରିମାଣର ଟଙ୍କା ଜମା କରୁଥିଲେ । ସେ ଚିନ୍ତା କରୁଥିଲେ ପୁନର୍ବାର ଟିଉସନ ଆରମ୍ଭ କରିବାକୁ । ତା' ଦ୍ୱାରା ଅଧିକା କିଛି ରୋଜଗାର ହେବ ଏବଂ ଅଫିସ ଟଙ୍କା ଚଞ୍ଚଳ ଫେରାଇ ହୋଇଯିବ ।

ଏହି ସବୁ ଭିତରେ ତାଙ୍କ ଅଫିସରେ ଜଣେ ନୂଆ କର୍ମଚାରୀ ଯୋଗ ଦେଇଥିଲେ । ବିକ୍ରମ ଦାସ । ସେ ଜଣେ ପୂର୍ବତନ ସାମରିକ କର୍ମଚାରୀ । ତାଙ୍କର ବେଶ, ପୋଷାକ, ଚାଲି, ଚଳନରେ ସୁମନ୍ତ ବହୁତ ପ୍ରଭାବିତ ହୋଇଥିଲେ । ଦୁଇ ଜଣଙ୍କ ଭିତରେ ବନ୍ଧୁତ୍ୱ ବଢ଼ି ଚାଲିଥିଲା । ବିକ୍ରମ ସବୁବେଳେ ତାଙ୍କୁ ଘରକୁ ଡାକୁଥିଲା । କିନ୍ତୁ ସୁମନ୍ତ ଯାଇ ପାରନ୍ତିନି । ଦିନେ ସେ ବାଧ କରି ଘରକୁ ନେଇଗଲା । ବୈଠକଖାନାରେ ଦୁଇ ବନ୍ଧୁ ବସିଥିଲାବେଳେ ବିକ୍ରମର ଆଉଜଣେ ସାଙ୍ଗ ଆସି ପହଞ୍ଚିଗଲେ । ତିନି ଜଣ ଯାକ ବସି ଗପ କରୁଥିବା ସମୟରେ ଭାଉଜ (ବିକ୍ରମର ସ୍ତ୍ରୀ) ମଧ୍ୟ ଆସି କଥାବାର୍ତ୍ତା କଲେ । ଭାରି ମେଳାପି ମନେ ହେଉଥିଲେ । ଅଳ୍ପ ସମୟ ରହି ଭାଉଜ ଭିତରକୁ ଚାଲିଗଲେ । ସୁମନ୍ତ ଭାବୁଥିଲେ ବୋଧେ ଚା, ପାଣି ନେଇ ଆସିବେ । କିନ୍ତୁ ନା, ସେପରି କିଛି ହେଲାନାହିଁ । ବରଂ ବିକ୍ରମ ଭିତରକୁ ଯାଇ ତିନିଟା ଗ୍ଲାସ ଆଣି ଆସିଲା । ତା' ସାଙ୍ଗରେ ଗୋଟେ ହ୍ୱିସ୍କି ବୋତଲ (whisky bottle) ଏବଂ ଗୋଟେ ପ୍ଲେଟରେ କିଛି ମିକ୍ସର । ସୁମନ୍ତ ଜାଣିଗଲେ - ଏମାନଙ୍କର ଆସର ଜମିବ । ବିକ୍ରମ ବୋତଲରୁ ପ୍ରଥମ ଗ୍ଲାସରେ ମଦ ଢାଳିଲା ବେଳେ ହିଁ ସୁମନ୍ତ କହିଦେଲେ - ମୁଁ ମଦ ପିଏନା । ମୁଁ ବସିବି । କମ୍ପାନୀ ଦେବି । ଥଣ୍ଡା ପାନୀୟ (cold drink) ଦେଲେ ପିଇବି । ସେଦିନ ବିକ୍ରମ ଆଉ ବାଧ୍ୟ କରି ନଥିଲା । କିନ୍ତୁ ମଦର ଉପକାରିତା ବିଷୟରେ ଲମ୍ବା ଚଉଡ଼ା ଭାଷଣ ଶୁଣାଇଥିଲା । ସେ ଦୁହେଁ ସାମରୀକ କର୍ମଚାରୀ । ତାଙ୍କ ପାଇଁ ଏଇଟା ମାମୁଲି କଥା । ସେମାନେ ସେ ସଂଧ୍ୟାଟା ବେଶ ଉପଭୋଗ କଲେ ।

ସେ ଦିନ ତ ସୁମନ୍ତ ସେମିତି ଫେରି ଆସିଥିଲେ । କିନ୍ତୁ ସବୁଦିନ ସମାନ ଯାଏ ନାହିଁ । ଦିନେ ସେ ଟିକିଏ ଚାଖିଦେଲେ । ବିକ୍ରମର ଅନୁରୋଧକୁ ଏଡ଼ାଇ ପାରିଲେନି । ବନ୍ଧୁତା ଖାତିରରେ ଟିକେ ପି' ଦେଲେ । ଏମିତି ଟିକେ ଟିକେ ପିଉ ପିଉ ପି' ବାର ମାତ୍ରା ବଢ଼ି ଚାଲିଲା । ଯେଉଁ ଲୋକମାନେ ପିଲାଦିନୁ ନୀତିବାଣି ଶୁଣି ଶୁଣି ବଢ଼ିଛନ୍ତି, ପଇସା ଅଭାବରୁ ହେଉ ବା ବାପା ମା'ଙ୍କର ଅନୁଶାସନ

ଯୋଗୁଁ ହେଉ, ପାନ, ବିଡ଼ି, ସିଗାରେଟ ପରି ନିଶାଦ୍ରବ୍ୟ ଆଦୌ ଛୁଇଁ ନ ଥାନ୍ତି, ସେମାନେ ଯଦି କୌଣସି ନିଶା ଦ୍ରବ୍ୟ ସେବନ କରିବା ଆରମ୍ଭ କରନ୍ତି ତେବେ ତା'କୁ ସହଜରେ ଛାଡ଼ି ପାରନ୍ତି ନାହିଁ। ସେଇ ନିଶା କବଳରେ ସେମାନେ ପଡ଼ି ଯା'ନ୍ତି। ବୋଧହୁଏ ତାଙ୍କର ଅବସ୍ଥା ସେହିପରି ହୋଇଥିଲା।

ପ୍ରଥମେ ପ୍ରଥମେ ବିକ୍ରମ ପିଆଉଥିଲା। ତା'ପରେ ନିଜ ପକେଟରୁ ପଇସା ଖର୍ଚ୍ଚ କରି ପି'ବାକୁ ଲାଗିଲେ। ସୁପ୍ରଭା ଯେତେ ବୁଝାଇଲା, ରାଣ ନିୟମ ପକାଇଲା ତା'ର କିଛି ଫଳ ହେଲା ନାହିଁ। ବୋଉର ତ ଦେହାନ୍ତ ହୋଇଯାଇଥିଲା। ବାବା ଗଲା ପରେ ସେ ପୁରା ଭାଙ୍ଗି ପଡ଼ିଥିଲା। ଯାହାହେଉ ନାତି ନାତୁଣୀ ଦେଖି ଭଲରେ ଭଲରେ ଚାଲିଗଲା। ତାଙ୍କୁ ଆକଟ କରିବା ପାଇଁ ଆଉ କେହି ନ ଥିଲେ। ସେ ପୁରା ଲଗାମ ଛଡ଼ା ହୋଇଗଲେ।

ବେଳେ ବେଳେ ପି'ଲା ବେଳେ ଅନ୍ୟ କେତେ ଜଣ ସାଙ୍ଗ ସାଥୀ ସାମିଲ ହୋଇଯା'ନ୍ତି। ପଇସାତକ ତାଙ୍କରି ପକେଟୁ ଯାଏ। ବିକ୍ରମ ସିନା ସାମରୀକ କର୍ମଚାରୀ। ତା'ର ଆର୍ମି ପେନସନ ସହ ମାସକୁ ମାସ ମଦର କୋଟା ମଧ୍ୟ ଅଛି। ତେଣୁ ତା'କୁ ଏ ସବୁ ବାଧେନି। କିନ୍ତୁ ତାଙ୍କର ତ ଗୋଟେ ରୋଜଗାର। ଅଣ୍ଟିବ କୁଆଡୁ। ସାଙ୍ଗ, ସାଥୀ, ଦୋକାନ, ବଜାର ସବୁ ଜାଗାରୁ ଧାର ଉଧାର ହୋଇଗଲା। ଏଥିରେ ଘରର ଅବସ୍ଥା ଯାହା ହେବା କଥା। ସବୁବେଳେ ଅଶାନ୍ତି, ଝଗଡ଼ା ଝାଟି ଲାଗି ରହିଲା। ପିଲା ମାନଙ୍କର ଠିକ୍‌ରେ ଯତ୍ନ ବି ନେଇ ପାରିଲେନି। ସେ କ'ଣ କେମିତି କରିବେ କିଛି ଜାଣି ପାରୁ ନ ଥିଲେ। ଦୁଃଖ ବି କାହାକୁ ଜଣେଇବେ। କେବଳ ଭଲ ସାଙ୍ଗ ପାଖରେ ହିଁ ମନ ଖୋଲି ହୁଏ। ନିଜର ଅଭାବୀ ପଣକୁ ବିକ୍ରମ ଆଗରେ ହିଁ କହିପକାଇଲେ। ବିକ୍ରମ ଥିଲା କରିତକର୍ମା। ସବୁ ଶୁଣି ସେ କହିଲ - କିଛି ଚିନ୍ତା କରନାହିଁ। ଏମିତି ଗୋଟେ ଜାଗା ଅଛି ଯୋଉଠି ରାତିଏ ଗଲେ ହାତୀଏ ଆଣିବ।

ସୁମନ୍ତଙ୍କ ଆଖି ଦି'ଟା ଯେମିତି ଉଜ୍ଜଳି ଉଠିଲା - ସତେନା କ'ଣ - ଏମିତି କୋଉ ଜାଗା ଅଛି।

ସେଦିନ ସଂଧ୍ୟାରେ ବିକ୍ରମ ହିଁ ତାଙ୍କୁ ନେଇକି ଯାଇଥିଲା ସେ ଜାଗାକୁ। ଉପର ମହଲାରେ ଲମ୍ବା ହଲ। ଦଳ ଦଳ ହୋଇ ବସି ସବୁ ତାସ ଖେଳୁଥା'ନ୍ତି।

ପ୍ରତି ଦଳରେ ଛ' ସାତ ଜଣ ଲେଖାଏଁ । ବିକ୍ରମ ବୁଝାଇ ଦେଲା । ଏମାନେ ତିନି ପତି ଖେଳୁଛନ୍ତି, ପଇସାର ଖେଳ ।

ପଇସାର ଖେଳ, ମାନେ ଜୁଆଖେଳ ? ସୁମନ୍ତ ପଚାରିଲେ ।

ହଁ । ଏଇଟା ପଇସା ପାଇବାର ବଢ଼ିଆ ବାଟ । ଖେଳି ଜାଣିଲେ, ଭାଗ୍ୟ ଅନୁକୂଳ ହେଲେ, ହଜାର ହଜାର ଟଙ୍କା ଜିତା ଯାଇ ପାରିବ । ବିକ୍ରମ କହିଲା ଏବଂ ଗୋଟାଏ ଦଳରେ ସାମିଲ ହୋଇ ଖେଳିବା ଆରମ୍ଭ କରିଦେଲା । ସୁମନ୍ତ କେବଳ ଦେଖଣାହାରୀ ଥିଲେ ।

ପରଦିନ କିନ୍ତୁ ବିକ୍ରମ ଠାରୁ ଖେଳର ନିୟମ କାନୁନ ସବୁ ବୁଝିନେଲେ । ତାଙ୍କୁ ଖେଳିବାକୁ ପଡ଼ିବ । ତାଙ୍କର ଟଙ୍କା ଦରକାର ।

ବିକ୍ରମ କହିବା ଅନୁସାରେ "ତିନିପତି" ଗୋଟେ ଅତି ସରଳ ଖେଳ । ଏଥିପାଇଁ ଚାରିରୁ ସାତଜଣ ଖେଳାଳୀ ଦରକାର । ସେମାନେ ଗୋଲାକାର ଆକାରରେ ବସିବେ । ସେମାନଙ୍କ ଦ୍ୱାରା ଧାର୍ଯ୍ୟ ହୋଇଥିବା ପରିମାଣର ଟଙ୍କା ସମସ୍ତେ ମଝିରେ ରଖାଯାଇଥିବା ଗୋଟେ ପାତ୍ରରେ ରଖିବେ । ତା'ପରେ ଗୋଟେ ମୁଠା ତାସରୁ ଜୋକର ବାହାର କରାଯାଇ, ଭଲ ଭାବରେ ଫେଣ୍ଟି, ସମସ୍ତଙ୍କୁ ତିନୋଟି ଲେଖାଏଁ କାର୍ଡ଼ ଦିଆଯିବ । ତା'ପରେ ସେମାନଙ୍କ ଭିତରୁ ଯେଉଁମାନେ ଚାହିଁବେ କାର୍ଡ଼ ଦେଖି ଖେଳିଲେ ପୁଣି ପୂର୍ବ ନିର୍ଦ୍ଧାରିତ ପଇସା ପକାଇବାକୁ ପଡ଼ିବ । ଯେଉଁମାନେ ଚାହିଁବେ ସେମାନେ ଓହରି ଯାଇ ପାରିବେ । ଏମିତି କେତେ ରାଉଣ୍ଡ ଗଲାପରେ ଶେଷକୁ ଦୁଇ ଜଣ ରହିବେ । ସେମାନେ ତାଙ୍କ ଇଚ୍ଛା ଅନୁସାରେ ବାଦୀ ଲଗାଇ ପାରିବେ ମାନେ ଅଧିକା ଟଙ୍କା ମଝିରେ ପକାଇ ପାରିବେ । ସମ ପରିମାଣର ଟଙ୍କା ଅପର ପକ୍ଷ ମଧ୍ୟ ପକାଇବେ । ଏମିତି ଭାବରେ ଯିଏ ଓହରି ଗଲା ତା'ର ପ୍ରତିପକ୍ଷ ସବୁ ଟଙ୍କା ଜିତିଯାଏ । ଓହରିବା ପୂର୍ବରୁ ସେ ଉପଯୁକ୍ତ ପରିମାଣର ଟଙ୍କା ପକାଇ ଅପର ପକ୍ଷର କାର୍ଡ଼ ଦେଖିପାରେ । ମୋଟା ମୋଟି ଭାବରେ ଏଇଆ ହିଁ ହେଉଛି ନିୟମ । ତା' ବାଦ୍ ଖେଳିଲା ପରେ ଅନ୍ୟ ନିୟମ ଗୁଡ଼ା ଆସ୍ତେ ଆସ୍ତେ ଶିଖି ହୋଇଯିବ । ହଁ ! ଏହି ଖେଳରେ ତିନିଟି ଟିକା ହେଉଛି ସବୁଠାରୁ ଶକ୍ତିଶାଳୀ । ତା' ତଳକୁ ତିନୋଟି ରାଜା, ତିନୋଟି ରାଣୀ ଇତ୍ୟାଦି । ତା'ପରେ ତଳକୁ ତଳ ରନ୍, କଲର ପ୍ରଭୃତି ଅଛି ।

ପ୍ରଥମେ ପ୍ରଥମେ ତ ଖେଳିବାକୁ ସାହାସ ହେଲାନାହିଁ । ବିକ୍ରମ ପାଖରେ

ବସି ଖେଳ ଦେଖିଲେ । ପ୍ରାୟ ସପ୍ତାହେ ପରେ ନିଜେ ଖେଳିବା ଆରମ୍ଭ କରି ଦେଲେ । ଯେଉଁମାନେ ତାସ ଖେଳନ୍ତି ସେମାନେ ଅନୁଭବ କରିଥିବେ ଯେ, ନୂଆ ନୂଆ ଖେଳୁଥିବା ଖେଳାଳୀ ପାଖକୁ ଭଲ ଭଲ ତାସ ପତା (cards) ଆସନ୍ତି । ସେମିତି ସେ ଖେଳିବାର ପ୍ରଥମ କେତେଦିନ ତାଙ୍କ ପାଖକୁ ବଡ଼ ବଡ଼ କାର୍ଡ଼ ଆସିଥିଲା । ଫଳରେ ସେ ଜିତି ଚାଲିଥିଲେ । ଦିନକୁ ପଞ୍ଚ ଶହ ହଜାରେ ଟଙ୍କା ଲେଖାଏଁ । ଜିତିବାର ଖୁସି ତାଙ୍କ ଲୋଭ ବଢ଼ାଇ ଚାଲିଥିଲା । ସେ ଅଧିକା ରୋଜାଗର କରିବା ଆଶାରେ ଖେଳି ଚାଲିଥିଲେ । ସେ ଭାବିଥିଲେ ଏମିତି ଖେଳିଲେ ସେ ତାଙ୍କର ଧାର କରଜ ଶୁଝି ପାରିବେ । କିନ୍ତୁ ସେ ଭୁଲି ଯାଇଥିଲେ ଯେ, ଏହି ଖେଳରୁ ହିଁ ମହାଭାରତ ଯୁଦ୍ଧର ସୂତ୍ରପାତ ହୋଇଥିଲା । ଏଇ ଖେଳରେ ଯୁଦ୍ଧିଷ୍ଠିର ସବୁ କିଛି ହରାଇଥିଲେ । ନିଜର ଧନ, ସମ୍ପତ୍ତି, ରାଜ୍ୟ ଏପରିକି ସ୍ତ୍ରୀ ଦ୍ରୌପଦୀଙ୍କୁ ମଧ୍ୟ । ଶକୁନୀର କପଟ ପାଶାର କରାଳ ଚକ୍ରରେ ସେ ପେଶି ହୋଇଯାଇଥିଲେ । ଯେତେବେଳେ ଧର୍ମରାଜ ଯୁଦ୍ଧିଷ୍ଠିର ଜାଣି ପାରି ନଥିଲେ ଏ ଖେଳର କୁପରିଣାମ, ସେ ବା କି ଛାର । ଏ ଜୁଆ ନିଶା ମଦ ନିଶାଠାରୁ ମଧ୍ୟ ଉତ୍କଟ । ସବୁଦିନ ଏ ଖେଳରେ ସାମିଲ ହେବାକୁ ଇଚ୍ଛା ହେଉଥିଲା । ସଂଧ୍ୟା ହେଲେ ମନଟା ସେଇ ଆଡ଼କୁ ଟାଣି ହୋଇ ଯାଉଥିଲା । କିନ୍ତୁ ଏବେ ବୋଧେ ଜିତିବାର ପାଳି ସରିଯାଇ ହାରିବାର ପାଳି ଆସି ଯାଇଥିଲା । ଏପରିକି ଦିନେ ଦିନେ ଅତି ଲୋଭରେ ପାଞ୍ଚ ହଜାର ଯାଏଁ ହାରିବାକୁ ପଡ଼ିଲା । ସବୁଠୁ ଦୁଃଖର କଥା ଯେ, ସେଠାରେ କିଛି ଲୋକ ଥା'ନ୍ତି । ପାଖରୁ ପଇସା ସରିଗଲେ ଟଙ୍କା ଧାର ଦିଅନ୍ତି । ଖେଳିବାକୁ ଉସୁକାନ୍ତି । ଜିତିବାର ଲୋଭ ଦେଖାନ୍ତି । ଟଙ୍କା ଧାର ଦିଅନ୍ତି ପୁଣି ଚଢ଼ା ସୁଧରେ । ସେମାନଙ୍କୁ ଠକି ଦେବାର ବା ଟଙ୍କା ନ ଫେରାଇବାର ଉପାୟ ବି କିଛି ନାହିଁ । କାହିଁକି ନା ସେମାନେ କିଛି କିଛି ଗୁଣ୍ଡାଙ୍କୁ ପୋଷି ଥା'ନ୍ତି । ଟଙ୍କା ନ ଦେଲେ ତୁମର ଇଜ୍ଜତ, ମହତ ସବୁ ପଦାରେ ପକାଇ ଦେବେ ।

ବାରମ୍ବାର ହାରିଲେ ବି ଖେଳିବାର ନିଶା ଛାଡୁ ନଥିଲା । ଜିତିବାର ଆଶା ନେଇ ପୁଣି ଖେଳରେ ମାତିବାକୁ ଇଚ୍ଛା ହେଉଥିଲା । କିନ୍ତୁ ବାରମ୍ବାର ହାରିବା ହିଁ ସାର ହେଉଥିଲା । ହାରିବାର ଦୁଃଖକୁ ଭୁଲିବା ପାଇଁ ମଦର ଆଶ୍ରୟ ନେବାକୁ ପଡୁଥିଲା । ସେଇଠ ତ ମଦ ବି ମିଳୁଥିଲା । ଋଣ କରି ଜୁଆ ଖେଳିବା, ମଦ ପି'ବା ଏଥିରେ ଅବସ୍ଥା ଯାହା ହେବା କଥା । ଋଣଭାର ବଢ଼ି ବଢ଼ି ଦଶ ଲକ୍ଷ ଟପିଗଲା ।

ଏମିତି ଋଣ ଯନ୍ତାରେ ପଡ଼ିଗଲେ ଯେ ଶୁଝିବା ପାଇଁ ବାଟ ପାଉ ନଥିଲେ । ଘରେ ତ ଅଶାନ୍ତି ହେବ ହିଁ ହେବ । କେମିତି ଚଳିବ ତାଙ୍କ ସଂସାର । କେମିତି ମଣିଷ ହେବେ ତାଙ୍କ ପିଲାମାନେ, କିଛି କୁଳ କିନାରା ଦେଖାଯାଉ ନ ଥିଲା । ମୁଣ୍ଡ ଗୋଳମାଳ ହୋଇଯାଉଥିଲା । ଗାଁରେ ଯେଉଁ ଜମିବାଡ଼ି ଅଛି ସେ ବା କେତେ । ସବୁ ବିକିଲେ ବି ଏ ଋଣ ଶୁଝି ହେବନି । ତା' ଛଡ଼ା ଏ ଜୁଆ ନିଶା, ମଦ ନିଶା କ'ଣ ସେ ଛାଡ଼ି ପାରୁଛନ୍ତି । ଶତଚେ୍ଷ୍ଟା କରି ମଧ୍ୟ ସେଥିରୁ ମୁକୁଳି ପାରୁ ନାହାନ୍ତି । ଅକ୍ଟୋପସର ଅଷ୍ଟ ବାହୁ ସତେ ଯେପରି ତାଙ୍କୁ ଜାବୋଡ଼ି ଧରି ପୁରାପୁରି କବଳିତ କରି ପକାଇଥିଲା । ନ ଯିବା ପାଇଁ ଯେତେ ମନକୁ ଟାଣ କଲେ, ମନେ ମନେ ପଣ କଲେ ବି ସନ୍ଧ୍ୟା ହେଲା ମାତ୍ରେ ସେ ଟାଣି ହୋଇ ଯାଉଥିଲେ ସେଇ ଜାଗାକୁ । ତେଣୁ ସ୍ୱାଭାବିକ ଭାବେ କରଜ ଭାର ପୁଣି ବଢ଼ି ବଢ଼ି ଚାଲିଥିଲା । ଏବେ ତ କରଜ ଟଙ୍କାର ସୁଧ ଦେବା ପାଇଁ ଦରମା ଟଙ୍କା ବି ନିଅଣ୍ଟ ହେଉଥିଲା । ଅଫିସର ଟଙ୍କା ମଧ୍ୟ ମାସକୁ ମାସ ଦେଇ ନ ପାରିବାରୁ ବଡ଼ ବାବୁଙ୍କ ତାଗିଦ୍ ଆରମ୍ଭ ହୋଇଗଲାଣି । ଉପରିସ୍ଥ ଅଫିସରଙ୍କୁ ଜଣେଇବାକୁ ଧମକ ଦେଲେଣି । ଏଇ ସବୁ ପରିସ୍ଥିତିରେ ତାଙ୍କ ଦେହ ମୁହଁର ଉଜ୍ଜଳତା କମିଗଲା । ଦେହ ମୁଣ୍ଡ ରୁଗ୍ଣ ଦେଖାଗଲା । ପୋଷାକ ପତ୍ରର ମଧ୍ୟ ଯତ୍ନ ନଥିଲା । କରଜ ଦେଇଥିବା ଲୋକମାନଙ୍କର ଟଙ୍କା ଫେରସ୍ତ କରିବାର ଦାବୀ ତାଙ୍କୁ ଅସ୍ତବ୍ୟସ୍ତ କରି ପକାଉଥିଲା । ସୁପ୍ରଭା ତ ପୁରା ଭାଙ୍ଗି ପଡ଼ିଛି । ତା' ସ୍ୱାମୀ ଯେ ଦିନେ ମଦୁଆ, ଜୁଆଡ଼ି ହୋଇଯିବ, ଏ କଥା ସେ କ'ଣ କେବେ ଭାବିଥିବ । ତା' ଭାଇଙ୍କୁ ଡାକି ତାଙ୍କୁ ବୁଝାଇବାକୁ ସେ ଅନେକ ଥର ଚେଷ୍ଟା କରିଛି । ହେଲେ ତାଙ୍କର କିଛି କି ପରିବର୍ତ୍ତନ ହୋଇ ନଥିଲା ।

ଏ ସମସ୍ୟାର ସମାଧାନର ବାଟ କିଛି ଦେଖା ଯାଉ ନଥିଲା । କିଛି କୂଳ କିନାରା ମିଳୁ ନଥିଲା । ଶେଷରେ ଆତ୍ମହତ୍ୟା କରିବା କଥା ମନକୁ ଆସିଥିଲା । ମରିଗଲେ ହୁଏତ ଏଥିରୁ ମୁକ୍ତି ମିଳିଯିବ । କିନ୍ତୁ ସାଙ୍ଗେ ସାଙ୍ଗେ ବାବାଙ୍କ କଥା ମନେ ପଡ଼ିଗଲା । ବାବା ବି ଆତ୍ମହତ୍ୟା କରିବାକୁ ଚେଷ୍ଟା କରିଥିଲେ । କିନ୍ତୁ ଭାଗ୍ୟ ବଳରୁ ବଞ୍ଚିଯାଇଥିଲେ । ନ ହେଲେ କ'ଣ ହୋଇଥା'ନ୍ତା ସେମାନଙ୍କ ଅବସ୍ଥା । କେମିତି ସେ ପାଠ ପଢ଼ିଥାନ୍ତେ, ଅପାର ବାହାଘର କିପରି ହୋଇଥା'ନ୍ତା । ନା... ନା... ଏ ପଦକ୍ଷେପ ସେ କେବେବି ନେବେନି । ସେ ମରିଗଲେ କେମିତି ଚଳିବ

ତାଙ୍କ ସଂସାର କେମିତି ମଣିଷ ହେବେ ତାଙ୍କ ପିଲାମାନେ । ଏମିତି ସବୁ ଚିନ୍ତା ଭିତରେ ମନ ଭାରାକ୍ରାନ୍ତ ହୋଇପଡୁଥିବା ବେଳେ ଆସିଗଲା କରୋନା ମହାମାରୀ । ଚାରିଆଡ଼େ ଖେଳିଗଲା ଆତଙ୍କ । ଦୋକାନ ବଜାର ବନ୍ଦ । ଗାଡ଼ି ମଟର, ଅଫିସ, ସ୍କୁଲ ସବୁ ବନ୍ଦ । ସହରରେ କର୍ଫ୍ୟୁ ଲାଗୁ ହୋଇଗଲା । ଲୋକ କେହି ବାହାରକୁ ବାହାରି ପାରିଲେନି । ରୋଗର ଭୟ ସାଙ୍ଗକୁ ପୋଲିସର ଭୟ । ତାଙ୍କ ପାଇଁ କିନ୍ତୁ ଏଇଟା ଯେମିତି ଥିଲା ଆଶୀର୍ବାଦ । ମଦ ଦୋକାନ, ଜୁଆ ଆଡ଼ା ସବୁ ବନ୍ଦ ହୋଇଯିବା ଫଳରେ ତାଙ୍କର ମଦ ପିଇବା, ଜୁଆ ଖେଳିବା ସବୁ ବନ୍ଦ ହୋଇଗଲା । ଅଫିସ କର୍ମଚାରୀ ମାନେ ପାଳିକରି ଅଫିସ ଯାଉଥିଲେ । ବଡ଼ବାବୁଙ୍କ ଟଙ୍କା ମାଗିବା ବନ୍ଦ ହୋଇ ଯାଇଥିଲା । କେହି କାହା ଘରକୁ ଯାଇପାରୁନଥିଲେ । କରଜ ଦେଇଥିବା ଲୋକମାନଙ୍କର ମଧ୍ୟ ଦେଖା ନଥିଲା । ବିକ୍ରମ ସାଙ୍ଗରେ ପ୍ରାୟ ଦେଖା ହେଉ ନଥିଲା । କିନ୍ତୁ ଗୋଟାଏ ଭୟ ଅବଶ୍ୟ ଥିଲା । କରଜ ଦେଇଥିବା ଲୋକ ଏବେ ସିନା ଆସି ପାରୁ ନାହାନ୍ତି । କରୋନା ସରିଲା ପରେ ତ ନିଶ୍ଚୟ ଆସିବେ । ଆଉ ସେତେବେଳକୁ ସୁଧ କାହିଁ କେତେ ମାଡ଼ି ଯାଇଥିବ । ଚଢ଼ା ଦରରେ ସୁଧ ଶେଷରେ ତାଙ୍କୁ ଦେବାକୁ ପଡ଼ିବ । ନ ହେଲେ ସେମାନେ ଯୋଉପରି ଲୋକ କ'ଣ ନାହିଁ କ'ଣ କରି ବସିବେ । ତେବେ ସେତେବେଳ କଥା ଦେଖାଯିବ । ଏବେ ତ ଟିକେ ଶାନ୍ତିରେ ନିଶ୍ୱାସ ମାରି ପାରିବେ । କିନ୍ତୁ "ଦଇବ ଦଉଡ଼ି ମଣିଷ ଗାଈ, ଯେଣିକି ଓଟାରି ତେଣିକି ଯାଇ" । କେଜାଣି କେମିତି ତାଙ୍କୁ କରୋନା ହୋଇଗଲା । ଥଣ୍ଡା, ଜ୍ୱର ସାଙ୍ଗକୁ ନିଶ୍ୱାସ ପ୍ରଶ୍ୱାସ ନେବାରେ କଷ୍ଟ ହେଲା । ବାଧ୍ୟ ହୋଇ ତାଙ୍କୁ ଡାକ୍ତରଖାନା ଯିବାକୁ ପଡ଼ିଲା । କିନ୍ତୁ କେଉଁଠାରେ ହେଲେ I.C.U. ବା ଭେଣ୍ଟିଲେଟର ଥିବା ବେଡ୍ ମିଳି ନଥିଲା । ବାଧ୍ୟ ହୋଇ ଏଇ ଡାକ୍ତରଖାନାରେ ଭର୍ତ୍ତି ହୋଇଥିଲେ । ଡାକ୍ତର ମାନେ ଅକ୍ସିଜେନ ଦେଇ ତାଙ୍କର ଚିକିତ୍ସା କରୁଥିଲେ । ତା'ପରେ ହିଁ ଘଟିଗଲା ଏମିତି ଘଟଣା । ସେଇ ଚିକିତ୍ସା ଭିତରେ ହିଁ ତାଙ୍କର ପୃଥିବୀ ଯେମିତି ଓଲଟି ଗଲା । ଏମିତି ଅବସ୍ଥା ହେଲା ଯେ, ସେ ବଞ୍ଚିଥିଲେ ବି ଦୁନିଆ ଆଗରେ ମୃତ ହୋଇଗଲେ । କରୋନା ରୋଗୀ ବୋଲି ତ ସାଙ୍ଗ ସାଥୀ, ଆତ୍ମୀୟ କାହାକୁ ବି ପାଖକୁ ଆସିବାକୁ ଦିଆ ଯାଉ ନଥିଲା । ସେ ପୁରା ଏକାକୀ ହୋଇଗଲେ । ଏବେ ବି ସେ ଏକାକୀ ଚାଲିବେ ।

ଏମିତି ସବୁ ଭାବନା ଭିତରେ ପୁରା ରାତିଟା କଟିଗଲା । ଆଖି ପତା ଟିକେ ବି ପଡ଼ିଲାନି । ସକାଳ ହୋଇଗଲାଣି । ଏବେ ତ ପକ୍ଷୀ ମାନଙ୍କର କିଚ଼ିରି ମିଚ଼ିରି ଶବ୍ଦ ପୁରା ପରିସ୍କାର ଭାବରେ ଶୁଣା ଯାଉଛି । ଗାଡ଼ି ମଟରର ପେଁ ପାଁ ଶବ୍ଦ ତ ଆଉ ନାହିଁ ଯେ ପକ୍ଷୀ ମାନଙ୍କର କାକଳୀକୁ ବୁଡ଼ାଇ ଦେବ । ସୁମନ୍ତ ଉଠି ପଡ଼ିଲେ । ବାହାରକୁ ଯାଇ ସେଇ ପାଣି କୁଣ୍ଡରୁ ପାଣି ନେଇ ମୁହଁ ଧୋଇଲେ । ସେଇ ଛୋଟ ଝିଅଟି ଆସି ଖଣ୍ଡେ ଦାନ୍ତକାଠି ଦେଇଦେଲା ଏବଂ କହିଲା ସେଇ ପାଖ ପଡ଼ିଆରେ ଝାଡ଼ା ଝପଟ ଯିବାକୁ । ସେ ତାଙ୍କର ସବୁ କାମଦାମ ସାରି ପୁଣି ରୁମକୁ ଆସି ମଣିଷା ଉପରେ ବସିଲେ । ସେତିକି ବେଳେ ଜଣେ ଲୋକ ଆସି କହିଲେ "ଠିକ୍ ବାରଟା ବେଳେ ଗୋଟେ ସ୍ୱେଚ୍ଛାସେବୀ ସଂସ୍ଥାର ଲୋକମାନେ ଖାଇବାକୁ ନେଇ ଆସିବେ ଏ କୋଠାର ତଳକୁ । ତୁମେ ଯାଇ ଖାଇବା ଆଣିବ । ସେମାନେ ତ ଖଲିରେ ଖାଇବାକୁ ଦେବେ । ତୁମେ ଇଚ୍ଛାକଲେ ଆମର ଗୋଟେ ଥାଳୀରେ ଖାଇବା ନେଇ ଆସିବ ।" ସେ ଜାଣିପାରିଲେ ଯେ, ଏମାନେ ସକାଳେ ଜଳଖିଆ କି ଚା କିଛି ଖାଆନ୍ତି ନାହିଁ । ବର୍ତ୍ତମାନ ଯେଉଁ ଅବସ୍ଥା, କାମଧନ୍ଦା କିଛି ନାହିଁ, କୁଆଡୁ କ'ଣ ଆଣିବେ ଯେ ଜଳଖିଆ ଖାଇବେ । ସେ ଅପେକ୍ଷା କଲେ ବାରଟା ପର୍ଯ୍ୟନ୍ତ । ସେମାନେ ଖାଇବା ଆଣି ଆସିଥିଲେ । କେବଳ ଭାତ, ଡାଲମା । ସେ ଗୋଟେ ରସ ଥାଳୀ ନେଇ ଖାଇବା ନେଇ ଆସିଲେ । ଟିକେ ଅଧିକା ମାଗିକରି ଆଣିଥିଲେ । କିଏ ଜାଣେ ରାତିରେ ଖାଇବା ମିଳିବ କି ନାହିଁ । ଭାଗ୍ୟକୁ ସେଦିନ ସେମାନେ କିଛି ଲୁଗାପଟା ଆଣିଥିଲେ । ସେଥିରୁ ସେ ଗୋଟେ ପ୍ୟାଣ୍ଟ ଏବଂ ସାର୍ଟ ମଧ୍ୟ ନେଇ ଆସିଥିଲେ ।

ଦ୍ୱିପ୍ରହରରେ ଖାଇ ସାରିବା ପରେ ସେ ଭାବିଲେ, ସାଂପ୍ରତିକ ପରିସ୍ଥିତିରେ ତାଙ୍କର କ'ଣ କରିବା ଉଚ଼ିତ । ସେ ନିଜକୁ ମାରିଦେବେ ନା ବଞ୍ଚାଇ ରଖିବେ । ଏମିତି ସୁଯୋଗ ବା ଦୁର୍ଯୋଗ କେତେଜଣଙ୍କ ଭାଗ୍ୟରେ ଆସିଥାଏ । ନିଜେ ବଞ୍ଚି ଥାଉ ଥାଉ ନିଜକୁ ମାରି ଦେବାଟା ବହୁତ କ୍ୱଚ଼ିତ ହୋଇଥାଏ । ଦୁଇଟା ଯାକ ବିକଳ୍ପକୁ ସେ ମନ ଭିତରେ ତଉଲୁ ଥିଲେ । ଇଚ୍ଛାତ ହେଉଥିଲା ଘରକୁ ଫେରିଯିବେ । କହିବେ ଦେଖ ମୁଁ ବଞ୍ଚିଛି, ମରିନି । ତୁମେମାନେ ଯୋଉ ଶବ ପୋଡ଼ାହେବା ଦେଖିଥିଲ ସେଇଟା ଆଉ କାହାର ମୋର ନୁହେଁ । ତା' ହେଲେ କେତେ ଖୁସି ହୋଇଯା'ନ୍ତେ ସୁପ୍ରଭା ଆଉ ପିଲାମାନେ । କିନ୍ତୁ ସୁପ୍ରଭା କ'ଣ

ସତରେ ଖୁସି ହେବ ? ଖୁସି ହେଲେବି ତାହା କ୍ଷଣସ୍ଥାୟୀ । ସେ ତ ଆଉ ଆଗର ସୁମନ୍ତ ହୋଇ ରହି ନାହାନ୍ତି । ମଦୁଆ, ଜୁଆଡ଼ି ପାଲଟି ଯାଇଛନ୍ତି । ଅବଶ୍ୟ କରୋନା ଯୋଗୁଁ ସେ ଛାଡ଼ି ଦେଇଥିଲେ । ତଥାପି ସୁପ୍ରଭାର ମନ ଭିତରେ ସନ୍ଦେହ ତ ରହିଥିବ ଯେ ସୁଯୋଗ ପାଇଲେ ପୁଣି ସେହି ରାସ୍ତା ଧରିବି ବୋଲି । ସେଥିରେ ତ ତା' ଜୀବନ ଦୁର୍ବିସହ ହୋଇଯିବ । ପ୍ରତିଦିନ ମଦ ନିଶା, ଗଣ୍ଡଗୋଳ, ପୁଣି ଘରେ ଆର୍ଥିକ ଅନାଟନ, ଏମିତି ଅବସ୍ଥାରେ ଗୋଟେ ସ୍ତ୍ରୀ କେମିତି ଚଳାଇବ ତା' ଘର ସଂସାର । ଅବାଟରେ ପାଦ ପଡ଼ିବା ପରେ ସୁପ୍ରଭା ପାଖରେ ତାଙ୍କର ପ୍ରଧାନ୍ୟତା କମିଯାଇଛି । ଆଗଭଳି ସେ ଆଉ ତାଙ୍କ କଥା ଭଲରେ ବୁଝେନା । ତାଙ୍କର ଖାଇବା, ପିନ୍ଧିବା ଦିଗରେ ଏକବାର ନିସ୍ପୃହ । ପିଲାମାନଙ୍କ କଥା ବୁଝିବା, ସେମାନଙ୍କୁ ଭଲ ମଣିଷ କରିବା ତା' ପାଇଁ ହୋଇଯାଇଛି ପ୍ରାଥମିକତା । ପିଲାମାନେ କ'ଣ ଗୋଟେ ମଦୁଆ, ଜୁଆଡ଼ି ବାପର ଛାୟା ତଳେ ଭଲ ମଣିଷ ହୋଇ ପାରିବେ ! ଏ ସବୁ ତ ଘର କଥା । ବାହାର କଥା ନ କହିଲେ ଭଲ । ତା'ର ବଞ୍ଚିକି ଫେରିବା ଶୁଣି ତା'ର କରଜ ଦାଉା ମାନେ ଶବକୁ ଶାଗୁଣା ବେଢ଼ିଲା ପରି ବେଢ଼ିଯିବେ । ତାକୁ ରଖେଇ ଥୋଇ ଦେବେନି ପଇସା ପାଇଁ । ତାଙ୍କ ଟଙ୍କା ତାଙ୍କୁ ଫେରାଇବାକୁ ପଡ଼ିବ । ନହେଲେ ସେମାନେ ଗୁଣ୍ଡା ଲଗାଇ ତାଙ୍କର ଚଉଦ ପୁରୁଷ ଉଧାର କରିଦେବେ । ତା'ପରେ ଅଫିସ କଥା । ଅଫିସରେ ବଡ଼ବାବୁ ତ ଅନାଇ ବସିଥିବେ । ସେ ଗଲା ମାତ୍ରେ ତା' ପାଇଁ ସମୟ ଧାର୍ଯ୍ୟ କରିଦେବେ । ଅମୁକ ତାରିଖ ସୁଧା ଟଙ୍କା ଫେରାଇ ଦିଅ । ନ ହେଲେ ଉପରିସ୍ଥ ଅଫିସରଙ୍କୁ କହି ତୁମକୁ ଚାକିରୀରୁ ସସପେଣ୍ଡ କରାଇ ଦେବି । ଘରେ, ବାହାରେ, ଅଫିସରେ ସବୁଆଡ଼େ ସେ ବେଇଜ୍ଜତ ହେବେ ।

ଆଉ ଯଦି ସେ ମରିଯିବେ ! ତେବେ ସୁପ୍ରଭା, ପିଲାମାନେ କିଛିଦିନ ମନଦୁଃଖ କରିବେ । ତା'ପରେ ସେମାନେ ନିଜ ନିଜ କାମରେ ବ୍ୟସ୍ତ ରହିବେ । ଦୁନିଆ କାହାପାଇଁ ଅଟକି ଯାଏ ନାହିଁ । ସେମାନଙ୍କୁ ତ ପୁଣି ବଞ୍ଚିବାକୁ ପଡ଼ିବ । ହୋଇପାରେ ସେ ମଲାପରେ ସୁପ୍ରଭାକୁ ଅନୁକମ୍ପା ମୂଳକ ଚାକିରୀ ମିଳିଯାଇ ପାରେ । ତାଙ୍କ ନାଁରେ କରିଥିବା ଦଶଲକ୍ଷ ଟଙ୍କାର ବୀମା ରାଶି (Insurance money) ତ ନିଶ୍ଚୟ ସୁପ୍ରଭାକୁ ମିଳିଯିବ । ତେବେ ତା'ର ଆଉ ଅସୁବିଧା କ'ଣ । ଚାକିରୀ କରି, କିଛି ପଇସା ରଖି ସେ ଆରାମରେ ରହିପାରିବ । ତା' ସାଙ୍ଗରେ

ପିଲାମାନଙ୍କୁ ମଧ୍ୟ ଭଲ ସ୍କୁଲ କଲେଜରେ ଶିକ୍ଷା ଦେଇ ପାରିବ । ତା'ର ପରିବାର ଯାହାକୁ ସେ ବହୁତ ଭଲପାଏ, ଭଲରେ ରହିବେ । ସତରେ ସେ ସୁପ୍ରଭାକୁ ପିଲା ମାନଙ୍କୁ ଏତେ ଭଲପା'ନ୍ତି ବୋଲି ଏବେ ହିଁ ଅନୁଭବ କରି ପାରୁଛନ୍ତି ସେମାନଙ୍କ ପାଇଁ ଯେ କୌଣସି ତ୍ୟାଗ କରିବାକୁ ସେ ପ୍ରସ୍ତୁତ । ଠିକ୍ ନିଜର ବାବାଙ୍କ ପରି । ସେ ତ କେବଳ ତାଙ୍କର ଗୋଟେ କିଡ଼ନୀ ଦାନ କରିଥିଲେ କେବଳ ପରିବାର ପାଇଁ । ଏବେ ସେ ମରିଯିବେ ସେହି ପରିବାର ପାଇଁ । ତା'ପରେ କରଜ ଦେଇଥିବା ଲୋକମାନେ ଚୁପ୍‌ଚାପ୍ ରହିଯିବେ । ସେମାନଙ୍କ ପାଖରେ ତ କୌଣସି ଲେଖାପଢ଼ା କି ପ୍ରମାଣ ନାହିଁ ଯେ ସେ ତାଙ୍କ ଠାରୁ ଟଙ୍କା ଆଣିଥିଲେ ପୁଣି ଜୁଆ ଆଡ୍ଡାରେ । ସେମାନେ ମଧ୍ୟ ସୁପ୍ରଭାକୁ ମାଗି ପାରିବେ ନାହିଁ । ତା'ପରେ ରହିଲା ଅଫିସ କଥା । ବଡ଼ବାବୁ ତାଙ୍କ ଦାୟିତ୍ୱରେ ଟଙ୍କା ଦେଇଥିଲେ । ସେ ଟିକେ ଅସୁବିଧାରେ ପଡ଼ିବେ । କିନ୍ତୁ ସେ ତାକୁ ଯେମିତି ହେଲେ ଆଡ଼ଜଷ୍ଟ (adjust) କରିଦେବେ । ଦୁଇ ତିନି ଜଣ ଠିକାଦାରଙ୍କୁ ଧରିଲେ କାମ ହୋଇଯିବ । ଶେଷରେ ସେ ନିଷ୍ପତ୍ତି ନେଲେ ଯେ, ସେ ମରିଗଲେ ହିଁ ତାଙ୍କ ପରିବାରର ମଙ୍ଗଳ ହେବ । ତେଣୁ ସେ ମରିଯିବେ । କିନ୍ତୁ ଏ ସହରରେ ରହିବେ ନାହିଁ । କାଳେ କିଏ କେତେବେଳେ ଚିହ୍ନି ପକାଇବ । ଏ ସହର ଛାଡ଼ି ବହୁତ ଦୂରକୁ ପଳାଇବେ । କିନ୍ତୁ କେବେ ? ଯେତେ ଚଞ୍ଚଳ ପାରିବେ ପଳାଇବେ ।

ତାଙ୍କର ଏ ନିଷ୍ପତ୍ତି ଠିକ୍ କି ଭୁଲ ତା'ର ପରିଣାମ କ'ଣ ହେବ ତା' ତ ଭବିଷ୍ୟତ ହିଁ କହିବ । ତାଙ୍କର କାହିଁକି ଇଚ୍ଛା ହେଲା ଯିବା ଆଗରୁ ଥରେ ସୁପ୍ରଭା ଏବଂ ପିଲା ମାନଙ୍କୁ ଦେଖିବାକୁ । ଭବିଷ୍ୟତରେ ଆଉ ଥରେ ସେମାନଙ୍କୁ ଦେଖି ପାରିବେ କି ନାହିଁ କିଏ ଜାଣେ । ହଠାତ୍ କାହିଁକି ତାଙ୍କ ମନରେ କୋହ ଆସିଗଲା । ଆଖିକୁ ଲୁହ ଆସିଗଲା । ଏତେ ଦିନର ନିବିଡ଼ ସମ୍ପର୍କର ଶୃଙ୍ଖଳ ଛିଣ୍ଡି ଗଲେ ଆଘାତ ଲାଗିବ ହିଁ ଲାଗିବ, ତରଙ୍ଗ ସୃଷ୍ଟି କରିବ ହିଁ କରିବ । ସେଇଠି ବସି ମନ ଭରି ସେ କାନ୍ଦିଲେ । କେତେ ଭଲରେ ତାଙ୍କର ସଂସାର ଚାଲୁଥିଲା । ସେ ଚଣ୍ଡାଳ ନିଜ ହାତରେ ସବୁ ବରବାଦ କରିଦେଲେ । ତା'ର ପରିଣାମ କେବଳ ସେ ନୁହନ୍ତି, ତାଙ୍କ ପରିବାର ମଧ୍ୟ ଭୋଗୁଛନ୍ତି । ଛୋଟ ଛୋଟ ପିଲା ଦୁଇଜଣଙ୍କ ମୁଣ୍ଡ ଉପରୁ ବାପାର ଛାୟା ହଟିଯାଇଛି । ଛାଡ଼, ଆଉ ତ କିଛି କରିବାର ନାହିଁ । ଭାବିଲେ, ଆଉ ଦିନେ ଦୁଇଦିନ ପରେ ଘର ପାଖକୁ ଯାଇ ଟିକେ ଚେଷ୍ଟା

କରିବେ । କାଳେ କାହାର ଚେହେରା ଆଖିରେ ପଡ଼ିଯିବ । କିନ୍ତୁ ଡର ଲାଗୁଥିଲା । କାଳେ କାହା ହାବୁଡରେ ପଡ଼ିଯିବେ । କିଏ ଚିହ୍ନି ପକାଇବ । କିନ୍ତୁ ମଣିଷ ମନ ଏମିତି ଯେ, ହଠାତ ଦୂର ଜାଗାରେ ଆମେ ଯାହାକୁ ଦେଖିବାକୁ ଆଶା କରି ନଥିବା, ସେ ଲୋକ ଜଣକ ଆସି ଆମ ଆଗରେ ଠିଆ ହୋଇଗଲେ ମଧ୍ୟ ଆମେ ତାକୁ ସହଜରେ ଚିହ୍ନି ପାରିବା ନାହିଁ । ଆମର ମସ୍ତିଷ୍କ ତାକୁ ହଠାତ୍ ଗ୍ରହଣ କରିବନି । ଏବେ ତ ତାଙ୍କର ଦାଢ଼ି, ନିଶ ବହୁତ ବଢ଼ିଯାଇଛି । ତା'ପରେ ମୁହଁରେ ମାସ୍କ ଅଛି । ତାଙ୍କୁ ଦେଖିବାର କଳ୍ପନା ମଧ୍ୟ କେହି କରି ନ ଥିବେ । ତେଣୁ ତାଙ୍କୁ ଚିହ୍ନିବାର ପ୍ରଶ୍ନ ଉଠୁନାହିଁ । ନିଜକୁ ମାନସିକ ଭାବେ ପ୍ରସ୍ତୁତ କରି ଦୁଇଦିନ ପରେ ସେ ତାଙ୍କ ଘର ଆଡ଼େ ଚାଲିଲେ । ରାସ୍ତାରେ ଲୋକବାକ କେହି ନାହାନ୍ତି । କାହା ସାଙ୍ଗରେ ବି ଦେଖା ହେଲାନାହିଁ । ଏମିତି ଚେଷ୍ଟା କରି ଶେଷରେ ତାଙ୍କର ଦଶାହ ଦିନ ହିଁ ସମସ୍ତଙ୍କର ଚେହେରା ସେ ଦେଖି ପାରିଲେ । ପିଲାମାନେ, ସୁପ୍ରଭା ଏବଂ ତା'ର ଭାଇ ସବୁ ଘର ବାହାରେ କ'ଣ ଗୋଟେ କାମରେ ବ୍ୟସ୍ତ ଥିଲେ । ବୋଧହୁଏ ଦଶକାମ ଜନିତ କିଛି କାର୍ଯ୍ୟରେ । ପ୍ରାୟ ପନ୍ଦର ଫୁଟ ଦୂରରୁ ସେମାନଙ୍କୁ ଦେଖି ଦେଖି ସେ ଘର ଆଗରେ ଅତିକ୍ରମ କରିଗଲେ । ସ୍ତ୍ରୀର ଯେଉଁ ରୂପ ପୁରୁଷ କେବେ ଦେଖିବାକୁ କଳ୍ପନା କରି ପାରେ ନାହିଁ ଅର୍ଥାତ ବିଧବା ରୂପକୁ ମଧ୍ୟ ସେ ଦେଖି ପାରିଲେ । ଧଳା ଶାଢ଼ୀରେ ସୁପ୍ରଭା ଥିଲା । ଯାହା ହେଉ ତା'ର ଭାଇ ଆସିଯାଇଛନ୍ତି । ତା' ଭାଇ ତ କ'ଣ ଗୋଟେ ଭଲ ଚାକିରୀ କରୁଛି । ଯାହାହେଉ ତାଙ୍କର ସ୍ତ୍ରୀ, ପିଲାମାନେ ନିରାପଦ ହାତରେ ସୁରକ୍ଷିତ ରହିବେ । ତାଙ୍କର ମନ ଟିକିଏ ହାଲ୍କା ହୋଇଗଲା । ତା' ପରଦିନ ସେ ଚାଲିଲେ ତାଙ୍କର ଅନିଶ୍ଚିତ ଗନ୍ତବ୍ୟ ପଥରେ ।

॥ ୭ ॥

ମଣିଷର ମନ ଭିତରେ ପ୍ରତି ମୁହୂର୍ତ୍ତରେ ଅସଂଖ୍ୟ ଭାବନା ସୃଷ୍ଟି ହୋଇଥାଏ । ଏହି ଭାବନା ବା ଚିନ୍ତାଧାରା ଗୁଡ଼ିକର ସୁଦୂର ପ୍ରସାରୀ ପ୍ରଭାବ ସ୍ୱାସ୍ଥ୍ୟ ଉପରେ ପଡ଼ିଥାଏ । ଏଇ ଚିନ୍ତାଧାରା ହିଁ ଶରୀରର ରକ୍ତଚାପ ବଢ଼ାଇଦିଏ ବା କମାଇ ଦିଏ । ରକ୍ତ ଶର୍କରାର ପରିମାଣ ବୃଦ୍ଧି ହୋଇଯାଇ ପାରେ । ଦେହର ରୋଗ ପ୍ରତିରୋଧକ ଶକ୍ତିକୁ ବହୁ ପରିମାଣରେ ପ୍ରଭାବିତ କରିଥାଏ । ସ୍ୱାସ୍ଥ୍ୟଗତ ସମସ୍ୟା ପ୍ରଭାବିତ ହେବା ସାଙ୍ଗେ ସାଙ୍ଗେ ଜୀବନ କାଳ ମଧ୍ୟ ନିର୍ଦ୍ଧାରିତ ହୋଇଥାଏ । ମଣିଷର ମନ ଏବଂ ଶରୀରର ସଂପର୍କ ବଡ଼ ନିବିଡ଼ । ତା'ର ଗୋଟେ ବଡ଼ ଉଦାହରଣ ହେଉଛି ପ୍ଲାସେବୋ ଏଫେକ୍ଟ (Placebo effect)। ପ୍ଲାସେବୋ ହେଉଛି ଗୋଟେ ନିରୀହ ପଦାର୍ଥ, ଯେପରି କି ଗୋଟେ ଚିନିର ଗୁଳା । ପରୀକ୍ଷା କରିବା ପାଇଁ ତାକୁ ରୋଗୀ ମାନଙ୍କୁ ସେମାନଙ୍କର ରୋଗର ଔଷଧ ହିସାବରେ ଦିଆଯାଏ । ସେମାନଙ୍କୁ କୁହାଯାଏ ଯେ ତାଙ୍କ ରୋଗ ପାଇଁ ଏକ ଅବୈର୍ଥ ଔଷଧ ଦିଆ ଯାଇଛି । ରୋଗୀମାନେ ତାଙ୍କର ମାନସିକ ସ୍ତରରେ ସ୍ଥିର କରି ନିଅନ୍ତି ଯେ, ସେମାନେ ଏହି ଔଷଧରେ ନିଶ୍ଚୟ ଭଲ ହୋଇଯିବେ । ତାଙ୍କର ଏହି ଚିନ୍ତାଧାରା ବା ଦୃଢ଼ ବିଶ୍ୱାସ ସେମାନଙ୍କୁ ରୋଗରୁ ଭଲ କରିଦିଏ । ପ୍ରକୃତରେ କୌଣସି ଔଷଧ ନ ଖାଇ ମଧ୍ୟ । ଏଇ ସାଧୁ ମାନେ, ବାବା ମାନେ ଯେଉଁ ଔଷଧ ତାଙ୍କ ଭକ୍ତ ମାନଙ୍କୁ ଦିଅନ୍ତି ଏବଂ ତାଙ୍କୁ ଖାଇ ବହୁତ ରୋଗୀ ଭଲ ହୋଇଯା'ନ୍ତି ବୋଲି ଶୁଣା ଯାଏ ତାହା ଏହି ପ୍ଲାସେବୋ ଏଫେକ୍ଟର ପରିଣାମ ହୋଇପାରେ ।

ସୁମନ୍ତଙ୍କ ମନରେ ଏହି ସବୁ ଭାବନା ଖେଳି ଯାଉଥିଲା । କାରଣ ଯେଉଁ କରୋନା ପାଇଁ ସେ ଡାକ୍ତରଖାନାରେ ଭର୍ତ୍ତି ହୋଇଥିଲେ, ଏବେ ତା'ର କିଛି

ଲକ୍ଷଣ ଦେଖାଯାଉନାହିଁ । ପ୍ରଥମେ ତ ତାଙ୍କୁ ଅକ୍ସିଜେନ ଦିଆ ହେଉଥିଲା । ତା'ପରେ ଟିକିଏ ଭଲ ଲାଗିଲା ପରେ ନିୟମିତ ଔଷଧ ଦିଆ ହେଉଥିଲା । ପ୍ରତିଦିନ ଡାକ୍ତର, ନର୍ସ ଆସି ପରୀକ୍ଷା କରୁଥିଲେ । କିନ୍ତୁ ଏବେ ତ ପ୍ରାୟ ଦଶଦିନ ହେବ କୌଣସି ପ୍ରକାର ଔଷଧ ଖାଇନାହାନ୍ତି । ଏ ସବୁ ବିକଟ ପରିସ୍ଥିତି ନେଇ ସେ ତ କରୋନା କଥା ଥରେ ହେଲେ ବି ଚିନ୍ତା କରିନାହାନ୍ତି । ଏ ତ ସେଇ ମଣିଷର ମନ ଓ ଶରୀରର ସଂପର୍କ । ମନ ଭିତରେ ବିଭିନ୍ନ ଚିନ୍ତା ଭିତରେ ରୋଗର ଚିନ୍ତା ଆଦୌ ନ ଥିଲା । ଏଇଟା ତାରି ପ୍ରଭାବ ହୋଇପାରେ । କିମ୍ବା ଡାକ୍ତର ଯେଉଁ ଔଷଧ ସବୁ ଦେଇଥିଲେ ଖାଇବାକୁ, ତା'ର ଫଳାଫଳ ହୋଇପାରେ । ସେ ଯାହାହେଉ ଏବେ ସେ କରୋନା ମୁକ୍ତ । ଖାଲି କରୋନା ନୁହେଁ ସେ ଏବେ ସବୁଥିରୁ ମୁକ୍ତ । ମଦରୁ, ଜୁଆରୁ ଏପରିକି ପରିବାରରୁ ମଧ୍ୟ ।

ହେ ଭଗବାନ ! ମୋ ପିଲାମାନଙ୍କୁ ରକ୍ଷାକର । ତାଙ୍କ ଅନ୍ତର ଭିତରୁ ଏଇ ପ୍ରାର୍ଥନାଟି ବାହାରି ଆସିଲା ।

ଏବେ ସେ ଯିବା ପାଇଁ ପ୍ରସ୍ତୁତ ହେବେ । ଗନ୍ତବ୍ୟସ୍ଥଳ ତ ଅନିଶ୍ଚିତ । କିନ୍ତୁ ଏଇଟା ନିଶ୍ଚିତ ଯେ, ସେ ଏ ସହରରୁ ଦୂରକୁ ଚାଲିଯିବେ । ଏବେ ତ ଚାରିଘଣ୍ଟା ପାଇଁ ଦୋକାନ, ବଜାର ଖୋଲୁଥିଲା । ସେ କିଛି ଚୁଡ଼ା, ଚିନି, ମୁଢ଼ି ଆଦି କିଣି ଗୋଟେ ବ୍ୟାଗରେ ସଜାଡ଼ି ରଖିଲେ ।

ସକାଳୁ ସକାଳୁ ବାହାରି ପଡ଼ିଲେ କଟକ ଅଭିମୁଖେ । ମାଧ୍ୟମ ତ କିଛି ନଥିଲା । ଚାଲି ଚାଲି ହିଁ ଯିବାକୁ ପଡ଼ିବ । ଏମିତି ତ ଚାଲି ଚାଲି କିଛି ଓଡ଼ିଆ ଶ୍ରମିକ ସୁରାଟରୁ ଆସିଥିଲେ । ଦେଖାଯାଉ କେତେବାଟ ଚାଲି ପାରୁଛନ୍ତି । ହାତରେ ଗୋଟାଏ ମାତ୍ର କନା ବ୍ୟାଗ । ସେ ବି ବେଶୀ ଓଜନ ନୁହେଁ । ତଥାପି ପ୍ରାୟ ଆଠ ଦଶ କିଲୋମିଟର ଚାଲିଲା ପରେ ହାଲିଆ ଲାଗିଲା । ଏଇଟା ତ ସ୍ୱାଭାବିକ କଥା । ଚଲାଚ଼ଲିର ତ ଅଭ୍ୟାସ ନାହିଁ । ଅଫିସ ବଜାର ଜୁଆଡ଼େ ଗଲେ ମଟର ସାଇକେଲ । ସେ ଗୋଟେ ବଡ଼ ଗଛ ଦେଖି ତା' ଛାଇରେ ଗଣ୍ଡିକୁ ଆଉଜି ବସି ପଡ଼ିଲେ । ସାଙ୍ଗରେ ଆଣିଥିବା ପାଣି ବୋତଲରୁ ପାଣି ଟିକେ ପି' ଭାବିଲେ ଟିକିଏ ବିଶ୍ରାମ ନେଇ ପୁଣି ଆଗେଇବେ । ତରତର ହେବାର ତ ନାହିଁ । ଆସ୍ତେ ଆସ୍ତେ ଯାଇ ଫୁଲ ନଖରା କି ପାହାଳ ବଜାରରେ ପହଞ୍ଚି ଗଲେ ସେଠି କୋଉଠି ରାତିଟା ବିତେଇ ଦେଇ ପୁଣି ସକାଳୁ ଯାତ୍ରା ଆରମ୍ଭ କରିବେ । କଟକରେ ପହଞ୍ଚିଲା ପରେ

ଆଗ କଥା ଭାବିବେ । ସେ ଆଖି ବନ୍ଦ କରି ସେମିତି ବସି ରହିଲେ । କେତେବେଳେ ନିଦ ହୋଇଯାଇଛି । କେତେ ସମୟ ଶୋଇ ପଡ଼ିଲେ କେଜାଣି । କାହାର ଡାକରେ ହିଁ ତାଙ୍କ ନିଦ ଭାଙ୍ଗିଗଲା ।

ପ୍ରଥମେ ସେ କିଛି ବୁଝିପାରିଲେନି । କେଉଁଠି ଅଛନ୍ତି । କେତେ ସମୟ ହେଲାଣି । ହଠାତ୍ ନିଦରୁ ଉଠିଗଲେ ସମୟେ ସମୟେ ଏଇମିତି ହୋଇଥାଏ ।

ସେ ଆଖି ଖୋଲି ଚାହିଁଲେ - ଗୋଟାଏ ହୃଷ୍ଟପୁଷ୍ଟ ଲୋକ ତାଙ୍କ ଆଗରେ ଠିଆ ହୋଇଛି ।

"ହୋ ବାବୁ ! କୁଆଡ଼େ ଯିବ ।" ଲୋକଟା ପଚାରୁଥିଲା ।

ଲୋକଟା କଥାର ଜବାବ ନ ଦେଇ ସେ ଏଣେ ତେଣେ ଚାହିଁଲେ । କିଛି ଦୂରରେ ଟ୍ରକ୍‌ଟେ ଥୁଆ ହୋଇଥିବାର ଦେଖିଲେ । ଏଇଟା ତ ଆଗରୁ ନ ଥିଲା । ତାଙ୍କରି ଶୋଇବା ଭିତରେ ବୋଧେ ଆସିଛି । ଏ ଲୋକଟା ନିଶ୍ଚୟ ସେଇ ଟ୍ରକର ଡ୍ରାଇଭର କି ହେଲ୍‌ପର ହୋଇଥିବ । କାହିଁକି ନା ଆଉ ତ କୋଉ ଲୋକବାକ ଦେଖା ଯାଉ ନାହାନ୍ତି ।

ସୁମନ୍ତ ଟିକେ ଦାର୍ଶନିକ ପରି କହିଲେ - କୁଆଡ଼େ ଆଉ ଯିବି । ଯୁଆଡ଼କୁ ଭଗବାନ ବାଟ କଢ଼େଇବେ ସେଇଆଡ଼େ ଯିବି । ମୋ ଯାତ୍ରା ଅନିର୍ଦ୍ଦିଷ୍ଟ ।

ସେ ଲୋକ ସତରେ ଟ୍ରକ୍ ଡ୍ରାଇଭର ବଳରାମ ଥିଲା ।

ବଳରାମ କହିଲା - ଭାଇ ତମର ଯଦି ନିର୍ଦ୍ଦିଷ୍ଟ ଭାବରେ କୁଆଡ଼େ ଯିବାର ନାହିଁ, ଆସୁନ ମୋ ସାଙ୍ଗରେ କଲିକତା ଯିବ । ଖାଇବା ପିଇବା ବାଦେ ଟଙ୍କା ବି କିଛି ଦେବି ।

ସୁମନ୍ତ ଟିକେ ଶଙ୍କି ଗଲେ - ଏ ଲୋକଟାର କିଛି ମନ୍ଦ ଉଦ୍ଦେଶ୍ୟ ନାହିଁ ତ । ଖାଇବା ପିଇବା ସାଙ୍ଗକୁ ଟଙ୍କା । ନିଶ୍ଚୟ କିଛି ସ୍ୱାର୍ଥ ଅଛି । ଆଜିକାଲି ତ ଲୋକମାନଙ୍କର ମଧ୍ୟ ଚୋରା ଚଲାଣ ହେଲାଣି । ତେବେ ମନର କଥା ମନରେ ରଖି ସେ ପଚାରିଲେ - କେତେ ଟଙ୍କା ଦେବ । ଆଉ ମୋ ଠାରୁ କି କାମ ଚାହୁଁଛ ।

ବଳରାମ କହିଲା - ତିନି ହଜାର ଟଙ୍କା ଦେବି । ସେମିତି କିଛି ବଡ଼ କାମ କରିବାକୁ ପଡ଼ିବନି । ଅସଲ କଥା ହେଲା - କଲିକତାର ଗୋଟେ କମ୍ପାନୀରୁ ଆଳୁ ଆଣି ସେମାନେ ଭୁବନେଶ୍ୱର ଆସିଥିଲେ । ଆଇଗିଣିଆର ଆଳୁ ଗୋଦାମରେ ଆଳୁ ଖଲାସ କରି ସେମାନେ କଲିକତା ଫେରିଯିବା କଥା । କିନ୍ତୁ ଆଳୁ ସବୁ ରଖି ସାରିବା

ପରେ ହଠାତ୍ ହେଲ୍‌ପର ଚନ୍ଦ୍ରକାନ୍ତ ଓରଫ ଚନ୍ଦୁରୁ ଅସୁସ୍ଥ ହୋଇ ପଡ଼ିଲା । ଜର ସାଙ୍ଗକୁ ଖାସ । ଲୋକମାନେ କହିଲେ ତାକୁ କରୋନା ହୋଇଗଲା । ଡାକ୍ତରଖାନାରେ ଭର୍ତ୍ତିକର । କିନ୍ତୁ ଚନ୍ଦୁରୁର ଏକା ଜିଦ୍ । ସେ ଏଠାରେ ଡାକ୍ତରଖାନାକୁ ଯିବନି । ନିଜ ଜାଗା ଅର୍ଥାତ୍ କଲିକତାରେ ହିଁ ଚିକିତ୍ସା କରାଇବ । ସେଇଥିପାଇଁ ସେ ତାକୁ ନେଇ କଲିକତା ଫେରୁଛନ୍ତି । ହେଲେ ଚନ୍ଦୁରୁ ଠିକ୍‌ରେ ସିଟ୍ ଉପରେ ବସି ପାରୁନି । ଗୋଟାଏ କଡ଼କୁ ଗଡ଼ି ପଡୁଛି । ଏମିତିରେ ତ ଗାଡ଼ି ଚଲେଇ ହେବନି । ପୁଣି ଚଞ୍ଚଳ ପହଞ୍ଚିବାକୁ ପଡ଼ିବ କଲିକତାରେ । ନ ହେଲେ ଚିକିତ୍ସା ପାଇଁ ଡେରି ହୋଇଯିବ । ସେଇଥିପାଇଁ ଗୋଟେ ଲୋକର ସାହାଯ୍ୟ ଦରକାର । ଯେ କି ତା'କୁ ଠିକ୍‌ରେ ଧରି ବସି ପାରିବ । ତମେ ଯଦି ଟିକେ ସାହାଯ୍ୟ କରନ୍ତ... କଲିକତାରେ ପହଞ୍ଚିଲା ପରେ କମ୍ପାନୀକୁ କହି କିଛି ଗୋଟେ ଚାକିରୀ ବି କରେଇ ଦିଅନ୍ତି । କରୋନା ଶେଷ ହେବାଯାଏଁ ରହିବା ଖାଇବାର ବନ୍ଦୋବସ୍ତ ମଧ୍ୟ କରିଦେବି । ତା'ପରେ ଯାନବାହାନ ଚଳାଚଳ ହେଲା ପରେ ଯଦି ଚାହିଁବ ଫେରି ଆସି ପାରିବ ।

ସୁମନ୍ତ ଭାବିଲେ - କରୋନା ରୋଗୀ ବୋଲି ବୋଧେ କେହି ତା'କୁ ସାହାଯ୍ୟ କରିବାକୁ ଚାହିଁ ନାହାନ୍ତି । ହଠାତ୍ ତାଙ୍କୁ ଦେଖି ତା' ମନରେ ଆଶା ସଞ୍ଚାର ହୋଇଛି । ଜନମାନବ ଶୂନ୍ୟ ରାସ୍ତାରେ ଏକାକୀ ଗୋଟେ ଲୋକ ଗଛମୂଳେ ବସି ରହିବା ନିଶ୍ଚୟ ଏକ ବ୍ୟତିକ୍ରମ । ସେଇଥିପାଇଁ ଟଙ୍କାର ପ୍ରଲୋଭନ ଦେଖାଇ ତାଙ୍କର ସାହାଯ୍ୟ ଚାହୁଁଛି । ପ୍ରସ୍ତାବଟା ଅବଶ୍ୟ ମନ୍ଦ ନୁହେଁ । ଏମିତିରେ ତ ସେ ଚାହୁଁଥିଲେ ଏ ସହର ଛାଡ଼ି ଦୂରକୁ ଚାଲିଯିବାକୁ । ଚାଲି ଚାଲି କେତେବାଟ, କୋଉଠିକୁ ଯାଇଥା'ନ୍ତେ । ୟେ'ତ ଗୋଟେ ଭଲ ସୁଯୋଗ । ଆଉ ରହିଲା କରୋନା କଥା । ସେ ଶୁଣିଥିଲେ ଜଣକୁ ଥରେ କରୋନା ହୋଇଗଲେ ତା' ଦେହର ରୋଗ ପ୍ରତିରୋଧକ ଶକ୍ତି ବହୁ ପରିମାଣରେ ବଢ଼ିଯାଏ । ତେଣୁ ତା'କୁ ପୁନର୍ବାର କରୋନା ସହଜରେ ହୁଏ ନାହିଁ । ବଳରାମ ତ କହୁଛି ମୁହଁକୁ ମାସ୍କ, ହାତକୁ ଗ୍ଲୋବ୍‌ସ ସବୁ ଦେବ । ତା' ହେଲେ ଅସୁବିଧା କ'ଣ । ଜଣଙ୍କର କାମ ହୋଇଯିବା ସାଙ୍ଗେ ସାଙ୍ଗେ ନିଜର ମଧ୍ୟ ସୁବିଧା ହୋଇଯିବ । ହୁଏତ ଏଇଟା ତାଙ୍କ ପାଇଁ ଭଗବାନଙ୍କ ଇଶାରା । ସେ ରାଜି ହୋଇଗଲେ ।

ବଳରାମ ଖୁସି ହୋଇଗଲା । କରୋନା ରୋଗୀକୁ ଧରି ବସିବା ପାଇଁ,

କେହି ରାଜି ହେବା ଏତେ ସହଜ ନୁହେଁ । ଯାହାହେଉ ତା'କୁ ଜଣେ ମିଳିଗଲା । ତା' ସମସ୍ୟାର ସମାଧାନ ହୋଇଗଲା । ସେ କହିଲା - ଠିକ୍ ଅଛି । ଆମେ ଏବେ ଯିବା । କିନ୍ତୁ ତା' ଆଗରୁ କିଛି ଖାଇନେବା । ମୋ ପାଖରେ ଷ୍ଟୋଭ, ଚାଉଳ, ଡାଲି ସବୁ ଅଛି । ଏଇଠି ରୋଷେଇ କରି ଖାଇଦେବା । ତା'ପରେ ବାହାରିବା । ବଳରାମ ସେଠି ଖେଚେଡ଼ି ତିଆରି କଲା । ଚାଉଳ, ଡାଲି, ପନି ପରିବା ସବୁ ମିଶାଇ ।

ସୁମନ୍ତ ଭାବିଲେ - ତାଙ୍କୁ ତ ଭୋକ ହେଉଥିଲା । ଯାହାହେଉ ଖାଇବା ଗଣ୍ଡାକ ମିଳିଗଲା । ପୁଣି ସେ ଆଣିଥିବା ଚୁଡ଼ା ଚିନି ସବୁ ବଞ୍ଚିଗଲା । ଏବେ ତ ଏମିତିକା ଖାଇବା ମିଳିବ । ସତରେ ଭଗବାନ କାହାକୁ କେତେବେଳେ କେଉଁଠି ଦାନା ଖଞ୍ଜୋଇଛନ୍ତି ସେ ହିଁ ଜାଣିଛନ୍ତି । ଏବେ ସେମାନେ କଲିକତା ଅଭିମୁଖେ ଯାତ୍ରା କରିବେ ।

ସୁମନ୍ତ ଟ୍ରକର କ୍ୟାବିନ ଭିତରକୁ ପଶିଲେ । ବଳରାମ କହିବା ଅନୁସାରେ ମାସ୍କ ଏବଂ ଗ୍ଲୋବ୍‌ସ ପିନ୍ଧିଲେ । ପୁରା ଦେହରେ ଗୋଟେ ଚାଦର ଘୋଡ଼ାଇ ହେଲେ । ଡାକ୍ତରଖାନାରେ ଡାକ୍ତର, ନର୍ସ ପିନ୍ଧିଥିବା ପିପିଇ କିଟ (PPE kit) ପରି ତାହା କାମ ଦେଲା । ସେ ଚନ୍ଦୁରୁ ଉପରେ ହାତ ପକାଇ ତା' ପାଖରେ ବସିଲେ, ଯେମିତି ଟ୍ରକ୍ ବ୍ରେକ ଦେଲେ କି ବାଙ୍କରେ ମୋଡ଼ିଲା ବେଳେ ସେ ସିଟ୍ ଉପରୁ ତଳକୁ ଖସି ପଡ଼ିବନି । ଏବେ ବି ତା' ଦେହରେ ଜ୍ୱର ଥିଲା । ମଝିରେ ମଝିରେ ଖାସ ବି ହେଉଥିଲା । ଟ୍ରକ୍ କ୍ୟାବିନର କାଚ଼ ଝର୍କା ଖୋଲାଥିବାରୁ ଟ୍ରକ୍‌ର ଗତି ଅନୁସାରେ ବାହାର ପବନ ଯାତାୟତ କରୁଥିଲା । ତା' ଦ୍ୱାରା ଜୀବାଣୁ ଆଉ ଜମିକି ରହିବେନି । ଟ୍ରକ୍ ଜୋରରେ ଚାଲୁଥିଲା । ବଳରାମ କହୁଥିଲା ରାତି ଦଶଟା ସୁଧା ସେମାନେ ପହଞ୍ଚିଯିବେ ।

କିଛିବାଟ ଗଲାପରେ ହଠାତ୍ ଚନ୍ଦୁରୁ କହିଲା ଟିକେ ବସିବା ପାଇଁ । ସୁମନ୍ତ ତାକୁ ବସାଇଦେବା ମାତ୍ରେ ଚନ୍ଦୁରୁ ବଳରାମକୁ ଉଦ୍ଦେଶ୍ୟ କରି କହିଲା - ଆମେ କେତେବେଳେ ପହଞ୍ଚିବା । ମୁଁ ଭଲ ହୋଇଯିବିତ ? କରୋନାରେ ତ କେତେଲୋକ ମରିଯାଉଛନ୍ତି । ମୋର ସେମିତି କିଛି ହେବନିତ ?

ସେମିତି ଗାଡ଼ି ଚଲଉ ଚଲଉ ବଳରାମ କହିଲା - ଏ ସବୁ ବାଜେ କଥା କାହିଁକି କହୁଛୁ । ତୁ ଔଷଧ ଖାଇ ଶୋଇପଡ଼ । ଆମେ ଖୁବ୍ ଶୀଘ୍ର ପହଞ୍ଚିଯିବା । ମୁଁ

ତ ମାଲିକଙ୍କୁ ଫୋନ କରି କହି ଦେଇଛି । ସେ ସେଠି ଡାକ୍ତରଖାନାରେ ବେଡ୍ ଯୋଗାଡ଼ କରି ଦେଇଥିବେ । ପହଞ୍ଚିଲା ମାତ୍ରେ ତୋର ଡାକ୍ତରଖାନାରେ ଆଡ୍‌ମିଶନ ହୋଇଯିବ । ଏତେ ଚିନ୍ତା କରନା ।

ତାକୁ ଆଶ୍ୱାସନା ଦେଲେ ମଧ୍ୟ ବଳରାମ ଜାଣେ - ଏମିତି ଅବସ୍ଥାରେ ଯେ କେହି ବି ବ୍ୟସ୍ତ ହୋଇ ପଡ଼ିବ । ଏଇ ମାତ୍ର ତିନି ବର୍ଷ ହେଲା ତା'ର ବାହାଘର ହୋଇଛି । ପୁଅଟିଏ ମଧ୍ୟ ହୋଇଛି । ସେଇ ଯେ ତା' ଏକୋଇଶିଆକୁ ଯାଇଥିଲା, ତା'ପରେ ଆଉ ଯିବାର ସୁବିଧା ହୋଇ ପାରିନି । ଘର କଥା, ପୁଅ କଥା ମନେ ପଡ଼ିବା ତ ସ୍ୱାଭାବିକ ।

ଚନ୍ଦୁରୁ ପୁଣି କହିଲା - ବଳିଆ ଭାଇ, ମୁଁ ଭଲ ହେବି କି ନାହିଁ ଜାଣେନି । ଯଦି ମରିଯାଏ, ମୋ ଶବକୁ ଫୋପାଡ଼ି ଦେବନି । ମୋ ଗାଁକୁ ପଠାଇ ଦେବ । ମୋ ସ୍ତ୍ରୀ ମୋତେ ଦେଖି ନ ପାରିଲେ ବି ମୋ ଶବକୁ ଯେମିତି ଦେଖି ପାରିବ ।

ଦେଖ ଚନ୍ଦୁରୁ ଏ ସବୁ ଏଣୁ ତେଣୁ କଥା ନ କହି ଔଷଧ ଖାଇ ଶୋଇପଡ଼ । ମୋତେ ଗାଡ଼ି ଚଳାଇବାକୁ ଦେ । ଆମକୁ ଶୀଘ୍ର ପହଞ୍ଚିବାକୁ ପଡ଼ିବ ।

ଚନ୍ଦୁରୁର ବ୍ୟସ୍ତତା ଦେଖି ସୁମନ୍ତଙ୍କର ମନେ ପଡ଼ିଯାଉଥିଲା ସୁପ୍ରଭା କଥା, ପିଲା ମାନଙ୍କ କଥା । ପରିସ୍ଥିତିରେ ପଡ଼ି ସେ ସିନା ସେମାନଙ୍କ ପାଖରୁ ଦୂରେଇଗଲେ ହେଲେ ମନ କୁଆଡୁ ବୁଝୁଛି । ତାଙ୍କ ଆଖିପତା ଓଦା ହୋଇ ଆସିଲା ବେଳକୁ ସେ ନିଜକୁ ସମ୍ଭାଳି ନେଲେ । ମନକୁ ଟାଣ କଲେ । ସେଇମାନଙ୍କ ଭଲ ପାଇଁ ତ ତାଙ୍କର ଏ ପଦକ୍ଷେପ । ସେ ଚନ୍ଦୁରୁକୁ ଶାନ୍ତ୍ୱନା ଦେଲେ - ତୁମେ ଖୁବ୍ ଶୀଘ୍ର ଭଲ ହୋଇଯିବ । ଏବେ ଟିକେ ଶୋଇବାକୁ ଚେଷ୍ଟାକର ।

ଚନ୍ଦୁରୁ ତାଙ୍କର ଦୁଇ ହାତକୁ ଜାବୋଡ଼ି ଧରି କାନ୍ଦି ପକାଇଲା । ତା'ପରେ ଶୋଇବାକୁ ଚେଷ୍ଟାକଲା । ସୁମନ୍ତ ଭାବନା ମଗ୍ନ ହୋଇଗଲେ । ପ୍ରକୃତରେ ଏ ଦୁନିଆରେ କେହି ହେଲେ ଦୁଃଖ, କଷ୍ଟ, ଭୟ କି ଦୁର୍ଭାବନାରେ ରହିବାକୁ ଚାହାନ୍ତିନି । କେହି ବି ମରିବାକୁ ଚାହାନ୍ତି ନାହିଁ । କିନ୍ତୁ ଏ ସବୁ ତ ଜଣକ ଜୀବନ କାଳ ଭିତରେ କେବେ ନା କେବେ ନିଶ୍ଚୟ ଘଟିବ । ମଣିଷ ଯେତେବେଳେ ଅସହାୟ ହୋଇପଡ଼େ ସେତେବେଳେ ସେ ଆଶା କରେ କେହି ଜଣେ ତା' ପାଖରେ ରହୁ, ଧୈର୍ଯ୍ୟ ଦେଉ, ସାହାଯ୍ୟ କରୁ । ପ୍ରତିକୂଳ ପରିସ୍ଥିତିରେ ପଡ଼ିଲେ ହିଁ ମଣିଷ ଚାହିଁଥାଏ ଅନ୍ୟର ସ୍ନେହ, କରୁଣା, ସାହାଯ୍ୟ ସହାନୁଭୂତି । ସେ ନିଜର

ହେଉ ବା ପର । କାହାର ଅସମୟରେ ଟିକିଏ ସାହାଯ୍ୟ କରିଦେଲେ କିଛି ଅସୁବିଧା ହୋଇଯାଏନି । ବରଂ ଲୋକଟି କିଛି ପରିମାଣରେ ଉପକୃତ ହୋଇଥାଏ । ସାହାଯ୍ୟ କରିବାର ତ କିଛି ପରିସୀମା ନ ଥାଏ । କ୍ଷୁଦ୍ର ଗୁଣ୍ଡୁଚି ମୂଷା ତ ପୁଣି ପ୍ରଭୁ ରାମଚନ୍ଦ୍ରଙ୍କୁ ସେତୁବନ୍ଧ ବାନ୍ଧିବାରେ ସାହାଯ୍ୟ କରିଥିଲା । ସୁମନ୍ତଙ୍କ ମନଟା ଏକ ଅବ୍ୟକ୍ତ ଆନନ୍ଦରେ ଭରିଗଲା । ଯାହାହେଉ ସେ ତ ଜଣଙ୍କର ବିପଦ ସମୟରେ ଟିକିଏ କାମରେ ଆସି ପାରିଲେ ।

ସେମାନେ ବାହାରିବାର ପ୍ରାୟ ଦୁଇଘଣ୍ଟା ଉପରେ ହୋଇଗଲାଣି । ଟ୍ରକ୍ ଚାଲିଛି ଅବିରାମ ଗତିରେ । ବଳରାମ ଚେଷ୍ଟା କରୁଛି କେମିତି ଶୀଘ୍ର ପହଞ୍ଚିବ । କିନ୍ତୁ ଯାହାହେଲେ ତ ଆଠ ଦଶଘଣ୍ଟା ଲାଗିଯିବ । ସୁମନ୍ତ ଆଉ ରହି ପାରିଲେନି । କହିଲେ, ଗାଡ଼ି ଟିକେ ସାଇଡ଼ କରି ରଖ । ପ୍ରଥମେ ତ ବଳରାମ ମନା କରୁଥିଲା । କିନ୍ତୁ ସୁମନ୍ତ ଅନୁରୋଧ କରିବାରୁ ଗାଡ଼ି ରଖିଲା ।

ସୁମନ୍ତ କହିଲେ - ତଳକୁ ଟିକେ ଓହ୍ଲାଇ ଆସ । ପାଞ୍ଚ ଦଶ ମିନିଟ ଖୋଲା ପବନରେ ନିଶ୍ୱାସ ନିଅ । ପାଣି ଟିକେ ପିଅ । ଚା' ତ ନାହିଁ । ନ ହେଲେ ଚା ଟିକେ ପି'ଲେ ବେଶୀ ଭଲ ଲାଗନ୍ତା ।

ବଳରାମ କହିଲା - ଏମିତି ସମୟ ନଷ୍ଟ କଲେ ଆମେ ଶୀଘ୍ର ପହଞ୍ଚିବା କେମିତି । ଆମ ହାତରେ ତ ସମୟ କମ୍ ।

ଜାଣିଛି । କହିଲେ ସୁମନ୍ତ । ଦେଖୁନ ବାଟରେ କେତେକ ସାଇନ ବୋର୍ଡ଼ (sign board) ରେ ଲେଖା ହୋଇଛି । "ଆଦୌ ନ ପହଞ୍ଚିବା ଅପେକ୍ଷା ଡେରିରେ ପହଞ୍ଚିବା ଭଲ", ଏଇଟା ବି ଜରୁରୀ । କଥା କ'ଣ କି କେଉଁଠି ଗୋଟେ ଶୁଣିଥିଲି ନିରାପଦ ଗାଡ଼ି ଚାଳନା ଉପରେ । ସେମାନଙ୍କ ଅନୁସାରେ ଜଣେ ଡ୍ରାଇଭର ଏକାଦିକ୍ରମେ ଦୁଇଘଣ୍ଟା ବା ଅଢ଼େଇ ଘଣ୍ଟାରୁ ଅଧିକା ଗାଡ଼ି ଚଳାଇବା କଥା ନୁହେଁ । ପ୍ରତି ଅଢ଼େଇ ଘଣ୍ଟାରେ ଦଶ ମିନିଟ ବିଶ୍ରାମ ନେବା କଥା । କାରଣ ଲଗାତାର ଅଢ଼େଇ ଘଣ୍ଟା ଗାଡ଼ି ଚଳାଇବା ପରେ ଆସ୍ତେ ଆସ୍ତେ ମସ୍ତିଷ୍କ ଓ ଶରୀର ଭିତରେ ସମନ୍ୱୟର ଅଭାବ ଘଟେ । ଚାଳକ ଆଗକୁ ଅନାଇ ଗାଡ଼ି ଚଳାଇଲେ ମଧ୍ୟ ମସ୍ତିଷ୍କ ତା'କୁ ଗ୍ରହଣ କରି ନ ଥାଏ । ଫଳରେ ସେ ହଠାତ୍ କୌଣସି ନିଷ୍ପତ୍ତି ନେଇ ପାରେ ନାହିଁ ଏବଂ ଗାଡ଼ି ଦୁର୍ଘଟଣା ଗ୍ରସ୍ତ ହୁଏ । ଟି.ଭି., ଖବରକାଗଜରୁ ଜଣାପଡ଼େ, କେମିତି ଗୋଟେ ଗାଡ଼ି ଆଉ ଗୋଟେ ଠିଆ ହୋଇଥିବା ଗାଡ଼ିକୁ

ପଛରୁ ଜୋରରେ ପିଟିଦେଲା । ଯେତେ ଭଲ ଡ୍ରାଇଭର ହୋଇଥାଉ, ଯେତେ ସତର୍କ ଥାଉ, ଏ ପ୍ରକାର ଦୁର୍ଘଟଣାକୁ ରୋକି ହୋଇ ନ ଥାଏ ।

ବଳରାମ ଆଶ୍ଚର୍ଯ୍ୟ ଆଖିରେ ଚାହିଁଲା ସୁମନ୍ତଙ୍କୁ । ସେ ତ ଭାବିଥିଲା, ସୁମନ୍ତ କୋଉ ଦିନ ମଜୁରୀଆ କି ଭିକାରି ହୋଇଥିବେ । କିନ୍ତୁ ଏ ଉପଦେଶ ଶୁଣିଲା ପରେ ସୁମନ୍ତଙ୍କ ପ୍ରତି ତା'ର ଧାରଣା ବବଦଳିଗଲା । ସେ ଯେ ଜଣେ ଜାଣିବାଶୁଣିବା ଶିକ୍ଷିତ ବ୍ୟକ୍ତି ଏ କଥା ତା'ର ହୃଦବୋଧ ହୋଇଥିଲା । ଅବସ୍ଥା ଚକ୍ରରେ ପଡ଼ି ହୁଏତ ଏମିତି ଦୟନୀୟ ଅବସ୍ଥାରେ ପଡ଼ିଥିଲେ । ତେବେ ସେ କଥା ପରେ । ଏବେ ଶୀଘ୍ର ଶୀଘ୍ର ଯିବାକୁ ପଡ଼ିବ । ସେମିତି ବାଟରେ ରହି ରହି ରାତି ପ୍ରାୟ ଦଶଟା ବେଳକୁ କଲିକତାରେ ପହଞ୍ଚିଗଲେ ।

ଟ୍ରକ୍ ମାଲିକ ସବୁ ବନ୍ଦୋବସ୍ତ କରି ରଖିଥିଲେ । ପହଞ୍ଚିବା ସାଙ୍ଗେ ସାଙ୍ଗେ ଚନ୍ଦୁରୁକୁ ଆମ୍ବୁଲାନ୍‌ସରେ ଡାକ୍ତରଖାନା ପଠାଇଦେଲେ । ଆଶ୍ୱାସନା ବି ଦେଲେ ଯେ ସେ ସବୁବେଳେ, ସବୁ ଦରକାର ବେଳେ ତା' ପାଖରେ ଠିଆ ହେବେ । ଚନ୍ଦୁରୁ ଆଶ୍ୱସ୍ତ ହୋଇଥିଲା । ଜଣେ କର୍ମଚାରୀ ଆଉ ଅଧିକା କ'ଣ ଚାହେଁ । ମାଲିକ ଯଦି ସୁବିଧା ଅସୁବିଧାରେ ତା' ପାଖରେ ଠିଆ ହେଲା, ସେହି ହିଁ ଯଥେଷ୍ଟ । ବଳରାମ ଓ ସୁମନ୍ତଙ୍କୁ ଆଇସୋଲେସନ (Isolation)ରେ ରଖାଯାଇଥିଲା ଚଉଦ ଦିନ ଯାଏଁ । ସେଇଠି ଖାଇବାକୁ ପିଇବାକୁ ଦିଆଯାଉଥିଲା । ଔଷଧ ବି ଦିଆଯାଇଥିଲା । କରୋନାର କିଛି ଲକ୍ଷଣ ଦଖାଗଲେ ଖାଇବା ପାଇଁ । ଗୋଟିଏ ରୁମ୍‌ରେ ହିଁ ଦୁହିଁଙ୍କୁ ରଖାଯାଇଥିଲା । ଦୁଇଟା ଖଟ ପଡ଼ିଥିଲା । ବଳରାମ ତ ଟ୍ରକ୍ ଡ୍ରାଇଭର । ସବୁଦିନ ତା'ର ମଦ ଟିକେ ଦରକାର । କିନ୍ତୁ କରୋନା ସମୟରେ ଦୋକାନ ବଜାର ସବୁ ବନ୍ଦ । ମଦ ଦୋକାନ ବି । କିନ୍ତୁ ଆଶ୍ଚର୍ଯ୍ୟର କଥା ତା'କୁ ମଦ ମିଳିଯାଉଥାଏ । ସେ ତ ସ୍ଥାନୀୟ ଲୋକ । ତା'ର ଚିହ୍ନା ପରିଚୟ ବହୁତ । ସେମାନଙ୍କ ଭିତରୁ କିଏ ହେଲେ ଜଣେ ବନ୍ଦୋବସ୍ତ କରି ଦେଉଥିବ । ତା'ର ତ ପସନ୍ଦ ଅପସନ୍ଦ ବୋଲି କିଛି ନାହିଁ । ଦେଶୀ, ବିଦେଶୀ ଯାହା ହେଲେ ଚଳିଲା ପ୍ରତିଦିନ ସଂଧ୍ୟା ବେଳେ କିଏ ହେଲେ ଜଣେ ମଦ, ତା' ସାଙ୍ଗକୁ ଚଖଣା ଆଣି ଦେଇଯାଏ । ସୁମନ୍ତଙ୍କୁ ଡାକେ । ସୁମନ୍ତ ତ ସେ ଦିଗରୁ ମୁହଁ ବୁଲେଇ ଦେଇଛନ୍ତି । ଇଚ୍ଛା ହେଲେ ମଧ ଚାପି ଦିଅନ୍ତି । ଯେଉଁ ସୈତାନ ଯୋଗୁଁ ସେ ବରବାଦ ହୋଇଗଲେ, ପରିବାର

ଠୁଁ ଦୂରେଇ ଗଲେ ଆଉ ତାକୁ ଛୁଇଁବେ ! ସେ ପଣ କରିଛନ୍ତି ମାନେ ଆଉ ସେ ଜିନିଷକୁ ଆଡ଼ ଆଖିରେ ବି ଅନାଇବେନି ।

ଆଉ ତ କେହି ନ ଥାନ୍ତି । ଗୋଟେ ଲୋକ ଆସି ଖାଇବା, ଜଳଖିଆ, ଚା' ଆଦି ଦେଇଯାଏ । ତା' ପୁଣି ନିରାପଦ ଦୂରତା ରଖି । ଘର ଭିତରେ ଦୁଇଜଣ ଯାକ କଥାବାର୍ତ୍ତା ହୁଅନ୍ତି । ବଳରାମ ତା' ପିଲାଛୁଆଙ୍କ ଠାରୁ ଆରମ୍ଭ କରି ଚଉଦ ପୁରୁଷର ଇତିହାସ ବଖାଣି ସାରିଲାଣି । ସୁମନ୍ତଙ୍କର ଇଚ୍ଛା ନ ଥିଲା ନିଜ ବିଷୟରେ କିଛି କହିବାକୁ । କିନ୍ତୁ ବଳରାମ ବାରମ୍ବାର ପଚାରିବାରୁ ସେ କହିଥିଲେ କେମିତି ତାକୁ କରୋନା ହୋଇଥିଲା, ସ୍ତ୍ରୀ ତା' ଭାଇ ମାନଙ୍କ ସାହାଯ୍ୟରେ ମୁନିସିପାଲିଟିକୁ ଖବର ଦେଇ ତାଙ୍କୁ ହସ୍‌ପିଟାଲ ପଠେଇଦେଲେ । ଖବର ବି ଟିକେ ରଖିଲେନି, ମଲା କି ବଞ୍ଚିଲା । ଭାବିଥିଲେ ସେଇଠି ମୃତ୍ୟୁ ହୋଇଯିବ । କିନ୍ତୁ ସେ ଭଲ ହୋଇଗଲେ । ବଞ୍ଚିଗଲେ । ଯେଉଁ ଘର ପାଇଁ ସ୍ତ୍ରୀ ପାଇଁ ସେ ଏତେ କଷ୍ଟ କରୁଥିଲେ, ଏତେ ତ୍ୟାଗ କରିଥିଲେ, ତା'ର ଏପରି ଆଚରଣରେ ତାଙ୍କର ଘରସଂସାର ପ୍ରତି ବିତୃଷ୍ଣାଭାବ ଆସିଥିଲା । ସେଥିପାଇଁ ସେ ଘରଦ୍ୱାର ଛାଡ଼ି ବହୁତ ଦୂର ଚାଲିଆସିବାକୁ ମନସ୍ଥ କରିଥିଲେ ।

ବଳରାମ ପୁରା ବିଶ୍ୱାସ କରିଗଲା ଏ କଥାକୁ । ଏ ଭିତରେ ବଳରାମ ତାଙ୍କୁ ତୁ ବଦଳରେ ତୁମେ କହିବା ଆରମ୍ଭ କରିଦେଇଥିଲା । ବୋଧହୁଏ ଏ ଭିତରେ ତାଙ୍କ ପ୍ରତି ତା' ମନରେ କିଛିଟା ସମ୍ମାନବୋଧ ଆସିଗଲାଣି ।

ଚଉଦ ଦିନ ପାର ହୋଇଗଲା । କାହାଠି ହେଲେ କରୋନା ଲକ୍ଷଣ ନଥିଲା । କ୍ୟାରାଣ୍ଟାଇନ୍ (Quarantine)ରୁ ବାହାରି ତ ଆସିଲେ । ହେଲେ ଏବେ କ'ଣ କରିବେ । ଟ୍ରକ୍ ମାଲିକ ବହୁତ ଭଲ ମଣିଷ ଥିଲେ । ସେ ହିଁ ସେମାନଙ୍କର ତ୍ରାଣ କର୍ତ୍ତା ଭାବେ ଉଭାହେଲେ । କହିଲେ - କରୋନା ପାଇଁ ତ ସବୁ କାମ ଦାମ ବନ୍ଦ ଅଛି । ସମସ୍ତେ ଖାଇ ପି' ଏହିଠାରେ ଥାଅ । କାମ ଆରମ୍ଭ ହେଲେ ସାଙ୍ଗେ ସାଙ୍ଗେ ବାହାରିବାକୁ ପଡ଼ିବ । ସୁମନ୍ତ ଦେଖିଲେ ପ୍ରାୟ କୋଡ଼ିଏ ଜଣ ଥିଲେ । ମାଲିକ ଚାଉଳ, ଡାଲି ଆଦି ଯୋଗାଇ ଦିଅନ୍ତି । ସେମାନେ ସବୁ ହାତରେ ରାନ୍ଧି ଖା'ନ୍ତି ।

ସୁମନ୍ତଙ୍କର ମନେ ପଡୁଥିଲା ବାବାଙ୍କ କଥା । ତାଙ୍କ ଜୀବନର ଅଧାଅଧି ସମୟ ଏଇ କଲିକତାରେ ବିତିଥିଲା । ଏଇ ସହରରୁ ସେ ଅନେକ କିଛି ପାଇଥିଲେ

ଅନେକ କିଛି ହରାଇଥିଲେ ମଧ୍ୟ । ସମୟ ଚକ୍ରରେ ସେ ଆସି ପହଞ୍ଚି ଯାଇଛନ୍ତି ଏଇ ସହରରେ । ଏ ଭିତରେ କଲିକତା କୋଲକତା ହୋଇଯାଇଛି । ଦେଖାଯାଉ କ'ଣ ଅଛି ତାଙ୍କ ଭାଗ୍ୟରେ । କୋଲକତା ତାଙ୍କୁ କ'ଣ ଦେଉଛି ଆଉ କ'ଣ ନେଉଛି । ପ୍ରକୃତରେ ଫ୍ରାନ୍ସର ଔପନାସିକ ଡୋମିନିକ୍ ଲାପିଏର (Dominique Lapierre) ତାଙ୍କ ଉପନ୍ୟାସ "ଦ ସିଟି ଅଫ୍ ଜୟ" (The city of joy) ରେ କଲିକତାକୁ ହିଁ ଦର୍ଶାଇଛନ୍ତି । ଏହି ସହର ଏକ ପୁରାତନ ଏବଂ ନୂତନ ସଭ୍ୟତାର ମିଶ୍ରଣ । ଏଠାର ଲୋକମାନଙ୍କର ଆତିଥେୟତା, ସଂପର୍କର ଉଷ୍ଣତା, ବ୍ୟବହାର, ଚଳିଚ଼ଳନର ଭିନ୍ନ ଏକ ଦିଗ ଅଛି । ଏଠାର ଲୋକମାନେ ଜାଣନ୍ତି କିପରି ଉପଭୋଗ କରିହୁଏ ଯେପରି-କି ଦୁର୍ଗାପୂଜା, ଖ୍ରୀଷ୍ଟମାସ ବା ନୂତନ ବର୍ଷ ଇତ୍ୟାଦି । ଏଠାର ମିଠା ତ ଚମତ୍କାର । ଏ ସବୁର ସମିଶ୍ରଣରେ ଏ ନଗର ହୋଇ ଉଠିଛି ଖୁସିର ନଗର । ଦେଖାଯାଉ ଏହି ଖୁସିର ନଗରୀ ସୁମନ୍ତଙ୍କ ପାଇଁ କେତେ ଖୁସୀ ଆଣି ପାରୁଛି ।

ଛ' ମାସ ବିତିଗଲା । କରୋନା କମି ଆସିଲାଣି । ଦୋକାନ ବଜାର ଖୋଲି ଗଲାଣି । ଯାନ ବାହାନ ଚଳାଚ଼ଳ ଆରମ୍ଭ ହୋଇ ଗଲାଣି । ରେଳ, ବିମାନ ଯାତ୍ରା ସବୁ ପୂର୍ବାବସ୍ଥାକୁ ଆସି ଗଲାଣି । ଟ୍ରକ୍ ମାଲିକଙ୍କର ଦୁଇ ତିନିଟା ଟ୍ରକ୍ ମଧ୍ୟ ମାଲ ନେଇ ବାହାରକୁ ଗଲାଣି। ବଳରାମର ଅନୁରୋଧରେ ତାଙ୍କୁ ଟ୍ରକ୍‌ରେ ହେଲପର କରି ରଖାଯାଇଛି । ତାଙ୍କର କିନ୍ତୁ ଗୋଟିଏ ଅସୁବିଧା । ତାଙ୍କର କିଛି ପରିଚ଼ୟ ପତ୍ର ନାହିଁ। ମାଲିକଙ୍କର ୟା' ଭିତରେ ତାଙ୍କ ପ୍ରତି ଗୋଟେ ଭଲ ଧାରଣା ଆସିଯାଇଥିଲା ।

ସେ କହିଲେ - ଏଥିପାଇଁ ଏତେ ଚିନ୍ତା କରିବା ଦରକାର ନାହିଁ । ଏଠି ତ ଆମର ବହୁତ ଭୋଟର ପରିଚ଼ୟ ପତ୍ର କରାହେଉଛି । ସେ ବନ୍ଦୋବସ୍ତ ମୁଁ କରିଦେବି । ମୋତେ ଖାଲି ତୁମର ନାଁ, ଗୋଟେ ଫଟୋ ଦରକାର । ତୁମ ନାଁଟା ଗୋଟେ କାଗଜରେ ଲେଖି ମୋତେ ଦେଇଦିଅ । ମୋ ଘରର ଠିକଣା ଏବଂ ବିଜୁଳି ବିଲ୍ ଦେଇ ମୁଁ ତୁମର ଭୋଟର ପରିଚ଼ୟ ପତ୍ର ତିଆରି କରାଇଦେବି ।

ସୁମନ୍ତ ବଡ଼ ଅଡୁଆରେ ପଡ଼ିଗଲେ । ନାଁଟା କ'ଣ ଲେଖିକି ଦେବେ । ପୁଣି ଭାବିଲେ ଏଠି ତାଙ୍କୁ କିଏ ବା ଜାଣିଛି । ସେ ତେଣୁ ଗୋଟେ କାଗଜରେ ନିଜ ନାଁ ସୁମନ୍ତ ଦାସ ବୋଲି ଲେଖି ଦେଇଦେଲେ । ଆଉ ଗୋଟେ ଫଟୋବି । ଦାସ

ସାଙ୍ଗିଆଟା ଏଇଥି ପାଇଁ ଦେଲେ ଯେ, ଏଇଟା ଗୋଟେ ସାଧାରଣ ସାଙ୍ଗିଆ । ଦାସ ସାଙ୍ଗିଆରେ ଓଡ଼ିଶା, ବଙ୍ଗଳା, ବିହାର, ଉତ୍ତର ପ୍ରଦେଶ ଆଦି ବିଭିନ୍ନ ପ୍ରଦେଶରେ ଲୋକ ଅଛନ୍ତି । ପୁଣି ଦାସ କରଣ, ବ୍ରାହ୍ମଣଙ୍କ ଠାରୁ ଆରମ୍ଭ କରି ଅନ୍ୟ ଛୋଟ ଜାତି ଲୋକଙ୍କର ମଧ୍ୟ ସାଙ୍ଗିଆ ଅଛି । ତେଣୁ ଯାହାର ସାଙ୍ଗିଆ "ଦାସ" ଥିବ ସେ କେଉଁ ପ୍ରଦେଶର କି କେଉଁ ଜାତିର ଜାଣିବା ମୁସ୍କିଲ । ଯାହାହେଉ ମାଲିକଙ୍କ ପ୍ରତିପତ୍ତି ଯୋଗୁଁ ହେଉ ବା ସମ୍ପର୍କ ଯୋଗୁ ହେଉ ଭୋଟର ପରିଚୟ ପତ୍ରଟା ଦଶଦିନ ଭିତରେ ହୋଇଗଲା । ସୁମନ୍ତ ପାଇକରାୟରୁ ସେ ହୋଇଗଲେ ସୁମନ୍ତ ଦାସ । ଏବେ ସେ ଟ୍ରକ୍‌ରେ ବାହାରକୁ ଯିବା ପାଇଁ କୌଣସି ପ୍ରକାରର ଅସୁବିଧା ନାହିଁ ।

ଖୁବ୍ ଶୀଘ୍ର ବାହାରକୁ ଯିବା ପାଳି ଆସିଗଲା । ଚାଉଳ ବୋଝେଇ ଟ୍ରକ୍ ଯିବ ସିମ୍‌ଲା । କଲିକତାରୁ ପ୍ରାୟ ଅଠର ସହ କିଲୋମିଟର ହେବ ସିମ୍‌ଲା । ତାଙ୍କୁ ବଡ଼ ଆଶ୍ଚର୍ଯ୍ୟ ଲାଗୁଥିଲା । ଏତେବାଟରୁ ଚାଉଳ ଯିବା କ'ଣ ଦରକାର । ଏଇ କଥା ସେ ବଳରାମକୁ ପଚାରିଥିଲେ ।

ବଳରାମ କହିଲା - ବଙ୍ଗଳାର ଗୋଟେ ପ୍ରସିଦ୍ଧ ଚାଉଳ ହେଉଛି ଗୋବିନ୍ଦ ଭୋଗ, ଯାହାକି ବହୁତ ସରୁ ଓ ସୁଗନ୍ଧଯୁକ୍ତ । ସିମ୍‌ଲାର ଦୁଇଟି ଗ୍ରାହକ ଅଛନ୍ତି ଯାହାଙ୍କ ପାଇଁ ଏ ଚାଉଳ ସବୁବେଳେ ଏହିଠାରୁ ପଠାହୁଏ । ଆଉ ଗୋଟେ ପ୍ରକାର ଚାଉଳ ଅଛି ଯାହାର ନାଁ "ରାନ୍ଧୁଣୀ ପାଗଳ" । ତା' ମଧ୍ୟ ଗୋଟେ ବାସ୍ନା ଚାଉଳ । ତାକୁ ମଧ୍ୟ ସମୟେ ସମୟେ ପଠା ହୁଏ । ଏ ସବୁ ଚାଉଳ ଜୈବିକ (organic) ପଦ୍ଧତିରେ ଚାଷ ହୋଇ ପଠାହେଉଛି ।

ସିମ୍‌ଲା କଥା ଶୁଣି ସୁମନ୍ତଙ୍କ ଆଗ୍ରହ ଟିକେ ବଢ଼ିଗଲା । ସିମ୍‌ଲା ତ ଗୋଟେ ଶୈଳ ନିବାସ (Hill Station) ଯେଉଁଠିକୁ ଲୋକମାନେ ବୁଲିବାକୁ ଯା'ନ୍ତି । ଭାରତର ପୁରା ଉତ୍ତରରେ । ପାହାଡ଼ କଟା ହୋଇ ଘର ସବୁ ତିଆରି ହୋଇଥାଏ ସେଠି । ସେ ଜାଣିଛନ୍ତି ପଢ଼ିଛନ୍ତି ସିମ୍‌ଲା ବିଷୟରେ । ଅପୂର୍ବ ରୂପ ସମ୍ଭାରର ସହର ଏ ସିମ୍‌ଲା । ଘର ଆଗରେ ଯାଇଥିବା ରାସ୍ତା ବୁଲି ବୁଲି ଘର ଉପରେ ମଧ୍ୟ ଯାଇଥାଏ । ବୋଧହୁଏ ଏଇଟା ଏକମାତ୍ର ସହର ଯେଉଁଠି ଛାତ ଉପରେ କାର୍ ପାର୍କିଂ ହୋଇଥାଏ । ଲେଫଟ୍‌ନ୍ୟାଣ୍ଟ ରୋଜଙ୍କ ଦ୍ୱାରା ୧୮୧୯ରେ ଆବିଷ୍କୃତ ଏହି ସହର ଦେବୀ ଶ୍ୟାମଳ ଦେବୀଙ୍କ ନାମରେ ନାମିତ । କିନ୍ତୁ... ନିଜ ଜନ୍ମ ମାଟି

ଠାରୁ କାହିଁ କେତେ ଦୂର । ଦିନେ ସେ ଭୁବନେଶ୍ୱର ଛାଡ଼ି ଦୂରକୁ ଚାଲି ଯିବାକୁ ଚାହିଁଥିଲେ । ହେଲେ ଏତେ ଦୂରକୁ ଯିବାକୁ ପଡ଼ିବ ଏ କଥା ଭାବି ପାରି ନ ଥିଲେ ।

ଗୋଟେ ଭଲ ଦିନ ଦେଖି ଠିକ୍ ହେଲା ଯିବା ପାଇଁ । କଲିକତାର ଇଷ୍ଟଦେବୀ ମା' ଦକ୍ଷିଣ କାଳୀଙ୍କର ପୂଜା କରି, ଶୁଭ ମୁହୂର୍ତ୍ତ ଦେଖି ସେମାନେ ଯାତ୍ରା ଆରମ୍ଭ କଲେ । ପ୍ରାୟ ସବୁ ଭାରତୀୟଙ୍କ ମନରେ ଧର୍ମ ଭୀରୁତା ଥାଏ । ଟିକିଏ ପୂଜାପୂଜି କରି କାମ ଆରମ୍ଭ କଲେ ତାହା ଶୁଭ ହେବ ବୋଲି ବିଶ୍ୱାସ ଥାଏ । ଗାଡ଼ି ଯଥାରୀତି ଚାଲୁଥିଲା । ସେମିତି ଦୁଇ ତିନି ଘଣ୍ଟାରେ ଟିକେ ରହି ରହି ସେମାନେ ଯାଉଥିଲେ । ଟ୍ରକ୍ କ୍ୟାବିନରେ ବାଜୁଥିବା ନୂଆ ପୁରୁଣା ଗୀତ ସବୁ କାନରେ ବାଜୁଥାଏ । ବାଟରେ କେଉଁଠି ରାନ୍ଧି ଖାଇବା ଝିନ୍‌ଝଟ ଆଉ ନ ଥିଲା । କାରଣ ଦୋକାନ ବଜାର, ଢାବା ସବୁ ଖୋଲି ଯାଇଥିଲା । ଯେଉଁଠି ଇଚ୍ଛା ହେଲା ସେଠି ଚା' ପିଉଥିଲେ, ଖାଉଥିଲେ । ସୁମନ୍ତ କହିଦେଇଥା'ନ୍ତି ବଳରାମକୁ - ରାତିରେ ଯଦି ସେ ମଦ ପିଏ, ତେବେ ଶୋଇ ପଡ଼ିବ । ଗାଡ଼ି ଚଳା ବନ୍ଦ । ସକାଳୁ ଯାତ୍ରା ଆରମ୍ଭ ହେବ । କାରଣ ପି' କରି ଗାଡ଼ି ଚଳାଇବା ମନା । ଦୁର୍ଘଟଣାର ଡର ଅଛି । ପୋଲିସର ଭୟ ବି ।

ଜୀବନର ଏଇ ନୂଆ ଯାତ୍ରା ଭିତରେ ସୁମନ୍ତ ଭୁଲିଯିବାକୁ ଚାହୁଁଥିଲେ ନିଜ ପରିବାରକୁ, ସ୍ତ୍ରୀ ପିଲାଙ୍କୁ । ହେଲେ ଭୁଲି କ'ଣ ପାରୁଥିଲେ । କହିଦେଲେ ତ ଭୁଲି ହୁଏନା । ବେଳେବେଳେ ସେମାନଙ୍କ ମୁହଁ ଗୁଡ଼ିକ ଆଖି ଆଗରେ ନାଚି଼ ଉଠନ୍ତି । ସେ ଅନାମନା ହୋଇପଡ଼ନ୍ତି । ମନ ଭାରାକ୍ରାନ୍ତ ହୋଇଯାଏ । ଆଖି ସଜଳ ହୋଇଯାଏ । ସବୁ ତ ନିଜେ ଅର୍ଜିଛନ୍ତି ଜାଣ । "ଆପଣା ହସ୍ତେ ଜିହ୍ୱା ଛେଦି, କେ ତା'ର ଅଛି ପ୍ରତିବାଦୀ"। ସେ ଚେଷ୍ଟା କରନ୍ତି ସେ ଚେହେରା ସବୁକୁ ଆଖି ଆଗରେ ହଟେଇ ଦେବାକୁ। ଭାରାକ୍ରାନ୍ତ ମନକୁ ହାଲ୍‌କା କରିବାକୁ ।

ସିମ୍‌ଲାରେ ପହଞ୍ଚିଲା ବେଳକୁ ପାଗ ଏତେ ଭଲ ନଥିଲା । ମାଲିକଙ୍କ ଗୋଦାମରେ ଚାଉଳ ସବୁ ରଖାହେଲା । ସେଠାରୁ ଦୁଇଟା ଯାଗାକୁ ପଠାହେବ ପାଗ ଭଲ ହେବା ପରେ । ସେ ସେଇ ଦିନକୁ ଅପେକ୍ଷା କରି ରହିଲେ ।

॥ ୮ ॥

ଏ ଦୁନିଆରେ କିଛି ଲୋକ ଭାଗ୍ୟବାଦୀ ଥା'ନ୍ତି ଆଉ କିଛି ଲୋକ ଆଶାବାଦୀ । ଏମିତିରେ ଦେଖିବାକୁ ଗଲେ ଦୁଇଟା ଯାକ ଏକା ପରି ଲାଗନ୍ତି । କିନ୍ତୁ ଟିକିଏ ଗଭୀରକୁ ଯାଇ ବିଶ୍ଳେଷଣ କଲେ ଜଣା ପଡ଼ିବ ଯେ, ଦୁଇଟା ଯାକର ଆଭିମୁଖ୍ୟ ପୁରାପୁରି ଅଲଗା । ଭାଗ୍ୟ ବାଦୀ ମାନେ କୌଣସି ଜଟିଳ ପରିସ୍ଥିତିର ସମ୍ମୁଖୀନ ହେଲେ ଭାବନ୍ତି, ଯାହା ଭାଗ୍ୟରେ ଥିବ ହେବ । ତାକୁ କେହି ବଦଳେଇ ପାରିବେ ନାହିଁ । ତେଣୁ ପରିସ୍ଥିତିର ଫଳାଫଳକୁ ଭାଗ୍ୟ ଉପରେ ହିଁ ଛାଡ଼ି ଦିଅନ୍ତି । ଏଇଟା ଏକ ନାକାରାତ୍ମକ ଚରିତ୍ର କିନ୍ତୁ ଆଶାବାଦୀ ମାନଙ୍କର ଦୃଷ୍ଟିକୋଣ ଟିକେ ଅଲଗା । ସେମାନେ ଭାବନ୍ତି ସବୁ ସମସ୍ୟାର ସମାଧାନ ଅଛି । ଯେ କୌଣସି ବିଷମ ପରିସ୍ଥିତିର ମୁକାବିଲା କରିବାକୁ ଚେଷ୍ଟା କଲେ ବଦଳେଇ ହେବ । ପୁରା ବଦଳାଇ ନ ପାରିଲେ ବି ଅବସ୍ଥାର କିଛିଟା ସୁଧାର ଆଣିହେବ । ଏଇଟା ହେଉଛି ଏକ ସାକାରାତ୍ମକ ଚରିତ୍ର ।

ସୁମନ୍ତ ନିଜକୁ ପ୍ରଶ୍ନ କରୁଥିଲେ । ସେ ଭାଗ୍ୟବାଦୀ ନା ଆଶାବାଦୀ । ପୁରାଣରେ ପଢ଼ିଛନ୍ତି ଭକ୍ତ ପ୍ରହ୍ଲାଦ କଥା । ପ୍ରଚଣ୍ଡ ଆଶା ଓ ବିଶ୍ୱାସର ଜ୍ୱଳନ୍ତ ଉଦାହରଣ । ପ୍ରହ୍ଲାଦଙ୍କ ମୁହଁରୁ ସବୁବେଳେ ହରି ଶବ୍ଦ ଶୁଣି ରାଗରେ ଗର୍ଜି ଉଠିଲେ ପିତା ତଥା ରାକ୍ଷାସରାଜ ହିରଣ୍ୟକଶ୍ୟପୁ । କାଇଁ ତୋର ହରି ବୋଲି ଚିତ୍କାର କରିଥିଲେ । ଶାନ୍ତ ସ୍ୱରରେ ପ୍ରହ୍ଲାଦ କହିଲେ ସେ ତ ସର୍ବତ୍ର ବିଦ୍ୟମାନ ।

ରାକ୍ଷାସରାଜ ତାଚ୍ଛଲ୍ୟ କରି କହିଥିଲେ - ତୋ ହରି କ'ଣ ଏହି ପ୍ରସ୍ତର ସ୍ତମ୍ଭରେ ଅଛନ୍ତି ? ପ୍ରହ୍ଲାଦଙ୍କର ଆସ୍ତିସୂଚକ ଉତ୍ତରରେ ସେ ଖମ୍ଭକୁ ଗଦାରେ ପ୍ରଚଣ୍ଡ ପ୍ରହାର କରିଥିଲେ । ଆଉ ଭକ୍ତର ବିଶ୍ୱାସର ମାନ ରଖିବା ପାଇଁ ଭଗବାନ

ବିଷ୍ଣୁ ନରସିଂହ ରୂପରେ ସେ ସ୍ତମ୍ଭ ମଧ୍ୟରୁ ଉଭା ହୋଇ ହିରଣ୍ୟକଶ୍ୟପୁକୁ ବଧ କରିଥିଲେ । ମନରେ ଆଶା ଥିଲେ ବିଶ୍ୱାସ ଥିଲେ ସବୁକିଛି ସମ୍ଭବ ହୋଇ ପାରେ । ସୁମନ୍ତଙ୍କ ମନରେ ଆଶାର ଦୀପ ଜଳି ଉଠିଲା । ଲିଭି ଯାଇଥିବା ଦୀପଟି ପୁଣିଥରେ ପ୍ରଜ୍ୱଳିତ ହୋଇ ଉଠିଲା । ପରିସ୍ଥିତି ଚପାରେ ପଡ଼ି ସେ ଦିନେ ଘର ଛାଡ଼ିଥିଲେ । ଭଗବାନ ଚାହିଁଲେ ସେ ଦିନେ ଘରକୁ ଫେରିଯାଇ ପାରିବେ । ଜଳନ୍ତା ଜତୁ ଗୃହରୁ ବଞ୍ଚିଯାଇ ପାଣ୍ଡବ ମାନେ ଅଜ୍ଞାତବାସରେ ଥିଲେ । ପରେ ନିଜର ଶକ୍ତି ବୃଦ୍ଧି କରି ହସ୍ତୀନାପୁର ଫେରି ଆସିଥିଲେ ଏବଂ ନିଜର ରାଜ୍ୟ ଫେରି ପାଇଥିଲେ । ସେ ବି ଦିନେ ନିଶ୍ଚୟ ନିଜ ଘରକୁ ଫେରିଯାଇ ପାରିବେ । ଏ ଯେଉଁ ଲୁଚଛପାର ଜୀବନ ସେ ଜୀଉଁଛନ୍ତି, ଦିନେ ନା ଦିନେ ଏହାର ଅନ୍ତ ଘଟିବ । ତାଙ୍କ ଅବସ୍ଥାରେ ସୁଧାର ଆସିବ । ଅଧିକ ଶକ୍ତିଶାଳୀ ହୋଇ ସେ ଫେରିଯିବେ ନିଜ ଲୋକ ମାନଙ୍କ ପାଖକୁ । ତାଙ୍କର ଏ ଆଶା ନିଶ୍ଚୟ ପୂରଣ ହେବ । ଭଗବାନ ନିଶ୍ଚୟ ସହାୟ ହେବେ । ନିଶ୍ଚୟ । ସୁମନ୍ତ ସେଇ ଗୋଦାମ ଘରେ ଲମ୍ବ ହୋଇ ପଡ଼ିଯାଇ ଭଗବାନଙ୍କୁ ସାଷ୍ଟାଙ୍ଗ ପ୍ରଣିପାତ କଲେ ।

ଏବେ ତ ଜୁନ ମାସ । ସିମ୍‌ଲାରେ ବର୍ଷା ଆସିବାକୁ ଆଉ କିଛିଦିନ ବାକୀ ଅଛି । ତଥାପି ମଧ୍ୟ ଅଦିନିଆ ବର୍ଷା ହୋଇଗଲା । ଏବେ ଅବଶ୍ୟ ଛାଡ଼ି ଗଲାଣି । କିନ୍ତୁ ଶୀତ ଦିନ ପରି ଲାଗୁଛି । ଘରର ଝର୍କା ଖୋଲିଦେଲେ ମେଘ ଗୁଡ଼ା ଘର ଭିତରକୁ ପଶି ଆସୁଛନ୍ତି । ପାହାଡ଼ କଟା ହୋଇ ଘର ସବୁ ହୋଇ ଥିବାରୁ ଦୂରରୁ ଦେଖିଲେ ଘର ଗୁଡ଼ିକ ଉପରକୁ ଉପର ଥାକ ଥାକ ହୋଇଥିଲା ପରି ଜଣାଯାଏ । ସେ ପଢ଼ିଥିଲେ ସିମ୍‌ଲା ସମୁଦ୍ର ପତନ ଠାରୁ ୨୨୭୬ ମିଟର ଉପରେ । ଏଠି ତ ଡିସେମ୍ବରରୁ ଫେବୃୟାରୀ ଯାଏଁ ବରଫପାତ ହୋଇଥାଏ । ଖରାଦିନେ ମଧ୍ୟ ଅପେକ୍ଷାକୃତ ଥଣ୍ଡା ରୁହେ । ସେଥିପାଇଁ ତ ଇଂରେଜ ମାନଙ୍କ ସମୟରେ ଏହା ଭାରତର ଗ୍ରୀଷ୍ମକାଳୀନ ରାଜଧାନୀ ହୋଇଥିଲା । ସିମ୍‌ଲା ବିଷୟରେ ସେ ପଢ଼ିଥିଲେ । ଜାଣିଥିଲେ । ଏବେ ପାଦ ପଡ଼ିଗଲା ଏ ସହରରେ । ସତରେ ମଣିଷ କେତେବେଳେ କୋଉଠି ପହଞ୍ଚିଯାଏ କହି ହୁଏନି ।

ବଳରାମ ଆସି ପହଞ୍ଚିଗଲା । କହିଲା ପାଗ ଭଲ ହୋଇଗଲା । ସକାଳୁ ସକାଳୁ ବାହାରିବାକୁ ପଡ଼ିବ । ଯେହେତୁ ମାଲ ଦୁଇଟା ଯାଗାକୁ ଯିବ, ଗୋଟେ ଯାଗାକୁ ତୁମେ ଯିବ, ଆଉ ଗୋଟେ ଯାଗାକୁ ମୁଁ ଯିବି । ଦୁଇଟା ଯାକ ଯାଗାକୁ

ମାଲ ମିନିଟ୍ରକ୍‌ରେ ଯିବ । କାହିଁକି ନା ପାହାଡ଼ିଆ ରାସ୍ତାରେ ବଡ଼ ଟ୍ରକ୍ ନେବା ବିପଦ ଜନକ ପୁଣି ମାଲ ତ ଅଳ୍ପ ଅଛି । ମିନି ଟ୍ରକ୍‌ରେ ଅଲଗା ଡ୍ରାଇଭର । ଆମେ ଖାଲି ସାଙ୍ଗରେ ଯାଇ ମାଲ ଡେଲିଭରି ଦେଇ ଆସିବା କଥା । କିନ୍ତୁ ଦୁଇଟା ଯାକ ଯାଗା ବିପରୀତ ଦିଗରେ । ଗୋଟେ ତ କୁଲୁ ଆଡ଼େ ସିମ୍‌ଲା ଠାରୁ ପ୍ରାୟ ଦଶ କିଲୋମିଟର । ଆଉ ଗୋଟେ ବିପରୀତ ଦିଗରେ ଜଙ୍ଗଲ ଭିତରେ ଆଶ୍ରମକୁ ।

ମୁଁ ଆଶ୍ରମକୁ ଯିବା ଗାଡ଼ିରେ ଯିବି। ସୁମନ୍ତ ଆଗଭର ହୋଇ କହିପକାଇଲେ । ସେଠି କେମିତି ସବୁ ବାବା ଅଛନ୍ତି ଦେଖିବା ।

ଠିକ୍ ଅଛି । କିନ୍ତୁ ସେଠି ସନ୍ୟାସୀ ହୋଇ ରହିଯିବନି ତ ! ମଜା କରି କହିଲା ବଳରାମ ।

ଏ କଥା ଉପରେ ଏତେ ଗୁରୁତ୍ୱ ନ ଦେଇ ସୁମନ୍ତ ଟିକେ ହସିଦେଲେ ।

ପରଦିନ ସକାଳେ ଦୁଇଟା ଯାକ ଟ୍ରକ୍‌ରେ ଚାଉଳ ବୋଝେଇ ହେଲା । ବଳରାମର ଗାଡ଼ି କୁଲୁ ଆଡ଼େ ଗଡ଼ିଲା ଆଉ ସୁମନ୍ତଙ୍କର ଆଶ୍ରମ ଆଡ଼େ । ପଚିଶ କେଜିକିଆ ବସ୍ତାର ଚାଳିଶ ବସ୍ତା ମାନେ ଗୋଟେ ଟନ୍ ଚାଉଳ ଧରି । ନୂଆ ହେଲେ ମଧ୍ୟ ସୁମନ୍ତଙ୍କୁ ଭୟ ଲାଗୁ ନ ଥିଲା । କାରଣ ଡ୍ରାଇଭର ଜଣକ ତ ସ୍ଥାନୀୟ ଲୋକ । ତା'କୁ ରାସ୍ତା ଘାଟ ଭଲରେ ଜଣାଥିବ । ଆଗରୁ ମଧ୍ୟ ସେ ବହୁଥର ଏଠିକି ଚାଉଳ ନେଇ ଆସିଛି ବୋଲି କହୁଥିଲା । ସେ ତେଣୁ ନିଶ୍ଚିତ ମନରେ ବସିଥିଲେ । ମନ ଭିତରେ ତାଙ୍କର ଆଶ୍ରମର ଚିତ୍ର ଆଙ୍କି ହୋଇ ଯାଉଥିଲା । ଯେମିତିକି ଲମ୍ବା ଲମ୍ବା ଦାଢ଼ୀ ନିଶ ରଖିଥିବା ବାବାଜୀ, ଧୁନି ଜଳୁଥିବ, ଲୋକ ମାନଙ୍କର ଭିଡ଼ ଜମିଥିବ, ମନ୍ତ୍ର ଉଚ୍ଚାରଣ ହେଉଥିବ ଇତ୍ୟାଦି । ଗାଡ଼ି ଚାଲୁଥିଲା ପାହାଡ଼ କଟା ହୋଇଥିବା ଅଙ୍କା ବଙ୍କା ରାସ୍ତା ଉପରେ । ରାସ୍ତାର ଗୋଟେ ପଟେ ଗଛଲତା ପୂର୍ଣ୍ଣ ତୀକ୍ଷ୍ଣ ପାହାଡ଼ ଓ ଅନ୍ୟ ପଟେ ପୁରା ଢାଲୁ । ରାସ୍ତାରେ ଗଲାବେଳେ ମଧ୍ୟ ତଳେ ସର୍ପିଳ ରାସ୍ତା ଗୁଡ଼ାକ ଦେଖାଯାଉ ଥାଏ । ବାଦଲ ଗୁଡ଼ା ଯେମିତି ଗଛ ପତ୍ରରେ ଘଷି ହୋଇଯାଉଛନ୍ତି । ପକ୍ଷୀ ମାନଙ୍କ କାକଳୀରେ ଜଙ୍ଗଲର ନୀରବତା ଭଗ୍ନ ହେଉଥାଏ । ଇଉ (U) ପରି ବାଙ୍କ ଗୁଡ଼ାକ ହୋଇ ଥିବାରୁ ଗାଡ଼ି ଅପେକ୍ଷାକୃତ କମ୍ ବେଗରେ ଚାଲୁଥିଲା । ଗାଡ଼ିର କାଚ଼ ଝରକାରେ ବାହାରକୁ ଚାହିଁ ସେ ପ୍ରକୃତିର ସେ ମନୋରମ ଦୃଶ୍ୟକୁ ଉପଭୋଗ କରୁଥିଲେ । ଏମିତି ଗୋଟେ ବାଙ୍କ ମୋଡ଼ିଲା ପରେ ଆଖିରେ ପଡ଼ିଲା ଗୋଟେ ଲମ୍ବା କାର୍ ଯାହାର ବନେଟ୍‌ଟା

ଟେକା ହୋଇ ରହିଛି । ସୁମନ୍ତ ଭାବିଲେ ଗାଡ଼ିଟା ବୋଧହୁଏ ଖରାପ ହୋଇଯାଇଛି । ସେଥିପାଇଁ ଏମିତି ଅବସ୍ଥାରେ ରଖାଯାଇଛି । ଟ୍ରକ୍‌ଟା ସେ ଗାଡ଼ିକୁ ଅତିକ୍ରମ କଲାବେଳେ ସେ ସ୍ପଷ୍ଟ ଦେଖି ପାରିଲେ କାର୍‌ର ଇଞ୍ଜିନରୁ ଧୂଆଁ ବାହାରୁଛି । ଏବଂ ସ୍ପାର୍କିଂ ମଧ ହେଉଛି । ତାଙ୍କ ନଜର ପଡ଼ିଗଲା କାର୍‌ର ପଛ ସିଟ୍‌ରେ ବସିଥିବା ଲୋକ ଦୁଇ ଜଣଙ୍କ ଉପରେ । ଯଦି ସର୍ଟ ସର୍କିଟ (short circuit) ହୋଇ ନିଆଁ ଲାଗି ଧୂଆଁ ବାହାରୁଥିବ ତେବେ ତ ପୁରା କାର୍‌ରେ ନିଆଁ ଲାଗିବା ପାଇଁ ବେଶୀ ସମୟ ଲାଗିବନି ।

ସେ ଡ୍ରାଇଭରକୁ ତୁରନ୍ତ ଗାଡ଼ି ଅଟକେଇବାକୁ କହିଲେ । ଅଳ୍ପ କିଛିବାଟ ଗଲାପରେ ଗାଡ଼ି ଅଟକିଗଲା । ସେ ପ୍ରାୟ ଗାଡ଼ିରୁ ଡେଇଁପଡ଼ି ସେଇ କାର୍ ଆଡ଼କୁ ଧାଇଁଗଲେ । କାର୍‌ର ବନେଟ ଟେକା ହୋଇଥିବାରୁ ଏବଂ ବାଦଲ ଗୁଡ଼ାକ ବହୁତ ତଳେ ଭାସୁଥିବାରୁ କାର୍‌ରେ ବସିଥିବା ଲୋକ ଦୁଇଜଣ ବୋଧେ ନିଆଁ ଲାଗିବା କଥା ବା ଧୂଆଁ ବାହାରିବା କଥା ଜାଣିପାରିନାହାନ୍ତି । ସୁମନ୍ତ ଦୌଡ଼ିଯାଇ ଦେଖିଲେ ସତରେ କାର୍ ଇଞ୍ଜିନରେ ନିଆଁ ଲାଗି ଗଲାଣି । ସେ ଚଞ୍ଚଳ ଆସି ପଛ ସିଟ୍‌ର ଡୋର ଖୋଲି ବସିଥିବା ଲୋକ ଦୁଇଜଣଙ୍କୁ ଅତି ଶୀଘ୍ର ବାହାରି ଆସିବାକୁ କହିଲେ । ସେ ଲକ୍ଷ କଲେ ଜଣେ ପୁରା ଶୁଭ୍ରବସ୍ତ୍ର ପରିଧାନ କରି ଅଧା ପାଚିଲା ଦାଢ଼ି ନିଶ ରଖିଥିବା ଲୋକ ଏବଂ ଅନ୍ୟ ଜଣକ ବିଦେଶୀ ପରି ମନେ ହେଉଛନ୍ତି । ସେମାନେ ପ୍ରଥମେ ସୁମନ୍ତଙ୍କ କଥା ବୁଝି ପାରିଲେନି । ଖାଲି ଅନିସନ୍ଧିତ୍ସୁ ଦୃଷ୍ଟିରେ ଚାହିଁ ରହିଲେ । ସେମାନେ ବୋଧେ ଭାବିନେଲେ ଯେ, ଏ ଜଙ୍ଗଲ, ଜନମାନବ ଶୂନ୍ୟ ରାସ୍ତାରେ ବୋଧହୁଏ କୌଣସି ମନ୍ଦ ଉଦ୍ଦେଶ୍ୟ ନେଇ ଲୋକଟା ବାହାରକୁ ଆସିବାକୁ କହୁଛି । ସେମାନେ ସେମିତି ବସି ରହିଥିବାର ଦେଖି ସୁମନ୍ତ ସେ ଭଦ୍ରବ୍ୟକ୍ତିଙ୍କର ହାତଧରି ଟାଣିବାକୁ ଚେଷ୍ଟାକଲେ ଏବଂ ବିଦେଶୀ ଲୋକକୁ ଜୋରରେ ଇଂରାଜୀରେ କହିଲେ - "କାର୍‌ରେ ନିଆଁ ଲାଗି ଯାଇଛି, ଶୀଘ୍ର ବାହାରକୁ ଚାଲିଆସ ।" ନିଆଁ କଥା ଶୁଣି ଦୁଇଜଣ ଯାକ ଚଞ୍ଚଳ ବାହାରକୁ ଚାଲି ଆସିଲେ । ସେମାନେ କାରର ଆଗ ଆଡ଼କୁ ଯାଉଥିଲେ ନିଆଁ କେଉଁଠି ଲାଗିଛି ଦେଖିବାକୁ । କିନ୍ତୁ ସୁମନ୍ତ ଦୁଇଜଣଙ୍କ ହାତକୁ ଧରି ଜୋର୍‌ରେ ଟାଣିନେଲେ କାର୍‌ର ପଛ ପଟକୁ ଏବଂ କାର୍ ଠାରୁ ଦୂରକୁ ଚାଲି ଯିବାକୁ କହିଲେ । ପ୍ରାୟ ପଚାଶ ଫୁଟ ଗଲାପରେ ପୁରା କାର୍‌ରେ ନିଆଁ ଲାଗିଗଲା । ବୋଧହୁଏ ନିଆଁ

ପେଟ୍ରୋଲ ଟାଙ୍କିକୁ ଧରି ପକାଇଥିଲା । ସେମାନେ ଆହୁରି ଦୂରକୁ ଚାଲିଗଲେ । ପ୍ରାୟ ଦୁଇ ମିନିଟ ପରେ ଜୋର୍‌ରେ ବିସ୍ଫୋରଣ ହେଲା । ସେ ବିସ୍ଫୋରଣରେ କାର୍‌ଟା ପୁରା ଛିନ୍‌ଛତ୍ର ହୋଇଗଲା ।

ବିଜୁଳି କରେଣ୍ଟ ମାରିଲା ପରି ତିନିଜଣ ଯାକ ଛିଟିକି ପଡ଼ିଲେ ଖଣ୍ଡେ ଦୂରକୁ । ତା'ପରେ ଉଠିପଡ଼ି ଗୋଟେ ଗଛ ମୂଳରେ ବସି ପଡ଼ିଲେ । କାହାରି ପାଟିରୁ କଥା ବାହାରୁ ନ ଥିଲା । ଚାହିଁ ରହିଥିଲେ ଏକ ଲୟରେ ସେହି ଜଳନ୍ତା କାର୍ ଆଡ଼େ । ନିଶ୍ଚିତ ମୃତ୍ୟୁରୁ ବଞ୍ଚିଗଲେ ଜାଣ । ଏମିତି ହଠାତ୍ କିଛି ସାଙ୍ଘାତିକ ଘଟଣା ଘଟିଗଲେ ମଣିଷ ନିର୍ବାକ ହୋଇଯାଏ । ମସ୍ତିଷ୍କ କାମ କରେନି କିଛି ସମୟ ଯାଏଁ ।

ଟ୍ରକ୍ ଡ୍ରାଇଭର ଦୌଡ଼ି ଆସିଲା । ଧଳା ପୋଷାକ ପରିହିତ ଲୋକ ଜଣଙ୍କୁ ଗୁରୁଦେବ କହି ଗୋଡ଼ ଛୁଇଁ ମୁଣ୍ଡିଆ ମାରିଲା । ତା'ପରେ ଦୌଡ଼ିଯାଇ ଗାଡ଼ିରୁ ପାଣି ବୋତଲ ଆଣି ସେ ଦୁହିଁଙ୍କୁ ପି' ବାକୁ ଦେଲା । ସୁମନ୍ତଙ୍କ କାନରେ ଆସ୍ତେ କରି କହିଲା - ଇଏ ହେଉଛନ୍ତି ଗୁରୁଦେବ ମାନେ ଆଶ୍ରମର ମାଲିକ, ସର୍ବେ ସର୍ବା । ସୁମନ୍ତ ବି ଯାଇ ଗରୁଦେବଙ୍କର ପାଦ ଛୁଇଁ ପ୍ରଣାମ କଲେ । ସେତେବେଳକୁ ଗୁରୁଦେବ ଓ ସେ ବିଦେଶୀ ଜଣଙ୍କ ସହଜ ଅବସ୍ଥାକୁ ଆସିଗଲେଣି ।

ଆଉ ଟିକେ ପାଣି ପି' ଗୁରୁଦେବ କହିଲେ - ଗୋଟେ କାମରେ ଆମେ ସିମ୍‌ଲା ଯାଉଥିଲୁ । ବାଟରେ ଗାଡ଼ିଟା ଖରାପ ହୋଇଗଲା । ଡ୍ରାଇଭର ଯେତେ ଚେଷ୍ଟା କଲା ହେଲେ ଜମା ଷ୍ଟାର୍ଟ ହେଲାନାହିଁ । ବାଧ୍ୟ ହୋଇ ଆମେ ତା'କୁ ସିମ୍‌ଲା ପଠାଇଦେଲୁ ସିଆଡ଼େ ଯାଉଥିବା ଗୋଟେ ମଟର ସାଇକେଲରେ । ସେ ସିମ୍‌ଲାରୁ ଆମ ପାଇଁ ଗୋଟେ କାର୍ ଏବଂ କାର୍ ତିଆରି କରିବା ମିସ୍ତ୍ରୀ ଆଣିକରି ଆସିଥା'ନ୍ତା । ଏ ଜଙ୍ଗଲ ଯାଗାରେ ମୋବାଇଲ ସିଗ୍‌ନାଲ ଆସେନି । ତେଣୁ ଆମେ ଆଶ୍ରମକୁ କିଛି ଯୋଗାଯୋଗ କରି ପାରିନଥିଲୁ । ଅପେକ୍ଷା କରି ବସିଥିଲୁ । ହେଲେ ତୁମେମାନେ କୁଆଡ଼େ ଯାଉଥିଲ ଆଉ କାର୍‌ରେ ନିଆଁ ଲାଗିବା କଥା କେମିତି ଜାଣିଲ ?

ସୁମନ୍ତ କହିଲେ - ଆଜ୍ଞା, ଆମେ ଆପଣଙ୍କ ଆଶ୍ରମକୁ ହିଁ ଯାଉଥିଲୁ । କଲିକତାରୁ ଆଣିଥିବା ଚାଉଳ ଡେଲିଭେରୀ ଦେବା ପାଇଁ । ଆମ ଟ୍ରକ୍ ଆପଣଙ୍କ କାର୍‌କୁ ଅତିକ୍ରମ କଲାବେଳେ ଖୋଲା ବନେଟ ଯୋଗୁଁ ମୋ ନଜର

ପଡ଼ିଯାଇଥିଲା ଇଞ୍ଜିନ ଉପରେ ଯେଉଁଥିରୁ ଧୂଆଁ ବାହାରୁଥିଲା ଏବଂ ଅଗ୍ନିର ସ୍ଫୁଲିଙ୍ଗ ବି । ପଛ ସିଟ୍‌ରେ ଆପଣମାନେ ବସିଥିବା ଦେଖି ମୁଁ ଦୌଡ଼ି ଆସିଥିଲି ।

ଗୁରୁଦେବଙ୍କ ମୁହଁଟା ଖୁସିରେ ଝଲସି ଉଠିଲା । ସେ କହିଲେ ଭଗବାନ ନିଶ୍ଚୟ ଆମକୁ ବଞ୍ଚାଇବା ପାଇଁ ତୁମକୁ ପଠାଇଥିଲେ । ମୁଁ ତୁମକୁ ଆଶୀର୍ବାଦ କରୁଛି ତୁମେ ସୁଖରେ ରୁହ ।

ଏ ଦୁର୍ଦ୍ଦିନରେ ଗତି କଲାବେଳେ ସୁଖ କଥା କିଏ ଭାବୁଛି । ସ୍ୱଗୋକ୍ତି କଲେ ସୁମନ୍ତ । ତୁମେ ଇଂରାଜୀ କହିପାର ?

କଡ଼ ପଟକୁ ଚାହିଁଲେ ସୁମନ୍ତ । ବିଦେଶୀ ଜଣଙ୍କ ତାଙ୍କୁ ପ୍ରଶ୍ନ କରୁଛନ୍ତି ।

ସେ ବି ଇଂରାଜୀରେ କହିଲେ - ଆଜ୍ଞା, କହିପାରେ ଲେଖିପାରେ ମଧ୍ୟ ।

ଦ୍ୟାଟ୍‌ସ ଗ୍ରେଟ୍ (That's great) । ବିଦେଶୀ ଜଣକ ସଂପ୍ରଶଂକ ଦୃଷ୍ଟିରେ ତାଙ୍କୁ ଚାହିଁଲେ । ଦୂର ବିଦେଶରେ ନିଜର ମାତୃଭାଷା ଜଣେ ସ୍ଥାନୀୟ ଲୋକଙ୍କ ମୁହଁରୁ ଶୁଣିଲେ ଖୁସି ଲାଗେ । ଗର୍ବ ଲାଗେ ବି ।

ଟ୍ରକ୍ ଡ୍ରାଇଭର ବୋକାଙ୍କ ପରି ଚାହିଁ ରହିଥିଲା । ଗାଡ଼ିର ହେଲ୍‌ପର ଏତେ ସୁନ୍ଦର ଇଂରାଜୀ କହିପାରୁଛି ।

ସୁମନ୍ତ ଜାଣି ପାରିଲେ । ତାଙ୍କର ହାବଭାବ ଡ୍ରାଇଭରକୁ ସନ୍ଦେହରେ ପକାଇ ଦେଇଛି । ଏଇଟା ତ ସ୍ୱାଭାବିକ କଥା । ସାମନାରେ ଅବସ୍ଥା ଯେତେବେଳେ ଅଣାୟତ ହୋଇପଡ଼େ ସେତେବେଳେ ଆଉ କିଛି ମନେ ପଡ଼େନା । ସେ ଯେ ଛପିକରି ଅଛନ୍ତି ଏ କଥା ସେ ପୁରାପୁରି ଭୁଲିଯାଇଥିଲେ । ବିଦେଶୀଙ୍କୁ ରକ୍ଷା କରିବା ପାଇଁ ସେ ଇଂରାଜୀରେ କହିବାକୁ ବାଧ୍ୟ ହୋଇଥିଲେ । ପ୍ରକୃତରେ ପରିସ୍ଥିତି ବେଳେବେଳେ ଏମିତି ହୋଇଯାଏ । କିଛି ଭାବିବାକୁ ସମୟ ନ ଥାଏ । ସବୁ ଆପେ ଆପେ ହୋଇଯାଏ ।

ସୁମନ୍ତ ନମ୍ରତାର ସହ ଗୁରୁଦେବଙ୍କୁ କହିଲେ - ଆମେ ତ ଆଶ୍ରମକୁ ଯାଉଛୁ । ଆସନ୍ତୁ ଆପଣମାନେ ଆମ ସାଙ୍ଗେ ଚାଲିଯିବେ ।

କିନ୍ତୁ ଆମ ଡ୍ରାଇଭର ତ ଏଠିକୁ ଆସିବ । କାହାକୁ ନ ପାଇ, କାର୍‌ର ଏ ଅବସ୍ଥା ଦେଖି ସେ ବଡ଼ ଅସୁବିଧାରେ ପଡ଼ିଯିବ । କହିଲେ ଗୁରୁଦେବ ।

ଏଠି ଆପଣ ମାନଙ୍କୁ ନ ପାଇ ସେ ନିଶ୍ଚୟ ଆଶ୍ରମକୁ ହିଁ ଯିବ । ଆପଣଙ୍କ କଥା ବୁଝିବାକୁ । ତେଣୁ ଆପଣମାନେ ଆଉ କାଳ ବିଳମ୍ବ ନ କରି ଆମ ସାଙ୍ଗରେ ଚାଲନ୍ତୁ ।

ଗୁରୁଦେବ ଟିକେ ସୁମନ୍ତଙ୍କୁ ଚାହିଁଲେ । ତା'ପରେ କହିଲେ - ତୁମେ ବୋଧହୁଏ ଠିକ୍ କହିଛ । ଆଉ କିଛି ବାଟ ହିଁ ନାହିଁ ।

ଟ୍ରକ୍‌ରେ ଯିବାକୁ ବୋଧେ ତାଙ୍କୁ ଟିକେ ଅଡୁଆ ଲାଗୁଥିଲା । ତେବେ ଯିବାକୁ ତ ପଡ଼ିବ । ସେମାନେ ଦୁହେଁ ଟ୍ରକ୍ ଆଗ ସିଟ୍‌ରେ ବସିଗଲେ ଡ୍ରାଇଭର ପାଖରେ । ସୁମନ୍ତ ପଛରେ (ଡାଲାରେ) ଠିଆ ହୋଇଗଲେ । ଆଶ୍ରମ ତ ଆଉ ସାତ ଆଠ କିଲୋମିଟର ଥିଲା । ଆଉ କୌଣସି ଅସୁବିଧାରେ ନ ପଡ଼ି ସେମନେ ଆଶ୍ରମରେ ପହଞ୍ଚିଗଲେ ।

ଆଶ୍ରମରେ ପହଞ୍ଚୁ ପହଞ୍ଚୁ ପ୍ରଥମେ ଯେଉଁଟା ସୁମନ୍ତଙ୍କର ଦୃଷ୍ଟି ଆକର୍ଷଣ କଲା ତାହା ହେଉଛି, ଆଶ୍ରମର ପାଚେ଼ରୀ । ପ୍ରାୟ ପନ୍ଦର ଫୁଟ ଉଚ୍ଚର ମେଘନାଦ ପାଚେ଼ରୀ କାହିଁ କେତେବାଟ ଲମ୍ବି ଯାଇଛି ଠିକ୍ ଗ୍ରେଟ ଓ୍ୱାଲ ଅଫ ଚୀନ (The great wall of China) ପରି । ସୁମନ୍ତ ଭାବୁଥିଲେ ଆଶ୍ରମ ପରି ଏକ ଆଧ୍ୟାତ୍ମିକ ସ୍ଥଳରେ ଏତେ ବଡ଼ ପାଚେ଼ରୀର ଆବଶ୍ୟକତା କ'ଣ । ପୁଣି ଏତେ ବଡ଼ ଗେଟ୍। ସେଥିରେ ପୁଣି ସୁରକ୍ଷା କର୍ମୀ ମୂତୟନ ହୋଇଛନ୍ତି । ଟ୍ରକ୍ ଦେଖି ଜଣେ ଗାର୍ଡ଼ ପାଖକୁ ଚାଲି ଆସିଲା ବୁଝିବାକୁ । କିନ୍ତୁ ଆଗରେ ଗୁରୁଦେବଙ୍କୁ ଦେଖି, ସାଲ୍ୟୁଟ ମାରି ଗେଟ୍ ଖୋଲିବାକୁ ନିର୍ଦ୍ଦେଶ ଦେଲା । ଟ୍ରକ୍ ପଶିଲା ଆଶ୍ରମ ଭିତରେ । ଭିତରେ ରାସ୍ତାର ଦୁଇ ପାଖରେ ଗଛ ଲତା ଏପରି ଲଗା ହୋଇଛି ଯେ, ଜଣେ ଚାହିଁଲେ ମଧ୍ୟ ସେ ଗଛଲତା ଦେଇ ରାସ୍ତା ଆର ପଟର କୌଣସି ଦୃଶ୍ୟ ଦେଖି ପାରିବ ନାହିଁ । ପ୍ରାୟ ଗୋଟେ କିଲୋମିଟର ଗଲାପରେ ଗୁରୁଦେବ ଟ୍ରକ୍ ଅଟକେଇବା ପାଇଁ କହିଲେ । ଟ୍ରକ୍ ରହିଲା ମାତ୍ରେ ଗୁରୁଦେବ ଓ ସେ ବିଦେଶୀ ଓହ୍ଲାଇ ପଡ଼ିଲେ ।

ଗୁରୁଦେବଙ୍କ ଇଙ୍ଗିତରେ ଟ୍ରକ୍ ଚାଲିଲା ଷ୍ଟୋର ଆଡ଼େ । ସୁମନ୍ତ ଭାବୁଥିଲେ ଗୁରୁଦେବ ଗଲାବେଳେ ତାଙ୍କୁ କିଛି କହିଲେନି । ଏପରିକି ଧନ୍ୟବାଦଟେ ମଧ୍ୟ ଦେଲେନି । ଯେତେହେଲେ ସେ ତାଙ୍କର ଜୀବନ ବଞ୍ଚାଇଛନ୍ତି ନା । ଛାଡ଼ ସେ କଥା । ଏ କି ପ୍ରକାର ଆଶ୍ରମ । ଯଜ୍ଞ ନାହିଁ, ଧୁନି ନାହିଁ, ସାଧୁବାବା ମାନେ ନାହାନ୍ତି କି କୌଣସି ଲୋକ ମାନଙ୍କର ଯିବା ଆସିବା ମଧ୍ୟ ନାହିଁ । ସବୁଆଡ଼େ ଖାଲି ନୀରବତା । ମଝିରେ ମଝିରେ ଯାହା ସୁନ୍ଦର ସଂଗୀତର ଧୁନ ଦୂରରୁ ଭାସି ଆସୁଥିଲା । କିନ୍ତୁ ସବୁଆଡ଼େ ପରିଷ୍କାର ପରିଚ୍ଛନ୍ନ । ପୁରା ଚକାଚ଼କ୍ । ଷ୍ଟୋର

ପାଖରେ ଟ୍ରକ୍ ଅଟକି ଗଲା । ସାଙ୍ଗେ ସାଙ୍ଗେ ଦୁଇ ଚାରିଜଣ ଲୋକ ଦୌଡ଼ି ଆସି ସେ ଚାଉଳ ତକ ଖଲାସ କରିଦେଲେ । ଷ୍ଟୋର ରୁମ୍ ଭିତରକୁ ପାଦ ବଢ଼ଉଥିଲେ ସୁମନ୍ତ ଦେଖିବା ପାଇଁ କେମିତି ଜିନିଷ ସବୁ ରଖା ହୋଇଛି । ହେଲେ ଜଣେ ସୁରକ୍ଷା କର୍ମୀ ଅଟକେଇ ଦେଲା, କହିଲା - ବାହାର ଲୋକଙ୍କୁ ଭିତରକୁ ଯିବା ମନା । ଆଶ୍ଚର୍ଯ୍ୟ ହେଲେ ସୁମନ୍ତ । ଏଠି ବି ସୁରକ୍ଷା କର୍ମୀ ।

ସେତିକିବେଳେ ଜଣେ ଲୋକ ଆସି ତାଙ୍କୁ ସିଧା ପଚାରିଲା - ଆପଣ ସୁମନ୍ତ ଦାସ । ସେ ମୁଣ୍ଡ ଟୁଙ୍ଗାରି ହଁ ଭରିଲେ ।

ଆପଣଙ୍କୁ ଗୁରୁଦେବ ଡାକୁଛନ୍ତି ।

ଡ୍ରାଇଭରକୁ କିଛି ସମୟ ଅପେକ୍ଷା କରିବାକୁ କହି ସୁମନ୍ତ ସେ ବ୍ୟକ୍ତିଙ୍କ ସାଙ୍ଗରେ ଚାଲିଲେ ଗୁରୁଦେବଙ୍କ ପାଖକୁ । ସେ ଲୋକଟି ତାଙ୍କୁ ଗୋଟେ ବାହାର ପଟ ରାସ୍ତାରେ ନେଇଗଲା । ଭିତର ପଟ ରାସ୍ତାରେ ନେବାକୁ ସେ ଚାହୁଁନଥିଲା କିମ୍ବା ତାକୁ ସେହିପରି ଆଦେଶ ଦିଆଯାଇଥିଲା । ଯାହାହେଉ ସେ ଗୁରୁଦେବଙ୍କ ପାଖରେ ପହଞ୍ଚିଗଲେ । ସେଇଟା ବୋଧେ ଗୁରୁଦେବଙ୍କ ଅଫିସ । ଗୁରୁଦେବ ବସିଥିଲେ ଗୋଟେ ଏକ୍‌ଜେକୁଟିଭ ଚୌକି (executive chair) ରେ । ଆହୁରି କିଛି ଲୋକ ବି ଥିଲେ । ସମସ୍ତଙ୍କ ପରିଧାନ ଧଳା ବସ୍ତ୍ର । ପୋଷାକ ହେଉଛି ଧଳାର ଆଲଖାଲା ପରି । ଆଲଖାଲା ହେଉଛି ଗୋଟେ ଢିଲା ପରିଧାନ ଯାହା ବେକଠାରୁ ଆରମ୍ଭ କରି ପାଦ ପର୍ଯ୍ୟନ୍ତ ଆବୃତ୍ତ କରିଥାଏ ।

ସୁମନ୍ତଙ୍କୁ ଦେଖି ଗୁରୁଦେବ କହିଲେ - ତୁମେ ବହୁତ ଭଲ ଲୋକ ପରି ଜଣା ପଡୁଛ । ତୁମ ଉପରେ ମୁଁ ବହୁତ ଖୁସି । ତୁମର କଥାବାର୍ତ୍ତା, ବ୍ୟବହାର ରୁଚି ସଂପୂର୍ଣ୍ଣ । ତୁମର ମଧ୍ୟ ଉପସ୍ଥିତ ବୁଦ୍ଧି ଅଛି । ଭଲ ଇଂରାଜୀ ତ କହି ପାରୁଛ । ତୁମେ ଇଚ୍ଛାକଲେ ଆମର ଏଠାରେ କର୍ମଚାରୀ ଭାବରେ ରହିପାରିବ । ସେଥିପାଇଁ ଉପଯୁକ୍ତ ପାରିଶ୍ରମିକ ଦିଆଯିବ ।

ସୁମନ୍ତ କହିଲେ - କିନ୍ତୁ ମୁଁ ତ ଆଶ୍ରମର କାମ କାର୍ଯ୍ୟ ବିଷୟରେ କିଛି ଜାଣିନି ।

ନ ଜାଣିଲେ ଶିଖି ଯିବନି । ହସି ହସି କହିଲେ ଗୁରୁଦେବ । ତେବେ ତମ ପାଇଁ ମୁଁ କିଛି ଚିନ୍ତା କରିଛି । ତମେ ଯେହେତୁ ଭଲ ଇଂରାଜୀ କହିପାରୁଛ, ମୁଁ ତମକୁ ବିଦେଶୀ ମାନଙ୍କ ଆତିଥେୟତାରେ ନିୟୋଗ କରିବି । ତମକୁ ସେମାନଙ୍କୁ

ଏୟାରପୋର୍ଟରୁ ଆଣିବାକୁ ପଡ଼ିବ ଓ ଛାଡ଼ିବାକୁ ପଡ଼ିବ । ସିମ୍‌ଲାର ଏୟାରପୋର୍ଟ ଦୁବାରହାଟିରେ ଅବସ୍ଥିତ । ଏହା ସିମ୍‌ଲା ଠାରୁ ବାଇଶ କିଲୋ ମିଟର ଦୂର । କିନ୍ତୁ ତାହା ବର୍ତ୍ତମାନ ବନ୍ଦ ଅଛି । ତମକୁ ଚଣ୍ଡିଗଡ଼ ଏୟାରପୋର୍ଟ ଯିବାକୁ ପଡ଼ିବ । ଚଣ୍ଡିଗଡ଼ ଏଠାରୁ ପ୍ରାୟ ୧୧୫ କିଲୋ ମିଟର ଦୂର ହେବ । ସେମାନଙ୍କୁ ନେବା ଆଣିବା ବ୍ୟତୀତ ଏଠାରେ ମଧ୍ୟ ସେମାନଙ୍କର ଦେଖା ଶୁଣା କରିବାକୁ ପଡ଼ିବ । ସେଥିପାଇଁ ଅବଶ୍ୟ ତମକୁ ଟ୍ରେନିଂ ନେବାକୁ ପଡ଼ିବ । ଏଥିରେ ତମର ମତାମତ କ'ଣ ?

ସୁମନ୍ତ କିଛି ଭାବି ପାରୁ ନଥିଲେ । ଏ ପ୍ରସ୍ତାବ ତ କିଛି ମନ୍ଦ ନୁହେଁ । କିନ୍ତୁ କଲିକତାରେ ସେ ମାଲିକଙ୍କୁ କ'ଣ କହିବେ । ଯାହା ହେଲେ ବି ଟ୍ରକରେ ହେଲ୍‌ପର ହେବା ଅପେକ୍ଷା ଏହା ଅନେକ ଗୁଣରେ ଭଲ ।

କ'ଣ ହେଲା ଚିନ୍ତାରେ ପଡ଼ିଗଲ ଯେ । ଗୁରୁଦେବ ପଚାରୁଥିଲେ ।

ସୁମନ୍ତ ଦେଖିଲେ ଗୁରୁଦେବ ଉତ୍ତର ଆଶାରେ ଚାହିଁ ରହିଛନ୍ତି । ସେ କ'ଣ କରିବେ ଜାଣି ପାରୁ ନ ଥିଲେ । ନୂଆ ଜାଗା, ନୂଆ ପରିବେଶ । ଏଠି ରହିଗଲେ ଯଦି କିଛି ଅସୁବିଧା ହେଲା ସେ କାହାକୁ କହିବେ । ଏପଟ ତ ଯିବ ସେ ପଟ ବି ଯିବ । ସେ କୋଉ କୂଳର ହେବେନି । ହୁଏତ ଏଇଟା ଭଗବାନଙ୍କ ଦିଆ ହୁଆ ସୁଯୋଗଟିଏ ହୋଇପାରେ । ସୁଯୋଗ ତ ଜୀବନରେ ବହୁତ କମ ଆସିଥାଏ । ମିଳୁଥିବା ସୁଯୋଗକୁ ହାତଛଡ଼ା କରିବା କଥା ନୁହେଁ । ହେ ଭଗବାନ ସବୁ ଭଲ ହିଁ କର । ସେ ରାଜି ହୋଇଗଲେ । କହିଲେ - ଆପଣଙ୍କୁ ନାହିଁ କରିବାର ସତ୍ ସାହାସ ମୋର ନାହିଁ । ତେବେ ମୋର ଜିନିଷ ପତ୍ର ତ ସବୁ ସିମ୍‌ଲାରେ ଅଛି । ମୁଁ ଏଇ ଆସିଥିବା ଟ୍ରକ୍ ରେ ଫେରିଯିବି । ମୋର ଜିନିଷ ସବୁ ଆଣି କାଲି ଫେରି ଆସିବି ।

ସେ ସବୁର ଆବଶ୍ୟକତା ନାହିଁ । ମୁଁ ତମ ମାଲିକଙ୍କ ସାଙ୍ଗରେ କଥା ହୋଇଯାଇଛି । ତମର ତ ସେମିତି କିଛି ଜିନିଷ ନାହିଁ । ଯାହା ଦରକାର ସବୁ ଏହିଠାରେ ଯୋଗାଇ ଦିଆଯିବ ।

ଗୁରୁଦେବଙ୍କର ବୋଧେ ମାଲିକଙ୍କ ସାଙ୍ଗରେ ଚିହ୍ନା ପରିଚୟ ଅଛି । ଭଲ ହେଲା । ସେ ଆଉ ନିଜକୁ ଦୋଷୀ ବୋଲି ଭାବିବେନି । ନ ହେଲେ ତାଙ୍କୁ ମାଲିକଙ୍କ ସାଙ୍ଗରେ ବେଇମାନ କଲା ପରି ଲାଗିଥା'ନ୍ତା । ଯାହାହେଲେ ବି ତାଙ୍କର

ଭୋଟର କାର୍ଡ଼ କରିଥିଲେ, ଖାଇବାକୁ ଦେଇଥିଲେ ପୁଣି ହେଲ୍‌ପର ଚାକିରୀଟା ଦେଇଥିଲେ ।

ବଳରାମ ସାଙ୍ଗରେ ଟିକେ ଦେଖା କରିବାକୁ ଇଚ୍ଛାଥିଲା । ସେ ସୁଯୋଗ ତ ମିଳିଲାନି । ଭବିଷ୍ୟତରେ କେବେ ଦେଖା ହେବ କି ନାହିଁ କେଜାଣି। ଥଟ୍ଟାରେ ଥଟ୍ଟାରେ କହିଥିବା କଥାଟା ସତ ହୋଇଗଲା । ସନ୍ୟାସୀ ନ ହେଲେ ବି ସେ ସେଇ ମାନଙ୍କ ଗହଣରେ ରହିବେ । ଏ ପୁଣି ଗୋଟେ ନୂଆ ପ୍ରକାର ଜୀବନ ଜୀଇଁବେ ।

ଗୁରୁଦେବ ଉଠିଲେ । ବୋଧହୁଏ କୋଠରୀର ଭିତର ପଟକୁ ଦ୍ୱାର ଥିଲା । ସେଇ ଦ୍ୱାର ଦେଇ ସେ ଭିତରକୁ ଚାଲିଗଲେ । ଜଣେ କର୍ମଚାରୀ ଆସି ତାଙ୍କୁ କହିଲା- ଆସନ୍ତୁ । ଆପଣଙ୍କ ରୁମ୍ ଦେଖାଇ ଦେବି । ଆପଣଙ୍କର ନିତ୍ୟ ବ୍ୟବହାର୍ଯ୍ୟ ଏବଂ ଆବଶ୍ୟକ ଜିନିଷର ଗୋଟେ ତାଲିକା କରି ଦିଅନ୍ତୁ । ମୁଁ ତାହା ଆଣି ଆପଣଙ୍କ ପାଖରେ ପହଞ୍ଚାଇ ଦେବି ।

ସୁମନ୍ତ ସେ ଲୋକର ପଛେ ପଛେ ଚାଲିଲେ । ସେଇ ବାହାର ଆଡ଼କୁ । ପାଚେ଼ରୀର ଭିତର ପଟକୁ ଲମ୍ବା ହୋଇ ଘର ଗୁଡ଼ିଏ ଅଛି । ବୋଧହୁଏ କର୍ମଚାରୀ ମାନଙ୍କ ପାଇଁ ତିଆରି ହୋଇଛି । ତାଙ୍କ ପାଇଁ ଉଦିଷ୍ଟ ରୁମଟିକୁ ଦେଖାଇଦେଲା ସେ କର୍ମଚାରୀଟି । ସୁମନ୍ତ ଦେଖିଲେ ବଖୁରିଆ ଛାତଘର । ଘର ଭିତରେ ଗାଧୁଆ ଘର (Attached bath) । ଗୋଟେ ଖଟ ସହ ଗୋଟେ ଟେବୁଲ୍ ଓ ଗୋଟେ ଚୌକି । ଜଣେ ଚଳିଲା ଭଳି ସବୁକିଛି ଅଛି । ସେ କର୍ମଚାରୀଟି କାଗଜ କଲମ ବଢ଼ାଇ ଦେଲା - ଦରକାରୀ ଜିନିଷ ଲେଖିଦେବା ପାଇଁ ।

ଟୁଥବ୍ରସ, ଟୁଥପେଷ୍ଟ, ସାବୁନ, ତେଲ, ପାନିଆ ଆଦି ଦରକାରୀ ଜିନିଷ ସବୁ ଲେଖି ବଢ଼େଇ ଦେଲେ ସୁମନ୍ତ ।

ତାଲିକାକୁ ଦେଖି କର୍ମଚାରୀ ଜଣକ କହିଲା - ପୋଷାକ ଲେଖା ହୋଇନାହିଁ । ସେଇଟା ଜରୁରୀ ନା ।

ସୁମନ୍ତ ଭାବିଲେ ସତତ । ସେ ଯେଉଁ ପ୍ୟାଣ୍ଟ, ସାର୍ଟ ପିନ୍ଧିକରି ଆସିଛନ୍ତି ସେତିକି । ଆଉ ତ ତାଙ୍କ ପାଖେ କିଛି ନାହିଁ । ସେ କର୍ମଚାରୀ ଜଣଙ୍କ ତାଙ୍କ ଠାରୁ ପୋଷାକର ମାପ ବୁଝିନେଇ ଚାଲିଗଲା ।

ପ୍ରାୟ ଘଣ୍ଟାକ ପରେ ଫେରି ଆସିଲା ସବୁ ଦରକାରୀ ଜିନିଷ ଓ ପୋଷାକ

ସହ । ପୋଷାକ ସବୁ ଧଳା ରଙ୍ଗର ଥିଲା । ଦୁଇଟା ଧଳା ଆଲଖାଲା ମଧ୍ୟ । ସେ ତାଙ୍କୁ ବୁଝାଇଦି ଦେଲେ ଯେ, ବିଦେଶୀ ଲୋକ ମାନଙ୍କୁ ନେବା ଆଣିବା କଲା ବେଳେ ତାଙ୍କୁ ପ୍ୟାଣ୍ଟ ସାର୍ଟ ପିନ୍ଧିବାକୁ ପଡ଼ିବ । କିନ୍ତୁ ଆଶ୍ରମ ଭିତରେ ଧ୍ୟାନ, ପ୍ରାଣାୟମ କଲାବେଳେ ଏ ଆଲଖାଲା ବ୍ୟବହାର କରିବାକୁ ପଡ଼ିବ । ଏଇଟା ହେଉଛି ଆଶ୍ରମର ପୋଷାକ ନିୟମ (Dress code) । ଆଶ୍ରମ ବିଷୟରେ ସାମ୍ୟକ ଧାରଣା ସେ ତାଙ୍କୁ ଦେଇଥିଲା ।

ସୁମନ୍ତ ଜାଣିଲେ – ଏ ସବୁ ଜଣାଇବାକୁ ତାକୁ ନିର୍ଦ୍ଦେଶ ଦିଆଯାଇଛି । ତା' କଥାରୁ ସେ ବୁଝିଗଲେ ଏଇଟାକୁ ଆଶ୍ରମ କୁହାଗଲେ ମଧ୍ୟ ଏହା ଗୋଟେ ପରମ୍ପରାଗତ ଆଶ୍ରମ ନୁହେଁ । ଆଶ୍ରମ କମ, ରିସୋର୍ଟ (Resort) ଅଧିକା । ଏଠାକୁ ଯିଏ ଆସନ୍ତି ସେମାନେ ନିର୍ଦ୍ଦିଷ୍ଟ ପରିମାଣର ଦେୟ ଦେଇ ଆସିଥା'ନ୍ତି । ଦେଶ ଭିତରୁ ବା ବାହାରୁ ଆସୁଥିବା ବ୍ୟକ୍ତି ଆଗରୁ ମଧ୍ୟ ଦେୟ ଦେଇ ସ୍ଥାନ ରିଜର୍ଭ କରିଥାନ୍ତି ।ସେମାନେ ପ୍ରାୟତଃ ଅସ୍ଥିର ମନକୁ ସ୍ଥିର କରିବା ପାଇଁ, ଅଶାନ୍ତ ଅନ୍ତରକୁ ଶାନ୍ତ କରିବା ପାଇଁ, ସ୍ନିଗ୍ଧ ପରିବେଶରେ ଯୋଗ ଧ୍ୟାନ କରିବା ପାଇଁ ଆସିଥା'ନ୍ତି । ଆଶ୍ରମର ସ୍ୱଚ୍ଛ, ନିର୍ମଳ ପରିବେଶ ସେମାନଙ୍କୁ ଏ ଦିଗରେ ଆଗେଇ ନେଇଥାଏ । ତେଣୁ ଯେଉଁ ଅତିଥି ମାନେ ଏଠାକୁ ଆସନ୍ତି ସେମାନଙ୍କ ସୁଖ ସ୍ୱାଚ୍ଛନ୍ଦ ପ୍ରତି ଧ୍ୟାନ ଦେବାକୁ ପଡ଼ିଥାଏ । ସବୁ କର୍ମଚାରୀ ମାନଙ୍କର ଏଇଟା ହେଉଛି ପ୍ରାଥମିକ କର୍ତ୍ତବ୍ୟ ।

ଏଇ ଆଶ୍ରମରେ ତିନୋଟି ବଳୟ ଅଛି ବାହ୍ୟବଳୟ, ମଧ୍ୟବଳୟ ତଥା ଅନ୍ତର୍ବଳୟ । ପାଚେରୀ ଠାରୁ ଏକ କିଲୋମିଟର ଯାଏଁ ହେଉଛି ବାହ୍ୟ ବଳୟ । ଏଥିରେ ଆଶ୍ରମର କର୍ମଚାରୀ, ସୁରକ୍ଷା କର୍ମଚାରୀ ରହନ୍ତି । ମଧ୍ୟ ବଳୟରେ ଅତିଥି ମାନଙ୍କ ପାଇଁ ବନ୍ଦୋବସ୍ତ କରାଯାଇଛି । ଅନ୍ତର୍ବଳୟ ଗୁରୁଦେବ ଓ ତାଙ୍କର କେତେକ ଖାସ ଲୋକଙ୍କ ପାଇଁ ଉଦ୍ଦିଷ୍ଟ । ବାହ୍ୟ ବଳୟର କର୍ମଚାରୀ ମାନେ ମଧ୍ୟବଳୟକୁ ଯାଇ ପାରିବେ କିନ୍ତୁ କେବଳ ଆଶ୍ରମ କାମରେ, ଏମିତି ମନଇଚ୍ଛା ନୁହେଁ । କିନ୍ତୁ କୌଣସି ଅତିଥି ବା କର୍ମଚାରୀ ବିନା ଅନୁମତିରେ ଅନ୍ତର୍ବଳୟକୁ ଯାଇ ପାରିବେ ନାହିଁ । ସବୁ ବଳୟ ପାଇଁ ଅଲଗା ଅଲଗା ଖାଇବା ଘର (Dining Hall) ଅଛି । ସକାଳର ଜଳଖିଆ ଠାରୁ ଆରମ୍ଭ କରି ରାତ୍ରିବୋଜନ ପର୍ଯ୍ୟନ୍ତ ଠିକ୍ ସମୟରେ ଯାଇ ଖାଇ ପାରିବେ । ସବୁ ବଳୟ ଗୋଲାକାର ପାଚେରୀ ଦ୍ୱାରା

ବିଭାଜିତ । ସବୁ ବଳୟ ଗୁଡ଼ିକର ଗୋଟିଏ ଲେଖାଏଁ ଦ୍ୱାର ଯାହାକି ସଜାଗ ସୁରକ୍ଷା କର୍ମୀଙ୍କ ଦ୍ୱାରା ସୁରକ୍ଷିତ ।

କର୍ମଚାରୀ ଜଣକ ଏଥର ଯିବାକୁ ବାହାରିଲା । ଗଲାବେଳକୁ କହିଲା- କାଲିଠାରୁ ତମର ଟ୍ରେନିଂ ଆରମ୍ଭ ହେବ । ଆସ୍ତେ ଆସ୍ତେ ସବୁ ଜାଣିଯିବ । ମୁହଁରେ ଏକ ରହସ୍ୟମୟ ହସ ଖେଳାଇ ସେ ଚାଲିଗଲା ।

ସୁମନ୍ତଙ୍କୁ ଟିକେ କେମିତି କେମିତି ଲାଗୁଥିଲା । ସେ ଭାବୁଥିଲେ ଏମିତି ଦିନେ କଲିକତାରେ ବାବାଙ୍କୁ ଗୋଟେ ବଡ଼ ଘରେ ଚାକିରୀ ମିଳିଥିଲା । ଯାହା ସିଏ ଜାଣିଛନ୍ତି ତାଙ୍କୁ ସେଠି ଫସେଇ ଦିଆ ଯାଇଥିଲା । ଗରିବ ଲୋକ ମାନଙ୍କ ଗରିବୀର ଫାଇଦା ଉଠାଇବା ପାଇଁ, ସେମାନଙ୍କୁ ଶୋଷଣ କରିବା ପାଇଁ ତ ଲୋକଙ୍କର ଅଭାବ ନାହିଁ । ଜ୍ୱଳନ୍ତ ଦୀପ ଶିଖାକୁ ପତଙ୍ଗ ଆକର୍ଷିତ ହେଲାପରି ଗରିବ ମାନେ କିଛି ରୋଜଗାର ଆଶାରେ ପ୍ରତିପତିଶୀଳ ଲୋକ ମାନଙ୍କର ଶୀକାର ହୋଇଥା'ନ୍ତି । ଏଠି ତାଙ୍କ ଅବସ୍ଥା କ'ଣ ହେବ କେଜାଣି । ତାଙ୍କୁ ବଳିର ବକରା କରାଯାଉ ନାହିଁ ତ ! ବିନା ଚେଷ୍ଟାରେ ବିନା ପରିଶ୍ରମରେ ଯଦି କିଛି ଭଲ ଜିନିଷରେ ହାତ ଲାଗିଯାଏ ତେବେ ମନରେ ଟିକେ ସନ୍ଦେହ ଆସିବା ସ୍ୱାଭାବିକ । ତାଙ୍କ ଭଳି ଜଣେ ଅଜଣା, ଅଶୁଣା ଲୋକକୁ ଭଲ ଚାକିରୀ ଦେବା ଭିତରେ କିଛି ଅଭିସନ୍ଧି ନାହିଁ ତ ।

ପରମୁହୂର୍ତ୍ତରେ ସେ ନିଜ ମନକୁ ଶାସନ କରିନେଲେ । ଏ ସବୁ କଥା ସେ କାହିଁକି ଭାବୁଛନ୍ତି । ଗୋଟେ ଆଶ୍ରମର ହର୍ତ୍ତା କର୍ତ୍ତା ସେ । ତାଙ୍କର ଚିନ୍ତା ଧାରା କେବେ ହେଲେ ଏତେ ନୀଚ୍ ହୋଇ ପାରିନଥିବ । ଅସଲ କଥା ହେଉଛି, ସେ ତାଙ୍କ ଜୀବନ ବଞ୍ଚାଇ ଥିଲେ । ସେଥିପାଇଁ, ପ୍ରତିଦାନ ସ୍ୱରୂପ ସେ ଏମିତି ସୁବିଧା, ସୁଯୋଗ ଦେଇଛନ୍ତି । ସେ ମନକୁ ବୁଝାଇ ଦେଲେ ।

ଅପରାହ୍ନ ପାଞ୍ଚଟା ହେବ ବୋଧେ । ରାତ୍ରୀ ଭୋଜନ ସମୟ ତ ରାତି ଆଠ ଟାରେ । ତାଙ୍କର ଇଚ୍ଛା ହେଲା ଆଶ୍ରମର ବାହ୍ୟ ଅଂଶ ଗୁଡ଼ିକ ବୁଲି ଦେଖିବାକୁ । ରାସ୍ତା ପାଖରେ ସବୁଜ ବାଡ଼ ଟପି ସେ ଭିତରକୁ ପଶିଲେ । ତାଙ୍କର ଆଖି ଖୋସି ହୋଇଗଲା । ଏତ ପୁରା ମନ ମୁଗ୍ଧକର ପାର୍କ ପରି ହୋଇଛି । ଏତେ ପ୍ରକାର ଫୁଲଗଛ ପୁଣି ବିଭିନ୍ନ ରଙ୍ଗର । ସେ ଭିତରେ ପୁଣି କୃତ୍ରିମ ଝରଣା ଟିଏ ବୋହିଯାଉଛି । କେତେକ ପାଣିର ଫୁଆରାରୁ ପାଣି ବିଛୁରିତ ହୋଇ

ବାତାବରଣକୁ ସୁଶୀତଳ କରି ଦେଉଛି । ପକ୍ଷୀମାନଙ୍କର କଳରବ ସଙ୍ଗୀତର ମୂର୍ଚ୍ଛନା ପରି ଲାଗୁଛି । କେତେକ ପୋଷା ମୟୁର ମଧ୍ୟ ଅଛନ୍ତି । ପ୍ରକୃତରେ ଏ ସୌନ୍ଦର୍ଯ୍ୟର ତୁଳନା ନାହିଁ । ଏହା କେବଳ କଳ୍ପନାରେ ମିଳିପାରେ ।

ଅନ୍ଧକାର ତା'ର କାୟା ବିସ୍ତାର କଲାଣି । ବିଜୁଳି ବତୀ ସବୁ ଜଳି ଉଠିଲାଣି । କୃତ୍ରିମ ଝରଣାରେ ଏବଂ ପାଣି ଫୁଆରା ସବୁରେ ବିଭିନ୍ନ ରଙ୍ଗର ଆଲୋକ ପଡ଼ି ପରିବେଶର ସୌନ୍ଦର୍ଯ୍ୟକୁ ବହୁ ଗୁଣରେ ବୃଦ୍ଧି କରୁଥିଲା । ଏଇ ବୈଚିତ୍ର୍ୟମୟ ପରିବେଶ ତାଙ୍କୁ ଯେମିତି ମନ୍ତ୍ରମୁଗ୍ଧ କରି ଦେଇଥିଲା । ସେ ଗୋଟେ ପଥର ଉପରେବସି ପଡ଼ିଲେ କିଛିକ୍ଷଣ । ତା'ପରେ ଚାଲିଲେ ଡାଇନିଂ ହଲକୁ । ରାତ୍ରୀ ଭୋଜନର ସମୟ ଯେ ହୋଇଗଲାଣି ।

ଭୋଜନ ପରେ ସେ ତାଙ୍କ କ୍ଳାନ୍ତ ଶରୀରକୁ ଲୋଟାଇ ଦେଲେ ଖଟ ଉପରେ । ସେ ଅପେକ୍ଷା କରିଥିଲେ କାଲିର ସକାଳକୁ ଯେ କି ଏକ ନୂତନ ଆହ୍ୱାନ ନେଇ ଆସିବ ତାଙ୍କ ଜୀବନର ପରିଧିକୁ ।

|| ୯ ||

ଜାପାନର ଗୋଟେ ଲୋକକଥା ଅଛି ଯେ, ପ୍ରତି ମଣିଷର ତିନୋଟି ମୁହଁ ଥାଏ । ଆମେ କହି ପାରିବା ତିନୋଟ ମୁଖା ଥାଏ । ଗୋଟେ ମୁହଁ ସେ ଅଜଣା, ଅଶୁଣା ବା ସାଧାରଣ ଲୋକଙ୍କୁ ଦେଖାଏ । ଦ୍ୱିତୀୟଟି ସେ ଭଲପାଉଥିବା ଲୋକ ମାନଙ୍କୁ ଯେପରିକି ନିଜର ବନ୍ଧୁ, ବାନ୍ଧବ, ପରିବାର ବର୍ଗଙ୍କୁ ଦେଖାଏ ଏବଂ ତୃତୀୟଟି କେବଳ ନିଜକୁ ହିଁ ଦେଖାଇ ଥାଏ । ସେଇଟା ହିଁ ହେଉଛି ତା'ର ପ୍ରକୃତ ରୁପ ବା ଚରିତ୍ର । ଏ କଥା କ'ଣ ସବୁବେଳେ ସମସ୍ତଙ୍କ ପାଖେ ପ୍ରଯୁଜ୍ୟ ? ପୁରାତନ କାଳରେ ଆମର ମୁନୀ ଋଷି ମାନଙ୍କର ଚରିତ୍ର ବ୍ୟବହାର ତ ପୁରା ପାରଦର୍ଶକ । ସେମାନଙ୍କ ମୁହଁର ମୁଖା ବୋଲି କିଛି ନ ଥାଏ । ସେମାନେ ଭିତରେ ଯାହା ବାହାରେ ସେୟା । ନିଜ ପାଖରେ ଯାହା ବାହାର ଲୋକଙ୍କ ପାଖରେ ମଧ୍ୟ ସେଇଆ । ମୋର, ତୋର, ପର, ଆପଣା, ଛନ୍ଦ, କପଟ ସେମାନଙ୍କର କିଛି ନ ଥାଏ । କିନ୍ତୁ ଏବକାର ସାଧୁ, ସନ୍ୟାସୀଙ୍କ କଥା ନ କହିଲେ ଭଲ । କିଛି ତ ନିଶ୍ଚୟ ଭଲ ଥିବେ । କିନ୍ତୁ ଅଧିକାଂଶଙ୍କ ଚିନ୍ତାଧାରା ଧର୍ମ ଭାବ ଠାରୁ ବହୁ ଦୂରରେ । ସେମାନେ ତ ଏହାକୁ ପୁରା ବ୍ୟବସାୟରେ ପରିଣତ କରି ସାରିଲେଣି ।

ସୁମନ୍ତ ଭାବୁଥିଲେ ଏମାନଙ୍କ ମଧ୍ୟରୁ ଗୁରୁଦେବ କେଉଁ ଶ୍ରେଣୀରେ ଯିବେ । "ଯାହା ପୁଅକୁ ସାପ କାମୁଡ଼େ, ତା' ମା' ପାଳ ଦଉଡ଼ି ଦେଖିଲେ ଡରେ ।" ସେହିପରି ସୁମନ୍ତ ହଠାତ୍ କାହାକୁ ବିଶ୍ୱାସ କରି ପାରୁ ନ ଥିଲେ । କିନ୍ତୁ ବର୍ତ୍ତମାନ ତ ଆଉ କିଛି କରିବାର ଉପାୟ ନାହିଁ । ଏବେ ତାଙ୍କୁ ଟ୍ରେନିଂ ପାଇଁ ପ୍ରସ୍ତୁତ ହେବାକୁ ପଡ଼ିବ ।

ସେ ସକାଳୁ ନିଜର ନିତ୍ୟକର୍ମ ଶେଷ କରି ଅପେକ୍ଷା କଲେ । ହଠାତ୍

କୋଣରେ ଥିବା ଫୋନଟା ବାଜି ଉଠିଲା । ସେ ପର୍ଯ୍ୟନ୍ତ ସେଇଟା ତାଙ୍କ ଆଖିରେ ପଡ଼ି ନଥିଲା । ସେ ଫୋନ ଉଠାଇଲେ । ପ୍ରକୃତରେ ତାହା ଇଣ୍ଟରକମ୍ (intercom) ଥିଲା । କେବଳ ଆଶ୍ରମ ଭିତରେ କଥାବାର୍ତ୍ତା କରିବା ପାଇଁ ଏପରି ବ୍ୟବସ୍ଥା ହୋଇଥିଲା । ଇଣ୍ଟରକମ୍‌ରେ କେହି ଜଣେ କହିଲେ - ସାତଟାରେ ପ୍ରାତ ଭୋଜନ (Breakfast) କରି ଆଠଟାରେ ଦଶ ନମ୍ବର ରୁମ୍‌ରେ ଆସି ଦେଖାକର ।

ଡାଇନିଂ ହଲରେ ଜଳଖିଆ ଖାଇଲା ବେଳେ ସେ ବୁଝିନେଇଥିଲେ ସେ ଦଶ ନମ୍ବର ରୁମଟା କେଉଁଠି । ଠିକ୍ ଆଠଟାରେ ସେ ଆସି ସେଠାରେ ହାଜିର ହୋଇଗଲେ ।

ସେଠାରେ କେବଳ ଜଣେ ବୟସ୍କ ଲୋକ ବସିଥିଲେ । ସେ ମଧ୍ୟ ତାଙ୍କପରି ଧଳାର ଆଲଖାଲା ପିନ୍ଧିଥିଲେ । ସେ ତାଙ୍କୁ ବସିବାକୁ କହି ଆରମ୍ଭ କଲେ । ତାଙ୍କ କହିବା ଅନୁସାରେ ଏଠାକୁ ପ୍ରାୟ ଆମେରିକା, ଇଂଲଣ୍ଡ, ଜର୍ମାନୀ, ପର୍ତ୍ତୁଗାଲ, ଜାପାନର ଲୋକମାନେ ବେଶୀ ଆସୁଛନ୍ତି । ଏହି ସବୁ ଦେଶରେ ଗୁରୁଦେବଙ୍କର ବହୁତ ଶ୍ରଦ୍ଧାଳୁ ଅଛନ୍ତି । ଏମାନେ ବିଭିନ୍ନ ଦେଶର ହେଲେ ମଧ୍ୟ ପ୍ରାୟ ସମସ୍ତେ ଇଂରାଜୀରେ କଥାବାର୍ତ୍ତା କରନ୍ତି । ତଥାପି ପ୍ରତି ଦେଶ ଭାଷାର କେତୋଟା ସାଧାରଣ ଶବ୍ଦ ଜାଣିବା ଦରକାର । ପ୍ରଥମ ଦେଖାରେ ସେମାନଙ୍କ ଭାଷାରେ ସମ୍ବୋଧନ କଲେ ସେମାନେ ବହୁତ ଖୁସି ହୋଇଯିବେ । ସେମାନେ ଖୁସି ହେଲେ ଆମ ଆଶ୍ରମର ପ୍ରଚାର, ପ୍ରସାର ବିଦେଶରେ ବେଶୀ ହେବ । ବେଶୀ ଲୋକ ଏଠାକୁ ଆସିବେ । ତା' ଦ୍ଵାରା ଆମର ମଧ୍ୟ ଭଲ ରୋଜଗାର ହେବ । ଯାହାଦ୍ଵାରା ଆମ ଆଶ୍ରମର ଆହୁରି ଉନ୍ନତି ହେବ ।

ତା' ମାନେ ତାଙ୍କୁ ବହୁତ ଗୁଡ଼େ ଭାଷାର କେତେ ଗୁଡ଼ିଏ ଶବ୍ଦ ଶିଖିବାକୁ ପଡ଼ିବ । ବୁଝିଗଲେ ସୁମନ୍ତ । ବିଦେଶୀ ମାନଙ୍କ ସହ କେମିତି ବ୍ୟବହାର କରିବାକୁ ପଡ଼ିବ, ସେମାନଙ୍କର ଯେମିତି କିଛି ଅସୁବିଧା ନ ହୁଏ ସେଥିପ୍ରତି ଚାରି ଆଡ଼କୁ ଧ୍ୟାନ ଦେବାକୁ ପଡ଼ିବ । ଏମିତି ସବୁ କେତେକ ଜରୁରୀ ନିର୍ଦ୍ଦେଶ ତାଙ୍କୁ ଦିଆଗଲା । ପ୍ରାୟ ଚାରି ପାଞ୍ଚ ଦିନରେ ତାଙ୍କର ଟ୍ରେନିଂ ଶେଷ ହୋଇଗଲା । ଏବେ ସେ କାମ କରିବାକୁ ସକ୍ଷମ ।

ଖୁବ୍ ଶୀଘ୍ର ତାଙ୍କ କାମ ବି ଆରମ୍ଭ ହୋଇଗଲା । ସପ୍ତାହରେ ପ୍ରାୟ ଦୁଇ

ତିନି ଥର ଯିବାକୁ ପଡୁଥିଲା । ଜଣେ ଅତିଥି ଆସିଲେ ସାଧାରଣ କାର ନେବାକୁ ପଡ଼େ । ଅବଶ୍ୟ ଡ୍ରାଇଭର ଥାଏ । କିନ୍ତୁ ଯେଉଁଦିନ ଏକରୁ ଅଧିକ ବିଦେଶୀ ଆସିବାର ଥାଏ, ସେଦିନ ଅପେକ୍ଷାକୃତ ବଡ଼ ଗାଡ଼ି ନେବାକୁ ପଡ଼େ । ଅବଶ୍ୟ ସବୁ କାର ବା ଏସ.ଇଉ.ଭି. (S.U.V.) ଦାମୀ ଦାମୀ ଗାଡ଼ି । ତାଙ୍କର କାମ ହେଲା ଅଫିସ ତରଫରୁ ଦିଆଯାଇଥିଲା ପ୍ଲାକାର୍ଡ଼ (Placard) ଧରି ବିମାନ ବନ୍ଦରର ପ୍ରସ୍ଥାନ ଯାଗାରେ ଠିଆ ହେବା । ତାଙ୍କୁ ଆଗରୁ ଅତିଥିଙ୍କ ନାଁ, ଦେଶ ପ୍ରଭୃତିର ସବିଶେଷ ବିବରଣୀ ଦିଆଯାଇଥାଏ । ତାଙ୍କର ପ୍ଲାକାର୍ଡ଼ ଦେଖି ଯେଉଁ ଅତିଥି ଆସନ୍ତି, ତାଙ୍କର ପ୍ରାଥମିକ ସ୍ୱାଗତ ସମ୍ଭାଷଣ ପରେ ତାଙ୍କ ବ୍ୟାଗ ଧରି କାରରେ ନେଇ ଆସିବାକୁ ହୁଏ । ଆଶ୍ରମର ମଧ୍ୟବଳୟର ଗେଟ୍ ପାଖରେ ଛାଡ଼ିଦେଲେ ସେଠାରୁ ଆଉ ଜଣେ କର୍ମଚାରୀ ତାଙ୍କୁ ଭିତରକୁ ନେଇଯା'ନ୍ତି । ଏମିତିରେ କଟିଗଲା ତିନି ଚାରି ମାସ । ଏ କାମ ତ ସେମିତି କିଛି ଜଟିଳ ନ ଥିଲା । ଚୋଫା ଧଳା ପୋଷାକ ପିନ୍ଧି, ଶୀତତାପ ନିୟନ୍ତ୍ରିତ କାରରେ ବସି, ଇଂରାଜୀରେ ବିଦେଶୀ ମାନଙ୍କ ସହ ବାର୍ତ୍ତାଳାପ କରି ଦିନ ଗୁଡ଼ାକ ଭଲରେ କଟି ଯାଉଥିଲା । କିନ୍ତୁ ମନ ଭିତରେ କେମିତି ଗୋଟାଏ ସନ୍ଦେହ ଜାତ ହେଉଥିଲା । ଭିତର ବଳୟ ଗୁଡ଼ାକରେ କ'ଣ ସବୁ ହେଉଛି ସେ ଜାଣିପାରୁ ନଥିଲେ । ଗୋଟାଏ କଥା ତ ସ୍ପଷ୍ଟ ଜଣା ପଡୁଥିଲା ଯେ ଆଶ୍ରମର ପ୍ରତିଟି କାର୍ଯ୍ୟ ବ୍ୟବସାୟିକ ଭିତରେ ହେଉଥିଲା । କାହିଁକି ନା ବିଦେଶୀ ମାନେ ପ୍ରଚୁର ପଇସା ଖର୍ଚ୍ଚ କରୁଥିଲେ । ଯେଉଁ ଦେଶୀ ଲୋକମାନେ ଆସୁଥିଲେ, ସେମାନେ ବି ସାଧାରଣ ଲୋକ ନୁହନ୍ତି । ବଡ଼ ବଡ଼ ଧନୀକ ଶ୍ରେଣୀର ଲୋକେ, ନେତା, ଅଭିନେତା ସମସ୍ତଙ୍କର ଭିଡ଼ ଜମୁଥିଲା । ରାଜ୍ୟର କେତେକ ପ୍ରଭାବଶାଳୀ ମନ୍ତ୍ରୀ ମାନେ ମଧ୍ୟ ଆସୁଥିଲେ । ପ୍ରକୃତରେ ଭିତରେ କ'ଣ ହେଉଛି କିଛି ଜାଣି ହେଉ ନଥିଲା । ଭୟ ଲାଗୁଥିଲା, ସେ କିଛି ଅସୁବିଧାରେ ପଡ଼ିଯିବେନି ତ ।

ଏମିତି ଥରେ ସେ ବିମାନବନ୍ଦର ଯାଇଥିଲେ ଆମେରିକାରୁ ଆସୁଥିବା ଜଣେ ମହିଳା ପାଟ୍ରିସିଆଙ୍କୁ ଆଣିବାକୁ । ସେମିତି ପ୍ଲାକାର୍ଡ଼ ଧରି ଠିଆହୋଇଥିଲେ। ଭଦ୍ର ମହିଳା ଟ୍ରଲି ବ୍ୟାଗ ଗଡ଼େଇ ଗଡ଼େଇ ପାଖକୁ ଆସି କହିଲେ, ମିଷ୍ଟର ସୁମନ୍ତ ଦେହଟା କାହିଁକି ବହୁତ ଖରାପ ଲାଗୁଛି । ଶୀଘ୍ର ଯିବାର ବ୍ୟବସ୍ଥା କର । ଆଗନ୍ତୁକାଙ୍କ ମୁହଁରୁ ନିଜ ନାଁ ଶୁଣି ତାଙ୍କୁ କିଛି ଆଶ୍ଚର୍ଯ୍ୟ ଲାଗି ନଥିଲା । କାରଣ ଯିଏ

ବିମାନବନ୍ଦରକୁ ଅତିଥିଙ୍କୁ ଆଣିବାକୁ ଯିବ ତା'ନାଁ ଆଗରୁ ସେ ଅତିଥିଙ୍କୁ ମେଲ କରି ଦିଆଯାଇଥାଏ ।

ସୁମନ୍ତ ସାଙ୍ଗେ ସାଙ୍ଗେ ଡ୍ରାଇଭରକୁ ଫୋନ କରିଦେଲେ ଶୀଘ୍ର କାର ନେଇ ଆସିବା ପାଇଁ । ମ୍ୟାଡ଼ାମଙ୍କୁ ଜ୍ୱର ହୋଇଯାଇଛି । ମୁଣ୍ଡ ବି ଖୁବ ଯୋରରେ ବିନ୍ଧୁଛି ଜାଣିଲା ପରେ ସେ ବ୍ୟସ୍ତ ହୋଇ ପଡ଼ିଲେ । ଗାଡ଼ି ଆସିଲା ପରେ ଡିକିରେ ବ୍ୟାଗ ରଖି ଶୀଘ୍ର ଶୀଘ୍ର ବିମାନବନ୍ଦରରୁ ବାହାରି ଆସିଲେ । ସୁମନ୍ତ ପଚାରିଥିଲେ ବାଟରେ କୋଉ ଡାକ୍ତରଙ୍କୁ ଦେଖାଇବା ପାଇଁ । କାରଣ ଆଶ୍ରମରେ ପହଞ୍ଚିବାକୁ ପ୍ରାୟ ଦୁଇ ଘଣ୍ଟା ଲାଗିଯିବ । ପାଟ୍ରିସିଆ କିନ୍ତୁ ମନାକଲେ ବାଟରେ କୌଣସି ଡାକ୍ତରଙ୍କ ପାଖକୁ ଯିବା ପାଇଁ । କହିଲେ - ବ୍ୟସ୍ତ ହେବା ଦରକାର ନାହିଁ । ସେ କେବଳ ଶୀଘ୍ର ଆଶ୍ରମରେ ପହଞ୍ଚିବାକୁ ଚାହୁଁଥିଲେ ।

ଗାଡ଼ି ଚାଲିଥିଲା ପୁରା ବେଗରେ । ସେମାନେ ପ୍ରାୟ ଅଧାରାସ୍ତା ଚାଲିଆସିଥିଲେ । ଚଣ୍ଡିଗଡ଼ ସିମ୍ଲା ହାଇୱେ ତ ବହୁତ ବଢ଼ିଆ । ରାସ୍ତାଯାକ ଦୋକାନ, ବଜାର, ଢାବା ଭର୍ତ୍ତି । କିନ୍ତୁ ରାସ୍ତାରେ କେତେକ ତୀକ୍ଷ୍ଣ ବାଙ୍କ ଅଛି । ସୁମନ୍ତ ଥରକୁ ଥର ପଛକୁ ଚାହିଁ ଦେଖୁଥା'ନ୍ତି । ପାଟ୍ରିସିଆ ମ୍ୟାଡ଼ାମ ଚୁପ୍‌ଚାପ୍ ବସିଥା'ନ୍ତି । ଭାରି ନିସ୍ତେଜ ଦେଖାଯାଉଥିଲେ । ଗୋଟେ ବାଙ୍କ ମୋଡ଼ିଲା ବେଳକୁ ମ୍ୟାଡ଼ାମ ସିଟ ଉପରେ ଗଡ଼ି ପଡ଼ିଲେ । ସୁମନ୍ତ ଡ୍ରାଇଭରକୁ ଗାଡ଼ି ସାଇଡ୍ କରି ରଖିବାକୁ କହିଲେ ଏବଂ ସାଙ୍ଗେ ସାଙ୍ଗେ ପଛ ପଟକୁ ଚାଲି ଆସିଲେ । ଦେଖିଲେ ମ୍ୟାଡ଼ାମଙ୍କର କିଛିକ୍ଷତି ହୋଇନାହିଁ କିନ୍ତୁ ପ୍ରବଳ ତାତିରେ ତାଙ୍କ ଦେହ ଥରି ଉଠୁଛି । ସେ ତାଙ୍କୁ ପଛ ସିଟରେ ଭଲରେ ଶୁଆଇ ଦେଇ ଡ୍ରାଇଭରକୁ ଫାଷ୍ଟଏଡ଼ ବକ୍ସ (First Aid Box) ଆଉ ପାଣି ବୋତଲ ଆଣିବାକୁ କହିଲେ । ବକ୍ସରୁ ଗଜକନା ବାହାରକରି ମୁଣ୍ଡରେ ପାଣି ପଟି ଦେଲେ । କେତେ ସମୟ ପରେ ତାତି ଟିକେ କମିବାରୁ ପାଟ୍ରିସିଆ ଉଠି ବସିଲେ । ସୁମନ୍ତ ସାଙ୍ଗେ ସାଙ୍ଗେ ଗୋଟେ ଜ୍ୱର ଔଷଧ ବାହାର କରି ଅନୁରୋଧ କଲେ ଖାଇଦେବାକୁ । ତାଙ୍କୁ ଟିକେ ଭଲ ଲାଗିବାରୁ ସୁମନ୍ତ ନିଜ ସିଟକୁ ଯିବାକୁ ବାହାରିଲେ । କିନ୍ତୁ ମ୍ୟାଡ଼ାମଙ୍କ ଅନୁରୋଧରେ ସେଇ ପଛ ସିଟରେ ତାଙ୍କରି ପାଖରେ ବସିଲେ ଓ ଡ୍ରାଇଭରକୁ ଗାଡ଼ି ଚଳାଇବାକୁ କହିଲେ । ଏ ସବୁକଥା ସୁମନ୍ତ ଆଶ୍ରମକୁ ଜଣାଇ ଦେଇ ଡାକ୍ତର

ବନ୍ଦୋବସ୍ତ କରିବାକୁ କହିଥିଲେ । ସେମାନେ ଭଲରେ ଭଲରେ ଆଶ୍ରମରେ ପହଞ୍ଚିଗଲେ ।

ଡାକ୍ତର ପ୍ରସ୍ତୁତ ଥିଲେ । ସେମାନେ ଆଶ୍ରମରେ ପହଞ୍ଚିବା ପରେ ପରେ ଡାକ୍ତର ଆସି ପାଟ୍ରିସିଆଙ୍କୁ ନେଇଯାଇଥିଲେ । ଆଶ୍ରମ ଭିତରେ ଯେ ଡାକ୍ତରଖାନାଟିଏ ଅଛି ସେଦିନ ସୁମନ୍ତ ଜାଣିପାରିଥିଲେ । ତା'ପରେ ସେ ତାଙ୍କ ରୁମ୍‌କୁ ଚାଲିଆସିଥିଲେ ।

ଦୁଇ ଦିନ ପରେ -

ସକାଳର ଜଳଖିଆ ଖାଇ ରୁମ୍‌ରେ ବସିଥିଲେ ସୁମନ୍ତ । ସେଦିନ କୁଆଡ଼େ ଯିବାର ନଥିଲା । ଦିନ ପ୍ରାୟ ଦଶଟା ହେବ । ହଠାତ ଜଣେ କର୍ମଚାରୀ ଆସି କହିଲା - ତମକୁ ପାଟ୍ରିସିଆ ମ୍ୟାଡ଼ାମ ଡାକୁଛନ୍ତି ।

ସୁମନ୍ତ ବସିବା ଜାଗାରୁ ଉଠି ପଡ଼ିଲେ । ରୁମ୍ ବାହାରକୁ ଯାଇ ଚାରିଆଡ଼କୁ ଅନାଇଲେ । କୋଉଠି ହେଲେ ଦେଖିବାକୁ ପାଇଲେନି ।

କର୍ମଚାରୀ ଜଣକ କହିଲେ - ମ୍ୟାଡ଼ାମ ତମକୁ ତାଙ୍କ ରୁମ୍‌କୁ ଡାକିଛନ୍ତି ।

କିନ୍ତୁ ସେଠିକି ତ ମୁଁ ଯାଇ ପାରିବିନି । କହିଲେ ସୁମନ୍ତ ।

ସେ ଅନୁମତି ଅଛି । ମୋ ସାଙ୍ଗରେ ଆସ ।

ସୁମନ୍ତ ସାଙ୍ଗେ ସାଙ୍ଗେ ବାହାରି ପଡ଼ିଲେ । ମନ ଭିତରେ ଉତ୍ସୁକତା । ପାଟ୍ରିସିଆ ମ୍ୟାଡ଼ାମ ତାଙ୍କ ରୁମ୍‌କୁ ଡାକିବାର ଉଦ୍ଦେଶ୍ୟ କ'ଣ ହୋଇପାରେ । ତା'ତ ସେଠାକୁ ଗଲା ପରେ ଜଣା ପଡ଼ିବ । ତେବେ ଯାହାହେଉ ସେଇ ମଉକାରେ ଭିତର ଅଂଶ ମାନେ ମଧ୍ୟ ବଳୟ ଦେଖିବାର ସୁଯୋଗ ମିଳିଯିବ ।

କର୍ମଚାରୀ ଜଣଙ୍କ ମ୍ୟାଡ଼ାମଙ୍କ ରହିବା ଘର ଦେଖାଇ ଦେଇ ଚାଲିଗଲା । ସୁମନ୍ତ ଦୁଆର ପାଖରେ ଠିଆ ହୋଇ କଲିଂବେଲ ଚିପିଲେ ।

ସାଙ୍ଗେ ସାଙ୍ଗେ ଦୁଆର ଖୋଲି ପାଟ୍ରିସିଆ ତାଙ୍କୁ ଭିତରକୁ ଡାକିନେଲେ । ଯେମିତି ସେ ତାଙ୍କରି ଅପେକ୍ଷାରେ ହିଁ ଥିଲେ । ସେ ପୁରା ସୁସ୍ଥ ହୋଇଯାଇଥିଲେ । ଖୁବ୍ ସତେଜ ଦେଖାଯାଉଥିଲେ ।

ଚିରା ଚରିତ ଢଙ୍ଗରେ ସୁମନ୍ତ ପଚାରିଲେ - ଆପଣଙ୍କ ଦେହ ଭଲ ଅଛି ତ ?

ହଁ, ହଁ । ମୁଁ ପୁରା ସୁସ୍ଥ । ବହୁତ ବହୁତ ଧନ୍ୟବାଦ ଆପଣଙ୍କ ସାହାଯ୍ୟ ପାଇଁ । କହିଲେ ପାଟ୍ରିସିଆ ।

ଏଇଟା ତ ମୋର କର୍ତ୍ତବ୍ୟ। ଶାନ୍ତ ସ୍ୱରରେ କହିଲେ ସୁମନ୍ତ।

ପାଟ୍ରିସିଆ ନିଜ ହାତରେ ତିଆରି କରି ଦୁଇ କପ କଫି ଆଣିଲେ। ସୁମନ୍ତଙ୍କୁ ଗୋଟେ କପ ଦେଇ ନିଜେ ଅନ୍ୟ କପଟି ପିଇଲେ।

କଫି ପିଉ ପିଉ ସୁମନ୍ତ ଲକ୍ଷ କରୁଥିଲେ। ରୁମ୍‌ଟା ଗୋଟେ ଫାଇଭ ଷ୍ଟାର କି ସେଭେନ ଷ୍ଟାର ହୋଟେଲ ରୁମ୍ ପରି ହୋଇଛି। ଦାମୀ ଆସବାବ ପତ୍ର। ଦାମୀ ଦାମୀ ପେଟିଂ କାନ୍ଥରେ ଝୁଲୁଛି। ପୁରା ଶୀତତାପ ନିୟନ୍ତ୍ରିତ। ତାଙ୍କ ମନରେ ପ୍ରଶ୍ନ ଉଠୁଥିଲା, ଏମାନେ ସବୁ ଏତେ ଦୂରରୁ କାହିଁକି ଆସୁଛନ୍ତି ଏଠାକୁ। ଯୋଗ, ଧ୍ୟାନର ତ କୌଣସି ଲକ୍ଷଣ ଦେଖାଯାଉ ନାହିଁ। ପର ମୁହୂର୍ତ୍ତରେ ସେ ନିଜ ମନକୁ ଶାସନ କରିନେଲେ। ଏ ସବୁ ଭାବନା ତାଙ୍କ ମୁଣ୍ଡକୁ କାହିଁକି ଆସୁଛି। ଅଦା ବେପାରୀର ଜାହାଜ ମୂଲ କରିବା କ'ଣ ଦରକାର।

ପାଟ୍ରିସିଆ ମ୍ୟାଡ଼ାମଙ୍କ ଠାରୁ ବିଦାୟ ନେଇ ଆସିଲା ପରେ ମନରେ ଟିକେ ଆଗ୍ରହ ଆସିଲା ଏଇ ଜାଗାଟା ବୁଲି ଦେଖିବା ପାଇଁ। ସେ ତେଣୁ ନିଜ ରୁମ୍‌କୁ ନ ଯାଇ ମଧ୍ୟ ବଳୟଟା ବୁଲିବାକୁ ଲାଗିଲେ। ସବୁକିଛି ଥିଲା ତାଙ୍କପାଇଁ ଆଶ୍ଚର୍ଯ୍ୟ ଜନକ। ଏତେ ସୁନ୍ଦର ପାର୍କ, କୃତିମ ଝରଣା, ଛୋଟ ଜଳ ପ୍ରପାତ, ଫୁଲଫଳ ଭରା ଗଛ। ପୁଣି ଛୋଟ ଛୋଟ ଚଢ଼େଇ ମାନଙ୍କର କିଚିରି ମିଚିରି କଳବର। ପରିବେଶଟା ପୁରା ନୈସର୍ଗିକ। ସେ ଭିତରେ ପୁଣି ଅଲିମ୍ପିକ ଷ୍ଟାଣ୍ଡାର୍ଡ଼ର ସୁଇମିଙ୍ଗ ପୁଲ, ସ୍ପା, ଜିମ, ଜାକୁଜି ବାଥ, ଟେନିସ କୋର୍ଟ, ଛୋଟ ଛୋଟ ବିଳାସପୂର୍ଣ୍ଣ ଅତିଥି ଭବନ (Guest House) ପ୍ରଭୃତି ରହିଛି। ଦେଖିବାକୁ ଗଲେ ଜଣେ ଲୋକର ସବୁ ପ୍ରକାର ଆମୋଦ ପ୍ରମୋଦର ବ୍ୟବସ୍ଥା କରାଯାଇଛି। ଅତିଥି ମାନେ ମଧ୍ୟ ପ୍ରତ୍ୟେକଟି ସୁବିଧା, ସୁଯୋଗର ସଦ୍‌ବ୍ୟବହାର କରୁଛନ୍ତି। ସେଥିପାଇଁ ସ୍ୱିମିଙ୍ଗ ପୁଲରେ, ଜିମ୍‌ରେ ତଥା ଅନ୍ୟ ସବୁଠାରେ ସେମାନଙ୍କର ଉପସ୍ଥିତି ଅନୁଭବ କରି ହେଉଛି। କେତେକ ଗଛ ମୂଳେ କି ଝରଣା କୂଳରେ ଯୋଗ ଧ୍ୟାନ କରୁଛନ୍ତି। କିନ୍ତୁ ପ୍ରାୟ ସବୁଠାରେ ପୁରୁଷ ମହିଳା ମିଶିକରି।

ବୁଲୁ ବୁଲୁ ଆଖିରେ ପଡ଼ିଲା ଗୋଟେ ପ୍ରକାଣ୍ଡ ପ୍ରେକ୍ଷାଳୟ (Auditorium). ତା' ଆଗରେ ଲେଖା ହୋଇଛି ଗୁରୁଦେବ ଧ୍ୟାନକେନ୍ଦ୍ର। ଆହୁରି ପୁଣି ଗୁରୁଦେବ ଯୋଗକେନ୍ଦ୍ର, ଗୁରୁଦେବ ଆଧ୍ୟାତ୍ମିକ କେନ୍ଦ୍ର (Spiritual centre) ସବୁ ଅଛି। ପୁଣି ଅଛି "ଗୁରୁଦେବ ତୀର୍ଥ" ଯେଉଁଠାରେ ଭକ୍ତ ମାନେ

ଖୋଲା ଆକାଶ ତଳେ, ଗଛ ମୂଳେ ଧ୍ୟାନ କରି ପାରିବେ । ଛୋଟ ଛୋଟ କଟେଜ ବି ଅଛି । ପୁରା ବାତାବରଣ ସୁଶୀତଳ, ସୁଗନ୍ଧିତ ।

କ'ଣ ସୁମନ୍ତ, ପାଟ୍ରିସିଆ ମ୍ୟାଡ଼ାମଙ୍କ ସାଙ୍ଗରେ ଦେଖା ହୋଇଗଲା ।

ବୁଲି ଚାହିଁଲେ ସୁମନ୍ତ । ଭଦ୍ର ମହିଳା ଜଣେ ତାଙ୍କୁ ହିଁ ପଚାରୁଛନ୍ତି । ହେଲେ ୟାଙ୍କୁ ତ ଆଗରୁ କେବେ ଦେଖିଲା ଭଳି ମନେ ହେଉନି ।

ମନକଥା ଜାଣିଲା ପରି ସେ ମହିଳା ଜଣକ କହିଲେ - ମୁଁ ହେଉଛି ରୀତା । ମୋତେ ଆଗରୁ କେବେ ଦେଖିନ । ଆଜି ହିଁ ପ୍ରଥମ ଦେଖା । ଆସ ଆମେ ସାଙ୍ଗ ହୋଇ ଏହି ମଧ୍ୟବଳୟରେ ମଧ୍ୟାହ୍ନ ଭୋଜନ କରିବା ।

ଏମିତି ଗୋଟେ ଆମନ୍ତ୍ରଣ ପାଇଁ ସୁମନ୍ତ ପ୍ରସ୍ତୁତ ନ ଥିଲେ । ତେଣୁ ସେ କ'ଣ କରିବେ ଜାଣି ପାରୁ ନ ଥିଲେ ।

କିନ୍ତୁ ରୀତା ବାଧ୍ୟ କରିବାରୁ ସେ ତା' ସାଙ୍ଗରେ ଗଲେ । ଡାଇନିଂ ହଲକୁ ଦେଖି ସେ ତ ତାଜୁବ୍ ହୋଇଗଲେ । ଶୀତତାପ ନିୟନ୍ତ୍ରିତ ପୁରା ହଲଟା କାର୍ପେଟରେ ଆବୃତ୍ତ । କାହିଁ କେତେ ପ୍ରକାର ଖାଦ୍ୟ ପଦାର୍ଥ ଥୁଆ ହୋଇଛି । ବଫେ (Buffect) ବ୍ୟବସ୍ଥା ।

ରୀତା ତାଙ୍କୁ ଗୋଟେ ପ୍ଲେଟ ବଢ଼ାଇ ଦେଇ ନିଜେ ଗୋଟେ ଧରିଲା । ନିଜେ ନିଜେ ବାଢ଼ି ଆଣି ଖାଇବା ଆରମ୍ଭ କଲେ । ଖାଦ୍ୟ ତ ନିରାମିଷ କିନ୍ତୁ ବହୁତ ସ୍ୱାଦିଷ୍ଟ ।

ରୀତା କହିବା ଅନୁଯାୟୀ ସେ ହେଉଛି ଗୁରୁଦେବଙ୍କର ପୁରା ଖାସ ଲୋକ । ଆଶ୍ରମର ପରିଚାଳନାରେ ତା'ର ପୂର୍ଣ୍ଣ ସହଯୋଗିତା ରହିଛି । ରୀତା କଥାରୁ ଜଣାପଡ଼ିଲା-ଗୁରୁଦେବ କୁଆଡ଼େ ତାଙ୍କ ଉପରେ ବହୁତ ଖୁସି । ତାଙ୍କ ଚାଲିଚଳନ, ବ୍ୟବହାର, କାର୍ଯ୍ୟକଳାପ ସବୁ ଗୁରୁଦେବଙ୍କୁ ବହୁତ ସନ୍ତୁଷ୍ଟ କରିଛି । ତେଣୁ ସେ କିଛି ଅଧିକା ଦାୟିତ୍ୱ ଦେବାକୁ ସ୍ଥିର କରିଛନ୍ତି ।

ଆଚ୍ଛା ରୀତା ମ୍ୟାଡ଼ାମ ।

ମ୍ୟାଡ଼ାମ ନୁହେଁ । ଖାଲି ରୀତା ଡାକିଲେ ଚଳିବ । ରୀତା କହିଲା ।

ମୁଁ ଜାଣିବାକୁ ଚାହୁଁଥିଲି କେଉଁଠି ରହୁଛ । ସୁମନ୍ତ ଟିକେ ଥଙ୍ଗ ଥଙ୍ଗ ହୋଇ ପଚାରିଲେ ।

ମୁଁ ଅର୍ନ୍ତବଳୟରେ ରୁହେ । ରୀତା କହିଲା । ହଁ ବର୍ତ୍ତମାନ ଠାରୁ ତୁମେ

ମଧ୍ୟବଳୟକୁ ଯିବା ଆସିବା କରି ପାରିବ । ତୁମ ପାଇଁ କଟକଣା ସବୁ କୋହଳ କରାଯାଇଛି । ତୁମେ ଏଠି ଖାଇବା, ପିଇବା, ଧ୍ୟାନ, ଯୋଗ ସବୁ କରି ପାରିବ ।

ଖାଇବା ସରିଗଲା ପରେ ରୀତା ଚାଲିଗଲା । କିନ୍ତୁ ତାଙ୍କୁ ଚିନ୍ତାର ଖୋରାକ ଯୋଗାଇ ଦେଇ ଗଲା । ସୁମନ୍ତ ବି ଫେରି ଆସିଲେ ନିଜ ରୁମ୍‌କୁ । ତାଙ୍କୁ ଲାଗିଲା ରୀତା ଯାହା ସବୁ କହିଲା ସେ ସବୁ ଗୁରୁଦେବଙ୍କର ନିର୍ଦ୍ଦେଶରେ ନିଶ୍ଚୟ । ତା' ହେଲେ ଏମାନେ ପ୍ରଥମରୁ ତାଙ୍କ ଉପରେ ନଜର ରଖିଛନ୍ତି । କିନ୍ତୁ ତାଙ୍କୁ ଏତେ ପ୍ରାଧାନ୍ୟ ଦେବାର କାରଣ କ'ଣ ? ସେମାନେ ଆଉ ମନେ ମନେ କିଛି ଯୋଜନା କରି ନାହାନ୍ତି ତ । ଯଦି କିଛି ଅସୁବିଧା ହେଲା ଏଠି ତାଙ୍କର ସାହା ଭରସା କିଏ ଅଛି । ଟ୍ରକ ମାଲିକଙ୍କ ଠାରୁ ତ ବୁଝି ସାରିଥିବେ, ସେ ଓଡ଼ିଶାରୁ ଆସିଥିବା ଜଣେ ବେସାହାରା, ନିରାଶ୍ରୟ ଲୋକ । ତାଙ୍କର ଏଇ ଅବସ୍ଥାର ଫାଇଦା ଉଠାଇବା କଥା ମନରେ ରଖି ନାହାନ୍ତି ତ ।

ପରଦିନ ପୁଣି ବିମାନବନ୍ଦର ଡ୍ୟୁଟି ପଡ଼ିଲା । ଏଥର କ ଲଣ୍ଡନର ଜଣେ ଇଂରାଜୀ ଲୋକକୁ ଆଣିବାକୁ ପଡ଼ିବ । ସେ ଠିକ୍ ସମୟରେ ବାହାରି ପଡ଼ିଲେ ଏବଂ ନିର୍ଦ୍ଦିଷ୍ଟ ଜାଗାରେ ପ୍ଲାକାର୍ଡ଼ ଧରି ଠିଆ ହୋଇଗଲେ । ତାଙ୍କ ନଜର ପଡ଼ିଲା ତାଙ୍କ ପାଖରେ ଠିଆ ହୋଇଥିବା ପୋଲିସ ପୋଷାକ ପିନ୍ଧା ଜଣେ ବ୍ୟକ୍ତିଙ୍କ ଉପରେ, ଯାହାଙ୍କ କାନ୍ଧରେ ଅଶୋକ ସ୍ତମ୍ଭର ବ୍ୟାଚ୍ ଲାଗିଛି । ସେ ଜାଣି ପାରିଲେ ଯେ ପୋଲିସର ଜଣେ ବଡ଼ ଅଧିକାରୀ । ତାଙ୍କ ପୋଷାକର ଛାତି ପାଖରେ ତାଙ୍କର ନାମ ଫଳକ ଝୁଲୁଛି । ସୁମନ୍ତ ଟିକେ ଉହୁଙ୍କି ନାଁଟା ପଢ଼ିବାକୁ ଚେଷ୍ଟା କଲେ । ରମାକାନ୍ତ ପଟ୍ଟନାୟକ, ମାନେ ଓଡ଼ିଆ ଅଫିସର । ସେ ଲକ୍ଷକଲେ ତାଙ୍କର କିଛି ଦୂରରେ ଆଉ ଦୁଇଜଣ ପୋଲିସ ଠିଆ ହୋଇଛନ୍ତି ।

ସୁମନ୍ତଙ୍କ ମନକୁ କ'ଣ ଆସିଲା କେଜାଣି, ସେ ହଠାତ ତାଙ୍କୁ ଉଦ୍ଦେଶ୍ୟ କରି କହିଲେ "ଆଜ୍ଞା ନମସ୍କାର ।"

ପୋଲିସ ଅଧିକାରୀ ଜଣଙ୍କ ତାଙ୍କୁ ଟିକେ ଚାହିଁଲେ । ପ୍ରତି ନମସ୍କାର କରି କହିଲେ – ଆପଣ ଓଡ଼ିଆ ? କେଉଁଠୁ ଆସିଛନ୍ତି ? ତାଙ୍କ ହାତରେ ପ୍ଲାକାର୍ଡ଼ ଦେଖି କହିଲେ, ଏ ବିଦେଶୀଙ୍କୁ ନେଇ କେଉଁଠିକୁ ଯିବେ ।

ଆଜ୍ଞା, ଆଶ୍ରମରୁ ଆସିଛି । ସେଇଠିକି ନେଇ କରି ଯିବି ଏ ବିଦେଶୀଙ୍କୁ । କହିଲେ ସୁମନ୍ତ ।

ସେତିକି ବେଳକୁ ଜଣା ପଡ଼ିଲା ପ୍ଲେନ ଆଉ ଘଣ୍ଟାଏ ବିଳମ୍ବ ଅଛି ପାଗ ଖରାପ ଯୋଗୁଁ । ସେଇ ପ୍ଲେନରେ ଜଣେ ଭି.ଆଇ.ପି. ଆସୁଛନ୍ତି । ତାଙ୍କୁ ସ୍ବାଗତ କରିବା ପାଇଁ ସ୍ଥାନୀୟ S.P. ସାହେବ ଆସିଛନ୍ତି ।

ତା' ମାନେ ରମାକାନ୍ତ ପଟ୍ଟନାୟକ ହେଉଛନ୍ତି ସ୍ଥାନୀୟ ପୋଲିସ ଅଧିକ୍ଷକ (S.P.) । ହଠାତ୍ ରମାକାନ୍ତ ବାବୁ କହିଲେ - ପ୍ଲେନ ତ ଲେଟ ଅଛି । ଆସନ୍ତୁ ସେପଟେ ବସି କଥାବାର୍ତ୍ତା ହେବା ।

ସୁମନ୍ତ ଭାବିଲେ - ଓଡ଼ିଆ ଲୋକ ବୋଲି ବୋଧେ ତାଙ୍କୁ ଖୁସି ଲାଗୁଛି । ସତରେ ବାହାର ଜାଗାରେ ନିଜ ଦେଶର ଲୋକଟିଏ ଦେଖିଲେ ଭାରି ଭଲ ଲାଗେ । ସେ ତାଙ୍କ ସାଙ୍ଗରେ ଚାଲିଲେ ।

ବିମାନବନ୍ଦରର ଗୋଟେ ନିଛାଟିଆ ଜାଗାରେ ରମାକାନ୍ତ ବାବୁ ଅଟକିଗଲେ । କହିଲେ ଏଇଠି ଆମେ ଆରାମରେ କଥାବାର୍ତ୍ତା ହୋଇପାରିବା । ଏମିତି କି କଥା ହେବେ ନିରୋଳାରେ । ସେ ଯାହା ହେଉ ଜଣେ ଓଡ଼ିଆ ଲୋକ ସହ କଥା ହେବାର ଆନନ୍ଦକୁ ସେ ସମ୍ବରଣ କରି ପାରୁ ନଥିଲେ ।

ରମାକାନ୍ତ ବାବୁ ପଚାରିଲେ - ଆପଣ କେତେଦିନ ହେଲା ଅଛନ୍ତି ଏ ଆଶ୍ରମରେ । ଆଉ କେମିତି ଚାଲିଛି ଆଶ୍ରମ ? ଆପଣ କିଛି ଅସାଧାରଣ ବା ବେନିୟମ କାମ ହେଉ ଥିବାର ଅନୁଭବ କରିଛନ୍ତି କି ?

ସୁମନ୍ତ କହିଲେ - ମୋର ଆସିବା ପ୍ରାୟ ଚାରିମାସ ହୋଇଗଲାଣି । ଏ ପର୍ଯ୍ୟନ୍ତ ମୋ ଆଖିରେ ସେମିତି କିଛି ବେନିୟମ କାମ ପଡ଼ିନି ।

ରମାକାନ୍ତ ବାବୁ କହିଲେ - ଆପଣ ଓଡ଼ିଆ ଲୋକ ବୋଲି ମୁଁ ସତର୍କ କରି ଦେଉଛି । ଏ ପର୍ଯ୍ୟନ୍ତ ଆମେ ତ କିଛି ଜାଣି ପାରିନାହୁଁ । କିନ୍ତୁ କିଛି ନା କିଛି ସେ ଭିତରେ ଚାଲିଛି । ହଁ, ଆଉ ଗୋଟେ କଥା ମନେ ରଖନ୍ତୁ । ଆପଣଙ୍କ ସହଯୋଗରେ ଯଦି ଆମେ କିଛି ବଡ଼ ଧରଣର କଳା ବଜାରୀ କି ଅପରାଧୀକ ଘଟଣା ଧରିପାରୁ ତେବେ ଆପଣଙ୍କୁ ବହୁତ ପୁରସ୍କାର ମିଳିବ । ଏଠାକାର ସରକାରଙ୍କ ବ୍ୟତୀତ ଅବକାରୀ ବିଭାଗ, ଇନ୍‌କମ୍ ଟ୍ୟାକ୍ସ ବିଭାଗର ମଧ୍ୟ ସ୍ବତନ୍ତ୍ର ପୁରସ୍କାର ଅଛି । ପୁରସ୍କାରର ପରିମାଣ ଅପରାଧର ଗମ୍ଭୀରତା ଏବଂ ଟଙ୍କା ପଇସା ମିଳିବାର ମାତ୍ରା ଉପରେ ନିର୍ଭର କରେ । ଏପରିକି କୋଟି କୋଟି ଟଙ୍କା ମଧ୍ୟ ହୋଇପାରେ ।

ସୁମନ୍ତଙ୍କୁ ବି ଆଶ୍ରମର କାର୍ଯ୍ୟ କଳାପ ସବୁ ଅଜବ ଅଜବ ଲାଗୁଥିଲା । ତାଙ୍କ ମନରେ ବି ଅନେକ ଥର ଭାବାନ୍ତର ସୃଷ୍ଟି ହୋଇଛି । ହେଲେ ତାଙ୍କ ଆଖି ଆଗରେ ସେମିତି କିଛି ଘଟଣା ଘଟିନି । ପରଦା ଆଢୁଆଳରେ କ'ଣ ସବୁ ହେଉଛି ସେ କିଛି ଜାଣନ୍ତିନି । ଜାଣିଲେ ବି ସେ କ'ଣ କରିପାରିବେ । ସେ ତ ସାଧାରଣ କର୍ମଚାରୀଟିଏ । କିନ୍ତୁ ଏବେ ପୋଲିସ ବାବୁଙ୍କ କଥା ଶୁଣି ତାଙ୍କ ମନରେ ବି ସନ୍ଦେହ ଆସୁଛି । ପୋଲିସ ନଜର ଯେତେବେଳେ ପଡ଼ିଲାଣି ସେମାନେ ନିଶ୍ଚୟ ଖୋଳତାଡ଼ କରିବେ । ପୋଲିସକୁ ସହଯୋଗ କରିବା ତାଙ୍କ କର୍ତ୍ତବ୍ୟ । ତା' ଛଡ଼ା ପୁରସ୍କାର ଟଙ୍କାର ଆଶା ବି ଅଛି । ତାଙ୍କ ପାଇଁ ଯାହା ଏକାନ୍ତ ଆବଶ୍ୟକ ।

କ'ଣ ହେଲା, କିଛି କହିଲେନି ଯେ । ରମାକାନ୍ତ ବାବୁଙ୍କ କଥା ଶୁଣି ସୁମନ୍ତ କହିଲେ - ମୁଁ ନିଶ୍ଚୟ ସହଯୋଗ କରିବି । କ'ଣ କରିବାକୁ ହେବ ମୋତେ କୁହନ୍ତୁ । କିନ୍ତୁ ମୋର କିଛି ଅସୁବିଧା ହେବନି ତ । ମାନେ - ଯଦି କିଛି ଅସୁବିଧା ହୁଏ ମୋତେ କିଏ ସୁରକ୍ଷା ଦେବ ।

ରମାକାନ୍ତ ବାବୁ ଜାଣିଲେ, ସେ ଭୟ କରୁଛନ୍ତି । ସେ ତାଙ୍କୁ ସାହାସ ଦେଇ କହିଲେ - ସେ ଚିନ୍ତା କରନ୍ତୁନି । ସୁରକ୍ଷା ଆମ ପୋଲିସ ବିଭାଗ ଦେବ । ପୁରା ଘଟଣା ଜଣା ନ ପଡ଼ିବା ପର୍ଯ୍ୟନ୍ତ ଆପଣ ଯେମିତି ସାମନାକୁ ନ ଆସିବେ ସେ ଦାୟିତ୍ୱ ବି ଆମର । ଏଠି ଏମିତି ବେଶୀ ସମୟ ଠିଆ ହୋଇ କଥାବାର୍ତ୍ତା କରି ହେବନି । ହୁଏତ କାହାର ସନ୍ଦେହ ହୋଇପାରେ । ମୋର ଗୋଟେ ଗୁପ୍ତ ମୋବାଇଲ ନମ୍ବର ରଖନ୍ତୁ । ଦରକାର ପଡ଼ିଲେ ସେଥିରେ ମୋତେ ଯୋଗାଯୋଗ କରି ପାରିବେ । ଚେଷ୍ଟା କରନ୍ତୁ କୌଣସି ପ୍ରକାରେ ସିମ୍‌ଲା ଆସିବାକୁ । ସେଠି ଆମେ କିଛି ସମୟ ବସି ଭବିଷ୍ୟତ ପାଇଁ ଯୋଜନା କରିପାରିବା ।

ଯଥା ସମୟରେ ପ୍ଲେନ ପହଞ୍ଚିଗଲା । ଯିଏ ଯାହା ଅତିଥିଙ୍କୁ ନେଇ ଫେରି ଆସିଲେ । ସୁମନ୍ତଙ୍କ ମନ ଭିତରେ ରମାକାନ୍ତ ବାବୁଙ୍କ କଥା ଗୁଡ଼ାକ ଖେଳୁଥିଲା । ଏତ ଗୋଟେ ଗୋଇନ୍ଦା ଉପନ୍ୟାସର ରହସ୍ୟ ପରି । ସୁମନ୍ତଙ୍କୁ ଲାଗୁଥିଲା, ସେ ଯେପରି ରହସ୍ୟର ଜାଲରେ ଛନ୍ଦି ହୋଇଯାଉଛନ୍ତି । ସେ କାହିଁକି ରମାକାନ୍ତ ବାବୁଙ୍କୁ ସହଯୋଗ କରିବାକୁ ରାଜି ହୋଇଗଲେ । ପଇସାର ଲୋଭରେ ? ହୋଇପାରେ, ତାଙ୍କ ଅବଚେ଼ତନ ମନରେ ଏବେ ବି ଟିକେ ଆଶା ଅଛି ଯେ ସେ ଘରକୁ ଫେରିଯିବେ, ପିଲା ମାନଙ୍କ ସାଙ୍ଗରେ ରହି ପାରିବେ । ରମାକାନ୍ତ ବାବୁଙ୍କ

କଥାରେ ଯଦି ସତ୍ୟତା ଥାଏ, ତାଙ୍କ ମାଧ୍ୟମରେ ଯଦି କିଛି ସଫଳତା ପୋଲିସକୁ ମିଳେ ଏବଂ ତାକୁ ମୋଟା ପୁରୁସ୍କାର ମିଳିଯାଏ ତା' ହେଲେ ତ ତାଙ୍କର ପୂର୍ବାବସ୍ଥା ଫେରିପାଇ ପାରିବେ । କିନ୍ତୁ ସେଥିପାଇଁ ରମାକାନ୍ତ ବାବୁଙ୍କ ସାଙ୍ଗରେ କଥା ହେବାକୁ ପଡ଼ିବ । ତାଙ୍କର ସବୁ ଇତିହାସ ଜଣାଇବାକୁ ପଡ଼ିବ । ତାଙ୍କର ପୁନଃ ଆବିର୍ଭାବରେ ସେ ଯଦି ସାହାଯ୍ୟ କରି ପାରିବେ ସେ ବି ତାଙ୍କୁ ତାଙ୍କ ସାଧ୍ୟମତେ ସହଯୋଗ କରିବେ । ତାଙ୍କର ଆଶା ଓ ବିଶ୍ୱାସ ରମାକାନ୍ତ ବାବୁ ଅରାଜି ହେବେନାହିଁ । କାରଣ ଆଶ୍ରମର ମୁଖା ଖୋଲିବା ବି ଜରୁରୀ ।

ସୁମନ୍ତ ଭାବୁଥିଲେ, ବିଗତ କିଛିଦିନ ଭିତରେ ଯେଉଁ ଦ୍ରୁତ ଘଟଣା ପ୍ରବାହ ତାଙ୍କ ସାଙ୍ଗରେ ଘଟି ଯାଇଛି ତା' କ'ଣ ଆଗାମୀ ଦିନର କିଛି ବଡ଼ ଘଟଣା ଆଡ଼କୁ ଇଂଗିତ କରୁଛି । ପାଟ୍ରିସିଆ ମ୍ୟାଡ଼ାମଙ୍କ ଦେହ ଖରାପ ହେବା, ରୀତା ସାଙ୍ଗରେ ଦେଖା ହେବା ସର୍ବୋପରି ରମାକାନ୍ତ ବାବୁଙ୍କ ସାଙ୍ଗରେ ସାକ୍ଷାତ, ଏ ସବୁ ଘଟଣା ଗୁଡ଼ିକ କ'ଣ କାକତାଳୀୟ (coincidence) । କଥାରେ ଅଛି କୌଣସି ଘଟଣା ବିନା କାରଣରେ ଘଟେ ନାହିଁ । ତାହାର କୌଣସି ପୂର୍ବ ଘଟଣା ସହ ସଂପୃକ୍ତି ଥାଇ ପାରେ ନ ହେଲେ ପରବର୍ତ୍ତୀ କାଳରେ ଘଟିବାକୁ ଥିବା କୌଣସି ଘଟଣାର ଉପକ୍ରମଣିକା ହୋଇପାରେ । ଯାହାହେଲେ ବି ତାଙ୍କୁ ଟିକେ ସତର୍କ ହୋଇ ଚଳିବାକୁ ପଡ଼ିବ । ସବୁବେଳେ ଆଖି କାନ ଖୋଲା ରଖିବାକୁ ପଡ଼ିବ । ତା'ପରେ ଦେଖାଯିବ କୋଉ ପାଣି କୁଆଡ଼କୁ ଯାଉଛି । ମଣିଷ ଟିକିଏ ସୁଖରେ ରହିଲେ ତା' ମନ ଭିତରେ ଅବଲୁପ୍ତ ହୋଇ ରହିଥିବା କାମନା ଗୁଡ଼ିକ ଅଙ୍କୁରିତ ହୋଇଥାନ୍ତି । ଘରଛାଡ଼ି ଆସିଲା ବେଳେ ସେ କେବେହେଲେ ଭାବି ନ ଥିଲେ ପୁଣି ଫେରିବେ ବୋଲି । କିନ୍ତୁ ଏବେ ଟିକିଏ ଭଲ ଅବସ୍ଥା ହେଲାପରେ, ରମାକାନ୍ତ ବାବୁଙ୍କ ସାଙ୍ଗରେ ମିଶିଲା ପରେ ସେ ଆଶା ପୁନର୍ଜୀବୀତ ହୋଇ ଉଠିଛି । ପ୍ରବଳ ଇଚ୍ଛା ହେଉଛି ଘରକୁ ଫେରି ଯିବାକୁ, ସେଇ ପୂର୍ବର ପାରିବାରିକ ଜୀବନ ବିତେଇବାକୁ । ପରାଜିତ ସୈନିକମାନେ ପଛଘୁଞ୍ଚା ଦେଲାବେଳେ ବାଟରେ ପଡୁଥିବା ସବୁ ପୋଲକୁ ଧ୍ୱଂସ କରିଦେଉଥିଲେ । ଫଳରେ ଶତ୍ରୁ ସେନା ସେମାନଙ୍କୁ ପିଛା କରି ପାରିବ ନାହିଁ । ସେମିତିକା ସେ ଘର ଛାଡ଼ିଲା ବେଳେ ତାଙ୍କର ସବୁ ସଂପର୍କର ସେତୁକୁ ଧ୍ୱଂସ କରି ଦେଇଛନ୍ତି । ସେ ସବୁକୁ ପୁଣି ନୂତନ ଭାବରେ ଯୋଡ଼ିବାକୁ ପଡ଼ିବ । ଭାଙ୍ଗିଯାଇଥିବା ଜିନିଷକୁ ଯୋଡ଼ିବା ଭାରି କଷ୍ଟକର

ବ୍ୟାପାର । ଆଶା ତ ବହୁତ କ୍ଷୀଣ । ବିକଟ ଅନ୍ଧକାର ଭିତରେ କ୍ଷୀଣ ଆଲୋକ ରେଖାଟିଏ କାହିଁ କେତେ ଦୂରରେ ଦେଖାଯାଉଛି । ଭଗବାନଙ୍କ ନାଁ ନେଇ ସେଇ ଆଡ଼କୁ ଆଗେଇ ଯିବାକୁ ପଡ଼ିବ ।

ରମାକାନ୍ତ ବାବୁଙ୍କ କହିବା ଅନୁଯାୟୀ ତାଙ୍କୁ ସିମ୍ଲା ଯାଇ ତାଙ୍କ ସାଙ୍ଗରେ ଦେଖା କରିବାକୁ ହେବ । ତା'ପରେ ଯାଇ ଭବିଷ୍ୟତ ରୂପରେଖାର ଗୋଟେ ସ୍ପଷ୍ଟ ଚିତ୍ର ଆସିଯିବ । କିନ୍ତୁ ତାଙ୍କର ତ ସିମ୍ଲା ଯିବାର ଦରକାର ପଡ଼େନି । ତଥାପି ସୁଯୋଗକୁ ଅପେକ୍ଷା କରିବାକୁ ପଡ଼ିବ । ବେଳେବେଳେ ଆଶ୍ରମ ତରଫରୁ କିଛି କିଣା କିଣି କରିବାକୁ କାହାକୁ ହେଲେ ପଠାଯାଏ । ତାଙ୍କର ହୁଏତ କେବେ ପାଳି ପଡ଼ିଯାଇପାରେ ।

ସୁମନ୍ତଙ୍କୁ ଲାଗୁଥିଲା ରୀତା ଯେମିତି ତାଙ୍କ ସାଙ୍ଗେ ବେଶୀ ମିଳାମିଶା କରିବାକୁ ଚେଷ୍ଟା କରୁଛି । ସମୟ ଅସମୟ ନାହିଁ ଇଣ୍ଟରକମ୍‌ରେ କଥାହେଉଛି । ତା' ସାଙ୍ଗରେ ମଧ୍ୟାହ୍ନ ଭୋଜନ, ରାତ୍ରିଭୋଜନ କରିବାକୁ ତାଙ୍କୁ ଡାକୁଛି । ବେଶୀ ମିଳାମିଶା କରିବା ଫଳରେ ସେମାନେ ପରସ୍ପର ପାଖରେ ସହଜ ହୋଇ ଉଠୁଥିଲେ । ସେ କହୁଥିଲା ଗୁରୁଦେବଙ୍କୁ କହି ତାଙ୍କୁ ଆଶ୍ରମର ଗୋଟେ ବଡ଼ ଦାୟିତ୍ୱରେ ରଖିଦେବ । ଯାହାଫଳରେ ତାଙ୍କର ଅର୍ନ୍ତବଳୟକୁ ଅବାଧରେ ଯିବା ଆସିବା ହୋଇ ପାରିବ । କିନ୍ତୁ ସେଥିପାଇଁ ତାଙ୍କୁ ଗୁରୁଦେବଙ୍କର ଅତ୍ୟନ୍ତ ବିଶ୍ୱସ୍ତ ହେବାକୁ ପଡ଼ିବ । ଗୁରୁଦେବଙ୍କର ପ୍ରତ୍ୟେକ କଥାକୁ ମନ୍ତ୍ର ପରି ମାନିବାକୁ ପଡ଼ିବ । ତା' ହେଲେ ଜୀବନ ସ୍ୱର୍ଗରେ ପରିଣତ ହୋଇଯିବ । ସେ ଖୁସିରେ ଏଠାରେ ସାରା ଜୀବନ ରହିପାରିବେ ।

ରୀତା ଦେଖିବାକୁ ସୁନ୍ଦରୀ । ବହୁତ ଚଲାକ । ବୟସ ଏଇ ତିରିଶ ଖଣ୍ଡେ ହେବ । ସେ ସବୁବେଳେ ଆଶ୍ରମ ଭିତରେ ଘୁରି ବୁଲୁଥାଏ । ଅତିଥିମାନଙ୍କର ହାନିଲାଭ, ଡାଇନିଂ ହଲରେ ଖାଇବା ପିଇବା, ପାର୍କ ଝରଣା ଗୁଡିକର ରକ୍ଷଣାବେକ୍ଷଣା ସବୁ ସେ ଦେଖୁଥାଏ । ସେ ଯେମିତି ଗୁରୁଦେବଙ୍କର ଚଳନ୍ତି ପ୍ରତିମା । ଗୁରୁଦେବଙ୍କ ସାଙ୍ଗରେ ତା'ର ସଂପର୍କ କ'ଣ ? ଏ କଥା ସେ କାହାକୁ ପଚାରିବେ । କିଏ ବା ତା'ର ଉତ୍ତର ଦେବ । ଥରେ ରୀତା ତା' ମୋବାଇଲରୁ କେତେଟା ଫଟୋ ଦେଖାଉଥିଲା । ଗୁରୁଦେବଙ୍କର ଗଲା ଇଉରୋପ ଗସ୍ତ ସମୟର । ସେ ବି ଯାଇଥିଲା ତାଙ୍କ ସାଙ୍ଗରେ । ଗୁରୁଦେବ ତା'କୁ ଛାଡ଼ି କୁଆଡ଼େ

ଯା'ନ୍ତିନି । ତା' ହେଲେ ସେ କାହିଁକି ତାଙ୍କ ସାଙ୍ଗରେ ଏତେ ମିଶୁଛି । ସେ ଯେମିତି ହେଲେ ଏ ବିଷୟରେ ଜାଣିବାକୁ ଚେଷ୍ଟା କରିବେ । ସେଥିପାଇଁ ତାଙ୍କୁ ଅର୍ନ୍ତବଳୟକୁ ପ୍ରବେଶ କରିବାକୁ ପଡ଼ିବ । ଯେମିତି ହେଲେ ସେ ରାସ୍ତା ବାହାର କରିବାକୁ ପଡ଼ିବ । ହଠାତ୍ ତାଙ୍କର ମନେ ପଡ଼ିଗଲା ବିଦ୍ୟାପତି ଲଳିତାଙ୍କ କଥା । ପୁରୀ ଜିଲ୍ଲା ଲୋକ ସେ । ତେଣୁ ଏ ବିଷୟରେ ଭଲଭାବରେ ଜାଣନ୍ତି । ତଥାପି ଉପାଖ୍ୟାନଟିକୁ ମନେ ପକାଇଲେ ।

ଥରେ ରାଜା ଇନ୍ଦ୍ରଦ୍ୟୁମ୍ନ ସ୍ୱପ୍ନରେ ନୀଳମାଧବ ବିଷ୍ଣୁଙ୍କୁ ଦର୍ଶନ କଲେ । କିନ୍ତୁ ସେ ଜାଣିପାରି ନ ଥିଲେ ଯେ କେଉଁ ଜାଗାରେ ବିଷ୍ଣୁ ନୀଳମାଧବ ରୁପରେ ପୂଜା ପାଉଛନ୍ତି । ତେଣୁ ସେ ନୀଳମାଧବଙ୍କ ସନ୍ଧାନରେ ଚର୍ତୁଦିଗକୁ ଚର ମାନଙ୍କୁ ପଠାଇଲେ । ସେମାନଙ୍କ ଭିତରୁ ବିଦ୍ୟାପତି ପୂର୍ବ ଦିଗକୁ ଯାଇଥିଲେ ! ବହୁତ ପରିଶ୍ରମ କରି, ବହୁତ ଆଡ଼େ ଖୋଜି ଖୋଜି ଶେଷରେ ସେ ଉତ୍କଳ ଦେଶକୁ ଆସି ଘୋର ଜଙ୍ଗଲ ଭିତରେ ଶବର ରାଜା ବିଶ୍ୱାବସୁଙ୍କ ଘରେ ଆଶ୍ରୟ ନେଇଥିଲେ । କାଳକ୍ରମେ ବିଶ୍ୱାବସୁଙ୍କ ଝିଅ ଲଳିତା ବିଦ୍ୟାପତିଙ୍କୁ ଭଲପାଇ ବସିଲା । ବିଦ୍ୟାପତି ବ୍ରହ୍ମଣ ହୋଇଥିଲେ ମଧ ଲଳିତାଙ୍କୁ ବିବାହ କରିଥିଲେ । ତା'ର ଏକମାତ୍ର କାରଣ ଥିଲା ଲଳିତାଙ୍କ ଠାରୁ ନୀଳମାଧବଙ୍କ ସନ୍ଧାନ ପାଇବା । ଶବର ରାଜ ବିଶ୍ୱାବସୁ ସବୁଦିନ ରାତିର ଘନ ଅନ୍ଧକାରରେ ଘଞ୍ଚ ଜଙ୍ଗଲ ଭିତରକୁ ପୂଜା କରିବାକୁ ଯା'ନ୍ତି ଏବଂ ସକାଳୁ ଫେରି ଆସନ୍ତି । ସକାଳେ ଫେରିଲାବେଳକୁ ବିଶ୍ୱାବସୁଙ୍କ ମୁହଁ ଏକ ଦିବ୍ୟ ଆଭାରେ ଝଲକୁ ଥାଏ । ବିଦ୍ୟାପତି ଏ ବିଷୟରେ ଲଳିତାଙ୍କୁ ପଚାରିବାରୁ ସେ କହିଥିଲେ ଯେ, ବାବା ସବୁରାତିରେ ନୀଳମାଧବଙ୍କ ପୁଜା କରିବାକୁ ଯା'ନ୍ତି । ବିଡ଼ମ୍ବନାର ବିଷୟ ଯେ; ସେ ରାସ୍ତା, ଜାଗା ଗୁପ୍ତ ରଖାଯାଇଥିଲା । ବାହାରର କୌଣସି ଲୋକଙ୍କୁ ସେଠାକୁ ଯିବାର ଅନୁମତି ନ ଥିଲା । ବିଦ୍ୟାପତି ବାରମ୍ବାର ଅନୁନୟ କରିବାରୁ ଲଳିତା ତାଙ୍କ ପିତା ବିଶ୍ୱାବସୁଙ୍କୁ ଅନୁରୋଧ କରିଥିଲେ ତାଙ୍କ ସ୍ୱାମୀ ବିଦ୍ୟାପତିଙ୍କୁ ନୀଳମାଧବଙ୍କ ଦର୍ଶନ କରାଇ ଦେବାପାଇଁ । ଝିଅ ଜ୍ୱାଇଁଙ୍କ ଅନୁରୋଧକୁ ସେ ପ୍ରତ୍ୟାଖାନ କରି ପାରି ନ ଥିଲେ । କିନ୍ତୁ ଗୋଟେ ସର୍ତ୍ତ ରଖିଥିଲେ । ବିଦ୍ୟାପତି ଦର୍ଶନ କରିବାକୁ ଯିବେ କିନ୍ତୁ ତାଙ୍କ ଆଖି ଉପରେ ପଟି ବନ୍ଧାହେବ । ସେ ସେଠାକୁ ଯିବା ଆସିବା ରାସ୍ତା ଜାଣି ପାରିବେ ନାହିଁ । ବିଦ୍ୟାପତି ରାଜି ହୋଇଗଲେ । ସେ ବିଶ୍ୱାବସୁଙ୍କ ସାଙ୍ଗରେ ଗଲାବେଳେ ତାଙ୍କ ପୋଷାକ

ଭିତରେ ଲୁଚାଇକରି ଗୋଟେ ସୋରିଷ ଭର୍ତ୍ତି ମୁଣି ନେଇଯାଇଥିଲେ । ସେଥିରେ ଗୋଟେ ଛୋଟ କଣା କରିଥିଲେ । ତେଣୁ ସେ ଯେଉଁ ପଥ ଦେଇ ଯାଇଥିଲେ, ସୋରିଷ ଗୁଡ଼ିକ ସେଇ ବାଟରେ ବୁଣି ହୋଇ ହୋଇଗଲା । କିଛିଦିନ ପରେ ବର୍ଷାରେ ସେ ସୋରିଷ ମଞ୍ଜି ଗୁଡ଼ିକ ଗଛରେ ରୁପାନ୍ତରିତ ହୋଇଗଲେ ଏବଂ ବିଦ୍ୟାପତି ନୀଳମାଧବଙ୍କୁ ଠାବ କରି ପାରିଲେ ।

ସୁମନ୍ତଙ୍କ ମୁଣ୍ଡକୁ ଗୋଟାଏ କଥା ଆସିଲା । ରୀତା ହିଁ ତାଙ୍କର ଲଳିତା । ତା'ରି ମାଧ୍ୟମରେ ସେ ଗୁରୁଦେବଙ୍କର ତୃତୀୟ ମୁଖର ଦର୍ଶନ କରି ପାରିବେ । ସେ ତୃତୀୟ ମୁଖ କେମିତି ହେବ ତାଙ୍କର ଧାରଣା ନାହିଁ । ଭଲ ହେଲେ ତ କିଛି ଅସୁବିଧା ନାହିଁ । ଖରାପ ହୋଇଥିଲେ ସେତେବେଳ ଅବସ୍ଥା ଦେଖି ବ୍ୟବସ୍ଥା କରିବାକୁ ପଡ଼ିବ । ସେ ଏଥର ରୀତା ବନ୍ଦନାରେ ଲାଗି ପଡ଼ିଲେ । ତା' ଠାରୁ ମୋବାଇଲ ନମ୍ବର ଆଣି ସମୟେ ସମୟେ କଥାବାର୍ତ୍ତା କଲେ । ତା'କୁ ଅନୁରୋଧ କଲେ ଗୁରୁଦେବଙ୍କୁ କହି ଗୋଟେ ଭଲ କାମ କରାଇଦେବା ପାଇଁ । ତା' ସାଙ୍ଗରେ ବେଶୀ ମିଳାମିଶା କରିବାକୁ ଚେଷ୍ଟାକଲେ । ରୀତା ମଧ୍ୟ ବେଶୀ ଉତ୍ସାହିତ ହେଲାପରି ଲାଗିଲା । ସେଇ ଆଳରେ ଅତିଥି ମାନଙ୍କୁ ଖୁବ୍ ନିକଟରୁ ଦେଖିବାର ସୁଯୋଗ ମିଳିଲା । ଅତିଥି ମାନେ ସବୁ ନିଶାସକ୍ତ ପରି ଜଣା ପଡ଼ନ୍ତି । କିନ୍ତୁ ମଦ ପିଇଲା ପରି ଲାଗନ୍ତିନି । ମଦର ତ ଗୋଟେ ଗନ୍ଧ ଥାଏ । ତା' ଛଡ଼ା ମଦ ପରିବେଶଣ ପାଇଁ ଏଠି କୌଣସି ବାର ନାହିଁ । ତା' ହେଲେ କ'ଣ ଡ୍ରଗ ନେଉଛନ୍ତି । ପୁଣି ଏଠାରେ ପୁରୁଷ, ମହିଳା ଅତିଥି ମାନଙ୍କର ମିଳାମିଶା ଖୁବ୍ ସ୍ୱଚ୍ଛନ୍ଦ, ବହୁତ ଖୋଲା ମେଲା । କୌଣସି ପ୍ରତି ବନ୍ଧକ ନାହିଁ । ସବୁଠି ଯୋଡ଼ି ଯୋଡ଼ି ହୋଇ ବୁଲୁଛନ୍ତି । ଯୋଗ କେନ୍ଦ୍ରରେ, ଧ୍ୟାନ କେନ୍ଦ୍ରରେ ମଧ୍ୟ ସେଇ ଅବସ୍ଥା । ସେ ସବୁ କେନ୍ଦ୍ର ମାନଙ୍କରେ କେତେବେଳେ ନିଜେ ଗୁରୁଦେବ ତ କେତେବେଳେ ତାଙ୍କର ଜଣେ ଚେଲା ଆସି ଯୋଗ, ଧ୍ୟାନ ଆଦି ଶିକ୍ଷା ଦିଅନ୍ତି । ସୁମନ୍ତଙ୍କୁ ଲାଗୁଥିଲା ଏ ସବୁ ଯାହା ତାଙ୍କ ଆଖିକୁ ଦେଖା ଯାଉଛି ହୁଏତ ଦୃଷ୍ଟି ଆଢୁଆଳରେ ଅଧିକା କିଛି ହେଉଛି । ସେ ସବୁ ଜାଣିବାକୁ ପଡ଼ିବ । ରମାକାନ୍ତ ବାବୁଙ୍କ ସାଙ୍ଗରେ ଦେଖା ହେଲା ପର ଠାରୁ ତାଙ୍କ ମନଟା କାହିଁକି ସନ୍ଦେହାଚ୍ଛନ୍ନ ହୋଇ ପଡ଼ିଛି ।

ଏ ତ ହେଉଛି ମଧ୍ୟବଳୟର ଖେଳ । ଅର୍ନ୍ତବଳୟରେ କ'ଣ ହେଉଥିବ ପରେ ହିଁ ଜଣା ପଡ଼ିବ । କିନ୍ତୁ ଗୁରୁଦେବଙ୍କର ସୁରକ୍ଷା ବ୍ୟବସ୍ଥା ବହୁତ ଶକ୍ତିଶାଳୀ ।

ତାଙ୍କ ଦେଖିବାରେ ଦଶ ପନ୍ଦର ଜଣ ସୁସ୍ଥ ସବଳ, ହଟାକଟା ଯୁବକ ଘରିଆଡ଼େ ଆଖି ରଖି ବୁଲୁଛନ୍ତି । ଯଦିଓ ବାହାରକୁ କିଛି ଦେଖାଯାଉନାହିଁ ତଥାପି ତାଙ୍କର ଦୃଢ଼ ଧାରଣା ଯେ ସେମାନଙ୍କ ପାଖରେ ନିଶ୍ଚୟ କିଛି ଅସ୍ତ୍ରଶସ୍ତ୍ର ଅଛି ।

ଏମିତି କିଛିଦିନ ଚାଲିଗଲା । ଦିନେ ରୀତା ଫୋନ କଲା । କହିଲା ଆମର ବଜାର କରୁଥିବା ଲୋକର ଦେହ ଖରାପ ଅଛି । କାଲି ଟିକେ ସିମ୍‌ଲା ଯାଇ କିଛି ଜିନିଷ ଆଣିବ । ସେ ପ୍ରାୟ ଘଣ୍ଟାକ ପରେ ଆସି ତାଙ୍କୁ କିଛି ଟଙ୍କା ଦେଲା ଏବଂ କହିଲା ସିମ୍‌ଲାର ଲକ୍‌ଡ଼ ବଜାରରୁ କାଠର ଭଲ ହାତବାଡ଼ି (walking stick) ଗୋଟିଏ ଆଉ କିଛି ଗ୍ରୋସରୀ ଜିନିଷ ଆଣିବାକୁ । ଗ୍ରୋସରୀ ତାଲିକା ମଧ୍ୟ ଦେଇଥିଲା । "ବିଲେଇ କପାଳକୁ ଶିକା ଛିଡ଼ିଲା" ପରିହେଲା । ସେ ଯେଉଁ ସୁଯୋଗର ଅପେକ୍ଷାରେ ଥିଲେ ତାହା ମିଳିଗଲା । ସେ ରୁମ୍‌କୁ ଆସି ରମାକାନ୍ତ ବାବୁଙ୍କୁ ଫୋନ କରି ତାଙ୍କର ସିମ୍‌ଲା ଯିବା କଥା ଜଣାଇଦେଲେ ।

ପ୍ରାୟ ଘଣ୍ଟାକ ପରେ ରମାକାନ୍ତ ବାବୁ ଫୋନ କଲେ । କହିଲେ - ଲକ୍‌ଡ଼ ବଜାରରେ ଡିପ୍ଲୋମାଟ ହୋଟେଲ ଅଛି । ଆପଣ ସିଧା ହୋଟେଲ ଭିତରକୁ ପଶି ଆସିବେ । ଲବିରେ ଆମଲୋକ ଅପେକ୍ଷା କରିଥିବ । ଆପଣଙ୍କୁ ମୋ ପାଖକୁ ନେଇ ଆସିବେ ।

ସୁମନ୍ତଙ୍କ ଛାତି ଧଡ଼ ଧଡ଼ କରୁଥିଲା । ଏ ସବୁ କାମ ସେ କେବେ କରି ନାହାନ୍ତି କି କରିବେ ବୋଲି କେବେ କଳ୍ପନା ମଧ୍ୟ କରିନଥିଲେ । କିଛି ପାଇବାକୁ ହେଲେ କିଛି ଦେବାକୁ ତ ପଡ଼ିବ । ତାଙ୍କୁ ତାଙ୍କ ପରିବାର ସହ ମିଶିବାକୁ ହେଲେ କିଛି ତ ବିପଦ ମୁଣ୍ଡାଇବାକୁ ପଡ଼ିବ । ସେ ମନକୁ ଦୃଢ଼ କଲେ । ତାଙ୍କ ଆଖିରେ ତାଙ୍କ ପରିବାରର ଛବି ଆଙ୍କି ହୋଇଯାଇଥିଲା କ୍ଷଣକ ପାଇଁ ।

॥ ୧୦ ॥

ଜୀବନରେ ଏମିତି ଗୋଟେ ସମୟ ଆସେ, ଲାଗେ ଯେମିତି ସବୁକିଛି ଶେଷ ହୋଇଗଲା । କିନ୍ତୁ ସେଇ ଶେଷରୁ ହିଁ ଆରମ୍ଭ ହୁଏ ଆଉ ଏକ ଜୀବନ । ଅତୀତ ଯେତେ କୁତ୍ସିତ, କଦାକାର କି ଭୟଙ୍କର ହୋଇଥାଉ ପଛେ ତା'କୁ ପଛରେ ପକାଇ ନୂତନ ସୁଯୋଗ ସନ୍ଧାନରେ ଲାଗି ପଡ଼ିଲେ ସଫଳତାର ପାହାଚ୍ ନିଶ୍ଚୟ ଚଢ଼ି ପାରିବ । ବେଳେବେଳେ ମଣିଷ ନିଜ ଅଜାଣତରେ ଏମିତି ଗୋଟେ ଦିଗରେ ଭାସିଯାଏ ଯେଉଁଠାରୁ ତା'ର ପ୍ରକୃତ ଜୀବନ ପୁଣିଥରେ ଆରମ୍ଭ ହୋଇଥାଏ । ସୁମନ୍ତ ଭାବୁଥିଲେ ତାଙ୍କ ଜୀବନ କ'ଣ ଗୋଟେ ନୂଆ ଦିଗରେ ଗତି କରିବ । ନୂତନ ମୋଡ଼ ନେବ । ଅତୀତର ସବୁ କାଳିମାକୁ ପୋଛିଦେଇ କ'ଣ ନୂତନ ଆଲୋକରେ ଉଦ୍‌ଭାସିତ ହେବ । ମନେ ମନେ ହସିଲେ ସେ । ଭାବିଲେ ଏ ସବୁ ଖାଲି କଳ୍ପନାର ବିଳାସ ମାତ୍ର ।

ସକାଳ ଦଶଟା ବେଳକୁ ସେ ପ୍ରସ୍ତୁତ ହୋଇଗଲେ ସିମ୍‌ଲା ଯିବାକୁ । କାର ମଧ୍ୟ ପ୍ରସ୍ତୁତ ଥିଲା । ପ୍ରାୟ ପଞ୍ଚଚାଳିଶ ମିନିଟରେ ସିମ୍‌ଲା ପହଞ୍ଚିଗଲେ । ପ୍ରଥମେ ସେ ଗ୍ରୋସରୀ ଜିନିଷ କିଣି କାର ଡିକିରେ ରଖିଲେ । ଡ୍ରାଇଭରକୁ କହିଲେ ମଲ ରୋଡ୍ ପାଖରେ ଯେଉଁଠି ପାର୍କିଙ୍ଗ ମିଳିବ ସେଠାରେ କାର ପାର୍କ କରିବାକୁ । କାହିଁକି ନା ସେ ଲକଡ଼ ବଜାର ଯିବେ ଓ୍ୱାକିଂ ଷ୍ଟିକ କିଣିବା ପାଇଁ । ଲକଡ଼ ବଜାରକୁ ତ କାର ଯାଏନାହିଁ । ଡ୍ରାଇଭରକୁ ପାର୍କିଂ ପାଇଁ ବିଦା କରି ସେ ଚାଲିଲେ ଲକଡ଼ ବଜାର । ଲକଡ଼ ବଜାର କାଠର ଖେଳନା, କାଠର ବିଭିନ୍ନ କାରୁକାର୍ଯ୍ୟ ଭରା କାମ, କାଠର ଓ୍ୱାକିଂ ଷ୍ଟିକ (walking stick) ପାଇଁ ପ୍ରସିଦ୍ଧ । ସେ ଅଳ୍ପ ସମୟ ମଧ୍ୟରେ ଓ୍ୱାକିଂ ଷ୍ଟିକ କିଣି ତରତର ହୋଇ ପାଖରେ ଥିବା ଡିପ୍ଲୋମାଟ

ହୋଟେଲକୁ ପଶିଗଲେ । ସେ ପଶୁ ପଶୁ ସାଧା ପୋଷାକରେ ଥିବା ଜଣେ ପୋଲିସ ତାଙ୍କୁ ନେଇଗଲେ ପ୍ରଥମ ମହଲାର ଗୋଟେ ରୁମ୍‌କୁ ଯେଉଁଠାରେ ରମାକାନ୍ତ ବାବୁ ତାଙ୍କୁ ଅପେକ୍ଷା କରିଥିଲେ । କୌଣସି ଉପକ୍ରମଣିକା ନ କରି ସୁମନ୍ତ ପଚାରିଲେ - ମୋତେ କ'ଣ କରିବାକୁ ପଡ଼ିବ ।

ରମାକାନ୍ତ ବାବୁ କହିଲେ - ଆମେ ତୁମକୁ ଗୋଟେ ଗୁପ୍ତ କ୍ୟାମେରା (spy camera) ଦେବୁ । ଦେବୁ କ'ଣ, ତାକୁ ତୁମ ହାତଘଣ୍ଟାର କାଚ଼ ଭିତରେ ଫିଟ (Fit) କରିଦେବୁ । ଏଇଟା ଗୋଟେ ନୂଆ ପ୍ରକାରର ସ୍ପାଇ କ୍ୟାମେରା । ସହଜରେ କେହି ଏହାକୁ ଜାଣି ପାରିବେନି । ତୁମେ ଯୁଆଡ଼େ ଯିବ ତାହାକୁ ଏହି କ୍ୟାମେରା ଫଟୋ ଉଠାଇବ ଏବଂ ତାକୁ ଆମେ ଏଠାରେ ସ୍କ୍ରିନ (screen)ରେ ଦେଖି ପାରିବୁ । ଯଦି ଦରକାର ପଡ଼େ ଆମେ ମଧ୍ୟ ହଠାତ୍ ସେ ଆଶ୍ରମରେ ଚଢ଼ଉ କରି ପାରିବୁ । ସେଥିପାଇଁ ଆଶ୍ରମ ପାଖାପାଖି ଆମର କିଛି ସଶସ୍ତ୍ର ପୋଲିସ ତମ୍ବୁ ମାରିକରି ଅଛନ୍ତି ।

ସୁମନ୍ତ କହିଲେ ଆଶ୍ରମରେ କୋଡ଼ିଏରୁ ଉପରେ ସୁରକ୍ଷା କର୍ମଚାରୀ ଅଛନ୍ତି । ସେମାନେ ଭଲ ଟ୍ରେନିଂ ନେଇଚନ୍ତି ଏବଂ ବୋଧହୁଏ ଭଲ ଅସ୍ତ୍ରଶସ୍ତ୍ର ରଖିଛନ୍ତି ।

ଆମେ ତାହା ଜାଣିଛୁ । ସେହି ଅନୁସାରେ ସବୁ ବନ୍ଦୋବସ୍ତ କରାଯାଇଛି । ଆମ ରାଜ୍ୟର କେତେକ ପ୍ରଭାବଶାଳୀ ମନ୍ତ୍ରୀ ସେଠାକୁ ଯାଉଥିବାରୁ ଆମେ ଚଢ଼ଉ କରିବାକୁ ସାହାସ କରୁ ନଥିଲୁ । କିନ୍ତୁ ଏବେ ଟିକିଏ ସୁରାକ ପାଇଲେ ଆମେ ସେଥିପାଇଁ ପ୍ରସ୍ତୁତ ଅଛୁ । ତୁମର ଡରିବାର କିଛି ନାହିଁ । ଯଦି ଦରକାର ପଡ଼େ । ଆମେ ଦଶ ମିନିଟରେ ଆଶ୍ରମ ଭିତରେ ପହଞ୍ଚିଯିବୁ । କହିଲେ ରମାକାନ୍ତ ବାବୁ ।

ତା' ତ ଠିକ୍ । କହିଲେ ସୁମନ୍ତ । କିନ୍ତୁ....

ତାଙ୍କୁ କିଛି କହିବାକୁ ନ ଦେଇ ରମାକାନ୍ତ ବାବୁ କହିଲେ - ତୁମେ ଆଦୌ ଭୟ କରନାହିଁ । ବ୍ୟସ୍ତ ହୁଅନାହିଁ । କହିଛି ତ, ତୁମକୁ ବହୁତ ପୁରସ୍କାର ମିଳିବ ।

ମୋର କିନ୍ତୁ ଗୋଟାଏ ସାହାଯ୍ୟ ଦରକାର । ଖୁବ୍ ନମ୍ର ଭାବରେ କିହଲେ ସୁମନ୍ତ ।

ହଂ... ହଁ... କୁହନ୍ତୁ । ଆମ ଦ୍ୱାରା ଯଦି ସମ୍ଭବ ହୋଇ ପାରିବ, ତେବେ ନିଶ୍ଚୟ କରିବୁ । ବଡ଼ ଆଗ୍ରହରେ କହିଲେ ରମାକାନ୍ତ ବାବୁ ।

ଭରସା ପାଇ ସୁମନ୍ତ ତାଙ୍କର ପୁରା କାହାଣୀ କହିଦେଲେ । ଶେଷକୁ ବଡ଼ ଆବେଗ ଭରା କଣ୍ଠରେ କହିଲେ - ଆପଣ କ'ଣ ମୋତେ ପୁଣି ବଞ୍ଚାଇ ପାରିବେ ? ପୁଣି ମୋ ପରିବାର ସାଙ୍ଗରେ ମିଳାଇ ପାରିବେ ? ତା' ନ ହେଲେ ଏ ଜୀବନର ମୂଲ୍ୟ କ'ଣ, ଏ ବଞ୍ଚିବାର ମାନେ କ'ଣ । ଆଉ ଏ ପୁରସ୍କାର ମୋର କେଉଁ କାମରେ ଲାଗିବ । ଆଶ୍ଚର୍ଯ୍ୟ ଆଖିରେ ଋହିଁ ରହିଥିଲେ ରମାକାନ୍ତ ବାବୁ ଓ ଅନ୍ୟ ପୋଲିସ ଅଫିସର ଜଣକ ।

ବୋଧହୁଏ ତାଙ୍କୁ ଅଜବ ଲାଗୁଥିଲା । ଯାହାହେଉ କିଛି ସମୟ ନିରବତା ପରେ ଏବଂ କିଛି ଚିନ୍ତା କଲାପରେ ମୁହଁ ଖୋଲିଲେ ରମାକାନ୍ତ ବାବୁ । କହିଲେ - ତୁମେ ଜମା ଚିନ୍ତା କରନି । ସେ ଦାୟିତ୍ୱ ମୁଁ ନେଲି । ତୁମେ ନିଶ୍ଚୟ ଘରକୁ ଫେରିବ ।

କିନ୍ତୁ ଏଇଟା କ'ଣ ସମ୍ଭବ ହୋଇପାରିବ । ଅବିଶ୍ୱାସନୀୟ ଦୃଷ୍ଟି ମେଲି କହିଲେ ସୁମନ୍ତ ।

କାହିଁକି ସମ୍ଭବ ହେବନି । ତୁମେ ତ କିଛି ଧର୍ତ୍ତବ୍ୟ ଅପରାଧ କରିନାହଁ । ଆମେ ଯଦି ପ୍ରମାଣ କରିଦେବା ଯେ, ତୁମର ସାମୟିକ ଭାବେ ସ୍ମରଣ ଶକ୍ତି ଲୋପ ପାଇଯାଇଥିଲା ଏବଂ ଗୋଟେ ଖାଲି ଟ୍ରକରେ ନ ଜାଣି ତୁମେ କଲିକତା ପଳାଇ ଆସିଥିଲ ତା'ପରେ ଏଠା ଆଶ୍ରମକୁ । ଏହି ଆଶ୍ରମରେ କିଛିଦିନ ତଳେ ପୁଣି ତୁମର ସ୍ମରଣ ଶକ୍ତି ଫେରି ପାଇଲ । ସେଥିପାଇଁ ଆବଶ୍ୟକୀୟ ଡାକ୍ତରୀ ସାର୍ଟିଫିକେଟ ଆମେ ଯୋଗାଡ଼ କରିଦେବୁ । ଆଉ ରହିଲା ଇନ୍‌ସୁରାନ୍‌ସ କଥା । ଯଦି ଇନ୍‌ସୁରାନ୍‌ସ କମ୍ପାନୀ ତୁମ ପଲିସିର ଦଶଲକ୍ଷ ଟଙ୍କା ତୁମର ପରିବାରକୁ ଦେଇଥିବ, ତୁମେ ତାକୁ ସୁଧ ସହ ଫେରାଇ ପାରିବ । ଆମ ବ୍ୟାଚ୍‌ର ଜଣେ ଅଫିସର ଏବେ S.P. ଭୁବନେଶ୍ୱର ଅଛନ୍ତି । ତାଙ୍କର ମଧ୍ୟ ମୁଁ ସାହାଯ୍ୟ ନେଇ ପାରିବି । ତୁମର ଦାୟିତ୍ୱ ମୁଁ ନେଉଛି । ତୁମକୁ ପୁଣି ବଞ୍ଚାଇ ତୁମ ପରିବାର ସାଙ୍ଗରେ ମିଶାଇବା ଦାୟିତ୍ୱ ମୋର ।

ଆଶ୍ୱାସନା ପାଇଲା ପରେ ସୁମନ୍ତଙ୍କୁ ଟିକେ ହାଲ୍‌କା ଲାଗିଲା । ମନ ଭିତରେ ଆଶାର ଆଲୋକ ଜଳି ଉଠିଲା ।

ରମାକାନ୍ତ ବାବୁ କହିଲେ - ମୋ ଉପରେ ବିଶ୍ୱାସ ରଖ । ବର୍ତ୍ତମାନ ଏଇ ମିଶନ (mission)ରେ ଆମକୁ ସାହାଯ୍ୟ କର । ବହୁତ ସମୟ ହୋଇ ଗଲାଣି ।

ସେପଟେ ଡ୍ରାଇଭର ଅପେକ୍ଷା କରିଥିବ । ଏବେ ତୁମେ ଯାଅ । ମନେ ରଖିବ, ହାତ ଘଣ୍ଟାରେ କ୍ୟାମେରା ଅଛି । ଯେଉଁଠି ଦରକାର ବାଁ ହାତଟା ସେଇ ଆଡ଼କୁ ଟିକେ ବୁଲାଇ ନେଉଥିବ । ଅବଶ୍ୟ କେହି ନ ଜାଣିଲା ପରି । ସୁମନ୍ତଙ୍କ ହାତଘଣ୍ଟା କ୍ୟାମେରା ଫିଟିଂ ହୋଇ ଆସିଯାଇଥିଲା । ସେ ତରତର ହୋଇ ମଲ ରୋଡ଼ ଆଡ଼େ ଚାଲିଲେ । ଲକଡ଼ ବଜାରରୁ ମଲ ରୋଡ଼ ପ୍ରାୟ ଅଧ କିଲୋମିଟର ହେବ । ପ୍ରାୟ ପନ୍ଦର ମିନିଟରେ ସେ ପହଞ୍ଚିଗଲେ । ଡ୍ରାଇଭର ଅପେକ୍ଷା କରିଥିଲା । ଗାଡ଼ିରେ ବସିବା ମାତ୍ରେ ଗାଡ଼ି ଚାଲିଲା ଆଶ୍ରମ ଅଭିମୁଖେ ।

ଘଟଣା ବିହୀନ ଦୁଇଦିନ କଟିଗଲା । ରୀତା ସାଙ୍ଗରେ କିନ୍ତୁ ରୀତିମତ କଥାବାର୍ତ୍ତା ଚାଲିଥାଏ । ଦେଖା ସାକ୍ଷାତ ମଧ୍ୟ ହୁଏ । ପୋଲିସ କହିବା ଅନୁଯାୟୀ ସେ ସାବଧାନ ଥା'ନ୍ତି । ହାତରେ କ୍ୟାମେରା ଘଣ୍ଟା । ସୁମନ୍ତ ଚାରିଆଡ଼େ ଘେରାଏ ବୁଲି ଆସନ୍ତି । ହଲି ହଲି ବସିଥିବା ଲୋକଙ୍କୁ ଦେଖିଲେ ସେହି ପଟକୁ ହାତ ରଖି ଦିଅନ୍ତି ଫଟୋ ଉଠିବା ଉଦ୍ଦେଶ୍ୟରେ । ପୋଲିସ ସବୁ ଦୃଶ୍ୟ ଦେଖି ପାରୁଥିବ ।

ତୃତୀୟ ଦିନ ରୀତା ଫୋନ କରି କହିଲା – ଗୁରୁଦେବ ତୁମ ସାଙ୍ଗରେ ଦେଖା କରିବା ପାଇଁ ଚାହାନ୍ତି । ମୁଁ ଯାଇ ତୁମକୁ ନେଇ ଆସିବି । କାଲି ସକାଳ ଦଶଟା ବେଳକୁ ପ୍ରସ୍ତୁତ ଥିବ ।

ସୁମନ୍ତଙ୍କ ମନରେ ଉତ୍କଣ୍ଠା ବଢ଼ିଗଲା । ଗୁରୁଦେବ ତାଙ୍କୁ କାହିଁକି ଦେଖା କରିବେ ? କୋଉଠି ଦେଖା କରିବେ ? ସେଇ ବାହାର ଅଫିସରେ ନା ତାଙ୍କ ଅର୍ନ୍ତବଳୟରେ ।

ଦଶଟା ଆଗରୁ ରୀତା ଆସି ପହଞ୍ଚିଗଲା । ସେ ତ ଅପେକ୍ଷାରେ ଥିଲେ । ସେମାନେ ବାହାରି ପଡ଼ିଲେ । ପ୍ରଥମ ଗେଟ, ଦ୍ୱିତୀୟ ଗେଟ ପାରିହୋଇ ସେମାନେ ଅର୍ନ୍ତବଳୟରେ ପ୍ରବେଶ କଲେ । ସୁମନ୍ତ ଦେଖିଲେ ମଧ୍ୟ ବଳୟ ପରି ଏଠି ମଧ୍ୟ ଗଛ ପତ୍ର ପାର୍କ ସବୁ ସୁସଜ୍ଜିତ, ସୁଶୋଭିତ, ସୁବାସିତ ଏବଂ ସୁମୋହିତ । ସେ ଲକ୍ଷ କରି ଜାଣି ପାରିଲେ, ଏ ଅର୍ନ୍ତବଳୟର ବିଶେଷତ୍ୱ ହେଉଛି ଗୁଡ଼ାଏ ଚମତ୍କାର ବିଳାସପୂର୍ଣ୍ଣ ଅତିଥି ଭବନ । ପ୍ରତି ଘରର ସ୍ଥାପତ୍ୟକଳା ଅନ୍ୟଠାରୁ ଭିନ୍ନ । ଅତି ଚମତ୍କାର । ସୁମନ୍ତଙ୍କର ମନେ ପଡ଼ିଗଲା ମାଲେସିଆର ପୁତ୍ରଜୟା ସହର କଥା । ଏହା ତ ମାଲେସିଆ ସରକାରଙ୍କର ପ୍ରଶାସନିକ ରାଜଧାନୀ । ସେଠାର ପ୍ରତ୍ୟେକ ବିଲ୍ଡ଼ିଂ ଅନ୍ୟଠାରୁ ଭିନ୍ନ । ସବୁ ବିଲ୍ଡ଼ିଂର ଡିଜାଇନ ଅଲଗା ଅଲଗା ।

ରୀତା ତାଙ୍କୁ ଗୋଟେ ପ୍ରସାଦପୋମ ଭବନକୁ ନେଇଗଲା । ବାହାରେ ଦୁଇଜଣ ନାରୀ ସୁରକ୍ଷା କର୍ମୀ ଥିଲେ । ପ୍ରଥମ ଥର ପାଇଁ ସେ ଦେଖିଲେ ନାରୀ ସୁରକ୍ଷା କର୍ମୀଙ୍କୁ । ରୀତାକୁ ତ କେହି ଅଟକେଇଲେନି । ସେ ଦ୍ୱାର ଖୋଲିବାକୁ ଯାଉଥିଲା । ସୁମନ୍ତ କହିଲେ - ଗୁରୁଦେବଙ୍କୁ ଆମେ ଆସିବାର ଖବର ଦେଇଦିଅ ।

ରୀତା କହିଲା - କିଛି ଦରକାର ନାହିଁ । ଗୁରୁଦେବ ଆମକୁ ହିଁ ଅପେକ୍ଷା କରିଛନ୍ତି । ସେଥିପାଇଁ ଅନ୍ୟ କୌଣସି କାର୍ଯ୍ୟକ୍ରମ ରଖି ନାହାନ୍ତି ।

ସେମାନେ ସିଧା ଘର ଭିତରକୁ ପଶିଗଲେ । ଘରର ସାଜସଜା ଦେଖି ସୁମନ୍ତ ଙ୍କ ଆଖି ଖୋସି ହୋଇଗଲା । ସେ ଘର ଭିତରର ସାଜସଜା କୋଉ ରାଜା ମହାରାଜାଙ୍କ ପ୍ରାସାଦ ଠାରୁ କମ୍ ନୁହେଁ । ଘରର କାର୍ପେଟ ଠାରୁ ଆରମ୍ଭ କରି ଛାତ ଯାଏ ସବୁ ଦାମୀ ଦାମୀ ଜିନିଷରେ ସଜ୍ଜିତ କରାଯାଇଥିଲା ।

ହଲ ପରି ବଡ଼ ବଡ଼ ତିନିଟା ଘର ପାରହେବା ପରେ ସେମାନେ ପହଞ୍ଚିଲେ ଗୁରୁଦେବଙ୍କ ରୁମ୍‌ରେ । ଗୁରୁଦେବ ବସିଥିଲେ ସିଂହାସନ ପରି ଦେଖା ଯାଉଥିବା ଗୋଟେ ଚୌକିରେ । ଚଟାଣରେ ଦାମୀ କାର୍ପେଟ । ଅନ୍ୟ କୌଣସି ଆସବାବ ପତ୍ର ପ୍ରାୟ ନ ଥିଲା । ସୁମନ୍ତ ଯାଇ ସାଷ୍ଟାଙ୍ଗ ପ୍ରଣିପାତ କଲେ । ରୀତା ଓ ସେ କାର୍ପେଟ ଉପରେ ବସିଗଲେ ।

ସୁମନ୍ତ ଲକ୍ଷ କଲେ - ଗୁରୁଦେବଙ୍କ ପରିଧାନ ତ ସେଇ ଧୋବ ଫର ଫର ଆଲଖାଲା । ବେକରେ ଗୋଟେ ମୋଟା ସୁନାଚେ଼ନ । ଦୁଇ ହାତ ଆଙ୍ଗୁଠିରେ ଗୁଡ଼ାଏ ମୁଦି । ମୁଦି ଗୁଡ଼ାକର ଚମକରୁ ଜଣା ପଡୁଥିଲା ସେଗୁଡ଼ାକ ହୀରାର । ତାଙ୍କ ମୁହଁକୁ ଚାହିଁଲେ ସୁମନ୍ତ । ଅର୍ଦ୍ଧ ଉନ୍ମୀଳିତ ଚକ୍ଷୁ ଦ୍ୱୟ । ବୟସ ଏମିତି କେତେ ହେବ । ଏଇ ପଚାଶ ଭିତରେ । ବେଶ ହୃଷ୍ଟ ପୃଷ୍ଟ ଚେହେରା । ସନ୍ୟାସୀ ପରି ଆଦୌ ଲାଗୁ ନାହାନ୍ତି ।

ତମେ ଆସିଗଲ ପୁଅ । ଗୁରୁଦେବଙ୍କ କଣ୍ଠସ୍ୱରରେ ସୁମନ୍ତଙ୍କ ଚିନ୍ତା ଭଗ୍ନ ହେଲା ।

ଗୁରୁଦେବ କହିଲେ - ମୁଁ ଗୋଟେ ଜରୁରୀ କଥା କହିବା ପାଇଁ ଡାକିଛି ।

ଗୁରୁଦେବଙ୍କ କଥା ଗୁଡ଼ାକ ଟିକିଏ ଗମ୍ଭୀର ଶୁଣା ଯାଉଥିଲା । ଶବ୍ଦ ଗୁଡ଼ା ଯେପରି ତାଙ୍କ ମୁହଁରୁ ନ ବାହାରି କେଉଁ ଦୂରରୁ ଆସୁଥିଲା । ଯେମିତି ସେ ନିଶାରେ ଅଛନ୍ତି ।

ସୁମନ୍ତ ଦୁଇ ହାତ ଯୋଡ଼ି କହିଲେ - ଆପଣ କ'ଣ ଆଦେଶ କରିବେ କରନ୍ତୁ । ମୁଁ ଆପଣଙ୍କର ପ୍ରତ୍ୟେକ କଥାକୁ ଆଦେଶ ଭାବି ପାଳନ କରିବି ।

ଗୁରୁଦେବ ପଚାରିଲେ - ତମେ ମୋ ପାଇଁ ମରି ପାରିବ ?

ସୁମନ୍ତଙ୍କ ହୃତପିଣ୍ଡର ସ୍ପନ୍ଦନ ଯେମିତି ବନ୍ଦ ହୋଇଗଲା କେତେ ସେକେଣ୍ଡ ପାଇଁ । ଏ କି କଥା ପଚାରୁଛନ୍ତି ଗୁରୁଦେବ । ସିଏ କାହିଁକି ଯାଙ୍କ ପାଇଁ ମରିବେ । ମନର କଥା ମନରେ ରଖି କହିଲେ - ଏ କି କଥା କହୁଛନ୍ତି ଗୁରୁଦେବ । ଏ କ'ଣ ଗୋଟେ ପଚାରିବା କଥା । ଆପଣଙ୍କ ପାଇଁ ଥରେ ନୁହେଁ ଦରକାର ପଡ଼ିଲେ ଶହେ ଥର ମରି ପାରିବି ।

ଗୁରୁଦେବ ଖୁସିରେ ଗଦ୍‌ଗଦ୍ ହୋଇ ପଡ଼ିଲେ । କହିଲେ - ସାବାସ୍, ମୁଁ ତୁମଠାରୁ ଏଇଆ ହିଁ ଆଶା କରୁଥିଲି ।

ରୀତା ମୁହଁରେ ବି ଖୁସି ଝଲକୁ ଥିଲା ।

ତା'ପରେ ଗୁରୁଦେବ ଯାହା କହିଲେ ତା'ର ସାର ମର୍ମ ହେଲା ଏହିପରି ।

ଆଶ୍ରମରେ ସମସ୍ତେ ଗୁରୁଦେବଙ୍କୁ ଶ୍ରଦ୍ଧା କରନ୍ତି, ଭକ୍ତି କରନ୍ତି । ତାଙ୍କର ଅସଂଖ୍ୟ ଶ୍ରଦ୍ଧାଳୁ ଅଛନ୍ତି । ଚେଲା, ଚାମଣ୍ଡା ମଧ୍ୟ ବହୁତ ଅଛନ୍ତି । କିନ୍ତୁ କେହି ଜଣେ ହେଲେ ମଧ୍ୟ ବିଶ୍ୱାସ ଯୋଗ୍ୟ ନୁହନ୍ତି । ତାଙ୍କର ଅଜସ୍ର ଧନ ସଂପତ୍ତି ଅଛି । ଦେଶ ବାହାରେ ମଧ୍ୟ ଅଚଳାଚଳ ସମ୍ପତ୍ତି ଅଛି । କେବଳ ତାରି ଲୋଭରେ ତାଙ୍କରି ଚେଲା ମାନଙ୍କ ମଧ୍ୟରେ ପ୍ରତିଯୋଗୀତା ଲାଗିଛି କିଏ ସେ ତାଙ୍କର ନିକଟତର ହେବ ଏବଂ ଭବିଷ୍ୟତରେ ଏ ସବୁ ସମ୍ପତ୍ତିର ମାଲିକ ହେବ । ସେ କିନ୍ତୁ ସେମାନଙ୍କର ଚାଲାକି ଜାଣି ପାରୁଛନ୍ତି ଏବଂ କେବଳ ରୀତାକୁ ହିଁ ବିଶ୍ୱାସ କରୁଛନ୍ତି । ରୀତା ତାଙ୍କ ପାଖରେ ଛାଇ ପରି ଅଛି । ସେ ଚାହୁଁଛନ୍ତି ରୀତା ମାଧ୍ୟମରେ ଏ ଆଶ୍ରମର ଉତ୍ତରାଧୀକାରୀ ଆଣିବାକୁ । ସେ ଏବେ ଦୁଇ ମାସର ଗର୍ଭବତୀ । ଗୁରୁଦେବ କିନ୍ତୁ ତାକୁ ବିବାହ କରି ପାରିବେନାହିଁ । ବିଦେଶରେ ତାଙ୍କୁ ସମସ୍ତେ ବ୍ରହ୍ମଚାରୀ ବୋଲି ଜାଣନ୍ତି । ବିଦେଶରେ ତାଙ୍କର ବହୁତ ଶିଷ୍ୟ ଅଛନ୍ତି । ସେମାନଙ୍କ ମାଧ୍ୟମରେ ତାଙ୍କ ପାଖକୁ ଅପର୍ଯ୍ୟାପ୍ତ ଅର୍ଥ ଆସୁଛି । ତାଙ୍କର ବିଶ୍ୱାସକୁ ସେ ଭାଙ୍ଗି ପାରିବେ ନାହିଁ । ତେଣୁ ସେ ଚାହାନ୍ତି ସୁମନ୍ତ ରୀତାକୁ ବିବାହ କରନ୍ତୁ । କିନ୍ତୁ ଏ ବିବାହ କେବଳ ବାହାର ଲୋକ ଦେଖାଣିଆ । ରୀତା ତାଙ୍କ ପାଖରେ ରହିବ । ସୁମନ୍ତ କିନ୍ତୁ ସ୍ୱାଧୀନ । ସେ ତାଙ୍କର ଇଚ୍ଛା ଅନୁସାରେ ଜୀବନକୁ ଉପଭୋଗ କରି ପାରିବେ ।

ସୁମନ୍ତଙ୍କ ମନଟା ଗୋଟେ ଘୃଣା ଭାବରେ ପୁରି ଉଠିଲା । ଏ ପ୍ରକାର ପ୍ରସ୍ତାବ ଗୋଟେ ନିଶାଶକ୍ତ ଲୋକ ହିଁ ଦେଇପାରେ । କିନ୍ତୁ ତାଙ୍କର ତ ଯୋଜନା ଅଲଗା । ଗୁରୁଦେବଙ୍କୁ ଖୁସି କରିବା ପାଇଁ ସାଙ୍ଗେ ସାଙ୍ଗେ କହିଲେ - ଆପଣଙ୍କ ଆଦେଶ ଶିରୋଧାର୍ଯ୍ୟ। ଆପଣ ଯେମିତି ଚାହିଁବେ ସେମିତି ହେବ । ମୋର କିଛି ଅସୁବିଧା ହେବ ନାହିଁ କି ଆପଣଙ୍କୁ କେବେ ଅସୁବିଧାରେ ପକାଇବି ନାହିଁ ।

ଗୁରୁଦେବଙ୍କ ଆଖି ଦୁଇଟା ଖୁସିରେ ଝଲସି ଉଠିଲା । ସେ ରୀତାକୁ କହିଲେ, ବେଟାକୁ ତା'ର ଘର ଦେଖାଇଦିଅ ଏବଂ ଅନ୍ୟ ସବୁ ଜିନିଷ ବୁଝାଇଦିଅ ।

ସୁମନ୍ତ ଏବଂ ରୀତା ବାହାରକୁ ବାହାରି ଆସିଲେ ।

ରୀତା ପଚାରିଲା - ତୁମେ କ'ଣ ଗୁରୁଦେବଙ୍କ ପ୍ରସ୍ତାବରେ ରାଜି ହୋଇଗଲ । ଟିକିଏ ବି ଆପତ୍ତି କଲ ନାହିଁ ।

ସୁମନ୍ତ ଟିକେ ହସିକରି କହିଲେ - ମୁଁ ଆପତ୍ତି କରିଥିଲେ କ'ଣ ଲାଭ ହୋଇଥାନ୍ତା । ଗୁରୁଦେବଙ୍କ ଆଗରେ ମୋ ଔକାତ କ'ଣ ।

ସୁମନ୍ତ ଜାଣି ପାରୁ ନଥିଲେ ରୀତା ତାଙ୍କୁ ଏମିତି ପ୍ରଶ୍ନ କାହିଁକି ପଚାରୁଛି । ସେ କ'ଣ ତାଙ୍କୁ ପରୀକ୍ଷା କରୁଛି ।

ସେମାନେ ଯାଇ ଗୋଟେ ଆଲିଶାନ ବଙ୍ଗଳା ପାଖରେ ପହଞ୍ଚିଗଲେ ।

ରୀତା କହିଲା - ଏବେଠାରୁ ଏଇଟା ତୁମ ଘର । ପୂର୍ବ ଘରକୁ ଆଉ ଯିବା ଦରକାର ନାହିଁ । ତୁମର ଜିନିଷ ପତ୍ର ଏଠାକୁ ଆସିଯାଇଛି । ଘର ଭିତରକୁ ପଶିଯାଇ ଆଶ୍ଚର୍ଯ୍ୟ ହୋଇଗଲେ ସୁମନ୍ତ । ମଣିଷର ବିଳାସ, ବ୍ୟସନ, ସୁଖ ସୁବିଧା ପାଇଁ ଯାହା ଦରକାର ସବୁ ସେ ଭିତରେ ଖଞ୍ଜା ହୋଇ ରଖାଯାଇଛି । ପୁରା ଆଧୁନିକ ଢ଼ାଞ୍ଚାରେ ସବୁ ସଜା ହୋଇଛି । ତାଙ୍କ ପାଇଁ ଏତେ ବଡ଼ ବଙ୍ଗଳା !

ଭିତରେ ପଡ଼ିଥିବା ସୋଫା ଉପରେ ବସୁ ବସୁ ରୀତା ବେଲ୍ ମାରିଲା । ତରୁଣୀ ଜଣେ ଆସିଲା । ତା'କୁ ଦୁଇ କପ୍ କଫି ପାଇଁ କହି ସୁମନ୍ତଙ୍କୁ କହିଲା- ଏଠି ସବୁ ଜିନିଷ ରୁମ୍‌କୁ ଦିଆଯାଏ । ଏଇଠି ବସି ଲଞ୍ଚ, ଡିନର, ଟିଫିନ, ଚା ଆଦି ସବୁ ମଗାଇ ପାରିବ । ଏ ଭିତରେ କଫି ଆସିଗଲା ।

କଫି ପିଉ ପିଉ ରୀତା କହିଲା - ତୁମେ ଯେତେବେଳେ ଏତେ ନିକଟତର ହେଲଣି, ଗୁରୁଦେବଙ୍କର ଏବଂ ମୋର ଏତେ ବିଶ୍ୱାସର ପାତ୍ର

ହେଲଣି, ପୁଣି ଟିକିଏ ହସି କହିଲା, ମୋ ପିଲାର ବାପା ହେବାକୁ ପ୍ରସ୍ତୁତ ହେଲଣି ସେତେବେଳେ ତୁମକୁ ଆଉ କିଛି ଲୁଚାଇବା ଆବଶ୍ୟକ ନାହିଁ। ଗୁରୁଦେବ ମଧ୍ୟ କହିଛନ୍ତି ତୁମକୁ ସବୁ ବିଷୟରେ ଅବଗତ କରାଇବା ପାଇଁ। କିନ୍ତୁ ସେଥିପାଇଁ ଗୋଟେ ସର୍ତ୍ତ ଅଛି। ଏହାପରେ ତୁମେ ତ ଏଠାରେ ରାଜା ପରି ରହିବ କିନ୍ତୁ ବିନା ଅନୁମତିରେ ଆଶ୍ରମ ବାହାରକୁ ଯାଇପାରିବ ନାହିଁ। ଏଇଟା କେବଳ ଆଶ୍ରମର ସୁରକ୍ଷା ପାଇଁ।

ଚକିତ ନୟନ ମେଲି ଚାହିଁ ରହିଲେ ସୁମନ୍ତ ରୀତାକୁ। ଆହୁରି ପୁଣି କ'ଣ ଖୁଲାସା ଅଛି।

ରୀତା ଆରମ୍ଭ କଲା - ଗୁରୁଦେବ ଯୋଗ, ପ୍ରାଣାୟମ, ଧ୍ୟାନରେ ପାରଙ୍ଗମ। ପ୍ରଥମରୁ ତ ସେଇଥିପାଇଁ ବେଶୀ ଭକ୍ତ ଆକର୍ଷିତ ହୋଇ ଆସୁଥିଲେ। ଏବେ ବି ଗୁରୁଦେବ ସେଇ ଯୋଗ, ଧ୍ୟାନ କେନ୍ଦ୍ର ମାନଙ୍କରେ ଅଧିକାଂଶ ସମୟରେ ନିଜେ ଶିକ୍ଷା ଦିଅନ୍ତି। କିନ୍ତୁ ଆସ୍ତେ ଆସ୍ତେ ସବୁକିଛି ବଦଳି ଗଲା। ଏବେ ଏହା ନାମକୁ ମାତ୍ର ଆଶ୍ରମ କିନ୍ତୁ ପ୍ରକୃତରେ ଏହା ଗୋଟେ ଡ୍ରଗ କାରବାରର ପେଣ୍ଠସ୍ଥଳୀ ହୋଇଗଲାଣି। ଏଠାକୁ ଯେଉଁ ବିଦେଶୀ ମାନେ ଆସୁଛନ୍ତି ସେମାନେ କେବଳ ଏଇ ଡ୍ରଗ ଲୋଭରେ ଆସୁଛନ୍ତି। ଏଠାକାର ଡ୍ରଗ କୁଆଡ଼େ ପୃଥିବୀର ସବୁଠାରୁ ଉତ୍କୃଷ୍ଟ।

କିନ୍ତୁ ଏ ଡ୍ରଗ ଆସୁଛି କେଉଁଠୁ, ଆଉ କେମିତି। ଆଶ୍ଚର୍ଯ୍ୟ ହୋଇ ପଚାରିଲେ ସୁମନ୍ତ।

ଡ୍ରଗ ତ ତମେ ନେଇକରି ଆସିଥିଲ। କହିଲା ରୀତା।

ଚମକି ପଡ଼ିଲେ ସୁମନ୍ତ। ବିସ୍ଫାରିତ ଆଖିରେ ଚାହିଁଲେ ରୀତାକୁ।

ରୀତା କହିଲା - ତମେ ଯେଉଁ ଚାଉଳ ଆଣି ଆସିଥିଲ। ମନେ ଅଛି କେତେ ବସ୍ତା ଆଣିଥିଲ।

ହଁ ମନେ ଅଛି। ଚାଳିଶ ବସ୍ତା।

ରୀତା କହିଲା - ପ୍ରତି ବସ୍ତା ମଝିରେ ଦୁଇ କିଲୋ ଲେଖାଏଁ ହିରୋଇନ ପ୍ୟାକ ହୋଇ ରଖା ଯାଇଥିଲା। ତା' ମାନେ ତମେ ସେଦିନ ଅଶୀ କିଲୋ ହିରୋଇନ ଆଣିକି ଆସିଥିଲ। ଯାହାର ମୂଲ ପ୍ରାୟ ଶହେ କୋଟି ଟଙ୍କା ହେବ।

ସେତେବେଳକୁ ସୁମନ୍ତ ବୁଝି ପାରିଲେ, କଲିକତାରୁ ସିମ୍ଲା, ଏତେବାଟରୁ

ଚଢ଼ଉଳ କାହିଁକି ଆସୁଥିଲା । ଡ୍ରଗ ସବୁ ବାଂଲାଦେଶରୁ କଲିକତା ଆସେ ଏବଂ ସେଠାରୁ ବିଭିନ୍ନ ଉପାୟରେ ଦେଶର ବିଭିନ୍ନ ସ୍ଥାନକୁ ତାହା ଚାଲାଣ ହୁଏ ।

ରୀତା ପୁଣି କହିଲା - ଏଠି ସବୁ ଅତିଥି ମାନଙ୍କୁ ନିୟମିତ ଭାବରେ ଡ୍ରଗ ଦିଆଯାଏ । ସେମାନେ ସବୁ ଆମେରିକା, ଇଉରୋପର ଧନୀକ ଶ୍ରେଣୀର ଲୋକ । ଏଠାରେ ଅପର୍ଯ୍ୟାପ୍ତ ପଇସା ଉଡ଼ାନ୍ତି । ପୁଣି ଗୁରୁଦେବ ତାଙ୍କ ଭାଷଣରେ ଅତିଥି ମାନଙ୍କୁ ତାଙ୍କର ଜୀବନ ଦର୍ଶନ ବାଖ୍ୟା କରନ୍ତି ।

ସେ କୁହନ୍ତି - ଯେଉଁ ଧର୍ମ ଲୋକମାନଙ୍କୁ କୃଚ୍ଛ ସାଧନା କରିବାକୁ କହିଥାଏ, ସନ୍ୟାସୀ, ସନ୍ୟାସିନୀ ହୋଇ ଦୁଃଖକଷ୍ଟ ସହିତ ତପସ୍ୟା କରିବାକୁ କହିଥାଏ; ଜୀବନରେ କେବଳ ଭଗବାନଙ୍କୁ ପାଇବା ପାଇଁ କଷ୍ଟ କରିବାକୁ କହିଥାଏ ତାହା ପ୍ରକୃତ ଧର୍ମ ନୁହେଁ । ଧର୍ମ ଏମିତି ଗୋଟେ କଳା ହେବା ଦରକାର ଯାହାକି ସମସ୍ତଙ୍କୁ ମାର୍ଗଦର୍ଶନ କରାଇବ କେମିତି ସେମାନେ ଜୀବନକୁ ଉପଭୋଗ କରିପାରିବେ । ତେଣୁ ସନ୍ୟାସି, ସନ୍ୟାସିନୀ ହୋଇ ନିଜକୁ କଷ୍ଟ ଦିଅନି ବରଂ ବିଳାସ ବ୍ୟସନରେ ଜୀବନ ବିତାଅ । ତୁମର ଯାହା ଇଛା ହେଉଛି କର । ଇନ୍ଦ୍ରିୟ ମାନଙ୍କୁ ମୁକ୍ତ କରିଦିଅ । ମୁକ୍ତ ଜୀବନ ବିତାଅ । ଏଠାରେ ସେଇଆ ହିଁ ହେଉଛି । ଡ୍ରଗ ନିଶାରେ ମସଗୁଲ ହୋଇ ଏମାନେ ହଳି ହଳି ହୋଇ ସଂଧ୍ୟା ହେଲେ ସେଇ କଟେଜ ଗୁଡ଼ାକରେ ପଶିଯାଉଛନ୍ତି ।

ସୁମନ୍ତଙ୍କ ଦେହରୁ ପରସ୍ତେ ଝାଳ ବୋହିଗଲା । ଏ ତ ରଜନୀଶଙ୍କ ଠାରୁ ବି ବଳିଗଲେ । ଭଗବାନ ଶ୍ରୀ ରଜନୀଶଙ୍କର ଏମିତି ଗୋଟେ ଆଶ୍ରମ ଥିଲା କୋରେଗାଓଁ ପାର୍କ, ପୁନେରେ । ଯେଉଁଠାରେ ଆଶ୍ରମ ବାସୀ ମାନେ ମୁକ୍ତ ଜୀବନ ବିତାଉ ଥିଲେ । ବଡ଼ ବଡ଼ ନେତା ଅଭିନେତା ତାଙ୍କର ଭକ୍ତ ଥିଲେ ।

ରୀତା କହିଲା - କଥା ସରିନି । ଆହୁରି ଅଛି । ଏ ତ ଗଲା ବିଦେଶୀ ମାନଙ୍କ କଥା । ଦେଶୀ ଧନୀ ଲୋକମାନେ ମଧ୍ୟ ଏଠାକୁ ଆସନ୍ତି । ତାଙ୍କ ମାନଙ୍କ ମଧ୍ୟରୁ କେତେକ ବ୍ଲାକ ମେଲ (Black Mail)ର ଶୀକାର ହୁଅନ୍ତି । ସେମାନଙ୍କର ବିଭିନ୍ନ ଅସଙ୍ଗତ ଅବସ୍ଥାର ଫଟୋ ନେଇ ତାଙ୍କ ଠାରୁ ମୋଟା ଅର୍ଥ ଆଦାୟ କରାଯାଏ । ଦେଖୁଛ ଯେଉଁ ମନ୍ତ୍ରୀମାନେ ଆସୁଛନ୍ତି । ତାଙ୍କ ଭିତରୁ କେତେଜଣଙ୍କ କଳା ଟଙ୍କା ଗୁରୁଦେବଙ୍କ ପାଖରେ ଗଚ୍ଛିତ ହୋଇ ରହୁଛି । କେତେ ଟଙ୍କା, କେତେ ସୁନା କେହି ଜାଣି ନାହାନ୍ତି । କିନ୍ତୁ ପରିମାଣ ବହୁତ ଅଧିକ । ଆଉ

ଜାଣିଛ । ଗୁରୁଦେବ ଏଠାରେ ଗୋଟେ ସ୍ୱର୍ଗ ତିଆରି କରିଛନ୍ତି । ଆମେ ପୁରାଣରେ ଜାଣିଥିଲେ ତ୍ରିଶଙ୍କୁଙ୍କ କଥା ।

ତ୍ରିଶୁଙ୍କୁ ! ସେ ପୁଣି କିଏ । ଆଶ୍ଚର୍ଯ୍ୟ ହୋଇ ପଚାରିଲେ ସୁମନ୍ତ ।

ରୀତା କହିଲା – ଇକ୍ଷାକୁ ବଂଶର ପ୍ରସିଦ୍ଧ ରାଜା ତ୍ରିଶଙ୍କୁଙ୍କର ପ୍ରବଳ ଇଛା ହେଲା ଯେ ସେ ସଶରୀରରେ ସ୍ୱର୍ଗକୁ ଯିବେ । ସେ ତାଙ୍କର ଇଛା ରାଜଗୁରୁ ବଶିଷ୍ଟଙ୍କୁ ଜଣାଇଲେ ଏବଂ ଅନୁରୋଧ କଲେ ଆବଶ୍ୟକ ଯଜ୍ଞ କରିବାକୁ । କିନ୍ତୁ ବଶିଷ୍ଟ ଏହି ପ୍ରକୃତି ବିରୋଧି କାର୍ଯ୍ୟ ପାଇଁ ଯଜ୍ଞ କରିବାକୁ ମନା କରି ଦେଇଥିଲେ । ନିରାଶ ହୋଇ ତ୍ରିଶଙ୍କୁ ବଶିଷ୍ଟଙ୍କ ପୁତ୍ର ମାନଙ୍କୁ ଅନୁରୋଧ କଲେ ଯଜ୍ଞ କରିବା ପାଇଁ । କିନ୍ତୁ ସେମାନେ ମଧ୍ୟ ମନା କରିଦେଲେ । ହତୋତ୍ସାହିତ ତ୍ରିଶଙ୍କୁ ରାଗିଯାଇ ସେମାନଙ୍କୁ ଅପମାନିତ କରିଥିଲେ ଫଳରେ ସେମାନେ ରାଜାଙ୍କୁ ଅଭିଶାପ ଦେଲେ ଚଣ୍ଡାଳ ହୋଇଯିବା ପାଇଁ । ତା'ପର ଦିନ ସକାଳୁ ରାଜା ଉଠିଲା ବେଳକୁ ସେ ଏକ କୁତ୍ସିତ ଚଣ୍ଡାଳରେ ପରିଣତ ହୋଇଯାଇଥିଲେ । କେହି ତାଙ୍କୁ ଚିହ୍ନି ପାରିଲେନି । ଦୁଃଖ, ଅପମାନରେ ସେ ଜଙ୍ଗଲକୁ ପଳାୟନ କଲେ । ଜଙ୍ଗଲରେ ଏମିତି ବହୁତ ଦିନ ବୁଲିଲା ପରେ ତାଙ୍କର ଅକସ୍ମାତ ଭେଟ ହୋଇଗଲା ଋଷି ବିଶ୍ୱାମିତ୍ରଙ୍କ ସାଙ୍ଗରେ । ଋଷି ବିଶ୍ୱାମିତ୍ର ରାଜାଙ୍କୁ ଚିହ୍ନି ପାରିଲେ ଏବଂ ଏହା କିପରି ହେଲା ପଚାରିଲେ । ରାଜାଙ୍କ ଠାରୁ ସବୁ ଶୁଣି ତାଙ୍କ ମନରେ ଦୟା ହେଲା । ସେ କହିଲେ ମୁଁ ତୁମ ପାଇଁ ଯଜ୍ଞ କରିବି । ଆଉ କଲେ ମଧ୍ୟ । ଯଜ୍ଞର ପ୍ରଭାବ ଏବଂ ଋଷି ବିଶ୍ୱାମିତ୍ରଙ୍କ ତପ ବଳରେ ତ୍ରିଶଙ୍କୁ ସ୍ୱର୍ଗକୁ ଗମନ କଲେ । କିନ୍ତୁ ସ୍ୱର୍ଗ ଦ୍ୱାର ଦେଶରୁ ଦେବରାଜ ଇନ୍ଦ୍ର ତାଙ୍କୁ ତଳକୁ ନିକ୍ଷେପ କଲେ । ତ୍ରିଶଙ୍କୁ ମୁଣ୍ଡ ତଳକୁ କରି ସ୍ୱର୍ଗରୁ ମର୍ତ୍ତ୍ୟ ଆଡ଼କୁ ଖସିବାକୁ ଲାଗିଲେ ଏବଂ ବିଶ୍ୱାମିତ୍ରଙ୍କୁ ରକ୍ଷା କରିବା ପାଇଁ ପ୍ରାର୍ଥନା କଲେ । ବିଶ୍ୱାମିତ୍ର ନିଜର ତପସ୍ୟା ବଳରେ ତାଙ୍କୁ ଅଧାବାଟରେ ଅଟକାଇ ଦେଲେ ଏବଂ ସେଇ ସ୍ୱର୍ଗ ଓ ପୃଥିବୀ ମଧ୍ୟରେ ତାଙ୍କ ପାଇଁ ଅନ୍ୟ ଏକ ସ୍ୱର୍ଗର ସରଞ୍ଜନା କରିଥିଲେ ।

ଏତେଗୁଡ଼େ କଥା କହି ରୀତା ବୋଧହୁଏ ହାଲିଆ ହୋଇଗଲା । ଟିକିଏ ଦମ୍ ନେଇ କହିଲା – ଏବେ ଆମେ କିଛି ଖାଇନେବା । ସଂଧ୍ୟା ବେଳକୁ ତମକୁ ନେଇଯିବି ଗୁରୁଦେବଙ୍କ ସ୍ୱର୍ଗ ଦେଖିବା ପାଇଁ ।

ରୁମ୍‌କୁ ଖାଇବା ମଗାଇ ଦୁହେଁ ଖାଇନେଲେ । ତା'ପରେ ରୀତା ଚାଲିଗଲା । କହିଗଲା ସଂଧ୍ୟା ଛ'ଟା ବେଳେ ସେ ଯେମିତି ପ୍ରସ୍ତୁତ ଥିବେ ।

ସୁମନ୍ତ କେବେ ଭାବି ନ ଥିଲେ ଘଟଣା ପ୍ରବାହ ଏତେ ତୀବ୍ର ଗତିରେ ଘଟିଯିବ ବୋଲି । ତାଙ୍କର ତ ବିଦ୍ୟାପତିଙ୍କ ପରି ସୋରିଷ ବୁଣିବା ଦରକାର ପଡ଼ିଲାନି । ତାଙ୍କ ଲଳିତା (ରୀତା) ସବୁ ପରଦା ଖୋଲିଦେଲା । ତାଙ୍କୁ ଆଉ କିଛି ଅଜଣା ରହିଲାନି । ଖାଲି ଗୋଟିଏ ସନ୍ଦେହ ମନ ଭିତରେ ଉଙ୍କି ମାରୁଛି । ରୀତାର ପ୍ରକୃତ ଉଦ୍ଦେଶ୍ୟ କ'ଣ । ଗୁରୁଦେବଙ୍କ ଇଛା କ'ଣ ତା'ର ଇଛା । କେଜାଣି, ଏ ଗଭୀର କଥା ସମୟ ଆସିଲେ ହିଁ ଜଣା ପଡ଼ିବ । ତାଙ୍କର ଇଛା ହେଉଥିଲା ରମାକାନ୍ତ ବାବୁଙ୍କୁ ଫୋନ କରି ପଚ୍ଛିରେବ, ଏ ସବୁ ଘଟଣା ତାଙ୍କୁ ଦୃଶ୍ୟ ହେଉଛି ନା ନାହିଁ । କିନ୍ତୁ ସେ ସତର୍କ ହୋଇଗଲେ । କିଏ ଯଦି ତାଙ୍କ ଉପରେ ନଜର ରଖୁଥାଏ କିମ୍ବା ଏ ଘରେ କିଛି ଗୁପ୍ତ କ୍ୟାମେରା ବ୍ୟବସ୍ଥା ଥାଏ, ତା' ହେଲେ ତ ତାଙ୍କ ଅବସ୍ଥା ସରିଯିବ । ଏଠି ଧରା ପଡ଼ିଲେ ମୃତ୍ୟୁ ସୁନିଶ୍ଚିତ । ସେ ଏଥିରୁ କ୍ଷାନ୍ତ ହୋଇ ବିଶ୍ରାମ ନେଲେ । ରୀତାକୁ ଅପେକ୍ଷା କଲେ ।

ରୀତା ଠିକ୍ ଛଅଟାରେ ପହଞ୍ଚିଗଲା । ଦାମିକିଆ ଧଳା ଶାଢ଼ୀରେ ସୁନେଲୀ ରଙ୍ଗର ଧଡ଼ି । ବହୁତ ସୁନ୍ଦର ଦେଖା ଯାଉଥିଲା । ସେ କହିଲେ ଆଉ ସ୍ୱର୍ଗ ଯିବା କ'ଣ ଦରକାର । ସ୍ୱର୍ଗର ଅପସରା ତ ଏଠାକୁ ଆସିଗଲେଣି । ରୀତା ବୋଧେ ଟିକେ ଲାଜେଇ ଗଲା । କହିଲା - ହଉ ସେତିକି ଥାଉ । ଏବେ ଆସ । ସେମାନେ ସେହି ପୂର୍ବର ଘରକୁ, ଯେଉଁଠାରେ ଗୁରୁଦେବ ବସିଥିଲେ, ସେଠାକୁ ଗଲେ । ଘର ଖାଲିଥିଲା ରୀତା ସବୁ ଦୁଆର ଭିତର ପଟୁ ବନ୍ଦ କରିଦେଲା । ତାଙ୍କୁ ଘର ଭିତରେ ଗୋଟେ ଜାଗାକୁ ଟାଣିନେଲା । ସେ ଦେଖିଲେ ସେଠାରେ ଗୋଟିଏ ତିନି ଗୋଡ଼ ବିଶିଷ୍ଟ ଷ୍ଟୁଲ (Tripod stand) ଥୁଆ ହୋଇଛି । ଉପର ଭାଗ ଗୋଲାକାର । ସେଥିରେ ସୁନା ରଙ୍ଗର ଗୋଟେ ଅତି ପତଳା ପ୍ଲେଟ ଲଗା ହୋଇଛି । ରୀତା ସେ ଷ୍ଟୁଲର ତଳେ ଥିବା ଗୋଟେ ଗ୍ୟାସ ବର୍ନରରେ ଲାଇଟର ଦ୍ୱାରା ଅଗ୍ନି ସଂଯୋଗ କଲା । ତାଙ୍କୁ ପାଖକୁ ଡାକି ସେ ପତଳା ପ୍ଲେଟ ଉପରେ କିଛି ଧଳା ଗୁଣ୍ଡ ପକାଇଲା । ସେ ପ୍ଲେଟ ଗରମ ହୋଇ ସେ ଧଳା ଗୁଣ୍ଡକୁ ମଧ୍ୟ ଗରମ କରିଦେଲା । ସେଥିରୁ ଧୂଆଁ ବାହାରିଲା । ତାଙ୍କୁ କହିଲା ଏହାକୁ ଟିକେ ଆଘ୍ରାଣ କରିବାକୁ । କିନ୍ତୁ ଅଳ୍ପ । କାହିଁକିନା ଏହାହେଉଛି ହିରୋଇନ ଡ୍ରଗ । ବେଶି ସୁଙ୍ଘିବ ତ ପୁରା ନିଶା ହୋଇଯିବ । ସେ କେବଳ ତାଙ୍କୁ ଦେଖାଉଥିଲା କେମିତି ଏଠାରେ ଲୋକମାନଙ୍କୁ ଡ୍ରଗ ଦିଆଯାଏ । ଗୁରୁଦେବ ଯେଉଁମାନଙ୍କୁ ସ୍ୱର୍ଗ ଦେଖାଇବା ପାଇଁ ଚାହାନ୍ତି

ସେମାନଙ୍କୁ ଏହିଠାକୁ ଡକାଯାଏ । ଅତିବେଶୀ ହେଲେ ଏକାଥରକେ ପାଞ୍ଚଜଣ । ସେମାନଙ୍କୁ ଏହିପରି ଡ୍ରଗ ଦିଆଯାଏ । ସେମାନେ ଡ୍ରଗ ନିଶାରେ ମସଗୁଲ ହୋଇଗଲା ପରେ ଏହିବାଟ ଦେଇ ନିଆଯାଏ । ଏତିକି କହି ସେ ଗୋଟେ ଦ୍ୱାର ଖୋଲିଦେଲା । ସେ ଦେଖିଲେ ଗୋଟେ ସୁଡ଼ଙ୍ଗ ପରି ରାସ୍ତା । ସେମାନେ ସେଇ ଭିତର ଦେଇ ଗଲେ। କିଛିବାଟ ଗଲାପରେ ଯେଉଁ ସ୍ଥାନରେ ପହଞ୍ଚିଲେ ସେ ସ୍ଥାନର ସୌନ୍ଦର୍ଯ୍ୟ ତ ଅବର୍ଣ୍ଣନୀୟ । ଯେ କେହି ବି ଏହାର ପରିକଳ୍ପନା କରିଥିଲା ତାକୁ ଧନ୍ୟବାଦ ଦେବା କଥା । ଶାନ୍ତ, ଉଜ୍ୱଳ ଆଲୋକ । ଆଲୋକର ଉତ୍ସ ଜଣା ପଡୁନାହିଁ । ସ୍ୱର୍ଗର ବଗିଚା ପରି ପାରିବାତ ଫୁଲ ଫୁଟିଛି । ତା'ର ମହକରେ ଚତୁର୍ଦ୍ଦିଗ ସୁଗନ୍ଧିତ । ତା' ଭିତରେ ଚାଲିଲେ ଲାଗେ ସତେ ଯେମିତି ଫୁଲର ରାସ୍ତା ଉପରେ ଚାଲୁଛନ୍ତି । ଇନ୍ଦ୍ରଙ୍କ ଦରବାର ପରି ସିଂହାସନ ପଡ଼ିଛି । ଦୁଇପଟେ ବସିବା ପାଇଁ ଅଦ୍‌ଭୁତ ବଡ଼ ବଡ଼ ଚୌକି ସବୁ ପଡ଼ିଛି । ସବୁଠୁ ମଜା କଥା ହେଲା କିଛି ଯୁବତୀ ରମ୍ଭା, ମେନକା, ଉର୍ବଶୀ ମାନଙ୍କ ପରି ପୋଷାକ ପିନ୍ଧି ସେ ଭିତରେ ବୁଲୁଛନ୍ତି । ସେମାନଙ୍କୁ ଦେଖି ଜଣେ ଯୁବତୀ ଗୋଟେ ସୁନା ରଙ୍ଗର ଗ୍ଲାସରେ କିଛି ପାନୀୟ ଆଣି ତାଙ୍କୁ ଦେଲା । ରୀତା ହସି କହିଲା - ମେନକା, ଏ ସୋମରସର କିଛି ଦରକାର ନାହିଁ । ଏ ହେଲେ ସୁମନ୍ତ । ଆମର ଖାସ ଲୋକ ।

ସୁମନ୍ତ ଚାହିଁଥିଲେ ବୋକାଙ୍କ ପରି । ରୀତା କହିଲା - ଲୋକଙ୍କୁ ନିଶା ହୋଇଗଲା ପରେ ସେମାନଙ୍କୁ ଅର୍ଦ୍ଧଚେ଼ତନ ଅବସ୍ଥାରେ ଏହିଠାକୁ ଅଣାଯାଏ । ସେମାନେ ଭାବନ୍ତି ଯେ ସେମାନେ ସ୍ୱର୍ଗକୁ ଆସିଗଲେ । ତା'ପରେ ଏହି ରମ୍ଭା, ଉର୍ବଶୀ ମାନେ ସେମାନଙ୍କୁ ପାନୀୟ ଦିଅନ୍ତି । ସୁନ୍ଦର ସଙ୍ଗୀତ ଶୁଣାନ୍ତି ଅବଶ୍ୟ ରେକଡ଼ିଙ୍ଗ ମାଧ୍ୟମରେ । ଦୁଇ ଚାରିଘଣ୍ଟା ରହିବା ପରେ ପୁଣି ସେମାନଙ୍କୁ ସେହି ଅବସ୍ଥାରେ ବାହାରକୁ ନିଆଯାଏ । ତା' ପରଦିନ ଗୁରୁଦେବ କହନ୍ତି, ତାଙ୍କର ଭକ୍ତ ହେଲେ ସେ ସେମାନଙ୍କୁ ମୃତ୍ୟୁ ପରେ ଏମିତି ସ୍ୱର୍ଗକୁ ନେଇଯିବେ । ଏ ତ ଗଲା ହିନ୍ଦୁ ଶିଷ୍ୟ ମାନଙ୍କ କଥା । ଯେଉଁମାନେ ବିଦେଶୀ ସେମାନଙ୍କର ଧର୍ମ ଅଲଗା, ସ୍ୱର୍ଗ ଅଲଗା ପ୍ରକାରର । ସେମାନେ ଗଲାବେଳେ ଆମେ କିଛି ଅଦଳ ବଦଳ କରିଥାଉ । ଯେମିତିକି ଚଟାଣ ପୁରା ସୁନେଲୀ ରଙ୍ଗର । ଇନ୍ଦ୍ରଙ୍କ ସଭାକୁ ହଟାଇ ଦିଆଯାଏ ରମ୍ଭା, ମେନକା ଇତ୍ୟାଦିଙ୍କ ବଦଳରେ ଆଞ୍ଜେଲ (Angel) ମାନେ ବୁଲୁଥାନ୍ତି । ଇଂରାଜୀ ସଂଗୀତ ମଧ୍ୟ ବାଜୁଥାଏ । ବହୁତ ଜିନିଷ ଲେଜର

(Laser) ରଶ୍ମି ଯୋଗୁଁ ସୁବିଧା ହୋଇଥାଏ । ଏଇଥିପାଇଁ କି ହିଁ ଗୁରୁଦେବଙ୍କର ଶିଷ୍ୟ, ଶ୍ରଦ୍ଧାଳୁଙ୍କ ସଂଖ୍ୟା ବହୁତ ବଢ଼ିଯାଇଛି । ସମସ୍ତଙ୍କ ଇଚ୍ଛା ମଲାପରେ ସ୍ୱର୍ଗକୁ ଯିବେ । ରୀତା ଟିକେ ହସିକରି କହିଲା ।

ସେମାନେ ଫେରି ଆସିଲେ । ସେଇ ପୂର୍ବ ଘରକୁ ଆସିଲା ପରେ ରୀତା ତାଙ୍କୁ ଆଉ ଗୋଟେ ଦ୍ୱାର ଦେଖାଇଲା । କହିଲା ଏ ଦ୍ୱାର ଦେଇ ମୁଁ ମଧ୍ୟ କେବେ ଭିତରକୁ ଯାଇନାହିଁ । କିନ୍ତୁ ସେ ଜାଣିଛି ଏହା ଗୋଟେ ଭୂମିତଳ (under ground) ଘର ଏ ଭିତରେ ଯେତକ କଳା ଟଙ୍କା, ସୁନା, ଡ୍ରଗ ସବୁ ମଜବୁତ୍ ବାକ୍ସରେ ରଖାଯାଇଛି । ଏହାର ଚାବି କେବଳ ଗୁରୁଦେବଙ୍କ ପାଖରେ ଥାଏ ।

ସେମାନେ ବାହାରକୁ ବାହାରି ଆସିଲେ । ସେଇ ଟିକିଏ ଡ୍ରଗ ସୁଙ୍ଘି କରି ତାଙ୍କ ମୁଣ୍ଡଟା କେମିତି ଲାଗୁଥାଏ । ତଥାପି ଇଚ୍ଛା ହେଉଥାଏ ଆଉ ଟିକିଏ ନେବାକୁ । ଏମିତି ବୋଧେ ଡ୍ରଗର ନିଶା । ଥରେ ଧରିଲେ ଆଉ ଛାଡ଼େ ନାହିଁ । ଭଗବାନ ନ କରନ୍ତୁ ଆଉ ଗୋଟେ ନିଶାର ପାଲରେ ସେ ନ ପଡ଼ନ୍ତୁ ।

ରୀତା କହିଲା ଚାଲ ଆଜି ମଧ୍ୟବଳୟରେ ରାତ୍ରି ଭୋଜନ କରିବା । ତାଙ୍କର ମନା କରିବାର କିଛି କାରଣ ନ ଥିଲା । ଦୁହେଁ ରାତ୍ରି ଭୋଜନ ଶେଷକରି ପୁଣି ତାଙ୍କର ସେଇ ଆଲିଶାନ ଘରକୁ ଫେରି ଆସିଲେ । କିଛି ସମୟ ବସିଲା ପରେ ରୀତା ପଚାରିଲା, ତୁମେ ତ ସବୁ ଦେଖିଲ । ଏବେ ତୁମର ପ୍ରତିକ୍ରିୟା କ'ଣ ।

ସୁମନ୍ତ କହିଲେ - ମୁଁ କ'ଣ କହିବି । ଏଥିରେ ମୋର କହିବାର କି ପ୍ରତିକ୍ରିୟା ଦେବାର କିଛି ନାହିଁ । କିନ୍ତୁ ଗୋଟେ କଥା ମୁଁ ବୁଝିପାରୁନି, ଗୁରୁଦେବଙ୍କର ଏତେ ଧନ ସମ୍ପତ୍ତି, ପଇସାପତ୍ର କ'ଣ ହେବ । ଯାହାହେଉ ତୁମେମାନେ ମୋତେ ବିଶ୍ୱାସ କରିଛ, ତୁମର ବିଶିଷ୍ଟ ଦଳରେ ମୋତେ ସାମିଲ କରିଛ, ସେଥିପାଇଁ ଧନ୍ୟବାଦ ।

ରୀତା ହଠାତ ପଚାରିଲା - ସୁମନ୍ତ ସତକରି କୁହ ତୁମେ କିଏ ? ତୁମେ ଭଲ ଭାବରେ ବୁଝିଯିବଣି, ଏତେସବୁ ଜାଣିଲା ପରେ ତୁମକୁ ଆଶ୍ରମ ବାହାରକୁ ଯିବାକୁ ଦିଆଯିବନି । ସାରା ଜୀବନ ବନ୍ଦୀ ପରି ଏହି ଭିତରେ ରହିବ । ତୁମେ ଯାହାକୁ ବିବାହ କରିବ ସେ ଅନ୍ୟ ପାଖରେ ରହିବ । ତଥାପି ମଧ୍ୟ ତୁମର କିଛି ହେଲେ ଭାବାନ୍ତର ନାହିଁ । ଖୁସି ମନରେ ସବୁକୁ ତୁମେ ଗ୍ରହଣ କରିଯାଉଛ । ଏହା ଭିତରେ ତୁମର କିଛି ଅଭିସନ୍ଧି ନାହିଁ ତ ?

ସୁମନ୍ତ କହିଲେ - ଗୋଟେ ନିରାଶ୍ରୟ, ଅସହାୟ, ନିରୋଳା ଲୋକ ଏହାଠାରୁ ଅଧିକା କ'ଣ ଆଶା କରିଥା'ନ୍ତା । ତୁମେମାନେ ତ ସେମିତିକା ଲୋକ ବାଛିଛ ଯାହାର କେହି ନାହିଁ । ମରିଗଲେ, ହଜିଗଲେ ମଧ କେହି ତା' ବିଷୟରେ ଖୋଲତାଡ଼ କରିବେନି ।

ରୀତା କିଛି ସମୟ ତାଙ୍କ ମୁହଁକୁ ଅନାଇ କହିଲା - ଆଉ କେହି ଯଦି ତୁମର ନିଜର ହୋଇଯାଏ ତୁମେ କ'ଣ କରିବ ?

ତାଙ୍କ ପାଟିରୁ ବାହାରି ପଡ଼ିଲା, ସେ ତା' ପାଇଁ ସବୁକିଛି କରି ପାରିବେ ।

ରୀତା କହିଲା - ମୁଁ ଯାହା କହୁଛି ମନଧାନ ଦେଇ ଶୁଣ । ତୁମେ ଭାବନି ଯେ ମୁଁ ଖାଲିଟାରେ ଗୁରୁଦେବଙ୍କ ପାଖରେ ନିଜକୁ ସମର୍ପଣ କରିଦେଇଛି ବୋଲି । ସେ ତ ଯକ୍ଷ ପରି ସମ୍ପତ୍ତିର ପାହାଡ଼ ଉପରେ କୁଣ୍ଡଳୀ ମାରି ବସିଛନ୍ତି । ତାଙ୍କର ଉତ୍ତରାଧୀକାରୀ ପାଇଁ ମୋତେ ବ୍ୟବହାର କରୁଛନ୍ତି । କିନ୍ତୁ ସେଇ ଅଚ୍‌ଲାଚ୍‌ଲ ସମ୍ପତ୍ତିର ମାଲିକ ଆମେ କାହିଁକି ହୋଇ ପାରିବାନି ।

କେମିତି ଏହା ସମ୍ଭବ ହେବ - ସୁମନ୍ତ ପଚାରିଲେ ।

ସେ କହିଲା - ଖୁବ୍ ସହଜ । ତୁମେ ଆସ୍ତେ ଆସ୍ତେ ଯୋଗ ଧାନ ଶିଖିଯାଇ ସେ କେନ୍ଦ୍ର ମାନଙ୍କରେ ଗୁରୁଦେବଙ୍କ ଜାଗାରେ ଶିକ୍ଷା ଦେବ । ଗୁରୁଦେବ ତ ଡ୍ରଗ ନିଶାରେ ଚବିଶ ଘଣ୍ଟା ବୁଡ଼ିକି ରହୁଛନ୍ତି । ତାଙ୍କୁ ସମୟ ଦେଖି ଅଧିକା ମାତ୍ରାରେ ଡ୍ରଗ ଦେଇ ଖଲାସ କରିଦେଲେ, କେହି କିଛି ଜାଣି ପାରିବେନାହିଁ । ତାଙ୍କର ପ୍ରାକୃତିକ ଭାବରେ ମୃତ୍ୟୁ ହୋଇଛି ବୋଲି ସମସ୍ତେ ଭାବିବେ । ତା'ପରେ ଆମେ ଏ ଆଶ୍ରମର ମାଲିକ ହୋଇଯିବା । ସମୟକ୍ରମେ ଏ ଆଶ୍ରମକୁ ଭାଙ୍ଗି ଆମେ ଯାଇ କେଉଁ ବିଦେଶରେ ଆମର ସଂସାର କରିବା । ସାରା ଜୀବନ ମଉଜ ମସ୍ତୀରେ କଟାଇବା । ସେଥିପାଇଁ ଅବଶ୍ୟ ତୁମକୁ ଟିକିଏ ପରିଶ୍ରମ କରିବାକୁ ପଡ଼ିବ ।

କିନ୍ତୁ ତୁମେ ଏମିତି କାହିଁକି କରିବ ? ଏବେ ବି ତ ତୁମେ ସୁଖ ସ୍ୱଚ୍ଛଳରେ ଅଛ । ମଉଜ ମସ୍ତୀ ତୁମେ ଏବେ ବି କରିପାରିବ । ଯେଉଁ ଲୋକ ତୁମକୁ ସବୁ ପ୍ରକାର ସ୍ୱାଧୀନତା ଦେଇଛି, ବିଶ୍ୱାସ କରିଛି, ପୁଣି ଏତେ ବଡ଼ ସଂସ୍ଥା ଚଳାଇବାର ଦାୟିତ୍ୱ ଦେଇଛି, ତାକୁ ତୁମେ କାହିଁକି ଏ ପ୍ରକାର ପରିତ୍ୟାଗ କରିବାକୁ ଚାହୁଁଛ ? ସୁମନ୍ତ ପଚାରିଲେ ।

ରୀତା ଟିକେ ଗମ୍ଭୀର ହୋଇଗଲା । ତା'ପରେ କହିଲା - ଏ ଆଶ୍ରମ

ଯେତେବେଳେ ନୂଆ ନୂଆ ଆରମ୍ଭ ହୋଇଥିଲା ମାନେ ପ୍ରାୟ ବାର ତେର ବର୍ଷ ତଳେ, ମୁଁ ଏବଂ ମୋ ମା' ଏ ଆଶ୍ରମକୁ ଆସିଥିଲୁ । ଆମ ପରିବାରରେ ଆମେ ହିଁ ଦୁଇଜଣ । ବାପା ତ ନ ଥିଲେ । ସେତେବେଳେ ଗୁରୁଦେବ ପ୍ରକୃତରେ ଧର୍ମ ଭାବାପର୍ଣ୍ଣ ଥିଲେ ଏବଂ ଆଶ୍ରମକୁ ସେହି ଅନୁସାରେ ଚଳାଉଥିଲେ । କାଳକ୍ରମେ ତାଙ୍କର ବୁଦ୍ଧିଭ୍ରଷ୍ଟ ହେଲା । ଅତ୍ୟଧିକ ଲୋଭରେ ସେ ଏସବୁ ବିଭିନ୍ନ ଅନ୍ୟାୟ, ଅସଙ୍ଗତ କାମ କରିବା ଆରମ୍ଭ କରିଦେଲେ । ଦିନେ ମୋର ମା'ର ପତ୍ତା ମିଳିଲାନି । ଆଶ୍ରମ ଭିତରୁ ସେ ଯେପରି ଅନ୍ତର୍ଦ୍ଧାନ ହୋଇଗଲା । ପୋଲିସ ଯାଏଁ ତ କଥା ଗଲାନି । କିଏ ବା ନେବ । ମୋର କିନ୍ତୁ ବଦ୍ଧମୂଳ ଧାରଣା, ଏହା ପଛରେ ଗୁରୁଦେବଙ୍କର ହାତ ନିଶ୍ଚୟ ଅଛି । ତା'ପରେ ମୁଁ ଅନାଥ ହୋଇଗଲି । ଗୁରୁଦେବ ବଡ଼ ସ୍ନେହରେ ମୋତେ ଅଭୟ ଦେଇ ତାଙ୍କ ଆଶ୍ରମରେ ରଖିଲେ । ଏବଂ ଆସ୍ତେ ଆସ୍ତେ ତାଙ୍କର ଲୋଲୁପ ଦୃଷ୍ଟି ମୋ ଉପରେ ପଡ଼ିଲା । ମୋ ପରି ଗୋଟେ ଅନାଥ, ଅସହାୟ ତରୁଣୀ ନିଜକୁ ବଞ୍ଚାଇ ପାରି ନଥିଲା । ସେହିଦିନ ଠାରୁ ମୁଁ ସୁଯୋଗ ଖୋଜୁଛି । କେମିତି ତାହାର ପ୍ରତିଶୋଧ ନେବି । ରୀତା ଘଣ୍ଟା ଦେଖିଲା । କହିଲା - ଆରେ ଏ ଭିତରେ ଆସି ଦଶଟା ହୋଇଗଲାଣି । ଗୁରୁଦେବଙ୍କ ସେବାର ସମୟ ହୋଇଗଲା । ସୁମନ୍ତଙ୍କୁ ଶୁଭରାତ୍ରୀ ଜଣାଇ ସେ ଚାଲିଗଲା ।

ଏବେ ସୁମନ୍ତଙ୍କ ଆଗରେ ସବୁ ପରିଷ୍କାର ହୋଇଗଲା । ସେ ବୁଝି ପାରିଲେ ରୀତାର ପ୍ଲାନ କ'ଣ । ଏ ତ ପୁରା ଡବଲ କ୍ରସ (Double Cross)। ଗୁରୁଦେବଙ୍କ ସାଙ୍ଗରେ ଧୋକା । ସେଇଥିପାଇଁ ରୀତା ତାଙ୍କୁ ବାଛିଛି । ଯେତେବେଳେ ସେ ଜାଣିଛି ଯେ ସେ ଏକୁଟିଆ ଲୋକ, ବାହାର ରାଜ୍ୟରୁ ଆସିଛି, ସେତେବେଳେ ସେ ତାଙ୍କ ଉପରେ ଆଖି ରଖିଛି । ସେ ଭାବି ନେଇଛି ଯେ ତା'ର ଯୋଜନାକୁ ସଫଳ କରିବାକୁ ହେଲେ ଜଣେ ପୁରୁଷ ଲୋକ ଦରକାର । ଆଉ ସେଇ ପୁରୁଷ ଲୋକ ହେଉଛନ୍ତି ସେ । ଗୁରୁଦେବଙ୍କୁ ପ୍ରଭାବିତ କରି ସେ ତାଙ୍କୁ ଏତେବାଟ ଆଗେଇ ନେଇଛି । ହେଲେ ସେ ଜାଣିନି ଯେ, ସେ ଡବଲ କ୍ରସ କଲେ ସୁମନ୍ତ ଟ୍ରିପଲ କ୍ରସ (Triple cross) କରିବାକୁ ଯାଉଛନ୍ତି । ଶୋଇବା ଆଗରୁ ସେ ଭାବିଲେ ରମାକାନ୍ତ ବାବୁଙ୍କୁ ଗୋଟେ ମେସେଜ୍ କରିଦେବେ ମୋବାଇଲରେ । ସେ ସବୁ ଦେଖିଲେ କି ନାହିଁ । ସେ ତାଙ୍କର ବାମ ହାତଟା ଠିକ୍ ଜାଗାରେ ଏପଟ ସେପଟ କରୁଥିଲେ । ଯେମିତି କି ସବୁ ଜିନିଷ ଭଲରେ ଦେଖି

ହେବ । ମୋବାଇଲ ଅନ୍ କଲା ପରେ ଦେଖିଲେ ରମାକାନ୍ତ ବାବୁ ଗୋଟେ ମେସେଜ୍ କରିଛନ୍ତି ଏଇ ମାତ୍ର ପାଞ୍ଚ ମିନିଟ ଆଗରୁ । ମେସେଜ୍ ହେଉଛି - "ବଢ଼ିଆ କାମ କରିଛ । ସକାଳ ଛଅଟାରେ ଆଶ୍ରମ ଉପରେ ଚଢ଼ଉ (Raid) ହେବ । ବାହାରକୁ ବାହାରିବ ନାହିଁ ।" ସେ ଚମକି ପଡ଼ିଲେ । କେତେ ଦ୍ରୁତ ଗତିରେ ଘଟଣାର ମୋଡ଼ ସବୁ ନେଉଛି । ଖଟ ଉପରେ ପଡ଼ି ଚେଷ୍ଟା କଲେ ଟିକେ ଶୋଇଯିବାକୁ । କିଏ ଜାଣେ କାଲି କ'ଣ ହେବ ? କାଲିର ସୂର୍ଯ୍ୟୋଦୟ ତାଙ୍କ ଜୀବନ ପାଇଁ କ'ଣ ବାର୍ତ୍ତା ବହନ କରି ଆସିବ । କିନ୍ତୁ ନିଦ ଆସୁ ନ ଥାଏ । ବାରମ୍ବାର ଆଖି ଚାଲିଯାଉଥାଏ ଘଣ୍ଟା ଉପରକୁ ।

॥ ୧୧ ॥

ପ୍ରତୀକ୍ଷା ସବୁବେଳେ ଉତ୍କଣ୍ଠାପୂର୍ଣ୍ଣ । ପ୍ରତୀକ୍ଷାର ଅନ୍ତ ଯଦି ନିଶ୍ଚିତ ଥାଏ, ତେବେ ତ ଜଣେ ସେଥିପାଇଁ ନିଜକୁ ପ୍ରସ୍ତୁତ ରଖିବ । କିନ୍ତୁ ପ୍ରତୀକ୍ଷାର ଅନ୍ତ ଯଦି ଅନିଶ୍ଚିତତାରେ ଭରପୁର ଥାଏ, ତେବେ ପ୍ରତୀକ୍ଷା କରୁଥିବା ବ୍ୟକ୍ତି ଜଣକ ବଡ଼ କଷ୍ଟକର ସମୟ ଦେଇ ଗତି କରିଥାଏ । ସେ ଜାଣି ନଥାଏ ଯେ କ'ଣ ଘଟିବାକୁ ଯାଉଛି । ପ୍ରତୀକ୍ଷା କରୁଥିବା ସମୟ ଗୁଡ଼ାକ ଯେମିତି ଗତି କରେ ନାହିଁ । ଘଣ୍ଟା କଣ୍ଟା, ମିନିଟ କଣ୍ଟା ଯେପରି ସ୍ଥିର ହୋଇଯା'ନ୍ତି ପ୍ରସିଦ୍ଧ ବୈଜ୍ଞାନିକ ଆଲବର୍ଟ ଆଇନ୍‌ଷ୍ଟାଇନ୍ ତାଙ୍କ ଥିଓରୀ ଅଫ ରିଲାଟିଭିଟି (Theory of relativity)କୁ ଗୋଟେ ସହଜ ଉପାୟରେ ବୁଝାଇଥିଲେ । "ତମେ ଯଦି ଗୋଟେ ତତଲା ଲୁହା ଉପରେ ଗୋଟେ ମିନିଟ ପାଇଁ ହାତ ରଖିବ ତେବେ ତାହା ଘଣ୍ଟାଏ ପରି ଲାଗିବ । କିନ୍ତୁ ତମେ ଯଦି ଜଣେ ସୁନ୍ଦରୀ ତରୁଣୀଙ୍କ ସାଙ୍ଗରେ ଘଣ୍ଟାଏ କାଳ ଗପ କରିବ ତେବେ ତାହା ଗୋଟେ ମିନିଟ ପରି ଲାଗିବ ।"

ସୁମନ୍ତ ପୁଣି ତାଙ୍କ ହାତ ଘଣ୍ଟାକୁ ଦେଖିଲେ । ଧେତ୍ । ମାତ୍ର ଏଗାରଟା ହେଇଛି । ତାଙ୍କର ସନ୍ଦେହ ହେଲା, ଘଣ୍ଟାଟା ଚାଲୁଛି ତ । ଆଉ ଟିକେ ନିରେଖି ଦେଖିଲେ, ସେକେଣ୍ଡ କଣ୍ଟାଟା ଚାଲିଛି ତା'ର ଚିରାଚ଼ରିତ ଗତିରେ । ଏ ପୃଥିବୀର ସବୁ ଜିନିଷ ତାଙ୍କର ନିର୍ଦ୍ଦିଷ୍ଟ ଗତିରେ ଚାଲୁଛନ୍ତି । କିନ୍ତୁ ସୁମନ୍ତଙ୍କ ମନ କହୁଛି ଏ ଗତି ଆହୁରି ଗତିଶୀଳ ହୋଇଉଠୁ । ଚଞ୍ଚଳ ସକାଳ ଛ'ଟା ହୋଇଯାଉ । ଆସନ୍ତା ସକାଳ କ'ଣ ତାଙ୍କ ପାଇଁ ଇନ୍ଦ୍ରଧନୁର ସାତ ରଂଗ ନେଇଆସିବ ନା ତାଙ୍କ ଜୀବନାକାଶ ପୁଣି ଗାଢ଼ କୃଷ୍ଣ ରଂଗର ବାଦଲରେ ଘୋଡ଼ାଇ ହୋଇଯିବ । ସେ ଟିକେ ଶୋଇବାକୁ ଚେଷ୍ଟା କଲେ । କିନ୍ତୁ ନିଦ ତ ଆସୁନି । ସେ ଭାବୁଥିଲେ, ଏ

ଚଢ଼ାଉଟା କେମିତି ହୁଏ । ଗୁରୁଦେବଙ୍କର ତ ବେଶ୍ କିଛି ସୁରକ୍ଷା କର୍ମଚାରୀ ଅଛନ୍ତି । ତାଙ୍କ ପାଖରେ ମଧ୍ୟ ପର୍ଯ୍ୟାପ୍ତ ପରିମାଣରେ ମାରଣାସ୍ତ୍ର ଅଛି । ପୋଲିସ ବାହିନୀ ଚଢ଼ାଉ କଲାବେଳେ ଯଦି ସେମାନେ ପ୍ରତିରୋଧ କରିବେ, ତେବେତ ଉଭୟ ପକ୍ଷରୁ ଗୁଳିଗୋଳା ବିନିମୟ ହେବା ସେଥିରେ ତ କିଛି ଜନଜୀବନ କ୍ଷତି ହୋଇପାରେ । ସେଥିପାଇଁ ବୋଧେ ରମାକାନ୍ତ ବାବୁ ତାଙ୍କ ମେସେଜ୍‌ରେ ଲେଖିଛନ୍ତି ଘରୁ ନ ବାହାରିବା ପାଇଁ । ହେ ଭଗବାନ, ଏଥିରେ ରମାକାନ୍ତ ବାବୁଙ୍କର ଯେମିତି କିଛି ନ ହେଉ । ସେ ତ ବର୍ତ୍ତମାନ ତାଙ୍କ ପାଇଁ ସବୁଠାରୁ ଜରୁରୀ ବ୍ୟକ୍ତି । ପାଣ୍ଡବ ମାନଙ୍କର ଅଜ୍ଞାତ ବାସ ପରେ ଯେମିତି ଶ୍ରୀକୃଷ୍ଣ ଯୋଜନା କରି ସେମାନଙ୍କୁ ପୁଣି ଲୋକଲୋଚ଼ନକୁ ଆଣିଲେ ସେମିତି ରମାକାନ୍ତ ବାବୁ ତାଙ୍କ ପାଇଁ ସାକ୍ଷାତ ଶ୍ରୀକୃଷ୍ଣ । ଏମିତି ଇଆଡୁ ସିଆଡୁ ଚିନ୍ତା କରୁ କରୁ ତାଙ୍କର ଟିକିଏ ଆଖିପତା ଲାଗିଯାଇଥିଲା । ନିଦ ଭାଙ୍ଗିଲା ବେଳକୁ ଭୋର ପାଞ୍ଚଟା । ସେ ଚଞ୍ଚଳ ଉଠି ନିଜର ନିତ୍ୟକର୍ମ ଶେଷ କରି ଅପେକ୍ଷା କଲେ ସେଇ ମୁହୂର୍ତ୍ତକୁ, ଯେଉଁ ମୁହୂର୍ତ୍ତରୁ ତାଙ୍କ ଜୀବନର ଗତିପଥ ଏକ ନୂତନ ମୋଡ଼ ନେବ ।

ସକାଳ ଛ'ଟା ହେଇଗଲା । ସୁମନ୍ତଙ୍କ ହୃଦ ସ୍ପନ୍ଦନ ବଢ଼ିଗଲା ପରି ଲାଗିଲା । ସେ ଉଦ୍‌ବିଗ୍ନ ହୋଇ କାନପାରି ଶୁଣିବାକୁ ଚେଷ୍ଟା କଲେ, କାଳେ କେଉଁଠାରୁ କିଛି ଶବ୍ଦ ଶୁଣାଯିବ । କିନ୍ତୁ କିଛି ବି ଶୁଣାଯାଉନି । ପୁରା ନୀରବତା । ଏ କ'ଣ ଝଡ଼ ପୂର୍ବର ନୀରବତା । ସମୟ ଗଡ଼ି ଚାଲିଲା । ସାତଟା ଯାଇ ଆଠଟା ହେଲା । କିଛି ସୋର ଶବ୍ଦ ନାହିଁ । ରମାକାନ୍ତ ବାବୁ କ'ଣ ତାଙ୍କର ଯୋଜନା ପ୍ରତ୍ୟାହାର କରିନେଲେ । ସେ ତାଙ୍କ ମୋବାଇଲେ ଦେଖିଲେ । ସେଥିରେ ବି କିଛି ମେସେଜ ନାହିଁ । ସୁମନ୍ତଙ୍କୁ ବ୍ୟସ୍ତ ଲାଗୁଥିଲା । ଏତେବେଳକୁ ତ ରୀତା ଆସିଯିବା କଥା । ସେ ବି ଆସୁନି । କ'ଣ ଚାଲିଛି । ଦୁଆର ଖୋଲି ବାହାରକୁ ଯିବିକି । ନାଁ ଥାଉ । ଆଉ କିଛି ସମୟ ଯାଉ ।

ଠିକ୍ ସାଢ଼େ ଆଠଟା ବେଳକୁ ରମାକାନ୍ତ ବାବୁଙ୍କ ଫୋନ ଆସିଲା ।

ତରତର ହୋଇ ସୁମନ୍ତ ଫୋନ୍ ଅନ୍ କଲେ ।

ସେ ପଟୁ ରମାକାନ୍ତ ବାବୁଙ୍କ ସ୍ୱର - ତୁମ ଘର ଆଗରେ ଠିଆ ହୋଇଛୁ । ଏବେ ବାହାରକୁ ଆସ ।

ସୁମନ୍ତ ଦୁଆର ଖୋଲି ବାହାରକୁ ଆସି ଦେଖିଲେ - ଘର ଆଗରେ ପ୍ରାୟ

ଦଶଜଣ ହେବ ପୋଲିସ ଠିଆ ହୋଇଛନ୍ତି । ସମସ୍ତଙ୍କ ହାତରେ ଅତ୍ୟାଧୁନିକ ବନ୍ଧୁକ । ସେ ତ ପୁରା ଡରିଗଲେ ।

ରମାକାନ୍ତ ବାବୁ ଆଗେଇ ଆସି ତାଙ୍କ ସାଂଗେ କରମର୍ଦ୍ଦନ କଲେ । କହିଲେ - ଆମ ଯୋଜନା ସଫଳ ହେଇଛି । ଏବେ ଆସ, ଆମକୁ ସେ ଜାଗା ଦେଖେଇଦିଅ ଯେଉଁଠାରେ ଗୁରୁଦେବ ତାଙ୍କର ସବୁ ସମ୍ପତ୍ତି ରଖିଛନ୍ତି ।

ସୁମନ୍ତ ସେମନଙ୍କୁ ନେଇ ଚାଲିଲେ ସେଇ ଆଗ ଘରକୁ, ଯେଉଁଠାରେ ରୀତା ତାଙ୍କୁ ଦେଖାଇଥିଲା ଗୋଟେ ଦ୍ୱାର ଯାହାର ପଛ ପଟେ ଅଛି ଟଂକା ସୁନା ସବୁକିଛି । ସେ କିନ୍ତୁ ଆଶ୍ଚର୍ଯ୍ୟ ହେଉଥିଲେ ଯେ କୌଣସି ଲୋକ ସେଠାରେ ନ ଥିଲେ । ସେଇକଥା ସେ ପଚାରିଦେଲେ ରମାକାନ୍ତ ବାବୁଙ୍କୁ ।

ରମାକାନ୍ତ ବାବୁ କହିଲେ - ସମସ୍ତଙ୍କୁ ଗୋଟେ ଜାଗାରେ ରଖାଯାଇଛି । ଅବଶ୍ୟ ଏଇ ଆଶ୍ରମ ଭିତରେ । ତାଙ୍କର ଚାରି ପଟେ ପୋଲିସ ଜଗି ରହିଛନ୍ତି । ସକାଳେ ଚଢ଼ଉ କଲାବେଳେ କୌଣସି ସୁରକ୍ଷା କର୍ମଚାରୀ ଆମକୁ ପୋଲିସ ପୋଷାକରେ ଦେଖି ଅଟକେଇ ନଥିଲେ । ତେଣୁ ବିନା ବାଧା ବିଘ୍ନରେ ଆମେ ଭିତରକୁ ଆସି ସମସ୍ତଙ୍କୁ ସେମାନଙ୍କ ଘରୁ ବାହାର କରି ଗୋଟାଏ ଜାଗାରେ ରଖିଛୁ । ପୁରା ଆଶ୍ରମ ବର୍ତ୍ତମାନ ଖାନତଲାସ ହେଉଛି । ପ୍ରତ୍ୟେକ କଥା ଭିଡ଼ିଓ ରେକର୍ଡ଼ିଂ ହେଉଛି । ଯେମିତିକି ପଛରେ କୋର୍ଟରେ କେହି ମିଛ କହି ପାରିବେ ନାହିଁ ।

ଦ୍ୱାର ପାଖରେ ପହଞ୍ଚିବା ପରେ ସୁମନ୍ତ କହିଲେ- ଏଥିରେ ଯୋଉ ତାଲା ଝୁଲୁଛି, ତା'ର ଚାବି କେବଳ ଗୁରୁଦେବଙ୍କ ପାଖରେ ଥାଏ ।

ରମାକାନ୍ତ ବାବୁ କହିଲେ - ସେଥିରେ କିଛି ଅସୁବିଧା ନାହିଁ । ତାଲାଟାକୁ ଭାଂଗି ଦେବାକୁ ପଡ଼ିବ ଆଉ ରେକଡ଼ିଂ କରୁଥିବା ଲୋକକୁ କହିଲେ, - ଠିକ୍ ସେ ତାଲାଭଙ୍ଗାଠାରୁ ଆରମ୍ଭ କରି ଭିତରର ସବୁ ଦୃଶ୍ୟ ରେକର୍ଡ଼ିଂ କରିବାକୁ ।

ଦୁଇଜଣ ପୋଲିସ କୁଆଡୁ ଗୋଟେ ଲୁହା ରଡ଼ ଆଣି ତାଲା ଭାଙ୍ଗିଦେଲେ । ବାହାରେ କିଛି ପୋଲିସ ଜଗାଇ ସେମାନେ ଭିତରକୁ ପଶିଲେ । ଏଇଟା ବୋଧହୁଏ ଗୋଟେ ଭୂତଳଗୃହ । ବଡ଼ ଘର । ସେଥିରେ କିଛି କପବୋର୍ଡ଼ ଅଛି । ତା' ଛଡ଼ା ବହୁତ ବଡ଼ ବଡ଼ ଟ୍ରଙ୍କ ଥୁଆ ହୋଇଛି । କୋଉଥିରେ ବି ତାଲା ପଡ଼ିନି । ରମାକାନ୍ତ ବାବୁ ଗୋଟିଏ ଗୋଟିଏ ଟ୍ରଙ୍କର ଢାଙ୍କୁଣି ଖୋଲି ଚାଲିଲେ । ଯାହା

ଦେଖିଲେ ସମସ୍ତଙ୍କ ଆଖି ଖୋସି ହେଇଗଲା । ଟ୍ରଙ୍କ ସବୁ ଟଙ୍କା, ସୁନାରେ ଭର୍ତ୍ତି । କପବୋର୍ଡ଼ରେ ଧଳା ଧଳା ପାଉଡ଼ର ସବୁ ପ୍ୟାକେଟ ହେଇ ରଖାଯାଇଛି । ସେ ଭୂତଳ କୋଠରୀରେ ତ ମୋବାଇଲର ସିଗନାଲ ଆସୁ ନ ଥିଲା । ରମାକାନ୍ତ ବାବୁ ବାହାରକୁ ଆସି ଇନ୍‌କମ ଟ୍ୟାକ୍ସ (Income tax) ବିଭାଗ, ଅବକାରୀ ବିଭାଗ (Excise dept) ପ୍ରଭୃତିଙ୍କୁ ଡକାଇଲେ । ପୁଣି ଗୋଟେ ବ୍ୟାଙ୍କକୁ ଫୋନ କରି ତାଙ୍କର ଚାରି ପାଞ୍ଚଜଣ କ୍ୟାସିଅର ଏବଂ ଟଙ୍କା ଗଣିବା ଯନ୍ତ୍ର (Note Counting Machine) ମଗାଇଲେ । ଏମାନେ ସବୁ ଆସିବାକୁ ପ୍ରାୟ ଘଣ୍ଟାଏ ଲାଗିବ । ଏ ଭିତରେ ସୁମନ୍ତଙ୍କୁ ନେଇ ରମାକାନ୍ତ ବାବୁ ବାହାରକୁ ଆସିଲେ । ମଧ୍ୟବଳୟରେ ଥିବା ସବୁ ବିଦେଶୀମାନଙ୍କୁ ଯୋଗ ସେଣ୍ଟରରେ ବସାଯାଇଛି । ତାଙ୍କଠାରୁ ସେମାନଙ୍କର ସମସ୍ତ ବିବରଣୀ, ଯେପରିକି ସେମାନେ କେଉଁ ଦେଶରୁ ଆସିଛନ୍ତି, ଆସିବାର କାରଣ କ'ଣ, ଏସବୁ ଲେଖା ହୋଇ ନିଆଯାଉଛି । ବହିର୍ବଳୟରେ ଗୋଟେ ପଟେ କର୍ମଚାରୀମାନେ ଏବଂ ଅନ୍ୟ ପଟେ ଗୁରୁଦେବ, ରୀତା ଓଗେର ସମସ୍ତଙ୍କୁ ପୋଲିସ ଜଗୁଆଳୀରେ ରଖାଯାଇଛି ।

ସୁମନ୍ତ ରୀତା ମୁହଁକୁ ଚାହିଁଲେ ତା'ର ପ୍ରତିକ୍ରିୟା ଜାଣିବା ପାଇଁ । ତାଙ୍କୁ ପୋଲିସ ବାବୁଙ୍କ ସାଙ୍ଗରେ ଦେଖି ରୀତା ଯେପରି ଆଶ୍ଚର୍ଯ୍ୟ ହୋଇଯାଇଛି ।

ଏ ଭିତରେ ଯେଉଁମାନଙ୍କୁ ଡକା ହୋଇଥିଲା ଆସିଗଲେଣି । ଆଶ୍ରମ ବାହାରେ ତ ସାମ୍ବାଦିକ ମାନଙ୍କ ଭିଡ଼ ଲାଗିଛି । ପୋଲିସ କିନ୍ତୁ ତାଙ୍କୁ ଭିତରକୁ ଛାଡୁନି । ଆରମ୍ଭ ହେଲା ଟଙ୍କା ଗଣା । ଚାରିଟା ନୋଟ ଗଣା ମେସିନରେ ଅନବରତ ଗଣା ଚାଲୁଥାଏ । ସରିବାର ନାଁ ଗନ୍ଧ ଧରୁନଥାଏ । ଶେଷରେ ସବୁ ଜିନିଷର ତାଲିକା ହେବାକୁ ଦୀର୍ଘ ବାର ଘଣ୍ଟା ଲାଗିଗଲା ।

ସାମ୍ବାଦିକ ସମ୍ମିଳନୀରେ ରମାକାନ୍ତ ବାବୁ କହିଲେ - ଏଠାରୁ ପଞ୍ଚଷଠି କୋଟି ନଗଦ ଟଙ୍କା, ବତିଶ କିଲୋ ସୁନା ଏବଂ ପ୍ରାୟ ଅଶୀ କିଲୋ ହିରୋଇନ୍ ଜବତ ହେଇଛି । ତା' ଛଡ଼ା ଗୁରୁଦେବଙ୍କର ଇଂଲଣ୍ଡ, ଆମେରିକାରେ ମଧ୍ୟ ବହୁତ ସମ୍ପତ୍ତି ଅଛି ଯାହାର କାଗଜ ପତ୍ର ଜବତ ହୋଇଛି । ପୋଲିସର ଏଇ ସଫଳତା ପଛରେ ଜଣେ ଭଦ୍ରବ୍ୟକ୍ତିଙ୍କର ବିଶେଷ ଅବଦାନ ରହିଛି । ଆଇନ୍ ଅନୁସାରେ ତାଙ୍କ ନାମ ଗୋପନ ରଖିବାକୁ ପଡ଼ିବ ।

ସେଦିନ ରାତିରେ ରମାକାନ୍ତ ବାବୁ ତାଙ୍କୁ ଆଣି ସେଇ ଡିପ୍ଲୋମାଟ୍

ହୋଟେଲରେ ରଖିଲେ । ତାଙ୍କ ପାଇଁ ପୋଲିସ ସୁରକ୍ଷା ବ୍ୟବସ୍ଥା ମଧ୍ୟ ହୋଇଥିଲା । ଚାରିଦିନ ବିତିଗଲା । ଏ ଖବର ତ ପୁରା ହିମାଚ଼ଳ ପ୍ରଦେଶକୁ ହୁଇସ୍ଥୁଲ କରି ଦେଇଥିଲା । ସବୁ ଖବର କାଗଜରେ ଖବରମାନ ବାହାରିଥିଲା । ଗୁରୁଦେବ, ରୀତା ଓଗେର ପ୍ରାୟ ବାରଜଣ ଜେଲରେ ଥିଲେ । ବିଦେଶୀମାନଙ୍କୁ ସେମାନଙ୍କ ଦେଶର ଦୂତାବାସ ମାଧ୍ୟମରେ ସେମାନଙ୍କ ଦେଶକୁ ପଠେଇ ଦିଆଯାଇଥିଲା । ଆଶ୍ରମ ପୋଲିସ ଦ୍ୱାରା ସିଲ୍ ହୋଇଥିଲା ।

ସେ ଦିନ ସକାଳେ ରମାକାନ୍ତ ବାବୁ ହୋଟେଲ ରୁମ୍‌କୁ ଆସିଲେ । ସୁମନ୍ତ ପଚାରିଲେ, ସେ ଏବେ କ'ଣ କରିବେ, କୁଆଡ଼େ ଯିବେ ।

ରମାକାନ୍ତ ବାବୁ କହିଲେ - ତମେ ଜମା ବ୍ୟସ୍ତ ହୁଅନି । ଟିକିଏ ଧୈର୍ଯ୍ୟଧର । ତମେ ଏବେ ପୋଲିସ ହେପାଜତରେ ଅଛ । ଡରିବାର କିଛି ନାହିଁ । ସେ ଚେଷ୍ଟା କରୁଛନ୍ତି ଯେମିତି ତାଙ୍କୁ ମୋଟା ଆକାରରେ ପୁରସ୍କାର ମିଳିବ । ଏମିତିତ ଯେତିକି ଟଙ୍କା ସୁନା, ବିଦେଶରେ ସମ୍ପତ୍ତି ଜବତ ହୋଇଛି, ତା' ପାଇଁ ଇନ୍‌କମ୍ ଟ୍ୟାକ୍ସ କର୍ତ୍ତୃପକ୍ଷ ତାଙ୍କୁ ପାଞ୍ଚକୋଟି ପୁରସ୍କାର ଦେବେ । ତା' ବାଦେ, ଯେଉଁ ଡ୍ରଗ ଜବତ ହୋଇଛି ତା' ପାଇଁ ମଧ୍ୟ କିଛି ପୁରସ୍କାର ମିଳିବ । ପୁଣି ହିମାଚ଼ଳ ପ୍ରଦେଶ ସରକାରଙ୍କ ତରଫରୁ ତମକୁ ଗୋଟେ ବିଶେଷ ପୁରସ୍କାର ଦେବାକୁ ଆମେ ଅନୁରୋଧ କରୁଛୁ । ଏ ଭିତରେ ସେ ଚେଷ୍ଟା କରୁଛନ୍ତି, ତାଙ୍କୁ ଯଦି କିଛି ମଧ୍ୟବର୍ତ୍ତୀ ପୁରସ୍କାର ମିଳିଯା'ନ୍ତା, ତେବେ ତାଙ୍କର ଓଡ଼ିଶା ଫେରିବା କଥା ଚିନ୍ତା କରନ୍ତେ ।

ରମାକାନ୍ତ ବାବୁ ଚାଲିଗଲେ । ସୁମନ୍ତ ବଡ଼ ବ୍ୟସ୍ତ ହୋଇପଡୁଥିଲେ । ଏମାନଙ୍କ ବୁଦ୍ଧିରେ ପଡ଼ି ସେ ଆଶ୍ରମକୁ ବନ୍ଦ କରିଦେଲେ । ଏତେ ଭଲ ଚାକିରୀ ହରାଇଲେ । ଆଉ ଏମାନେ ଯୋଉ କୋଟି କୋଟି ଟଙ୍କାର ପୁରସ୍କାରର ଆଶା ଦେଖାଉଛନ୍ତି ସତରେ କ'ଣ ତାହା ମିଳିବ । ଆକାଶ କଇଁଆ ଚିଲିକା ମାଛ ପରି ହେବନି ତ । ସରକାରଙ୍କ କଥା । କେହି କିଛି କହି ପାରିବେ ନାହିଁ । ପୁରସ୍କାର ପାଉ ପାଉ ଯଦି ପାଞ୍ଚ ଦଶବର୍ଷ ପଳାଇଲା ତା' ହେଲେ ତାଙ୍କର କ'ଣ ହେବ । ଏ ହୋଟେଲରେ ସେ କେତେଦିନ ରହିବେ । ଏ ପୋଲିସ ବିଭାଗ କେତେଦିନ ପର୍ଯ୍ୟନ୍ତ ତାଙ୍କ ଖର୍ଚ୍ଚ ବହନ କରିବ । ଏଇ ଚିନ୍ତାରେ ସେ ଘାରି ହେଉଥିଲେ ।

ଦିନେ ସକାଳୁ ରମାକାନ୍ତ ବାବୁ ଆସି ପହଞ୍ଚିଲେ । ମୁହଁ ତାଙ୍କର ବେଶ୍

ପ୍ରଫୁଲ୍ଲ ଦେଖାଯାଉଥିଲା । କହିଲେ - ବୁଝିଲ ସୁମନ୍ତ, ଆଜି ତମ ପାଇଁ ଗୋଟେ ଭଲ ଖବର ଆଣିଛି । ସରକାର ତମପାଇଁ ତିନିକୋଟି ଟଙ୍କା ପୁରସ୍କାର ଘୋଷଣା କରିଛନ୍ତି । କିନ୍ତୁ ବର୍ତ୍ତମାନ ପାଇଁ ଇନକମ୍‌ଟ୍ୟାକ୍ସ ବିଭାଗ ଏବଂ ପ୍ରଦେଶ ସରକାର ତୁମକୁ ପଚିଶ ଲକ୍ଷ ଲେଖାଏଁ ଦେବେ । ବାକୀ ଟଙ୍କା ଅନୁସନ୍ଧାନ ଶେଷ ହେଲା ପରେ ତୁମେ ପାଇବ ।

ସୁମନ୍ତ ବସିଥିବା ଜାଗାରୁ ଉଠି ପଡ଼ିଲେ । ଯୋଡ଼ ହସ୍ତ ହୋଇ କହିଲେ - କ'ଣ କହି ଯେ ଆପଣଙ୍କୁ କୃତଜ୍ଞତା ଜଣେଇବି ଜାଣି ପାରୁନି । ମୋର ତ କିଛି ଶକ୍ତି କି ସାମର୍ଥ୍ୟ ନାହିଁ । ଯାହା କରିବେ ଆପଣ କରିବେ । ମୋ ମନ ଖାଲି ବ୍ୟାକୁଳ ହେଇଯାଉଛି ଘରକୁ ଫେରିଯିବା ପାଇଁ ।

ସେଦିନ ତ ଖୁବ୍ ଶୀଘ୍ର ଆସିବ । ଆସିବ କ'ଣ ଆସିଗଲା ଜାଣ । ତମେ ଜାଣିନ ତମେ କେତେବଡ଼ କାମ କରିଛ । ହିମାଚ଼ଳ ପ୍ରଦେଶ ସରକାର ପୁରା ଦୋହଲି ଯାଇଛି । କେତେ ନେତା ମନ୍ତ୍ରୀ ଏଥିରେ ଜଡ଼ିତ ଅଛନ୍ତି । ଏ ସବୁର ଶ୍ରେୟ ପୋଲିସ ବିଭାଗ ମୋତେ ଦେଉଛି । କିନ୍ତୁ ମୁଁ ଜାଣିଛି ତୁମ ବିନା ମୁଁ ଏ କାମ କରି ପାରି ନଥା'ନ୍ତି । ତେଣୁ ତମର ବାକୀ ଜୀବନ କିପରି ତୁମ ପରିବାର ସହ ଭଲରେ କଟିବ ସେଥିପାଇଁ ମୁଁ ଚେଷ୍ଟା କରୁଛି । ଏବେ ତ ପୁରସ୍କାର ରାଶି ଘୋଷଣା ହେଇଗଲା । ତମେ ପ୍ରାୟ ଆଠ, ନଅ କୋଟି ପାଇବ । ଏଥିରେ ତମ ଆର୍ଥିକ ଅବସ୍ଥା ସ୍ୱଚ୍ଛଳ ହେଇଯିବ । କିନ୍ତୁ ସେଥିପାଇଁ ତମକୁ ଗୋଟେ ବ୍ୟାଙ୍କ ଖାତା ଖୋଲିବାକୁ ପଡ଼ିବ ସୁମନ୍ତ ପାଇକରାୟ ନାମରେ । କାରଣ ତମେ ତମ ନିଜ ନାଁରେ ହିଁ ଓଡ଼ିଶା ଫେରିବ । ତୁମେ ତମ ନିଜ ପରିଚ଼ୟରେହିଁ ତମର ସମ୍ମାନ ଫେରି ପାଇବ । ବ୍ୟାଙ୍କ ଖାତା ଖୋଲିବା ପାଇଁ କିନ୍ତୁ ସେଇ ନାଁରେ ଗୋଟେ ପରିଚ଼ୟ ପତ୍ର ଦରକାର ।

ସୁମନ୍ତ କହିଲେ - ମୋର ଆଧାର କାର୍ଡ଼ ଥିଲା । କିନ୍ତୁ ତା' ନମ୍ବର ମୋର ମନେ ନାହିଁ ।

ଟିକିଏ ଭାବି ରମାକାନ୍ତ ବାବୁ କହିଲେ - ଠିକ୍ ଅଛି । ଦେଖୁଛି କ'ଣ କରାଯାଇ ପାରିବ । ସେ କାହାସାଙ୍ଗେ ମୋବାଇଲରେ କଥା ହେଲେ । ତା'ପରେ କହିଲେ, ଏଠାରେ ଆଧାର କାର୍ଡ଼ର ୱେବ ସାଇଟ (website)ରେ ତମର ନାଁ ଆଉ ଜନ୍ମ ତାରିଖ ଦେଇ ଆଧାର କାର୍ଡ଼ ବାହାର କରିହେବ ।

ଭଲ କାମ କରିଥିଲେ ତା'ର ଫଳାଫଳ ମଧ୍ୟ ଭଲ ହୋଇଥାଏ । ଭଲ କରିଥିବା ଲୋକଟିକୁ ତା'ର ସୁଫଳ କେତେବେଳେ, କେଉଁବାଟରେ ହେଲେ ମିଳିଯାଏ । ସୁମନ୍ତଙ୍କର ବ୍ୟାଙ୍କରେ ଖାତା ଖୋଲା ହେଇଗଲା । ପ୍ରାୟ ପନ୍ଦର ଦିନ ଭିତରେ ସରକାର ଏବଂ ଇନ୍‌କମ୍‌ଟ୍ୟାକ୍ସ ବିଭାଗରୁ କୋଟିଏ ଟଙ୍କା ତାଙ୍କ ଖାତାରେ ଜମା ହେଇଗଲା । ତା' ସାଙ୍ଗରେ ପ୍ରଶସ୍ତି ପତ୍ର (Letter of appreciation) ମଧ୍ୟ ମିଳିଗଲା । ଏବେ ଚିନ୍ତାର ବିଷୟ ହେଉଛି ଓଡ଼ିଶାକୁ କେମିତି ଫେରିବେ । ବନ୍ଧୁବାନ୍ଧବ, ପରିବାର ଏପରିକି ଓଡ଼ିଶା ସରକାରଙ୍କ ପାଖରେ ତ ସେ ମୃତ । କେମିତି ପୁଣି ସେ ଜୀବିତ ହେବେ । ସୁମନ୍ତଙ୍କ ମୁଣ୍ଡରେ କିଛି ପଶୁ ନଥିଲା ।

ରମାକାନ୍ତ ବାବୁ କହଲେ - ମୁଁ ଗୋଟେ କଥା ଚିନ୍ତା କରିଛି ।

ସୁମନ୍ତ ବଡ଼ ଆଗ୍ରହରେ ତାଙ୍କ ମୁହଁକୁ ଚାହିଁ ରହିଲେ ।

ରମାକାନ୍ତ ବାବୁ କହିଲେ - ହିମାଚଳ ପ୍ରଦେଶ ପୋଲିସ ବିଭାଗ ତୁମକୁ ଗୋଟେ ସାର୍ଟିଫିକେଟ ଦେବେ । ସେଥିରେ ଲେଖା ହେବ ଯେ, "ସୁମନ୍ତ ପାଇକରାୟ କରୋନାରେ ଆକ୍ରାନ୍ତ ଥିଲାବେଳେ କୌଣସି କାରଣରୁ ସ୍ମରଣ ଶକ୍ତି ହରାଇଥିଲେ । ସେ ତାଙ୍କ ଡାକ୍ତରଖାନାରୁ ବାହାରି ଆସି ଲକ୍ଷ୍ୟହୀନ ଭାବେ ବୁଲୁଥିବା ବେଳେ କଲିକତା ଆସୁଥିବା ଗୋଟେ ଖାଲି ଟ୍ରକରେ ଉଠିଯାଇଥିଲେ । କିଛିବାଟ ଗଲାପରେ ଟ୍ରକ୍ ଡ୍ରାଇଭରର ଅନୁଭବ ହେଲା ଯେ ଟ୍ରକ୍‌ର ପଛଡ଼ାଲାରେ କିଏ ଅଛି । ସେ ତେଣୁ ଗାଡ଼ି ରଖି ସୁମନ୍ତକୁ ପଛଡ଼ାଲାରେ ବସିଥିବାର ଦେଖିଲା । କରୋନା ଯୋଗୁଁ ଲୋକବାକ କେଉଁଠି ହେଲେ କେହି ନଥିଲେ । ଗାଡ଼ି ମଟର ମଧ୍ୟ ପ୍ରାୟ ଚାଲୁ ନଥିଲା । ଜଣେ କିଛି ଜାଣି ପାରୁନଥିବା ଲୋକକୁ ସେମିତି ଏକାନ୍ତରେ ଛାଡ଼ିଦେବାକୁ ତାଙ୍କ ବିବେକ ବାଧା ଦେଇଥିଲା । ସେ ତାଙ୍କୁ କଲିକତା ନେଇ ଆସିଥିଲେ । ତା'ପରେ ସୁମନ୍ତ ଟିକେ ସୁସ୍ଥ ହେଲା ପରେ ତାଙ୍କୁ ଟ୍ରକ୍‌ର ଖଲାସୀ ଭାବରେ ଶିମ୍‌ଲାର ଏଇ ଆଶ୍ରମକୁ ପଠା ହେଇଥିଲା । କାଳକ୍ରମେ ତାଙ୍କର ସ୍ମରଣ ଶକ୍ତି ଫେରି ଆସିଥିଲା । ତାଙ୍କର ସବୁ କଥା ମନେ ପଡ଼ିଗଲା ଏବଂ ଆଶ୍ରମରେ ଚାଲିଥିବା କେଳେଙ୍କାରୀ କଥା ମଧ୍ୟ ସେ ଜାଣିପାରିଥିଲେ । ସେ ଗୁପ୍ତ ଭାବରେ ପୋଲିସ ସାଙ୍ଗରେ ଯୋଗାଯୋଗ କରିଥିଲେ ଏବଂ ତାଙ୍କରି ସାହାଯ୍ୟ ଯୋଗୁଁ ଏତେବଡ଼ କଳାବଜାରୀ, ଡ୍ରଗ କାରବାରର ପର୍ଦ୍ଦାଫାଶ ହୋଇ ପାରିଛି ।

ଆମେ ତାଙ୍କର ସୁଦୀର୍ଘ ସୁଖମୟ ଜୀବନ କାମନା କରୁଛୁ।" ଏ ସାର୍ଟିଫିକେଟ ଆମର ପୋଲିସ ବିଭାଗର ମୁଖ୍ୟ ଦସ୍ତଖତ କରିବେ। ଏହାକୁ ଅବିଶ୍ୱାସ କରିବା କି କାଟି ଦେବାର କ୍ଷମତା କାହାର ନାହିଁ। ତା'ପରେ ସେଥିରେ ଜଣେ ଡାକ୍ତରଙ୍କର ସାର୍ଟିଫିକେଟ ମଧ୍ୟ ରହିବ, ଯେ କି ତୁମର ସ୍ମରଣ ଶକ୍ତି ଫେରି ଆସିଛି, ତୁମେ ସୁସ୍ଥ ବୋଲି ଲେଖିଦେବେ।

ଏଇଟା କ'ଣ ସମ୍ଭବ ? ପଚାରିଲେ ସୁମନ୍ତ।

କାହିଁକି ନୁହେଁ। କହିଲେ ରମାକାନ୍ତ ବାବୁ। ଜଣଙ୍କର ଭଲ ପାଇଁ ଆମେ ଟିକିଏ ବଙ୍କେଇ କଥାଟା ଲେଖିଦେଲେ ଅସୁବିଧା କ'ଣ। ତା'ପରେ ତମେ ତ କିଛି ଅପରାଧ କରିନ। ଏଥିରେ ତ ଅନ୍ୟ କାହାର କ୍ଷତି ହେଉନାହିଁ।

ସୁମନ୍ତଙ୍କ ଆଖିକୁ ଲୁହ ଆସିଗଲା। ବଡ଼ ଭାବବିହ୍ୱଳ ହୋଇ କହିଲେ - ଜତୁଗୃହ ଦାହପରେ ପାଣ୍ଡବମାନେ ଅଜ୍ଞାତବାସରେ ଥିଲେ। କାହିଁକିନା ସେତେବେଳେ ସେମାନେ ଆତ୍ମପ୍ରକାଶ କରିଥିଲେ ଦୁର୍ଯ୍ୟୋଧନ ତାଙ୍କୁ ନିପାତ କରିଦେଇଥାନ୍ତା। କାରଣ ତାଙ୍କ ପାଖରେ ସେତେବେଳେ କିଛି ନ ଥିଲା। ନା ଧନସମ୍ପତ୍ତି, ନା ଲୋକବଳ। ସେଥିପାଇଁ କୃଷ୍ଣଙ୍କ ଉପଦେଶରେ ସେମାନେ ଅଜ୍ଞାତବାସରେ ଥିଲେ। ତା'ପରେ ଦ୍ରୌପଦୀଙ୍କ ସ୍ୱୟଂମ୍ବର। ଦ୍ରୌପଦୀଙ୍କୁ ଜିତିଲା ପରେ ସେମାନେ ସମସ୍ତଙ୍କ ଆଗରେ ଆତ୍ମପ୍ରକାଶ କରିଥିଲେ। ମୃତରୁ ଜୀବିତ ହୋଇଥିଲେ। କାରଣ ସେତେବେଳେ ତାଙ୍କ ପାଖରେ ପାଞ୍ଚାଳ ରାଜାଙ୍କ ଠାରୁ ପ୍ରାପ୍ତ ଅଜସ୍ର ଧନରାଶି ସହ ସୈନ୍ୟବଳ ମିଳିଥିଲା। କୃଷ୍ଣଙ୍କର ସାହାଯ୍ୟ ତ ଥିଲା। ମୁଁ ସେମିତି ଏବେ ମୃତରୁ ଜୀବିତ ହେଉଛି। ପାଞ୍ଚାଳ ରାଜାଙ୍କ ସମ୍ପତ୍ତି ପରି ମୋର ମଧ୍ୟ ବ୍ୟାଙ୍କରେ ବହୁତ ଟଙ୍କା ଜମା ହେଇଛି। ଆପଣଙ୍କ ବିଭାଗ ଦେଇଥିବା ସାର୍ଟିଫିକେଟ ସହ ସରକାରଙ୍କର ପ୍ରଶସ୍ତି ପତ୍ର ହିଁ ମୋର ସୈନ୍ୟବଳ। ଆଉ ଆପଣ ମୋର ଶ୍ରୀକୃଷ୍ଣ। ମୁଁ ପୁଣି ମୋ ରାଜ୍ୟକୁ, ମୋ ପରିବାରକୁ ଫେରିଯିବି। ସୁମନ୍ତଙ୍କ ଆଖିରୁ ଲୁହଧାର ଝରିଯାଉଥିଲା। ସେ ଥିଲା ଆନନ୍ଦର ଅଶ୍ରୁ, କୃତଜ୍ଞତାର ଅଶ୍ରୁ।

କିଛି ସମୟ ଲାଗିଗଲା ତାଙ୍କୁ ପୁଣି ପୂର୍ବ ଅବସ୍ଥାକୁ ଫେରି ଆସିବାକୁ, ନିଜକୁ ସହଜ କରିବାକୁ।

ରମାକାନ୍ତ ବାବୁ ତାଙ୍କ ପିଠିରେ ହାତମାରି କହିଲେ, ଭଗବାନ ଯାହା

କରନ୍ତି ପ୍ରାଣୀର ମଙ୍ଗଳ ପାଇଁ । ସୀତା ହରଣ ହୋଇ ନ ଥିଲେ ରାବଣ ମରଣ ହୋଇ ନଥା'ନ୍ତା । ସେମିତି ତମେ ଏଠାକୁ ପଳାଇ ଆସିନଥିଲେ ଏତେ ବଡ଼ ଅପରାଧର ପର୍ଦ୍ଦାଫାଶ ହୋଇପାରି ନ ଥା'ନ୍ତା । ଏବେ କୁହ ତୁମ ପାଇଁ ମୁଁ ଆଉ କ'ଣ କରି ପାରିବି ।

ସୁମନ୍ତ କହିଲେ - ଯଦି ପାରିବେ ରୀତାକୁ ଟିକେ ସାହାଯ୍ୟ କରନ୍ତୁ । ସେ ଏବେ ଅନ୍ତସତ୍ତ୍ୱା । ତା' ଛଡ଼ା ସେ ତ ସେପରି କିଛି ଅପରାଧ କରିନି । ମୁଁ ଯିବା ଆଗରୁ ରୀତାକୁ ଟିକେ ଦେଖା କରିବାକୁ ଚାହୁଁଛି ।

ମୁଁ ବି ଠିକ୍ ସେଇକଥା ଭାବୁଥିଲି । କହିଲେ ରମାକାନ୍ତ ବାବୁ । ତମେ ଯଦି ରୀତାକୁ ପ୍ରଭାବିତ କରିପାରନ୍ତ ରାଜସାକ୍ଷୀ ହେବାପାଇଁ ତା' ହେଲେ ଆମେ ତା' ପାଇଁ କିଛି ଗୋଟେ କରି ପାରନ୍ତୁ । ଏପରିକି ଯେହେତୁ ସେ ଗୁରୁଦେବଙ୍କ ପିଲାକୁ ଜନ୍ମ ଦେବାକୁ ଯାଉଛି ସେ ପିଲା ହିଁ ଗୁରୁଦେବଙ୍କ ବଳକା ସମ୍ପତ୍ତିର ମାଲିକ ହୋଇପାରିବ ।

ତା'ପର ଦିନ ରୀତା ସାଙ୍ଗରେ ଦେଖାହେଲା । ଜେଲ ଭିତରେ । ସ୍ୱତନ୍ତ୍ର ଗୋଟେ ରୁମ୍‌ରେ । ରୁମ୍‌ରେ ଆଉ କେହି ନଥିଲେ । ତାଙ୍କୁ ଦେଖୁ ଦେଖୁ ରାଗରେ ଥରିଉଠିଲା ରୀତା । ଏତେବଡ଼ ବିଶ୍ୱାସଘାତକ ତମେ । କାହିଁକି ଏମିତି କଲ । ଆମେ ତ ସବୁ ପ୍ରକାର ସୁବିଧା ସୁଯୋଗ ତୁମକୁ ଦେଉଥିଲୁ ।

ଶାନ୍ତ ସ୍ୱରରେ ସୁମନ୍ତ କହିଲେ - ଏ ବିଶ୍ୱାସଘାତକ କଥାଟା ତମ ପାଟିରେ ଶୋଭା ପାଉନି । ତା'ପରେ ଏତେବଡ଼ ଅପରାଧର ଆଡ୍ଡା ଆଜି ନ ହେଲେ କାଲି ଧରା ପଡ଼ିଥା'ନ୍ତା । ମୁଁ କେବଳ ତ୍ୱରାନ୍ୱିତ କରିଦେଲି । ଏବେ ସେ ସବୁ କଥା ଛାଡ଼ । ନିଜ ଭବିଷ୍ୟତ କଥା ଭାବ ।

ହୁଃ... ଭବିଷ୍ୟତ । ମୋର ଆଉ କ'ଣ ଭବିଷ୍ୟତ ଅଛି ଯେ । ଜୀବନଟା ଏଇ ଜେଲରେ ହିଁ କଟିବ । ସେମିତି ରାଗ ଗରଗର ହୋଇ କହିଲା ରୀତା ।

ସୁମନ୍ତ ଲକ୍ଷ୍ୟ କଲେ ତା' ଆଖି ଛଳ ଛଳ ହୋଇଯାଉଛି । ସେ କହିଲେ - ଏବେ ବି ତମ ପାଖରେ ସୁଯୋଗ ଅଛି । ତମେ ଚାହିଁଲେ ତୁମେ ଏବଂ ତୁମର ଉଦରସ୍ଥ ପିଲା ସମ୍ମାନଜନକ ଜୀବନ ଜୀଇଁ ପାରିବ ।

କିନ୍ତୁ କେମିତି ? ପଚାରିଲା ରୀତା ।

ସୁମନ୍ତ କହିଲେ - ମୁଁ ରମାକାନ୍ତ ବାବୁଙ୍କ ସାଙ୍ଗେ କଥା ହୋଇଛି । ତୁମେ

ଯଦି ସରକାରୀ ସାକ୍ଷୀ ହେବାକୁ ସ୍ୱୀକୃତୀ ଦେବ ତେବେ ସେମାନେ ତମକୁ ଅଳ୍ପ କିଛି ଦଣ୍ଡ ଦେଇ ଛାଡ଼ି ଦେବେ । ତା'ପରେ ଗୁରୁଦେବଙ୍କର ଜବତ ହୋଇଥିବା ସମ୍ପତ୍ତି ପରେ ଯାହା ବଳକା ରହିବ ତା'ର ମାଲିକ ତମ ଜନ୍ମକଲା ପିଲା ହେବ । ତମେ ତା'ର ମା' ହିସାବରେ ସେ ସାବାଳକ ହେବା ଯାଏଁ ଏ ସମ୍ପତ୍ତିର ମାଲିକାନାରେ ରହିବ ।

ରୀତା ଟିକେ ଚିନ୍ତାରେ ପଡ଼ିଗଲା । ବୋଧହୁଏ କିଛି ନିଷ୍ପତ୍ତି ନେଇପାରୁନ ଥିଲା । କିଛି ସମୟ ପରେ କହିଲା - ଠିକ୍ ଅଛି । ତାଙ୍କୁ ଜଣାଇଦିଅ ମୁଁ ରାଜି ଅଛି ।

ସୁମନ୍ତଙ୍କୁ ଲାଗିଲା ଯେମିତି ଗୋଟାଏ ବୋଝ ତାଙ୍କ ମୁଣ୍ଡରୁ ଓହ୍ଲାଇ ଗଲା । ସେ ରୀତା ଠାରୁ ବିଦାୟ ନେଇ ଚାଲିଆସିଲେ ।

ତାଙ୍କର ଫ୍ଲାଇଟ ଟିକେଟ (Flight ticket) ହେଇଯାଇଥିଲା । ଚଣ୍ଡିଗଡ଼ରୁ ଦିଲ୍ଲୀ ଏବଂ ଦିଲ୍ଲୀରୁ ଭୁବନେଶ୍ୱର । ରମାକାନ୍ତ ବାବୁଙ୍କ ଠାରୁ ବିଦାୟ ନେଇ ସେ ଗୋଟେ କାରରେ ଚଣ୍ଡିଗଡ଼ ବାହାରି ପଡ଼ିଲେ । ଏବେ ତାଙ୍କ ମନରେ ଖେଳିଲା ସୁପ୍ରଭା କଥା । କେମିତି ସେ ଗ୍ରହଣ କରିବ । ସମୟ ଓ ଦୂରତ୍ୱ କେବେ ହେଲେ ସମ୍ପର୍କକୁ ଭାଙ୍ଗି ଦିଏନି । ମଣିଷ ନିଜେ ନିଜ ହାତରେ ସମ୍ପର୍କ ଭାଙ୍ଗିଥାଏ । ଅବସ୍ଥାଚକ୍ରରେ ପଡ଼ି ସେ ନିଜେ ହିଁ ପରିବାର ସାଙ୍ଗରେ ସମ୍ପର୍କ ଛିନ୍ନ କରିଥିଲେ । ମରିବାର ବାହାନା କରି ଚାଲିଯାଇଥିଲେ ଦୂରକୁ । କିନ୍ତୁ ସେ କଥା କିଏ ବା ଜାଣିଛି । କେବଳ ରମାକାନ୍ତ ବାବୁ ଆଉ କଲିକତାର ସେ ଟ୍ରକ୍ ଡ୍ରାଇଭର ବଳରାମ ବ୍ୟତୀତ ଏ ରହସ୍ୟ ତ ଆଉ ପ୍ରାୟ କେହି ଜାଣି ନାହାଁନ୍ତି । ଏବେ ତ ହିମାଚଳ ପ୍ରଦେଶ ପୋଲିସ କମିଶନର ଏବଂ ଡାକ୍ତର ଯେଉଁ ସବୁ ସାର୍ଟିଫିକେଟ ଦେଇଛନ୍ତି, ସେଥିରେ ପରିଷ୍କାର ଲେଖା ହୋଇଛି ଯେ ତାଙ୍କର ସ୍ମରଣ ଶକ୍ତି ଚାଲିଯାଇଥିଲା । ସେ ସମସ୍ତଙ୍କୁ ସେଇଆ ହିଁ କହିବେ । ବାକୀ କଥା ଗୁଡ଼ା ତାଙ୍କର ତୃତୀୟ ମୁଖା ହୋଇ ରହିଯିବ ତାଙ୍କ ଅନ୍ତରର ନିଭୃତ ପ୍ରଦେଶରେ । ସେ ମୁଖାକୁ କେବେ ଖସିବାକୁ ଦେବେନି ସେ । ଏମିତି ତ ପ୍ରତିଲୋକଙ୍କର କିଛି ନା କିଛି ବ୍ୟକ୍ତିଗତ ଗୁପ୍ତକଥା ଥାଏ, ଯାହାକୁ ସେମାନେ ଲୁଚାଇ କରି ରଖିଥା'ନ୍ତି ସମସ୍ତଙ୍କ ପାଖରୁ । ସେଇଟା ହିଁ ସେମାନଙ୍କର ତୃତୀୟ ମୁଖା । ଏ ଭିତରେ ଚଣ୍ଡିଗଡ଼ ଆସି ଯାଇଥିଲା । ସେ କାର୍‌କୁ ବିଦା କରି ଏୟାରପୋର୍ଟ ଭିତରକୁ ପଶିଲେ ।

ସେ ଭୁବନେଶ୍ୱରରେ ପହଞ୍ଚିଲାବେଳକୁ ଦିନ ତିନିଟା । ଆଗରୁ

ଅନଲାଇନରେ ଗୋଟେ ହୋଟେଲରେ ରୁମ୍ ବୁକ୍ ହୋଇଥିଲା । ସେ ଏୟାରପୋର୍ଟରୁ ଟ୍ୟାକ୍ସି ନେଇ ସିଧା ସେଇ ହୋଟେଲରେ ପହଞ୍ଚିଲେ । ଏଇଠି ରହି ସେ ସୁପ୍ରଭା ଓ ପିଲାମାନଙ୍କର ଖବର ନେବେ । ସେମାନେ କେମିତି ଅଛନ୍ତି ବୁଝିବେ । ତା'ପରେ ସୁବିଧା ଦେଖି ସେ ସୁପ୍ରଭା ଆଗରେ ନିଜର ପରିଚୟ ଦେବେ । କିନ୍ତୁ ପିଲାମାନଙ୍କ ଖବର ଜାଣିବେ କେମିତି । ବହୁତ ଭାବିଲା ପରେ ସେ ହୋଟେଲ ବାହାରକୁ ଯାଇ ଗୋଟେ ଟ୍ୟାକ୍ସି କରି ବିକ୍ରମ ଘରେ ପହଞ୍ଚିଲେ । ଯାହାହେଉ ବିକ୍ରମ ସେଇ ଘରେ ଥିଲା । ଘର କିଛି ବଦଳେଇ ନଥିଲା । କଲିଂବେଲ ମାରିଲା ମାତ୍ରେ ବିକ୍ରମ ଦୁଆର ଖୋଲିଲା । ସେ ବୋଧେ ମଧ୍ୟାହ୍ନ ଭୋଜନ ପାଇଁ ଆସିଥିଲା ଘରକୁ । ସୁମନ୍ତକୁ ଦେଖି ପଚାରିଲା - କାହାକୁ ଖୋଜୁଛନ୍ତି ।

ସୁମନ୍ତ ଜାଣିଲେ, ବିକ୍ରମ ତାଙ୍କୁ ଚିହ୍ନି ପାରୁନି । ଚିହ୍ନନ୍ତା ବା କେମିତି ସେ ଯେ ମୃତ । ସେ ନିଜ ମୁଣ୍ଡରୁ ଟୋପି, ଆଉ ଚଷମା ବାହାର କରି କହିଲେ, ଭଲ କରି ଟିକେ ଦେଖ, ମୁଁ ସୁମନ୍ତ ।

ନିରେଖି ଚାହିଁଲା ବିକ୍ରମ, ଭୁତ ଦେଖିଲା ପରି ଚମକି ପଡ଼ିଲା । ତା'ର ଯେମିତି ଧୈର୍ଯ୍ୟଚ୍ୟୁତି ହେଉଥିଲା । ପାଟି ଖନି ମାରିଯାଉଥିଲା । କହିଲା - ସେ ତ ମରିଯାଇଛି, ତମେ ପୁଣି କୋଉ ସୁମନ୍ତ ।

ମୁଁ ସବୁ କହିବି । ସେ ଗୋଟେ ଲମ୍ବା କାହାଣୀ । ମୋତେ ଖାଲି ଏତିକି କହ, ମୋ ପିଲାମାନଙ୍କ ଖବର କ'ଣ । ବ୍ୟସ୍ତଭରା କଣ୍ଠରେ କହିଲେ ସୁମନ୍ତ ।

ବିକ୍ରମର ବୋଧେ ଆସ୍ତେ ଆସ୍ତେ ବିଶ୍ୱାସ ଆସୁଥିଲା । ସେ କହିଲା ସବୁ କଥା ପରେ । ଜରୁରୀ କଥା ହେଲା...ଝିଅ ଡାକ୍ତରଖାନାରେ । ତା'ର ପୁଣି ସେଇ ହାର୍ଟ ବେମାରୀ ବାହାରିଛି । ଗୋଟେ ପ୍ରାଇଭେଟ ଡାକ୍ତରଖାନାରେ ଆଡ଼ମିଶନ୍ ନେଇଛି । ଅନ୍ୟ ଡାକ୍ତରଖାନା ସବୁ ମନା କରିଦେଲେ । ସେ ଚିକିତ୍ସା ପାଇଁ ତାଙ୍କ ପାଖେ ଯନ୍ତ୍ରପାତି ନାହିଁ ।

ସୁମନ୍ତ ବଡ଼ ବ୍ୟସ୍ତ ହୋଇ ହାତଯୋଡ଼ି କହିଲା - ମୋତେ ଟିକିଏ ଦୟାକରି ସେ ଡାକ୍ତରଖାନାରେ ଛାଡ଼ିଦିଅ ।

ବିକ୍ରମ ମନା କରିପାରିଲାନି । ମଟରସାଇକେଲରେ ନେଇ ସେ ଡାକ୍ତରଖାନାରେ ଛାଡ଼ିଦେଲା ।

ଡାକ୍ତରଖାନାର ଅଭ୍ୟର୍ଥନା (Reception)ରେ ବୁଝି ସେ ଝିଅ ଭର୍ତ୍ତି ହେଇଥିବା କ୍ୟାବିନକୁ ଗଲେ । ଅତି ସନ୍ତର୍ପଣରେ ଅଳ୍ପ ଭିତରକୁ ଯାଇ ଚାହିଁଲେ । ସୁପ୍ରଭା ଥିଲେ । କିନ୍ତୁ ତାଙ୍କର ଦାଢ଼ି, ଟୋପି, କଳାଚ଼ଷମା ଯୋଗୁଁ ତାଙ୍କୁ ଚିହ୍ନି ପାରିଲେନି । ସେ ଦେଖିଲେ ଦୁଇଜଣ ଡାକ୍ତର ନର୍ସ ବେଡ଼ ପାଖରେ ଠିଆ ହୋଇଛନ୍ତି । କ'ଣ କଥାବାର୍ତ୍ତା ହେଉଛନ୍ତି । ସୁମନ୍ତ କାନ ଡେରି ଶୁଣିବାକୁ ଚେଷ୍ଟା କଲେ । ଡାକ୍ତର କହୁଥିଲେ-ଝିଅର ଅପରେସନ ନିହାତି ଦରକାର । ପୁଣି ଅତିଶୀଘ୍ର । କିନ୍ତୁ ସେଥିପାଇଁ ପ୍ରାୟ ପନ୍ଦର ଲକ୍ଷ କିମ୍ବା ଅଧିକା ଖର୍ଚ୍ଚ ହେଇପାରେ । ଆଗ ଦଶଲକ୍ଷ ଟଙ୍କା ଜମା କରିଦେଲେ ତା'ର ଚିକିତ୍ସା ଆରମ୍ଭ କରିଦେବୁ ଏବଂ ଅପରେସନ ପାଇଁ ପ୍ରସ୍ତୁତ କରିବୁ । ଡରିବାର କିଛି ନାହିଁ । ଏ ଅପରେସନରେ ସଫଳତା ହାର ବହୁତ ଅଧିକା । ଡାକ୍ତରମାନେ ଚାଲିଗଲେ । ସୁପ୍ରଭାଙ୍କ ବ୍ୟସ୍ତଭରା ମୁହଁକୁ ଟିକିଏ କଣେଇ ଚାହିଁଦେଇ ସେ ବି ଡାକ୍ତରଙ୍କ ପଛେ ପଛେ ଚାଲିଲେ । ଜଣେ ଡାକ୍ତରଙ୍କୁ ପଚାରିଲେ - ଟଙ୍କାଟା କେଉଁଠି ଜମା କରିବାକୁ ପଡ଼ିବ ।

ଡାକ୍ତର କହିଲେ - ତଳ କାଉଣ୍ଟରରେ ଜମା କରିଦିଅ ।

ସୁମନ୍ତ ଚଞ୍ଚଳ ଯାଇ ସେ କାଉଣ୍ଟରରେ ପଚାରି ବୁଝି ଅନଲାଇନରେ ତାଙ୍କ ମୋବାଇଲ ମାଧ୍ୟମରେ ତାଙ୍କ ବ୍ୟାଙ୍କ ଖାତାରୁ ହସ୍ପିଟାଲର ବ୍ୟାଙ୍କ ଆକାଉଣ୍ଟକୁ ଦଶଲକ୍ଷ ପଠାଇଦେଲେ ଏବଂ କାଉଣ୍ଟରରୁ ରସିଦ୍ ମଧ୍ୟ ନେଇ ଆସିଲେ । ଡାକ୍ତରଙ୍କ ପାଖକୁ ଯାଇ ରସିଦ ଦେଖାଇ କହିଲେ ବର୍ତ୍ତମାନ ଠାରୁ ତା'ର ଚିକିତ୍ସା ଆରମ୍ଭ କରିଦିଅନ୍ତୁ । ତା'ପରେ ସେ ଗଲେ ସେ କ୍ୟାବିନକୁ । ଭିତରକୁ ପଶିଯାଇ ସିଧା ଯାଇ ଠିଆ ହେଲେ ଝିଅର ବେଡ୍ ପାଖରେ । ଝିଅ ଜୁଳୁଜୁଳୁ କରି ଅନାଇ ରହିଲା । କେତେ ବା ବୟସ ହେବ । ମାତ୍ର ସାତ ବର୍ଷ । ଅଥଚ଼ ଏତେ କଷ୍ଟ । ସେ ସ୍ନେହରେ ଝିଅର ମୁଣ୍ଡରେ ହାତ ବୁଲେଇ ଆଣିଲେ । କହିଲେ - ଆମ ସୁକୁ ଚଞ୍ଚଳ ଭଲ ହେଇଯିବ । ସେ ତ ତାଙ୍କ ଝିଅକୁ ସ୍ନେହରେ ସୁକୁ ଡାକୁଥିଲେ । ତେଣୁ ତାଙ୍କ ପାଟିରୁ ବାହାରି ପଡ଼ିଲା ।

ହଠାତ୍ ସୁକୁ ଉଠିପଡ଼ିଲା, ତାଙ୍କ ହାତକୁ ଧରି କହିଲା, ବାବା ତମେ କୋଉଠି ଥିଲ ।

ଚମକି ଚାହିଁଲେ ସୁପ୍ରଭା । ସେପଟେ କ'ଣ ସଜଡ଼ା ସଜଡ଼ି କରୁଥିଲେ । ସୁମନ୍ତଙ୍କୁ ଦେଖି ସେ ମନେପକେଇଲେ-କିଛି ସମୟ ଆଗରୁ ବି ସେ ଏଇ

ଲୋକଙ୍କୁ ଦେଖିଥିଲେ । ଝିଅର ବେଡ୍ ପାଖକୁ ଆସିଲାବେଳକୁ ଦେଖିଲେ ଡାକ୍ତର ନର୍ସ ସବୁ ଚାଲି ଆସିଲେଣି । ଡାକ୍ତର କହିଲେ-ମ୍ୟାଡାମ, ଏଇ ଭଦ୍ରଲୋକ ଟଙ୍କା ଜମା କରି ଦେଇଛନ୍ତି । ଆମେ ବର୍ତ୍ତମାନ ଝିଅର ରକ୍ତ ନମୁନା ନେଇ ଟେଷ୍ଟ କରିବୁ । ଆଉ ଏବେ କିଛି ଔଷଧ ଦେବୁ ଖାଇବା ପାଇଁ । ଏବେ ଆପଣ ଝିଅକୁ ନେଇଯା'ନ୍ତୁ । ଦଶ ଦିନପରେ ତାରିଖ ଧାର୍ଯ୍ୟ କରିବା ଅପରେସନ ପାଇଁ ।

ଡାକ୍ତର ଚାଲିଗଲା ପରେ ସୁପ୍ରଭା ତାଙ୍କୁ ନିରେଖି ଚାହିଁଲେ । ସେ କିଛି ବୁଝି ପାରୁ ନଥିଲେ । ସୁମନ୍ତ ତାଙ୍କର ଟୋପି, ଚଷମା କାଢ଼ି ଦେଇ ସୁପ୍ରଭା ଆଗରେ ଠିଆ ହୋଇ ପଡ଼ିଲେ, କହିଲେ, ଏବେ ଚିହ୍ନି ପାରିଲ ତ ।

ସୁପ୍ରଭା ଯେମିତି ସ୍ଥାଣୁ ପାଲଟି ଯାଇଛନ୍ତି । ଚକିତ ନୟନ ବୋଲି ସେମିତି ଚାହିଁ ରହିଛନ୍ତି । କି...ନ୍ତୁ...

ଆଉ କିନ୍ତୁ ଫିନ୍ତୁ ନାହିଁ । ଏବେ ଘରକୁ ଚାଲ । ସବୁକଥା କହିବି ।

ତଥାପି ସେମିତି ଚନ୍ଦ୍ରାଚ୍ଛନ୍ନ ଅବସ୍ଥାରେ ଠିଆ ହୋଇ ରହିଥିଲେ ସୁପ୍ରଭା ।

ସୁମନ୍ତ ତାଙ୍କୁ ହଲେଇ ଦେଇ କହିଲେ ଚାଲ ।

ଟ୍ୟାକ୍ସି କରି ସେମାନେ ଘରକୁ ଆସିଲେ । ସୁପ୍ରଭା ପଡ଼ିଶାଘରକୁ ଯାଇ ପୁଅକୁ ନେଇ ଆସିଲେ । ଡାକ୍ତରଖାନା ଗଲାବେଳେ ତାକୁ ସେଠି ଛାଡ଼ିକରି ଯାଇଥିଲେ । ପୁଅକୁ ଦେଖି ସୁମନ୍ତଙ୍କ ଆଖିରେ ଲୁହ ଆସିଗଲା । ସେ ତା'କୁ କୁଣ୍ଢାଇ ପକାଇଲେ। ପୁଅ ମଧ୍ୟ ବାବା ବାବା କହି ତାଙ୍କୁ ଜାବୁଡ଼ି ଧରିଲା । ସୁପ୍ରଭାକୁ ବସାଇ ସୁମନ୍ତ ସବୁ କାଗଜପତ୍ର, ସାର୍ଟିଫିକେଟ, ଆଶ୍ରମ ଘଟଣାର କିଛି ଖବର କାଗଜ ସବୁ ଦେଖେଇଲେ । ସୁପ୍ରଭାର ଅବିଶ୍ୱାସ କରିବାର କିଛି ନଥିଲା ।

ସତରେ ରମାକାନ୍ତ ବାବୁ ଦେଇଥିବା ସାର୍ଟିଫିକେଟ, ଡାକ୍ତରଙ୍କ ସାର୍ଟିଫିକେଟ ବହୁତ କାମ ଦେଲା । ଆଉ କେହି ବି ଅବିଶ୍ୱାସ କରିବାର ପ୍ରଶ୍ନ ଉଠିବନି । ସୁମନ୍ତ ଜାଣିଲେ ସୁପ୍ରଭାକୁ ଏ ପର୍ଯ୍ୟନ୍ତ ଅନୁକମ୍ପା ମୂଳକ ଚାକିରୀ ମିଳିନାହିଁ । ସରକାରୀ ସ୍ତରରେ କୋଉଠି ଗୋଟେ ଫାଇଲ ଅଟକି ରହିଛି । କିନ୍ତୁ ବୀମା ଟଙ୍କାଟା ମିଳିଯାଇଛି । ସେଇଥିରେ ହିଁ ସେ ଚଳୁଛନ୍ତି ଆଉ ଚାକିରୀ ପାଇବା ପାଇଁ ଅପେକ୍ଷା କରିଛନ୍ତି ।

ସୁମନ୍ତ ଫେରିଆସିଛି ବୋଲି ଖବରଟା ସବୁଆଡ଼େ ବ୍ୟାପିଗଲା । ବନ୍ଧୁବାନ୍ଧବ, ସାଇପଡ଼ିଶା ସବୁ ତା'କୁ ଦେଖିବାକୁ ଆସିଲେ । ସୁମନ୍ତର ମଧ୍ୟ ଆଉ

ଡର ନଥିଲା ସେ କରଜଦାତାମାନଙ୍କୁ । ବର୍ତ୍ତମାନ ସେ ତାଙ୍କ ଟଙ୍କା ଫେରେଇ ପାରିବେ । ବୀମା ଟଙ୍କା ମଧ୍ୟ ଫେରେଇ ଦେବେ । ଏଇ ସାର୍ଟିଫିକେଟ ବଳରେ ସେ ମଧ୍ୟ ପୁଣି ପୁନଃ ନିଯୁକ୍ତି ପାଇ ପାରିବେ । କିନ୍ତୁ ତାଙ୍କର ପୁରା ପୁରସ୍କାର ଟଙ୍କାଟା ଆସିଗଲେ ଆଉ ଚାକିରୀ କରିବା ବୋଧେ ଦରକାର ପଡ଼ିବନି ।

ଏବେ ଖାଲି ଗୋଟାଏ ସମସ୍ୟା । ସମସ୍ତଙ୍କ ମୁହଁରେ ସେଇ ଗୋଟାଏ କଥା । ସୁପ୍ରଭା କେମିତି ବିଧବାରୁ ସଧବା ହେବେ । କେତେକ କହିଲେ ବ୍ରାହ୍ମଣ ଡାକି ଆଉଥରେ ବାହା କରିବାକୁ ପଡ଼ିବ । ତା'ପରେ ଯାଇ ସେ ଶଙ୍ଖା, ସିନ୍ଦୁର, ରଙ୍ଗୀନ ଶାଢ଼ୀ ପିନ୍ଧି ପାରିବେ । କିନ୍ତୁ ପଡ଼ିଶା ଘରର ଭାଉଜ ଜଣେ କହିଲେ, ହେଃ, ଛାଡ଼ ମ ସେ ସବୁ । ଜାଣିଛ ଓଡ଼ିଆରେ ଗୋଟେ ଢଗ ଅଛି ।

"ନଈରେ ବାଲିଆ ଚହଟିଲା,
କଜ୍ଜଳ ସିନ୍ଦୁର ନାଆ ଲୋ ରାଣ୍ଡ
ପୁଣି ରାଖିଆ ଲେଉଟିଲା ।"

ସମସ୍ତେ ହୋ ହୋ ହେଇ ହସି ଉଠିଲେ,

ସେ ସୁପ୍ରଭାକୁ ଟାଣି ଟାଣି ଘର ଭିତରକୁ ନେଇଗଲେ ।

ସୁମନ୍ତଙ୍କର ମନେ ପଡୁଥିଲା । ଇତିହାସରେ ପଢ଼ିଥିଲେ । ୧୮୫୭ ମସିହାରେ ସିପାହୀ ବିଦ୍ରୋହ ସମୟରେ ପୁରୀର ଚନ୍ଦନ ହଜୁରୀ ଯେ କି ରାଖି ଖୁଣ୍ଟିଆ ନାଁରେ ପରିଚିତ ଥିଲେ, ରାଣୀ ଲକ୍ଷ୍ମୀବାଈଙ୍କ ତରଫରୁ ଇଂରେଜ ମାନଙ୍କ ବିରୁଦ୍ଧରେ ଯୁଦ୍ଧ କରି ନିହତ ହୋଇଥିଲେ ବୋଲି ଖବର ଆସିଥିଲା । ଫଳରେ ତାଙ୍କ ସ୍ତ୍ରୀ ବିଧବା ହୋଇଯାଇଥିଲେ । କିନ୍ତୁ ଦୁଇବର୍ଷ ପରେ ରାଖି ଖୁଣ୍ଟିଆ ଫେରି ଆସିଥିଲେ । ତେଣୁ ତାଙ୍କର ବିଧବା ସ୍ତ୍ରୀ ପୁଣି ଶଙ୍ଖା ସିନ୍ଦୁର ପିନ୍ଧି ସଧବା ହୋଇଥିଲେ ।

ହେଇ ଦେଖ, ପଡ଼ିଶାଘରର ଭାଉଜଙ୍କ ସ୍ୱର ଶୁଣି ସୁମନ୍ତ ଚାହିଁଲେ - ଆଗରେ ଠିଆ ହୋଇଛନ୍ତି ସୁପ୍ରଭା, ହାତରେ ଶଙ୍ଖା, ମଥାରେ ସିନ୍ଦୁର ଆଉ ଦେହରେ ଲାଲ ପାଟଶାଢ଼ୀ । ତାଙ୍କୁ ଲାଗୁଥିଲା ଯେମିତି ବାହାଘରର ସେଇ ପ୍ରଥମ ପ୍ରଥମ ଦିନର ସୁପ୍ରଭା ତାଙ୍କ ଆଗରେ ଉଭା ହେଇଛନ୍ତି ।

ସୁପ୍ରଭା, ଆଉ ପୁଅଝିଅ ସମସ୍ତେ ଧାଇଁଆସି ତାଙ୍କୁ କୁଣ୍ଢାଇ ପକାଇ କାନ୍ଦି

ପକାଇଲେ । ସେ ମଧ୍ୟ ସମସ୍ତଙ୍କୁ ଜୋର୍‌ରେ ଯାବୋଡ଼ି ଧରି କାନ୍ଦି ଉଠିଲେ । ସତେ ଯେପରି ସେ ସେମାନଙ୍କୁ ଆଉ ହରାଇବାକୁ ଚାହୁଁ ନଥିଲେ ।

ପ୍ରତିଟି ଜୀବନ ଗୋଟେ ଗୋଟେ ଜଉଘର । ଟିକିଏ ରାଗ, ଦ୍ୱେଶ, ହିଂସା, ଭୁଲ ବୁଝାମଣାର ସ୍ଫୁଲିଙ୍ଗରେ ଏ ଜଉଘର ପୋଡ଼ି ଧ୍ୱଂସ ହେଇଯାଏ । କିନ୍ତୁ ସେ ଭସ୍ମୀଭୂତ ଭସ୍ମରୁ ଗଢ଼ି ଉଠେ ପୁଣି ନୂତନ ଜୀବନ । କଟା ହୋଇଥିବା ଗଛରୁ ଯେମିତି ଗୁଡ଼େ ଶାଖା ପ୍ରଶାଖା ବାହାରିଥାଏ । ଠିକ୍ ସେହିପରି । ସେ ହୁଏ ଏକ ସରସ ସୁନ୍ଦର ଜୀବନ ।

■

BLACK EAGLE BOOKS

www.blackeaglebooks.org
info@blackeaglebooks.org

Black Eagle Books, an independent publisher, was founded as
a nonprofit organization in April, 2019. It is our mission to
connect and engage the Indian diaspora and the world at large
with the best of works of world literature published on a
collaborative platform, with special emphasis on
foregrounding Contemporary Classics and New Writing.